HEYNE BÜCHER

SCIENCE FICTION

Herausgegeben von Wolfgang Jeschke

Ein Verzeichnis dieser Serie finden Sie am Schluß des Bandes und in dem Band HEYNE SCIENCE FICTION & FANTASY:

DAS PROGRAMM · 06/4999
(Verzeichnis der Serien und Zyklen)

V. E. MITCHELL

DIE JARADA

Raumschiff ›Enterprise‹
Die nächste Generation

Deutsche Erstausgabe

WILHELM HEYNE VERLAG
MÜNCHEN

HEYNE SCIENCE FICTION & FANTASY
Band 06/5279

Titel der Originalausgabe
IMBALANCE
Übersetzung aus dem Amerikanischen von
HORST PUKALLUS

2. Auflage

Redaktion: Rainer Michael Rahn

Die Originalausgabe erschien bei POCKET BOOKS,
a division of Simon & Schuster, New York

Printed in Germany 1996
Umschlaggestaltung: Atelier Ingrid Schütz, München
Technische Betreuung: Manfred Spinola
Satz: Schaber Satz- und Datentechnik, Wels
Druck und Bindung: Ebner Ulm

ISBN 3-453-07991-4

1

CAPTAINS LOGBUCH: Sternzeit 44839.2:
Die *Enterprise* befindet sich auf dem Flug nach Beltaxiya Minor, einem jaradischen Außenposten im Archimedes-Sektor. Die Jarada, ein wählerisches, zurückgezogen lebendes Sternenvolk, haben sich mit dem Ersuchen an die Föderation gewandt, Verhandlungen über den Austausch von Botschaftern aufzunehmen. Sie haben *ausdrücklich* erbeten, den Captain der *Enterprise* mit der Verhandlungsleitung zu beauftragen.

PERSÖNLICHES LOGBUCH, Ergänzung:
Naturgemäß bin ich nur zu erfreut darüber, zu neuen friedlichen Beziehungen zwischen der Föderation und ihren Nachbarn beitragen zu dürfen. Allerdings gibt die Art dieses Auftrags einigen Grund zum Nachdenken. Die Einstellung der Jarada zum diplomatischen Protokoll ist so anspruchsvoll, wie ihr Isolationismus streng. Man fragt sich unwillkürlich, ob es bei ihrem Gesuch um mehr als nur den Austausch von Botschaftern geht.

»Möchte jemand noch etwas sagen?« Am Konferenztisch seines Bereitschaftszimmers schaute Captain Jean-Luc Picard in die Runde. Hatten seine Offiziere der Einsatzbesprechung irgendeine Äußerung hinzuzufügen? Riker, Geordi, Troi, Crusher und Worf hatten unterschiedlich mürrische Mienen aufgesetzt. Man sah ihnen ihre Meinung so deutlich an, als hätten sie sie ausgesprochen.

Nur Lieutenant Commander Data trug zu der Spannung im Bereitschaftszimmer nichts bei. Seine goldenen Augen schienen aus Vorfreude zu leuchten, weil es ihm nun oblag, die Entdeckungen bekanntzugeben, die er hinsichtlich des neuen Auftrags gemacht hatte. *Also gut, von mir aus,* dachte Picard. Er ahnte, daß ein längeres Referat bevorstand. »Mr. Data, würden Sie uns bitte Bericht erstatten?«

»Sehr wohl, Captain.« Der Androide neigte den Kopf leicht zur Seite, als könnte er so die Informationen besser analysieren. »Ich habe alle zugänglichen Datenbanken abgefragt. Auch sämtliche der Geheimhaltung unterworfenen Datenspeicher, auf die ich in der verfügbaren Zeit Zugriff bekommen konnte. Aus den letzten fünf Jahren habe ich fünfzehn Verweise auf die Jarada gefunden. Leider beruhen die meisten Eintragungen auf Angaben aus zweiter Hand oder auf Hörensagen. Die einzige verläßliche Informationsquelle ist die Dokumentation des Föderationskontakts mit den Jarada bei Torona vier, Sternzeit 41997.7.«

Commander William Riker beugte sich vor und stützte die Ellbogen auf den Tisch. Die Zeigefinger seiner gefalteten Hände wiesen auf Data. Während Datas Darlegungen war sein Gesichtsausdruck noch düsterer geworden. »Mit anderen Worten, wir sind nicht schlauer als alle anderen.«

»Ich glaube, das könnte eine zutreffende Zusammenfassung der Informationslage sein, Commander. Es gibt zuwenig Hinweise, um Schlußfolgerungen hinsichtlich der Jarada oder ihrer aktuellen Beweggründe zu ziehen.«

Dr. Beverly Crusher hob den Blick von der dunklen, polierten Tischplatte. Mit einer ungeduldigen Handbewegung strich sie sich das rote Haar aus der Stirn.

»Das gleiche gilt für ihre Biologie und ihre gesellschaftliche Struktur. Ich habe ausgiebig gesucht, bin aber auf nichts Aufschlußreiches gestoßen. Daß sie insekten*ähnlich* sind, wissen wir. Aber wir kennen das vergleichbare Modell nicht. Funktioniert ihre Gesellschaft nach den Prinzipien der irdischen Ameisen? Der Termiten? Oder der Bienen?« Sie zuckte mit den Schultern, unterstrich diese Geste, indem sie die Handflächen nach außen kehrte. »Vielleicht ist es angebrachter, sich an den Grundmustern eines anderen Planeten zu orientieren. Ich weiß es ganz einfach nicht.«

»Ich habe verstanden, Doktor.« Picards Finger krampften sich um den Schreibstift, ein Zeichen seiner Enttäuschung. Er hatte jedoch mit negativen Berichten gerechnet. Wäre eine leichte Mission auszuführen gewesen, hätte Starfleet nicht die *Enterprise* mit der Erledigung betraut. »Mr. LaForge, haben Sie irgendwas zu sagen?«

»Bezüglich des Orbits?« Lieutenant Commander Geordi LaForge schaute von seinem Computerterminal hoch, unterbrach seine tiefe Konzentration. Während er den Kopf hob, blitzte das Licht der Zimmerbeleuchtung auf dem goldgelben und silbernen Material seines VISORS. »Wir müssen ein heikles Manöver bewältigen. Das Schiff wird aber nicht überfordert. Wegen der hohen Zahl stellarer Objekte im Beltaxiya-System ist dort die orbitale Dynamik ziemlich kompliziert. In den ersten paar Stunden dürften wir die größten Probleme haben. Wir müssen erst genug Informationen über das System sammeln, um die Bahnen der vorhandenen Objekte und unseren Kurs bestimmen zu können.«

»Mr. LaForge hat recht.« Data blickte den Chefingenieur an, ehe er seine Aufmerksamkeit wieder dem Captain widmete. »Das Beltaxiya-System ist bisher nicht ausreichend durch Föderationsforscher erkundet worden. Unseren Informationen zufolge gibt es innerhalb der bewohnbaren Zone des Systems zwei Planeten. Beltaxiya Major ist ein Gasriese mit annähernd der doppelten Masse Jupiters. Beltaxiya Minor beschreibt eine stark geneigte Kreisbahn um den Gasriesen. Die Umlaufperiode beträgt fünf Erdtage. Beltaxiya Minors Rotationsdauer steht zur Umlaufzeit im Verhältnis von drei zu zwei. Außerdem umfaßt das System eine größere Anzahl kleinerer Trabanten und Minimonde sowie mehrere andere Planeten in entfernteren Umlaufbahnen. Darüber liegen jedoch nur unzulängliche Informationen vor, so daß ...«

»Vielen Dank, Mr. Data. Das genügt fürs erste.« Bei allem guten Willen konnte Picard seine Ungeduld angesichts der Weitschweifigkeit des Androiden nicht ganz verbergen. Die komplizierten Verhältnisse im Beltaxiya-System und die Lückenhaftigkeit ihrer Kenntnisse erhöhten den Schwierigkeitsgrad der Mission. Aber ausschließlich Data war dazu imstande gewesen, innerhalb einer Stunde überhaupt Informationen ausfindig zu machen.

Eine Anwandlung von mit Zuneigung vermischter Belustigung milderte die Mißstimmung des Captains. Die Aussicht, sich mit den Jarada abgeben zu müssen, hatte bei allen Teilnehmern der Besprechung Nervosität verursacht.

Kurz schloß Picard die Augen, erinnerte sich an ihre letzte Begegnung mit den Jarada. Es hatte ihn Tage gekostet, die unumgängliche, fünfzehn Sekunden lange Begrüßungsformel zu lernen, bis er Aussprache und Tonlage perfekt beherrschte. Noch heute brach ihm der Schweiß aus, wenn er sich dessen entsann, wie alle gespannt darauf warteten, ob sie diese erste Probe zur Zufriedenheit der Jarada bestanden hatten.

Nein, einen leichten Auftrag hatte man ihnen nicht erteilt. Daß die Jarada die Föderation kontaktiert hatten, besagte eindeutig, sie wollten irgend etwas, und zwar dringend. Und es war Picards Aufgabe – und der

Auftrag der *Enterprise* –, so schnell wie möglich herauszufinden, was sie wünschten. Eile war geboten. Je mehr Zeit man im Umgang mit Jarada verbrachte, um so mehr häuften sich die Gelegenheiten, unbeabsichtigt einen schwerwiegenden diplomatischen Fehltritt zu begehen.

»Hat irgendwer noch einen Diskussionsbeitrag?«

»Nur die Empfehlung, daß die Landegruppe dort auf dem Planeten gar nicht vorsichtig genug sein kann.« Riker schabte sich am Kinn, kratzte sich den kurzen, schwarzen Bart. »Die Vorgaben der Mission enthalten sehr wenig Informationen. Es ist nichts dabei, das mich davon überzeugen könnte, daß die Jarada kein Doppelspiel treiben. Bevor wir wissen, auf was sie es abgesehen haben, dürfen wir in unserer Wachsamkeit nicht im geringsten nachlassen.«

»Ich bin völlig Ihrer Meinung.« Nacheinander schaute Picard jedes Mitglied seines Offiziersstabs an, vergewisserte sich, daß jeder sich der Schwierigkeiten bewußt war, die sie erwarteten. »Wenn niemand mehr Fragen hat, ist die Sitzung hiermit beendet.«

»Keiko, mein Schatz, ich begreife einfach nicht, weshalb der Captain unbedingt auf deiner Teilnahme besteht.«

Sorgenfalten furchten Transporterchef O'Briens Gesicht. Er sah zu, wie seine Frau am Computer Seite für Seite die Liste der Fachliteratur durchschaute. Sie war so klein und zierlich. Die Vorstellung, daß sie den unbekannten Risiken auf Beltaxiya Minor ausgesetzt werden sollte, widerstrebte ihm gehörig.

Keiko hockte vor dem Bildschirm, als wollte sie sich mit der Intensität ihrer Konzentration gegen seine Sorge schützen. Weil ihre mangelnde Reaktion ihn verdroß, versuchte O'Brien es mit einem neuen Ansatz.

»Diese Mission könnte gefährlich sein, Schatz. Meinst du nicht auch, es sollte lieber jemand anderes die Landegruppe auf den Planeten begleiten? Irgend jemand, der sich besser dafür eignet, mit Schwärmen übergroßer Heuschrecken zurechtzukommen?«

»Gefährlich?« Endlich blickte Keiko auf. Sie verzog die Miene, als hätte das Wort auf ihrer Zunge einen unangenehmen Geschmack hinterlassen. »Eine diplomatische Mission und gefährlich?«

Erschrocken über ihren Tonfall, konnte O'Brien sie einen Moment lang nur betrachten. »Na sicher. Wir wissen verdammt wenig über dieses Insektenvolk. Nur daß es äußerst pingelig ist.« Er schwieg kurz, um seine Gedanken zu sammeln. »Sollte der Captain vielleicht nicht lieber Deyllar schicken?«

»Deyllar? Diesen fetten Ochsen?« Von Verärgerung wechselte Keikos Ton über zur Verachtung. »Er kann Pflanzen doch nur katalogisieren, wenn jemand ihm *sagt*, was er da hat.« Sie atmete tief ein, um ihren Mißmut zu überwinden. »Ich habe mich für diese Exkursion *freiwillig* gemeldet. Ich bin an Bord der *Enterprise* gegangen, um konkrete Forschungsarbeit leisten zu können. Weil ich nicht in einem Labor sitzen und nur die Probensammlungen anderer Leute beurteilen möchte.«

»Aber glaubst du nicht, du solltest wenigstens auf diesem Planeten die Tätigkeit jemand anderem überlassen? Einem der Offiziere, die normalerweise Landegruppen befehligen?«

Keiko drehte ihren Sessel in O'Briens Richtung und stemmte die Arme in die Hüften. Jetzt färbte der Zorn ihr reizendes Gesicht dunkel wie eine Gewitterwolke.

»Miles, nur weil wir verheiratet sind, hast du kein Recht, mir in meine Arbeit hineinzureden. Schreibe ich dir etwa vor, wie du die Transporter instand halten sollst? *Ich* bin die geeignetste Person für diese Exkursion. Ich gehe hinunter. Das ist mein letztes Wort.« Sie wandte sich ab und richtete ihre Aufmerksamkeit wieder mit höchster Konzentration auf den Computer.

»Aber was wird denn aus unserer Halbjahresfeier, mein Liebling? Hast du sie völlig vergessen?« O'Brien gab sich Mühe, nicht schärfer zu sprechen. Trotzdem merkte man seiner Stimme die Enttäuschung an. Er hatte schon sorgsam für den ganz privaten, intimen Abend vorausgeplant, an dem sie den Tag ihres stattgefundenen Kennenlernens vor sechs Monaten zu feiern beabsichtigten.

»Unserer was?« Mit finsterer Miene ließ Keiko erneut von ihrer Betätigung ab. Ihre Vergeßlichkeit machte O'Brien wütend. Doch bevor er etwas sagen konnte, zeigte Keiko eine Miene der Gereiztheit. »Miles, das ist doch erst in drei Tagen. Wenn du nicht aufhörst, mich dauernd zu stören, werde ich bis dahin brauchen, nur um mich auf meine Aufgaben vorzubereiten.«

Ehe O'Brien neue Argumente einfielen, piepte sein Kommunikator. Er seufzte und meldete sich. Commander LaForge beorderte ihn in den Transporterraum, um die Kalibrierung der Anlage mit den neuen Meßdaten des Beltaxiya-Systems abzustimmen. Selbst in diesem Abstand vom Magnetfeld Bel-Majors überstiegen die Strahlungswerte schon die normalen Operationsbedingungen der *Enterprise.*

»Die Mission macht dir Kummer, Will.« Deanna Trois ausdrucksvolle Stimme klang leise, so daß nur Riker sie verstehen konnte, obwohl im Gesellschaftsraum des zehnten Vorderdecks nahezu Leere herrschte. Später würden sich hier Freunde und Bekannte zum Essen treffen. Momentan jedoch war nur ein Tisch am anderen Ende des Raums ebenfalls besetzt. »Möchtest du mit mir darüber reden?«

Riker gab ein Aufseufzen von sich und biß von seinem Sandwich ab, um die Beantwortung der Frage ein wenig hinauszuschieben. Durch die Sichtscheibe neben dem Tisch konnte er die Lichtpunkte des Beltaxiya-Systems anwachsen sehen: die heiße, weißlich-gelbe Sonnenscheibe, den hellen Fleck des Gasriesen Bel-Major sowie die trüberen Pünktchen Bel-Minors und der kleineren Himmelskörper des Systems. Die komplizierte Anordnung der Planeten und Monde wäre gewiß eine faszinierende Untersuchung wert, stünde die *Enterprise* nicht schon vor dem Rätsel der Jarada.

»Weißt du, es ist so, daß dieses Volk das letzte Mal, als wir mit ihm zu tun hatten, nicht mit mir sprechen wollte. Ich galt bloß als ... ›Nur ein Untergebener‹, war die Formulierung, die sie benutzten, glaube ich. Jetzt bin ich als Ehrengast auf ihre Welt eingeladen worden. Kannst du nachvollziehen, daß dieser Umschwung mich etwas verunsichert?«

»Vollkommen.« Troi lächelte, als sie die Erleichterung spürte, die ihre Antwort Will bereitete. »Ich fände es im Gegenteil absonderlich, wärst du *nicht* wenigstens ein bißchen nervös. Dem Unbekannten mit zu großer Gleichgültigkeit entgegenzutreten, hat schon mehr als nur ein paar Menschen das Leben gekostet.«

»Du verstehst es wirklich, jemandem Mut zu machen.« Riker sprach in ernstem Ton, doch im nächsten Moment verzog sich seine Miene zu einem Grinsen.

Troi lachte mit. »Das ist meine Funktion, vergiß das nicht. Irgendwer muß doch dafür sorgen, daß ihr Galionsfiguren vom Offiziersstab den Kontakt zur Realität behaltet.«

»Gut gebrüllt, Löwin.« Riker widmete sich seinem Essen, verputzte es rasch, um auf seinen Posten zurückkehren zu können. Eigentlich hatte er keinen Hunger gehabt. Doch er wußte, später würde er zu beschäftigt sein, um sich eine Pause gönnen zu dürfen. Er beendete die Mahlzeit früher als Deanna. Während er darauf wartete, daß sie aufaß, erlaubte er sich die kleine Freude, die goldfarbenen Glanzlichter zu bewundern, die die Tischplatte auf ihre Wangen und in ihr mitternachtsschwarzes Haar warf.

Sie waren Freunde – und einmal mehr als das gewesen. Das Verständnis zwischen ihnen gehörte für Will zu der Teamarbeit, die den Dienst auf der *Enterprise* nach seinem Empfinden zu etwas Besonderem erhob.

»Hast du in bezug auf diese Mission keine Bedenken?« fragte er, als Troi den letzten Bissen ihres Sandwichs schluckte.

Kurz dachte Troi über seine Frage nach. »Natürlich habe ich Bedenken. Wir haben zuwenig Informationen über die Jarada und die Verhältnisse auf ihrem Heimatplaneten.« Sie stand auf und entfernte sich vom Tisch, schenkte Will über die Schulter ein Lächeln. »Aber hätten wir mehr Informationen, müßten wir uns fragen, wieviel davon *falsch* ist. Wenn du es in diesem Universum auf Gewißheit abgesehen hast, Will, dann mußt du sie woanders als bei lebenden Wesen suchen.«

Riker nickte vor sich hin, während er Deanna aus dem Gesellschaftsraum folgte. Wie häufig er sie schon bei ihrer Tätigkeit erlebt, wie oft er sich schon in Erinnerung gerufen hatte, daß dergleichen zu ihrer Arbeit zählte – immer wieder erstaunte es ihn, daß sie auf eine bestimmte Situation, eine konkrete Stimmungslage, stets in genau der richtigen Weise einging.

Lieutenant Commander Data sah auf dem Wandschirm das Beltaxiya-System näher rücken. Er bewunderte die Verschiedenheit der Objekte, die den Stern Beltaxiya umkreisten, und die Kompliziertheit ihrer Umlaufbahnen.

Ein Teil seines Gehirns steuerte das Raumschiff, sondierte den Kurs durch die Asteroidengürtel und die Aufreihung der äußeren Planeten. Andere Bereiche seines Gehirns beobachteten die Kreisbahnen der Begleiter Bel-Majors, ermittelten vier irregulär geformte

Kleinmonde um Bel-Minor, korrelierten die Windgeschwindigkeitsschwankungen auf Bel-Majors Längengraden und verglichen die von den Sensoren gemessenen Strahlungswerte mit den modernsten Modellen von stellaren Prozessen gelbweißer Gestirne.

Die Messungen lagen bei Beltaxiya höher als erwartet, ungefähr zwei Standardpunkte über dem Durchschnitt. Für diese Unstimmigkeit eine Erklärung zu finden, versprach eine interessante Problemstellung zu werden. Data wollte sich damit befassen, während die Landegruppe sich auf der Planetenoberfläche befand. Er kontrollierte nochmals die Strahlungswerte, um sich davon zu überzeugen, daß sie keine Gefahr für die *Enterprise* oder ihre Besatzung verkörperten.

Doch er entdeckte keinerlei Anlaß zur Beunruhigung. Menschen müßten sich einige Wochen lang auf einem der kleineren Trabanten aufhalten, bevor die Strahlungsdosis ihnen Schwierigkeiten verursachte. Auf Bel-Minor war die natürliche Strahlung höher, als es sich bei dauerhafter menschlicher Besiedlung empfahl; allerdings bot das Magnetfeld hinreichenden Schutz für mehrere Monate.

Als einziges Problem mochte dadurch eine Verzerrung der Sensormessungen in Proportion zur tatsächlichen Strahlungsstärke entstehen. Doch weil im Rahmen dieser Mission kein detailliertes Scanning der Planeten vorgesehen war, konnte er auf einen Ausgleich der Abweichungen ohne weiteres verzichten.

Data lenkte seine Aufmerksamkeit auf dringlichere Angelegenheiten. Er begann die orbitalen Berechnungen für den Anflug des Raumschiffs auf Bel-Minor durchzuführen. Anders als bei einem normalen Planetensystem mußte die *Enterprise,* um im ›Standardorbit‹ um Bel-Minor zu bleiben, in eine äußerst verwickelte Umlaufbahn einschwenken, auf der sie gleichzeitig Bel-Major umrundete. Darüber hinaus hatte sie Bel-Minors kleinen Monden und Bel-Majors überwiegend kartografisch gar nicht erfaßten Begleitern auszuweichen. Ferner galt es, die Asteroiden zu meiden, die haufenweise die Resonanzpunkte der verschiedenen Kreisbahnen unsicher machten.

Data nahm an, daß irgendwann ein Mathematiker eine generelle Lösung zur Beschreibung der Bahnen dieser Vielzahl diverser Objekte fand, die alle dasselbe Primärgestirn umkreisten. Bis dahin jedoch mußte diese Problematik durch die Anwendung einer Folge von Schätzwerten umgangen werden. Gerade bei solchen Aufgabenstellungen erbrachte Data die großartigsten Leistungen. Seine einmaligen Fähigkeiten gelangten dabei zur vollen Entfaltung.

Nach seiner Auffassung war ihm bei dieser Mission die vorteilhafteste Pflicht zugefallen. Während die anderen Offiziere nach Bel-Minor hinabgebeamt werden sollten, hatte er als befehlshabender Offizier an Bord der *Enterprise* zu bleiben. Er konnte also seine Untersuchung dieses komplexen, hochgradig bemerkenswerten Planetensystems fortsetzen. Er erachtete es als ratsam, irgendwann auch das Studium der Diplomatie nachzuholen. Heute jedoch stufte er es als viel weniger interessant ein als die wissenschaftlichen Geheimnisse, die sich vor ihm auf dem Wandschirm ausbreiteten.

Worf verfolgte, wie Beltaxiya Minor auf dem großen Wandschirm von einem hellen Punkt zu einer Scheibe anwuchs. Mit jeder Minute kam der Moment näher, in dem die Offiziere zur Erledigung ihrer Mission das Raumschiff verlassen mußten. Die erhaltenen Befehle hatten bei Worf Unmut ausgelöst. Starfleets Entscheidung, den Captain *und* den Ersten Offizier den Risiken drunten auf dem Planeten auszusetzen, stieß bei ihm auf Ablehnung.

Commander Riker hatte recht. Sie konnten es sich nicht erlauben, in ihrer Wachsamkeit auch nur einen Augenblick lang zu erlahmen.

Starfleet hätte nicht die Anweisung erteilen dürfen, daß sowohl die beiden höchsten Offiziere wie auch der Großteil des restlichen Offiziersstabs bei den Verhandlungen anwesend zu sein hatten. Die Befehle paßten Worf nicht. Sie gefielen ihm *nicht im geringsten.* Diplomatie sollte von Diplomaten abgewickelt werden. Die Föderation hätte die Forderung der Jarada, daß der Captain der *Enterprise* als Chefunterhändler fungieren sollte, ablehnen sollen.

Worf lud die wenigen Informationen, die der Bordcomputer über die Jarada gespeichert hatte, in sein Terminal. Seit der Einsatzbesprechung sah er sie sich jetzt das fünfte Mal an. Er mißtraute diesen Geschöpfen. Die insektenartigen Kreaturen gaben über sich selbst kaum Informationen preis. Von anderen erwarteten sie dagegen, daß sie die von ihnen gestellten Bedingungen genau erfüllten. Nach Worfs Ansicht war Vertrauen etwas, das man verdienen mußte.

Er hatte den Eindruck, die Jarada scheuten keine Mühe, ihn zu verärgern. Alles was Worf bislang über sie wußte, erinnerte ihn sehr an gewisse Typen von Föderationsbürokraten: die Versessenheit aufs Protokoll und das Bedürfnis nach strenger Rangordnung, der Wunsch nach strikter Zeitplanung, die Gewohnheit, Termine ohne Rücksprache mit der Gegenseite festzulegen. Er konnte kaum glauben, daß dermaßen kleinkarierte Wesen der Föderation irgend etwas zu bieten hatten.

Wenigstens nahm der Captain, was bei dieser Mission die Sicherheit betraf, eine realistische Haltung ein. Worf verspürte kein echtes Interesse daran, die Jarada kennenzulernen und seine ärgsten Befürchtungen bestätigt zu sehen; noch weniger jedoch hatte er vor, den Captain aus dem Auge zu lassen. Solange Worf der Landegruppe angehörte, konnte man einigermaßen verläßlich davon ausgehen, daß Captain Picard nichts zustieß. Dafür gab es einen ganz einfachen Grund: Worf gedachte nicht zu *dulden,* daß dem Captain irgend etwas zustieß.

An der Konsole vor ihm begann eine Leuchtfläche zu blinken. Er beantwortete die eintreffende Mitteilung des jaradischen Ältestenrats. Anschließend rief er Picard aus dem Bereitschaftszimmer. Ob es Worf behagte oder nicht, die Verhandlungen standen vor der Aufnahme.

»Visuelle Übertragung auf den Wandschirm«, befahl Picard, während er die Rampe der Brücke hinabschritt. Er durchquerte den Kommandobereich und blieb zwischen den vorderen Stationen stehen. Er rückte die Jacke seiner Paradeuniform zurecht. Auf dem Wandschirm wich der Ausblick auf die Planeten des Beltaxiya-Systems der Wiedergabe eines goldenen und grünen Ornaments. Einen Moment später erschien der Oberkörper eines Wesens, das in einer trübe erhellten Räumlichkeit kauerte.

Mit einem Wink wies Picard den Sicherheitsoffizier an, die Bildhelligkeit zu erhöhen. Gleich darauf besserte sich das Bild.

Das dreieckige Gesicht des Gesprächspartners bestand praktisch nur aus Flächen und Kanten. Unwillkürlich mußte Picard an eine auf menschliche Statur vergrößerte, schwarze Gottesanbeterin denken. Der Jarada hatte ein schmales, spitzes Maul. Die einer Kneifzange ähnlichen Kiefer starrten vor scharfen Schneidezähnen. Geflimmer von Sendestörungen erzeugte auf den flachen Mittelfacetten der großen Netzaugen ein Schillern in allen Regenbogenfarben. Beim leisesten Geräusch erzitterten die langen, fedrigen Fühler des Jarada. Sobald der Fremde merkte, daß Picard ihn sah, ergriff er das Wort.

»Captain Jean-Luc Picard vom Föderationssternenschiff *Enterprise,* wir Jarada begrüßen Sie.« Die schwächliche Zirpstimme klang, als sprächen mehrere Personen gleichzeitig.

»Kk-hegg-ra'lesh bre-feg'ra leth c'fre!let ji!« antwortete Picard. Die Grußformel besagte: »Uns von der Föderation ist es eine Ehre, Ihnen zu Diensten zu sein.« Picard hoffte, in dem beinahe unaussprechbaren Satz alles richtig betont zu haben. Das Ausspracheverzeichnis, das er diesmal erhalten hatte, war weniger detailliert als damals bei der ersten förmlichen Begrüßungsfloskel, mit der er sich bei den Jarada hatte einschmeicheln müssen. Als er verstummt war, hielt Picard einen Moment lang den Atem an und wartete.

Zum Zeichen der Bestätigung senkte der Jarada den Kopf. Licht glänzte auf den glatten, schwarzen Flächen seiner Schädeldecke. *Chitin oder etwas ähnliches wie Chitin*, dachte der Captain. Er fragte sich, ob Beverly Crusher wohl eine Gelegenheit finden mochte, um diese Kreaturen in allen Einzelheiten zu untersuchen. Über diese Wesen hatte die Föderation noch sehr viel in Erfahrung zu bringen.

Als hätte der Jarada ihm die Dringlichkeit des Anliegens angemerkt, in die Verhandlungen einzusteigen, hob er nun den Kopf. »Ihre Föderation ehrt uns mit Ihrem Besuch«, gab er auf die Begrüßung Antwort. »Wir haben unsere Vorbereitungen abgeschlossen und können mit den Gesprächen in zehn Ihrer Minuten anfangen. Voraussetzung ist, daß Sie und Ihre Arbeitskollegen sich bis dahin in unseren Ratskammern einfinden. Falls Sie es vorziehen, sind wir damit einverstanden, die Verhandlungen in Ihrer Sprache zu führen. Wir haben erfahren, daß Ihr Volk die Laute unserer Sprache nur mit erheblichen Schwierigkeiten nachahmen kann.«

»Ihr Entgegenkommen bedeutet für uns eine große Ehre.« Das Angebot überraschte Picard. Zudem fühlte er sich mehr als nur ein wenig befremdet. Nach fast einem Jahrhundert, in dem die Jarada andere Wesen stets nach ihrer Pfeife hatten tanzen lassen, war das ein unerhörtes Zugeständnis.

Entweder hatte er den Jarada gänzlich mißverstanden, oder die Fremden wollten irgend etwas dermaßen verzweifelt dringend, daß sie dafür zu allem bereit waren. Keine der beiden Möglichkeiten verhieß Gutes für den weiteren Verlauf der Mission.

Doch Picard konnte nicht nachprüfen, welche der beiden Erklärungen zutraf, solang er an Bord der *Enterprise* blieb. Auf den Planeten hinunterzubeamen, war der einzige Weg, um sich Klarheit zu verschaffen. »Wir sind in zehn Minuten bei Ihnen.«

Noch einmal neigte der Jarada den Kopf. Dieses Mal beugte er sich so tief, daß sein Gesicht und die Fühler fast die vor ihm stehende Instrumentenkonsole berührten. »Die Ehre ist vollständig auf unserer Seite. Wir erwarten Ihre Ankunft.«

Auf dem Wandschirm zeigte sich wieder das Ornament in Grün und Gold. Picard drehte sich seiner Brückencrew zu. »Sie alle kennen Ihre Aufgaben. Mr. Data, Sie haben das Kommando. Landegruppe zu mir!« Er strebte zum Turbolift, ohne sich zu vergewissern, ob Worf, Riker und Troi sich ihm anschlossen. Die Türen fielen zu, während Data an Crusher und Keiko durchgab, sich im Transporterraum zur Stelle zu melden.

2

Picard und die übrige Landegruppe – Riker, Troi, Crusher, Worf und Keiko – rematerialisierten in einem Innenhof des Regierungskomplexes. Ein dichtes Gehölz umgab die Ankömmlinge. Die dicken Stämme und das krumme Geäst machten es unmöglich, nach irgendeiner Seite weiter als ein paar Meter zu sehen.

Picard hatte keine so hohe Temperatur erwartet. Das Gebäude rings um den Hof hielt jeden Wind fern. Außerdem speicherten die aus Ziegeln gefertigten Mauern und Gehwege die Sonnenwärme. Ein starker, harziger Geruch, der von einem Gemisch aus Zedernholz und Olivenöl zu stammen schien, umwehte den Landetrupp.

Durch Lücken im üppigen, blaugrünen Laub sah Picard Ausschnitte der erdfarbenen Mauern. Die stumpfen Braun-, Rot- und Ockertöne bildeten kein erkennbares Muster.

Irgend etwas schabte hinter dem Captain über die rauhen Ziegel des Gehwegs. Bei dem Geräusch wirbelte Worf sofort herum. Seine Faust zuckte nach dem Handphaser. Im letzten Moment besann er sich darauf, daß sie hier eine diplomatische Mission zu erfüllen hatten.

Riker reagierte nur einen Sekundenbruchteil langsamer als der Klingone. Er entspannte sich fast unverzüglich, als er sah, daß die vier Jarada, die sich näherten, keine Waffen trugen. Statt dessen hatten sie zeremonielle Abzeichen aus bunt gefärbter, verknoteter Kordel um den Hals. Als sich auch die restliche Landegruppe umdrehte, hatten die Jarada sich schon zu ihrer rituellen Begrüßungspose geduckt.

Die Insektoiden besaßen vier Paar Gliedmaßen. Auf dem hintersten Paar – zwei stämmig-kraftvollen – Beinen, lastete der größte Teil des Körpergewichts; sie lieferten den zur Fortbewegung erforderlichen, kräftigen Schwung. Unmittelbar über diesen Stützbeinen saßen die längeren, schlankeren Hilfsbeine, die dazu dienten, den Körper nach einem weiten Sprung abzufangen, oder ihn, so wie jetzt, in einer gewünschten Stellung zu halten. Momentan stemmten die Jarada dies Beinpaar unter dem Bauch nah nebeneinander auf den Boden. So konnten sie in der formellen Begrüßungspose verharren.

Die Jarada hatten in faßähnliche Segmente unterteilte Leiber, die in fast metallischem Glanz schimmerten. Man hätte beinahe glauben können, das Empfangskomitee hätte die Panzer auf Hochglanz poliert. Die beiden vorderen Armpaare hatten ihren Sitz am oberen Ende des Körpers. Im Gegensatz zum größeren unteren Paar waren die zwei obersten Extremitäten nahezu verkümmert. Ihre großen, eigentlichen Arme streckten die Jarada mit nach oben gedrehten, dreiklauigen Greifern den Gästen entgegen. Die winzigkleinen Eßarme hatten sie vor dem Oberkörper gekreuzt.

Ihr Kopf bestand, wie Picard zum zweitenmal feststellen konnte, ausschließlich aus Flächen und Kanten. Über der schmalen Schnauze ragte eine breite Stirn empor. Etliche kleinere seitliche Facetten umringten die großflächigen Mittelfacetten der sich an den Schädelseiten wölbenden Netzaugen. Lange, fedrige Fühler, die bei jedem Geräusch erbebten, umrahmten das Gesicht.

Der größte Jarada, ein weltallschwarzes Individuum mit besonders prächtig verzierter Amtskordel, trat einen Schritt vor und nahm dann wieder die förmliche Begrüßungshaltung ein. Er war ungefähr so groß wie Keiko. Hinter ihm knickten die drei anderen Jarada die Beine ein, um sich noch tiefer hinabzubeugen.

»Seien Sie willkommen, Captain Picard und geehrte Gäste. Ich bin Zelfreetrollan, Erster des Rates der Bewohner dieses Planeten. Ihr Besuch ist für unseren unwürdigen Schwarm eine Ehre.«

Picard verneigte sich und hielt den Jarada die Handflächen hin, ahmte die Haltung des Empfangskomitees nach, so gut er konnte. Im Augenwinkel sah er, daß die übrigen Mitglieder der Landegruppe seinem Beispiel folgten.

»Erster des Rates, Ihre Einladung ehrt mich und mein Volk, die Besatzung meines Raumschiffs ebenso wie die Bewohner der vielen Hundert Föderationswelten. Unsere innigste Hoffnung ist, daß wir zu einer Übereinkunft gelangen, die in eine vollkommene, für unsere beiden Völker gewinnbringende Partnerschaft mündet.«

Zelfreetrollan knickte kurz die Beine weiter ein, sank vorübergehend in eine noch tiefere Körperhaltung. »Diesen Wunsch hat auch unser Volk. Wir werden Sie nun in eine Meditationskammer führen, wo Sie sich auf die bevorstehenden Gespräche vorbereiten können. Wenn Sie sich von der Reise genügend erholt haben, werden wir veranlassen, daß unser Protokollbeamter Sie aufsucht. Er wird Sie über Sitten und Bräuche unseres Schwarms aufklären.«

Nachdem er sich ein letztes Mal geduckt hatte, wandte Zelfreetrollan sich um und entfernte sich in die Richtung, aus der er gekommen war; die drei übrigen Jarada, alle kleiner als Zelfreetrollan, traten beiseite, um der Landegruppe den Vortritt zu lassen. Alle drei hatten kastanien- oder rostbraune Exoskelette.

Als das Jarada-Trio als Eskorte der Landegruppe folgte, fiel Picard ein aromatischer Duft auf, ein Geruch wie von Zimt oder Muskatnuß. Plötzlich war ihm zumute, als wäre er wieder sieben Jahre alt und sähe seine Mutter Muskatnüsse für Gnocchi mahlen, die muschelförmigen Klöße, die sie an jedem Sonntag seiner Kindheit für die ganze Familie zubereitet hatte.

Picard verdrängte die Erinnerung und widmete seine Aufmerksamkeit den Jarada. Trotz seiner Größe bewegte Zelfreetrollan sich flink fort. Seine starken Laufbeine vollführten raumgreifende Schritte, dank der er schneller als ein Mensch vorankam. Dabei federten die Stützbeine das Körpergewicht ab und erleichterten das Vorwärtsschwingen. Seine chitingepanzerten Füße klickten auf den Ziegeln des Gehwegs. Das Geräusch hatte Ähnlichkeit mit dem Stakkato eines Steptänzers.

Durch die Bäume gelangte man zu einer breiten Treppe mit flachen Stufen. Sie führte zum Eingang eines Gebäudes. Es wirkte wie eine willkürlich zusammengefügte Ansammlung rundlicher, unterschiedlich erdfarben getönter Lehmgefäße. Die oberen Stockwerke erhoben sich in ungleichmäßigen Abständen über dem Untergeschoß, als wäre das Bauwerk ein lebendes Wesen mit eigenem Willen. Vom Dachgeschoß ragte ein Turm empor, der geradewegs aus Angkor Wat hätte stammen können. Das Gebäude hatte runde Fenster. Ihre Verteilung beruhte auf keinen architektonischen Postulaten, von denen Picard je gehört hätte. Tatsächlich sah der Bau eher aus, überlegte Picard, während sie auf die Treppe zuhielten, als wäre er nicht errichtet worden, sondern organisch gewachsen.

Sie betraten das Gebäude. Zelfreetrollan wandte sich nach links. Er durchquerte einen breiten, aber niedrigen Korridor, in dem es kräftig nach Gewürzen roch: einer Mixtur aus Zimt, Nelken und anderen, weniger eindeutig erkennbaren Dingen. In dem trüben Licht schien die Decke des Korridors noch niedriger zu sein, als es tatsächlich der Fall war. Picard bemerkte, daß

Riker, nachdem er gesenkten Kopfes eingetreten war, die Schultern gebeugt ließ. Möglicherweise befürchtete er, sich oben am rauhen Putz den Schädel zu stoßen.

Im Gegensatz zur groben Oberflächenbeschaffenheit von Wänden und Decke wies der Fußboden ein prächtiges Mosaik bunter Fliesen auf; sie waren tief in den Estrich eingelassen worden, um den Boden uneben und somit für die Insektoiden besser begehbar zu machen.

Einige Darstellungen des Mosaiks waren geometrischer Art. Ihre klaren Formen hatten scharfe Umrisse. Die satten Farben leuchteten so intensiv, daß sie selbst im Zwielicht des Korridors von innerem Glanz zu strahlen schienen. Fast fingen Picard davon die Augen zu tränen an. Andere Abbildungen gaben anscheinend aus dem Leben gegriffene Szenen wieder, vielleicht Ereignisse aus der Geschichte der Jarada; doch um zu deuten, was er da sah, hätte der Captain mehr Zeit gebraucht.

Als sie eines der runden Fenster passierten, blieb Worf einen Augenblick lang stehen. Das Glas war in die Innenseite der fast einen Meter dicken Mauer gesetzt worden. Verzierte Bleiverstrebung zergliederte die Scheibe in diverse abgeteilte Glasflächen.

Worf gab ein unterdrücktes Brummen von sich und beugte sich vor, um die Konstruktion eingehender zu betrachten. Doch das Klicken der Jaradafüße auf dem Fliesenboden hinter seinem Rücken erinnerte ihn an die Mission. Unvermittelt straffte sich der Klingone und knallte fast mit dem Kopf an die Decke. Mit einem halben Dutzend rascher Schritte holte er die restliche Landegruppe ein.

Picard wölbte die Brauen, als Worf sich wieder zu der Gruppe gesellte. Aber die Reaktion des Klingonen beschränkte sich darauf, eine noch mißmutigere Miene zu ziehen. Der Captain zuckte die Achseln und verlegte seine Beachtung zurück auf den Weg. Zum richtigen Zeitpunkt würde Worf ihnen erzählen, was er gesehen hatte.

Picard versuchte sich die zahlreichen Verzweigungen und Biegungen einzuprägen. Die von außen erkennbare Regellosigkeit des Gebäudes fand innerhalb der Mauern ihre innenarchitektonische Entsprechung.

Zwar hatten sie hier eine diplomatische Mission zu erledigen, und bei solchen Aufträgen war es im allgemeinen überflüssig, sich frühzeitig nach den günstigsten Fluchtwegen aus feindlichem Territorium umzuschauen. Eingefleischte Gewohnheiten jedoch ließen sich schwer mißachten. Befehlshaber von Landegruppen, die die Orientierung verloren, setzten das eigene und das Leben ihrer Gruppe aufs Spiel.

Picard hatte keinerlei Neigung, in eine derartige Situation zu geraten. Er hatte tüchtige Leute ausgesucht. Deshalb war er sicher, daß auch die anderen Mitglieder der Landegruppe unterwegs die Augen offenhielten. Im Notfall mochte er sich aber nicht auf jemand anderes verlassen müssen, sollte es darum gehen, aus dem Labyrinth des Regierungskomplexes zu fliehen. Mit dieser Mission waren schon genug Risiken verbunden, ohne durch einen so offensichtlichen Fehler zusätzliche Schwierigkeiten heraufzubeschwören.

Nach einer Weile des Aufwärtsgehens durch verschlungene Korridore stoppte Zelfreetrollan vor einer mit kunstvollen Schnitzereien dekorierten Tür. Zwei der Jarada, die die Nachhut gebildet hatten, kamen nach vorn geeilt. Ihre Klauenfüße klickten über den Fliesenboden. In ihrer Nähe verstärkte sich der Zimtduft. Beide Jarada verbeugten sich vor Picard. Danach öffnete das kleinere Exemplar der Landegruppe die Tür.

»Hier an dieser Stätte, wo Sie sich von der Reise erholen können, stehen auch Erfrischungen für Sie bereit, Captain Picard.« Durch ein Wippen des Schädels deutete Zelfreetrollan eine neue Verbeugung an. »Die

Ehrengarde bleibt vor der Tür. Sollten Sie irgend etwas brauchen, wenden Sie sich an sie. Falls Sie keinen anderslautenden Wunsch haben, wird unser Protokollbeamter Sie in einer halben Ihrer Stunden aufsuchen. Kurze Zeit später werden unsere Gespräche eröffnet.«

Zum Zeichen der Einwilligung verneigte sich Picard. »Ihre Planung ist zu unserer vollen Zufriedenheit, Erster des Rates.«

»Dann schicke ich Ihnen zur rechten Zeit eine Eskorte.« Zelfreetrollan erwiderte Picards Geste mit einer erneuten Verbeugung. Er blieb in dieser Haltung, bis die Landegruppe die Schwelle zur sogenannten Meditationskammer überquert hatte. Jeder Angehörige der Gruppe verneigte sich dabei vor dem Jarada. Schließlich fiel die Tür zu, und die Menschen waren sich selbst überlassen.

Worf zückte seinen Tricorder und begann ein Scanning der Räumlichkeit. Alle paar Schritte verhielt er und prüfte die Wand von der Decke bis hinab zum Fußboden. Wie in den Korridoren hatte man die Wände auch hier mit körnigem Verputz bestrichen. Die Färbung reichte von Hellbeige rings um die Tür bis zu Ockerbraun an der Außenwand mit den Fenstern.

Obwohl der niedrige Raum für die kleinwüchsigeren Jarada konzipiert war, verlieh die Farbgestaltung ihm den Eindruck von Helle und Luftigkeit. Anders als in den von kräftigen Duftnoten durchzogenen Korridoren roch es jedoch nur ganz schwach nach Zimt.

Möbliert hatte man die Meditationskammer mit einem langen, schmalen Tisch, zwei flachen Liegen und einer Anzahl vierbeiniger, Hockern ähnlicher Sitzgelegenheiten mit sonderbar geformten Polstern. Riker besah sich einen der Stühle, drückte das geriffelte Stoffpolster ein, um die Formgebung abzutasten. Der Konstruktion nach zu schließen, diente das Möbel wohl dem Zweck, den Leib eines Jarada zu tragen, während der Insektoide ein Beinpaar oder beide Beinpaare ausruhte.

»Hat man beim Entwurf nicht an Menschen gedacht, Nummer Eins?« In Picards Stimme schwang eine gewisse Erheiterung mit. Für den Körperbau der Jarada war das Möbel elegant und äußerst praktisch.

»Leider nicht, Sir.« Riker untersuchte den Stuhl weiter, als könnte er ihm etwas über seine Schöpfer offenbaren. Die aus geglättetem, hellem Holz hergestellten Beine hatte man in starke Halterungen gesteckt und mit hölzernen Dübeln befestigt. Anders als bei der Holztür der Kammer fehlten an den Stuhlbeinen Schnitzereien.

Picard kauerte sich auf die nächststehende Liege. Es kam ihm komisch vor, auf einem so dicht überm Fußboden befindlichen Möbelstück zu sitzen. Die honiggelbe, glatte Polsterung fühlte sich kühl an. Auch hier waren Polster und Kissen dem Körper der Jarada angepaßt. Picard wechselte mehrmals die Position. Dabei wurde ihm zumute wie einem Schüler, der am Schultisch zappelte. Endlich fand er eine bequeme Stellung.

Beverly Crusher ging zum Tisch, auf dem eine gerillte Karaffe und mehrere kugelige Gläser standen. Sie hob ihren Tricorder über die Karaffe und wartete auf die Meßergebnisse. Der Apparat summte und knisterte. Die Erarbeitung der Resultate dauerte so lange, daß sich unterdessen zwischen den Brauen der Ärztin eine steile Falte zeigte.

Schon griff sie nach Rikers Tricorder, um die Analyse mit seinem Gerät zu wiederholen, da erschienen doch noch die Ergebnisse. Bei dem Getränk handelte es sich um konzentrierten Fruchtsaft. Er mußte fast so süß wie Honig sein.

»Ich würde davon abraten, das Zeug pur zu trinken«, sagte Crusher. »Aber wenn jemand Durst hat, können wir es mit Wasser verdünnen. Das ergibt wahrscheinlich ein einigermaßen erträgliches Getränk.«

Picard blickte sich um. An der Wand gegenüber führte eine Tür in einen kleinen Waschraum. »Vielleicht sollten wir wirklich einen Schluck zu uns nehmen, Doktor. Es wäre unklug, unsere Gastgeber zu verärgern, indem wir über die Beweise ihrer Gastfreundlichkeit hinwegsehen.«

Mit Trois Hilfe verdünnte Crusher den Fruchtsaft und reichte gefüllte Gläser herum. Eines nach dem anderen nahmen die Mitglieder der Landegruppe auf den Liegen Platz. Zum Schluß kam Worf, nachdem er das Scanning der Räumlichkeit beendet hatte, zum Captain.

»Hat jemand irgendwelche Kommentare abzugeben?« fragte Picard.

»Erkennbares Lauschgerät ist nicht vorhanden.« Worfs Stimme klang wie ferner Donner. Sie glich einer Warnung vor etwa drohenden Unerfreulichkeiten. »Aber die Akustik in diesem Raum ist so beschaffen, daß die Belüftungsschächte unsere Worte einem Detektor zutragen könnten, den mein Tricorder nicht erfaßt.«

Überrascht hob Riker die Brauen. Er schaute sich ein zweites Mal in der Meditationskammer um. Jetzt widerspiegelte seine Miene Respekt vor den Erbauern des Gebäudes. »Also sollten wir uns wohl verhalten, als wäre die Bude verwanzt, hm?«

»Für mich steht *fest*, daß wir belauscht werden.« Als Worf sich zu voller Größe aufrichtete, streifte sein Kopf die Decke. »Jeder Kommandant nutzt alle verfügbaren Mittel, um sich über die gegnerischen Pläne zu informieren.«

»Wir sind auf einer *diplomatischen* Mission, Mr. Worf.« Trotz der Ermahnung funkelte Heiterkeit in Picards Augen. Die generell skeptische Einstellung des Klingonen verwies in diesem Fall auf das Konfliktpotential jeder diplomatischen Tätigkeit. Je weniger man über die Wesen wußte, mit denen man es zu tun hatte, um so schwieriger gestaltete sich die Situation. Zwar beabsichtigte die Gesandtschaft der *Enterprise* alles zu unternehmen, was in ihrer Macht stand, um gute Beziehungen zu den Jarada zustandezubringen; man konnte jedoch nicht ausschließen, daß die Jarada andere Vorstellungen verfolgten.

»Jawohl, Captain.« Worfs Ton blieb neutral.

»Counselor?«

Deanna Troi rückte sich an ihrem Platz zurecht und schnitt eine nachdenkliche Miene. »Es fällt mir schwer zu deuten, was ich bei den Jarada spüre. Alles ist ziemlich wirr ... irgendwie verzerrt. Fast als ob sie sich gegen mich abschirmten.«

»Sie meinen ... vorsätzlich?« fragte Crusher, indem sie von ihrem Medo-Tricorder aufblickte. Zerstreut strich sie sich eine Strähne ihres kupferroten Haars aus dem Gesicht und griff nach ihrem Glas. In verdünntem Zustand schmeckte der Fruchtsaft keineswegs übel. Der Geschmack ähnelte einer Obstsaftmischung, die man an Bord der *Enterprise* anbot.

Troi reagierte auf die Frage der Medizinerin mit einem Stirnrunzeln. Sie neigte den Kopf leicht zur Seite, versuchte die emphatischen Eindrücke zu ordnen, die auf sie einströmten. Endlich schüttelte sie den Kopf. »Ich glaube nicht. Aber es gibt jede Menge von Hintergrund-Emanationen, fast wie Statik. Vielleicht ist es für mich schwieriger, die emotionalen Grundzüge der Jarada zu verstehen, weil sie sich so sehr von uns unterscheiden.«

»Doktor?«

»Ich habe bei allen Jarada, denen wir bis jetzt begegnet sind, ein Medo-Scanning vorgenommen. Leider ist die Ausbeute gering. Mit auf Automatik geschaltetem Tricorder war nicht mehr zu leisten.« Flüchtig heftete Crusher den Blick auf die kleine Bildfläche des Tricorders. »Natürlich bräuchte ich umfangreichere Untersuchungsergebnisse, wollte ich endgültige Aussagen über die Biologie der Jarada machen. Es gibt jedoch wenigstens drei Geschlechter. Außerdem deutet einiges auf sexuellen Polymorphismus hin.«

»Drei?« Rikers Tonfall bezeugte Verblüffung. »Ich konnte bei ihnen keine ersichtlichen Unterschiede feststellen.«

Crusher lächelte über seine Äußerung. »Ein Tricoder ist dabei etwas ergiebiger als das menschliche Auge. Demnach ist Zelfreetrollan männlichen Geschlechts, anscheinend aber zeugungsunfähig. Seine Begleitung bestand aus Neutren. Nichts zeigt an, daß sie je was anderes gewesen wären. Da zur Vermehrung Weibchen nötig sind, müssen wir auf ein Minimum von drei Geschlechtern schließen.«

»Ein Minimum?« wiederholte Picard. »Sehen Sie Anlaß zu der Vermutung, es könnte noch mehr geben?«

»Die Physiologie der Insekten ist außerordentlich kompliziert, Captain. Sogar schon bei den niedrigeren Gattungen, wie man sie auf den meisten Planeten findet. Wir kennen so wenige Beispiele intelligenter Insektoidenvölker, daß es fast unmöglich ist, verallgemeinernde Rückschlüsse zu ziehen. Der außergewöhnlichste bekannte Fall sind die Tal'rekswee auf Naks!zray vier. Sie umfassen sechs Geschlechter, fruchtbare und unfruchtbare Männchen und Weibchen sowie von ihnen abstammende Neutren.«

Keiko beugte sich vor, schaute kurz auf den Tricorder der Bordärztin. »Die meisten Insektenstaaten sind hochgradig hierarchisch organisiert, Sir. Der Nutzen für die Gesellschaft als Gesamtheit bestimmt die Funktion des Individuums. Das ist besonders offenkundig auf dem Gebiet der Vermehrung, wo die Fähigkeit zur Fortpflanzung der Spezies auf sehr wenige Individuen begrenzt bleibt. Sämtliche Ressourcen der Gesellschaft werden zur Versorgung und zum Schutz der wenigen vermehrungsfähigen Exemplare des Insektenstaates verwendet.«

Keiko schwieg, um Atem zu holen. Plötzlich sah sie, daß ihre Ausführungen zu einem Thema, das so weit außerhalb ihres Fachgebiets lag, die übrigen Anwesenden verdutzte. Sie warf sich in die Brust. Ihre Haltung zeigte, daß sie alle Bereitschaft hatte, ihre Aussagen zu verteidigen.

»Viele Pflanzenarten werden durch Insekten befruchtet. Deshalb habe ich mich auch fürs Leben der Insekten interessiert.«

»Sehr gut, Miß Ishikawa.« Picard blickte der Reihe nach jeden seiner Offiziere an. »Hat jemand etwas beizutragen, das über Spekulationen hinausgeht?«

»Jawohl, Captain.« Worf trat einen Schritt vor. »Dies Gebäude ist gebaut wie eine Festung. Die Mauern sind sehr dick und aus unentzündlichem Material gebaut. Und die Bleiverglasung der Fenster hat keine dekorativen Zwecke, sondern dient zur Verstärkung. Die Streben sind sehr widerstandsfähig und zudem fest im Mauerwerk verankert.«

»Wahrhaftig? Wirklich gut, das zu wissen.« In Gedanken rekapitulierte Picard den Weg, den sie durch die Korridore genommen hatten, besann sich auf beobachtete Einzelheiten. Mit seinen vielen Etagen und durch das Labyrinthische der Korridore gab der Regierungskomplex eine beachtliche Bastion ab. Für Angreifer, die keinen genauen Lageplan hatten, mußte sie nahezu unbezwinglich sein.

»Ist diese architektonische Wehrhaftigkeit ein neueres Phänomen, oder handelt es sich um ein Produkt seit langem überlieferter gesellschaftlicher Charakteristika?«

»Das läßt sich gegenwärtig unmöglich beantworten, Captain.« Crusher lächelte ihm zu, als wollte sie sich entschuldigen. »Die Insektengesellschaften, über die uns umfassende Informationen vorliegen, sind weitgehend traditionell eingestellt. Solange keine äußeren Einflüsse wirksam werden, behalten solche Völker ihre kulturellen Eigenheiten über Abertausende von Jahren hinweg bei.«

Riker strich sich mit der Hand durch den schwarzen Bart. »Mit anderen Worten: Wenn wir über die Jarada Bescheid wissen möchten, müssen wir sie erst gründlich studieren.«

Crusher nickte. Ihr Gesicht nahm einen versonnenen Ausdruck an.

»Genauso ist es leider, Will. Bei einer konservativen Gesellschaft ist Extrapolation beinahe unmöglich. Und weil alle geläufigen Beispiele insektoider Völker ausgeprägt konservativ sind, müssen wir darin das gültige Modell sehen, solange wir keine gegenteiligen Informationen haben. Außerdem ist zu berücksichtigen, daß Insektenverhalten im allgemeinen höchst formalisiert abläuft. Dazu zählt eine große Anzahl ritualisierter Vorgänge.«

»Darauf wäre ich nie gekommen«, murmelte Riker in den Bart. Er machte die Bemerkung deutlich genug, um von jedem gehört zu werden, aber so leise, daß der Captain sie unbeachtet lassen konnte.

Picard stand auf und beendete die Besprechung. »In diesem Fall müssen wir Augen und Ohren nach jeder nur erhältlichen Information aufsperren. Je mehr wir über die Jarada erfahren, um so größer sind die Aussichten, daß wir zu ihnen friedliche Beziehungen pflegen können.«

Wie um Picards Schlußwort zu unterstreichen, ertönte vom Eingang ein Klopfen. Einen Moment später schwang die kunstvoll verzierte Tür auf. Ein kleiner, kupferfarbener Jarada duckte sich zum Gruß zusammen.

»Man nennt mich Zelnixcanlon. Als Protokollbeamter ist es meine Aufgabe, Sie über die Sitten und Bräuche unseres Schwarms zu unterrichten. Ich werde diese Aufgabe nun erfüllen, falls Sie sich inzwischen ausreichend vorbereitet haben. Wünschen Sie irgendwelche Aufschlüsse von mir zu erhalten, bevor ich Sie zwecks Aufnahme der Verhandlungen zu den Ratskammern führe?«

Picard erwiderte die Verbeugung des Jarada. »Wir danken Ihnen, Zelnixcanlon. Wir sind auf Ihrer Welt Neulinge. Darum soll es uns eine Ehre sein, von Ihnen genau darüber aufgeklärt zu werden, was man von uns erwartet und wie wir uns betragen müssen.«

Zelnixcanlons Fühler schwankten wie Schilfhalme im Wind, während er die Beine einknickte, bis sein Bauch den Fliesenboden berührte. »Es ist meine ehrenvolle Pflicht, Sie in dem zu unterweisen, was sein muß.«

Im Laufe der nächsten Stunde wurde der Jarada dieser Verpflichtung gerecht. In allen Einzelheiten schilderte er das Begrüßungszeremoniell und führte aus, wie danach die Verhandlungen ihren Gang nehmen sollten.

Der Weg zu den Ratskammern war noch umständlicher als der zur Meditationskammer. Erst wanderten sie durch etliche Korridore aufwärts und durchquerten ausgedehnte Innenbereiche des Gebäudes. Einmal passierten sie eine Säulenhalle, die sich unmittelbar unter dem Dach befinden mußte. Durch die kleinen, runden Fenster hatte man Ausblick auf die dichten Laubkronen der Bäume eines Innenhofs.

Crusher vermutete, daß sie in denselben Innenhof hinabsahen, in den sie von der *Enterprise* hinuntergebeamt worden waren; von oben bot sich jedoch eine völlig andere Perspektive dar, so daß sie nicht sicher war. Eigentlich konnte es jeder der fünf Innenhöfe sein, von denen sie dank der externen Sondierung wußten, daß sie den Regierungskomplex auflockerten. Die Kombination aus miteinander verbundenen Gebäudetrakten und geschlossenen Höfen machten ihn zu einem schlecht überschaubaren Irrgarten.

Aus der Säulenhalle ging es durch Korridore und Gänge wieder abwärts. Die Wände wechselten von hellen zu dunklen, anschließend von dunklen zu hellen Farben. Auch die Gerüche änderten sich. Statt des anfänglichen, stark würzigen Odeurs roch man bald den süßlichen, fruchtigen Duft eines Obstgartens voller herabgefallener Pfirsiche.

Zu guter Letzt durchwehte ein Geruch die Räumlichkeiten, der den Eindruck eines Gemischs aller bisher wahrgenommenen Düfte erweckte, ergänzt um zusätzliche, nicht so recht bestimmbare Duftnoten. Crusher, die während des langwierigen Zugs durchs Gebäude ständig Messungen mit ihrem Tricorder ausführte, bemerkte als erste, daß die Gerüche an jeder größeren Verzweigung der Korridore wechselten.

Sie hatte die Düfte zur Kenntnis genommen wie das Parfüm einer anderen Frau. Erst als ihr Tricorder zum drittenmal eine wichtige Verzweigung des Gangsystems sondierte, erkannte sie die Bedeutsamkeit der Beobachtung.

Die Jarada benutzten Gerüche, um innerhalb des Gebäudes unterschiedliche Bereiche zu kennzeichnen. Der Tricorder gab Crusher keinen klareren Aufschluß über den tieferen Zweck der Markierungen. Aber von da an achtete die Bordärztin mit gesteigerter Aufmerksamkeit auf alles, was mit den wechselhaften Geruchsvariationen zusammenhängen mochte. Das Gefühl sagte ihr, daß die Lösung des Rätsels größte Bedeutung hatte. Doch vorerst blieb der Sinn ihr verborgen.

Crusher öffnete den Mund, um ihre Theorie Troi darzulegen. Dann jedoch überlegte sie es sich anders.

Es war klüger zu warten, bis sie mehr wußten. Momentan drohte die Gefahr, gegen ein jaradisches Tabu zu verstoßen, indem sie darüber sprach. Also empfahl es sich, lieber abzuwarten, bis sie die Gewißheit hatten, daß niemand sie belauschte.

Beverly war so tief in Gedanken, daß sie erschrak, als die Gruppe das immens wuchtige, vollkommen mit Schnitzereien verzierte Portal zu den Ratskammern der Jarada erreichte.

3

Das Tor zu den Ratskammern konnte nur als ungeheurer, schwarzer Koloß bezeichnet werden. Seine Maße übertrafen alles, was Picard bislang an jaradischer Architektur gesehen hatte. *Wer hier eintritt, lasse alle Hoffnung fahren,* dachte der Captain. Ihm war die Ironie des Augenblicks vollauf bewußt. Egal wie oft und auf wie vielen verschiedenen Welten er dem alten Trick begegnete – es erstaunte ihn jedesmal von neuem, daß nahezu alle Regierungen beim Errichten ihrer staatlichen Repräsentationsbauten auf die unverhohlene Demonstration der Macht zurückgriffen. Es schien, als könnten Oberhäupter sich kein Regieren ohne Einschüchterung denken, keine Autorität ohne Herrschaft.

Selbst in Gesellschaftssystemen, die ihre Regierung mittels breiter Zustimmung der Volksgemeinschaft wählten, gab man häufig einer größenwahnsinnigen Architektur den Vorzug. Man hätte meinen können, es sollte unübersehbar daran erinnert werden, daß wenige Individuen unverhältnismäßige Gewalt über das Schicksal jedes Einzelnen ausübten.

Während sie sich dem Portal näherten, konnte Picard die künstlerischen Ornamente genauer besehen. Sie bedeckten jeden Quadratmillimeter der Holzfläche. In manche Ausschnitte hatte man Symbole gekerbt, die dem Captain nichts sagten. Möglicherweise waren es Schriftzeichen. Andere Teile wiesen Bilder auf: Szenen von Kämpfen zwischen Jarada. Die figürlichen

Darstellungen zeichneten sich durch äußerste Stilisierung aus.

Picard erinnerten die Abbildungen an eine angenehme Woche Heimaturlaub vor mittlerweile vielen Jahren. Er hatte die freie Zeit genutzt, um in Ägypten die Ruinen von Karnak zu besichtigen. Diese jaradischen Schnitzereien hatten einige Ähnlichkeit mit den steinernen Reliefs, die die Triumphe der Pharaonen rühmten. Nachdem der Vergleich dem Captain erst einmal eingefallen war, wurde er ihn nicht mehr los.

Die ägyptische Kultur war stark gegliedert, ausgesprochen traditionell und sehr reglementiert gewesen. Ähnliches galt für die Insektoidenstaaten, die Troi als mögliche Modellfälle für die Gesellschaft der Jarada erwähnt hatte.

Beim Betrachten des enormen schwarzen Tors erkannte Picard, daß sie alle einen Begriff außer acht gelassen hatten, der ebenfalls öfter für die Einordnung solcher Kulturen erhebliche Aussagekraft hatte: Militarismus. Eine ungute Vorahnung jagte ihm ein Schaudern über den Rücken. Bei den Gedanken, die die Bildnisse des Portals bei ihm hervorriefen, wurde ihm recht mulmig zumute.

Auf einen Wink Picards trat Keiko vor. Sie bewegte den Tricorder vor dem Tor hin und her, um die Schnitzereien zwecks späterer Auswertung zu speichern. Wahrscheinlich würde das Portal mehr über die Jarada verraten, als die Föderation bisher insgesamt über sie wußte.

Als wäre Keikos Betragen so etwas wie ein Zeichen, stellten zwei kleine, kupferig gefärbte Jarada sich mitten vor den Eingang. Sie schwangen die Torflügel beiseite, um der Landegruppe Einlaß zu gewähren.

Vor den Gästen erstreckte sich ein weiter, mit geometrischen Mosaiken in prächtigen Farben ausgelegter Mittelgang. An bestimmten Stellen standen, wie das Zeremoniell es vorschrieb, beiderseits des Mittelgangs mahagonibraune Jarada. Jeder davon trug eine breite, prunkvoll geschmückte Kordel um den Hals. Flackerige Fackeln erzeugten den Großteil der Beleuchtung. Sie verliehen der Szenerie eine zeitlos-barbarische Atmosphäre, die im Widerspruch zu den technischen Ausgefeiltheiten stand, die man in anderen Bereichen des Regierungskomplexes bemerken konnte. Als Dach überspannte ein Tonnengewölbe die Halle, deren Decke in den düsteren Schatten verborgen blieb.

Die Erbauer hatten es, lautete Picards Schlußfolgerung, mit Absicht auf diese Effekte angelegt. Das trübe, unstete Licht sollte der Halle den Eindruck einer riesenhaften Höhle geben, in der jeder Bittsteller sich winzigklein und belanglos fühlen mußte.

Auch das war eine beliebte Methode, um Untertanen auf ihren im Gesamtrahmen der Gesellschaft bedeutungslosen Platz zu verweisen, ihnen ihre Schranken zu zeigen. Obwohl Picard sich der Funktionsweise dieses psychologischen Tricks bewußt war, konnte er seine Effizienz nicht leugnen.

Die Landegruppe schritt durch den Mittelgang. Am anderen Ende ragte eine Empore auf, deren Einzelheiten man in der ungleichmäßigen Beleuchtung vorerst nicht unterscheiden konnte.

Sobald die Landegruppe zu den ersten Ehrenwachen gelangte, kreuzten die zwei Jarada beide Armpaare in Brusthöhe; die Leiber senkten sie mitsamt den Oberkörpern bis fast auf den Fußboden. Ein schwacher Holzgeruch wie von Zedern- oder Sandelholz umwehte sie. Picard blieb stehen, erwiderte die Respektsbekundung mit einem knappen Nicken. Dann stapfte er weiter.

Hinter ihm ahmten seine Begleiter sein Verhalten nach. Allerdings verneigten sie sich etwas tiefer, um zu verdeutlichen, daß sie einen niedrigeren Rang als der

Captain einnahmen. So hatte Zelnixcanlon, der jaradische Protokollbeamte, es ihnen eingeschärft.

Die beiden nächsten Ehrenwachen kauerten sich gleichfalls tief hinab, ließen jedoch die obere Körperhälfte in aufrechter Haltung. Ihre Klauenhände streckten sie Picard entgegen. Der Captain ging in die Knie und senkte den Arm in ausholend-schwungvoller Gebärde, wie sie ähnlich als höfische Verbeugung am Hofe Ludwigs XIV. üblich gewesen sein mochte.

Auch diesmal folgte die übrige Landegruppe seinem Beispiel. Ein Knurrlaut des Sicherheitsoffiziers machte dem Captain allerdings klar, daß dieser Teil des unumgänglichen jaradischen Zeremoniells gegen Worfs Auffassung von seiner Kriegerwürde verstieß.

Während die Landegruppe den Mittelgang der Halle hinaufstrebte, entbot jedes Paar jaradischer Ehrenwachen ihr eine andere Art der rituellen Begrüßung. Einige Gesten waren höchst förmlicher oder extrem unterwürfiger Natur. Andere wiederum beschränkten sich auf eine bloße, fast arrogante Kenntnisnahme der Anwesenheit der Gäste.

Nach dem fünften oder sechsten Austausch von Gebärden spürte Picard, wie hinter seinen Augen ein durch die Anspannung verursachter Kopfschmerz einsetzte.

Der Captain atmete tief durch, um sich besser zusammennehmen zu können. Er mußte die Beunruhigung verdrängen und den Kopfschmerz unterdrücken. Diese Rituale waren nichts anderes als ein weiterer Bestandteil des Nervenkriegs, den die Jarada gegen jedes Nichtmitglied ihres Schwarms führten. Picard hatte die Aufgabe, ihnen zu beweisen, daß er das Spielchen genausogut wie die Jarada beherrschte.

Wie er dank Zelnixcanlons Unterweisung wußte, flankierten zwei Dutzend Paar Jarada-Ehrenwachen den Mittelgang. Jedes Paar erforderte eine andere Verhaltensweise. In manchen Fällen mußte er die gleiche

Höflichkeit zeigen. Bei anderen Gelegenheiten waren ungleiche Reaktionen vorgesehen; höchste Förmlichkeit stieß auf schroffe Grobheit. Zelnixcanlon hatte erklärt, diese Rituale seien eine Wiedergabe historischer Ereignisse. Doch niemand in der Landegruppe, nicht einmal Troi, hatte mit den Erläuterungen des Jarada viel anzufangen verstanden.

Der Translations-Algorithmus der *Enterprise* übersprang ständig die eine oder andere, anscheinend aber wichtige Konzeption. Und Troi vermochte das emotionale Innenleben der Jarada, denen sie begegneten, noch immer nicht zu durchschauen.

Bis zur Behebung dieser Mängel blieb Picard sonst nichts anderes übrig, als die Rituale des Protokolls als weitere, schwierige Prüfung einzustufen. Falls er sich in der richtigen Reihenfolge an das jeweils passende Auftreten entsann, hatte die Föderation bei ihrem Bemühen, mit den Jarada unter gleichberechtigten Bedingungen zu verhandeln, eine neue Probe bestanden.

Je weiter die Landegruppe zwischen den aufgereihten Ehrenwachen im Mittelgang vorwärtsgelangte, um so wärmer schien es in der Halle zu werden. Die Anstrengung, die es Picard kostete, alles korrekt abzuwickeln, trieb ihm den Schweiß auf die Stirn. Schweiß rann ihm auch den Rücken hinab.

In solchen Augenblicken – wenn er sich mit einem nahezu unbekannten und eindeutig empfindlichen Volk abplagen mußte – fragte er sich, ob er die letzte Beförderung nicht hätte ablehnen sollen. Heutzutage hatte der Captain eines Raumschiffs der Galaxy-Klasse vor allem Diplomat und Politiker zu sein.

Sein Leben lang war Picard Forscher gewesen. Er hätte seine Karriere gerne so beendet, wie er sie angefangen hatte, nämlich mit der Erkundung des Kosmos außerhalb des bekannten Weltalls. Das war eine Tätigkeit, bei der er Bestleistungen erbrachte. Er kannte ihren Wert für die Föderation.

Auf die Macht und das Prestige, mit denen das Kommando über die *Enterprise* ihn ausstatteten, konnte sein Ego verzichten. Doch er hatte die Herausforderung, die es bedeutete, eines der modernsten Raumschiffe Starfleets zu befehligen, als unwiderstehlich empfunden. Sein gegenwärtiges Kommando hatte eine geradezu ehrfurchtgebietende Hochrangigkeit und Tragweite.

Bisweilen konnte er noch heute nicht richtig glauben, daß er soviel Glück gehabt hatte, zum Captain der *Enterprise* ernannt worden zu sein. Trotz allem ließ sich, wenn er ehrlich war, an einem nicht rütteln: diplomatische Missionen gehörten für ihn zu den mißliebigsten Dienstpflichten.

Aber Starfleet hatte ihn vor seiner Ernennung zum Captain nicht gefragt, ob er denn Lust und Laune hätte, auch mit im Umgang so heiklen Völkern wie den Jarada Verhandlungen zu führen. Picard rief sich in Erinnerung, daß Verantwortung und Ruhm nie getrennt werden konnten. Er bemühte sich, bei den Begrüßungsritualen erhöhtes Selbstvertrauen zu zeigen. Vielleicht sahen die Jarada in Selbstbewußtsein einen Beweis der Macht und Kompetenz.

Schließlich traten sie zu dem letzten Paar Ehrenwachen, die an den Seiten der Treppe warteten, die auf die Empore führte. Oben saß unter einer dunkelroten, mit Gold gesäumten Schwarm-Standarte Zelfreetrollan auf einer breiten, schwarzen Marmorbank. Picard hob den Blick zu dem jaradischen Oberhaupt.

Momentan beschäftigte ihn die Frage, ob er die Begrüßungen samt und sonders richtig absolviert hatte. Für ihn war der Weg durch den Mittelgang beinahe so lang gewesen, wie wohl die spirituelle Reise dauern mochte, die die Zeremonie für die Jarada symbolisierte.

Er versuchte sich auszumalen, wie ein Jarada eines anderen Schwarms sich nun fühlen mochte. Da stand man und hoffte, daß der hiesige Potentat gnädig mitteilte, man hätte sich erfolgreich als intelligentes Individuum und würdiger Vertreter des eigenen Schwarms erwiesen. Bei diesen ans Anspruchsdenken gewöhnten, reizbaren Wesen als Diplomat zu agieren, mußte eine nervenzermürbende Betätigung sein.

Picard sah sich vor einer wahrhaft schwierigen Aufgabenstellung. Zwar wußte er, daß er sich und den Rest der Landegruppe jederzeit durch Transporterchef O'Brien zurück ins Schiff beamen lassen konnte, sollte die Lage zu bedrohlich werden. Doch natürlich wäre das keine ordnungsgemäße Beendigung der Mission. Es würde ihren Hals retten, aber zu keiner Verbesserung der Beziehungen zu den Jarada führen.

Seit er die martialischen Bilder auf dem Portal der Ratskammern gesehen hatte, fragte sich Picard, wie häufig die Jarada wohl jemanden hinrichteten, weil er sich nicht mehr jedes Detail ihres verwickelten Protokolls merken konnte.

Zelfreetrollan erhob sich und kam, die Hände Picard entgegengehalten, die Treppe herab. »Wir heißen Sie willkommen«, sagte er mit seiner multinationalen Stimme. Er sprach englisch. Trotzdem summte Picards Kommunikator vernehmlich, während die Translatorfunktion zu bewältigen versuchte, was sie als mehrere gleichzeitig sprechende Stimmen interpretierte. Picard hörte hinter sich ein Knurren des Mißbehagens. Er vermutete, daß die meiste Rückkopplung in den unteren Frequenzbereichen stattfand. Für diese Tonhöhen waren Klingonen empfänglicher als Menschen.

Es oblag Data, die Kommunikation zu überwachen und solche Schwierigkeiten zu beseitigen. Picard hoffte, daß der Androide das Problem bald erkannte und den Bordcomputer auf diese Besonderheit der jaradischen Sprache einstellte.

Am Fuß der Treppe verschränkte Zelfreetrollan die Arme vor dem Oberkörper und knickte zur rituellen

Begrüßungsverneigung ein. »Mit Ihrem Besuch erweist Ihre Föderation uns eine Ehre. Mögen unsere Beziehungen lange währen und für unsere beiden Schwärme fruchtbar sein.«

Förmlich beugte Picard sich aus der Hüfte tief hinab. Er konnte sich nicht entsinnen, in solchem Umfang zu protokollarischen Formalitäten gezwungen gewesen zu sein, seit er vor dreißig Jahren das Starfleet-Sportlerkontingent zur Föderationsspartakiade auf Yokohama IV geflogen hatte. Yokohama war in den Anfangsjahren der Föderation von einer Sekte japanischer Traditionalisten besiedelt worden. Man hatte dort darauf bestanden, die Veranstaltung nach Maßgabe der vornehmen Etikette im Japan des sechzehnten Jahrhunderts durchzuführen.

Indem er sich aufrichtete, streckte nun Picard die leeren Hände Zelfreetrollan entgegen. »Erster des Rates, Ihr Grußwort ehrt uns. Wir sind der Hoffnung, daß dieser Besuch der Anfang einer langen und gegenseitig nützlichen Freundschaft zwischen Ihrem und unserem Volk ist. Die Föderation heißt neue Mitglieder stets freudig in ihrer Gemeinschaft willkommen. Der Austausch von Gedanken und kulturellen Errungenschaften bedeutet für alle Beteiligten eine Bereicherung.«

»Diese Vorstellung findet auch bei meinem Volk immer mehr Akzeptanz.« Zelfreetrollan duckte den Kopf. Picard mutmaßte, daß die Geste einem Nicken entsprach. Dabei glitzerten die seitlichen Facetten von Zelfreetrollans Augen im Wabern des Fackelscheins.

Erneut verbeugte sich Picard. Dann zeigte er auf seine Begleitung. »Erster des Rates, erlauben Sie mir, Sie mit meinen Untergebenen bekanntzumachen. Commander William Riker, ein wichtiger Berater. Counselor Deanna Troi. Medo-Offizier Beverly Crusher. Botanikerin Keiko Ishikawa. Lieutenant Worf, unser Sicherheitsoffizier ...«

Sobald Picard einen Namen nannte, verneigte das jeweilige Mitglied der Landegruppe sich tief vor Zelfreetrollan. Vielleicht bildete der Captain es sich nur ein, aber er meinte, von Worf ein Brummen des Unmuts zu hören. Möglicherweise mißfiel es dem Klingonen, den Blick bloß für eine einzige Sekunde von dem Jarada zu nehmen.

Picard verkniff sich ein Grinsen. Worf war ein tüchtiger Sicherheitsoffizier, aber würde nie ein guter Diplomat sein. Die jeweils erforderlichen Fähigkeiten schlossen einander praktisch aus.

»Zur Großen Ratskammer geht es hier entlang«, sagte Zelfreetrollan. »Einige meiner höchsten Berater werden sich dort einfinden.« Er kehrte Picard den Rücken zu und strebte auf eine Pforte der Seitenwand zu. Seine Klauenfüße klackerten über den Mosaikboden.

Picard folgte dem Jarada-Oberhaupt. Der Captain war sich bis jetzt nicht darüber im klaren, ob die Verhandlungen nach Föderationsprotokoll, jaradischem Protokoll oder im Rahmen einer undurchschaubarem Mischung aus beidem ablaufen sollten. Er hatte den Verdacht, daß letzteres der Fall sein würde.

Dieser Gedanke ermutigte ihn nicht gerade. Sie hatten es mit Wesen zu schaffen, die man für ihre strengen Normen und ihre Intoleranz gegenüber jeder Fehlerhaftigkeit kannte. Dermaßen bedeutsame politische Gespräche nach Regeln zu führen, mit denen diese Wesen erst nach und nach herausrückten, benachteiligte die menschliche Delegation ganz erheblich.

Fast war es so, als spielte man ohne Chronometer Fizzbin in den Höhlen von Marel 5. Dort lasen die Einheimischen die Uhrzeit aus dem Geruch der Luft ab. Tag und Jahreszeit entnahmen sie den Strömungsverhältnissen unterirdischer Quellen und Bäche.

Aus den Schatten traten zwei rötlichbraune Wachen.

Sie eilten zur Mitte der Pforte, packten in die vielfältigen Schnitzereien integrierte Türknäufe; dann stemmten sie sich gegen die Türflügel und öffneten den Eingang. Tief verbeugten sie sich, als Zelfreetrollan den Zugang passierte. Ein Duft, in dem Zimt und Nelken sich mischten, umwehte die Landegruppe, als sie zwischen den zwei Wachen hindurchschritt.

Im Gegensatz zu den Räumen, die die Besucher bislang gesehen hatten, wirkte die Große Ratskammer nahezu gemütlich. An den Wänden hingen Gobelins mit abstrakten Mustern in einem breiten Spektrum von Blau- und Blaugrüntönen. Den Boden bedeckten glänzend glasierte Keramikfliesen, in denen sich die Musterung der Wandgehänge spiegelten. Mitten in der Kammer stand ein großer, ovaler Tisch aus schwarzem, auf Hochglanz poliertem Holz.

Sofort schlossen die Wachen die Pforte. Mit einem lauten *Rumms* fielen die hölzernen Türflügel in ihren Rahmen. Das Dröhnen hallte wie ein Schlag auf eine große Pauke.

Picard nahm einen ergiebigen Atemzug, versuchte zu erkennen, welche Gerüche in der Ratskammer herrschten. Im ersten Moment war er verdutzt und blieb ratlos. Schließlich merkte er, daß es das nahezu völlige *Fehlen* von Gerüchen war, das ihn stutzig gemacht hatte. Hier war das übermächtige Durcheinander von Düften, das die Menschen umgab, seit sie Bel-Minor betreten hatten, auf ein erträgliches Maß reduziert worden.

Während die Pforte sich mit lautem Dröhnen schloß, kamen durch hinter den Gobelins verborgene Eingänge fünf Jarada in die Große Ratskammer. Picard fühlte sich an die Zustände im Europa des Mittelalters erinnert. Auch dort hatten sich damals Freund und Feind hinter den Wandgehängen der Thronsäle versteckt, um wichtige Zusammenkünfte zu belauschen. Durch diesen Vergleich erregten die Jarada unversehens einen menschlicheren, weniger fremdartigen Eindruck.

Dennoch mußte Picard eine Anwandlung des Unbehagens bezähmen. Argwohn und Mißtrauen waren nicht unbedingt die menschlichen Eigenschaften, die er gern auch bei den Jarada entdecken mochte. Er hätte es lieber gehabt, der Vergleich mit dem Mittelalter wäre ihm nicht eingefallen.

Zelfreetrollan nickte jedem der Hereingekommenen zu. Bei jeder seiner Kopfbewegungen schillerten die Farben seiner flachen Augenfacetten. Endlich wandte er sich um und senkte vor Picard ebenfalls noch einmal den Kopf.

»Ehrenwerter Captain Picard, darf ich Ihnen den Ältestenrat des Zel-Schwarms vorstellen?« Die fünf Jarada reihten sich nebeneinander hinter ihm auf; jeder von ihnen vollführte vor der Landegruppe der *Enterprise* eine förmliche, tiefe Verbeugung.

Zelfreetrollan hob seinen linken Normalarm. Ein großer, kastanienbrauner Jarada trat vor. Seine aus goldenen und silbernen Strängen geflochtene Amtskordel verschwand fast unter einem wahren Klempnerladen von Orden und Medaillen. Der Jarada machte eine neue Verbeugung. Dabei senkte er auch den Kopf und berührte mit den Normalhänden seine Stirn.

»Das ist Zelk'helvtrobreen, der Befehlshaber unserer Schwarmhüter.« Zelk'helvtrobreen richtete sich auf und trat zurück in die Reihe der übrigen Würdenträger.

Danach stellte Zelfreetrollan die anderen vier Ratsmitglieder vor. Zelmirtrozarn, der spirituelle Führer der jaradischen Gesellschaft, hatte mittelgroße Statur und dunkelbraune Farbe. Seine Amtskordel wies mehr Farben als bei jedem anderen Jarada auf, ausgenommen Zelfreetrollan. Zelbrektrovish, der Leiter der Wissenschaftler und Forscher, war der kleinste anwesende Jarada; seine in kräftigem Ockergelb und hellem Lila geflochtene Amtskordel war allerdings ebenso augenfällig, wie sie offenbar hohen Rang anzeigte.

Zelnyartroma'ar, die Direktorin des Medizinischen Dienstes, hatte eine honiggelbe Gestalt und trug eine dunkle, schmucklos-schlichte Amtskordel; sie war das jüngste Ratsmitglied. Zelnyentrozhahk, deren Titel sich ungefähr mit ›Bildungsministerin‹ übersetzen ließ, bewegte sich mit einer Steifheit, die hohes Alter verriet; ihr Exoskelett war hellorange und mit dunkleren Tupfern gesprenkelt, die Picard unwillkürlich als Altersflecken auslegte.

Nach dem allgemeinen Bekanntmachen deutete Zelfreetrollan auf den Konferenztisch. »Da wir jetzt die wichtigsten Formalitäten erledigt haben, können wir mit der Arbeit anfangen«, sagte er. »Wir hoffen, Sie hegen keine Einwände dagegen, daß wir die Sachfragen mit Ihnen auf der Grundlage beiderseitiger Gleichberechtigung diskutieren möchten. Die Begrüßungszeremonien waren unentbehrlich, damit sich im Schwarm die Kunde ausbreitet, daß Sie tatsächlich intelligente Lebewesen sind.«

»Dafür haben wir volles Verständnis«, antwortete Picard. Mit jedem Moment wurde ihm konfuser zumute. Daß der Jarada bereit war, unter das aufwendige Protokoll nun einen Schlußstrich zu ziehen, konnte im Hinblick auf die Verhandlungen ein einzigartig günstiges Vorzeichen sein.

Dennoch weckte dieser Umschwung bei Picard sehr ungute Empfindungen. Er wußte nur zu gut über die bisherige Geschichte der Beziehungen zwischen der Föderation und den Jarada Bescheid. Die Brauen gewölbt, blickte er Troi an. Sie schüttelte kaum merklich den Kopf. Der Captain hätte die Bewegung nicht bemerkt, hätte er nicht eigens darauf geachtet.

Also konnte Troi noch immer nicht genug von den Emotionen der Jarada spüren, um ihr Verhalten zu deuten. Picard war in bezug auf die jaradischen Absichten so klug wie zuvor. Unter Umständen lockte Zelfreetrollan die Landegruppe in eine Falle.

Denkbar war jedoch auch, daß er sich als Reformer betätigte, etwas durchzusetzen versuchte, das der Mehrheit der Jarada widerstrebte. Oder vielleicht war das alles ganz einfach normale jaradische Diplomatie. Anhand der ihm vorliegenden Informationen konnte Picard es schlichtweg nicht beurteilen.

Alle Sitzungsteilnehmer setzten sich an den Tisch. Picard und Zelfreetrollan belegten Plätze an den beiden Enden der Tafel. Auf den anderen Sitzen ließen sich in wechselweiser Reihenfolge Menschen und Jarada nieder. Die Sitzgelegenheiten standen so angeordnet, daß sich jeweils ein Mensch und ein Jarada gegenübersaßen. Soweit Picard die Lage überblickte, waren die Paarungen unter Berücksichtigung der Funktion erfolgt. Worf saß Auge in Auge mit Zelk'helvtrobreen, dem Befehlshaber des jaradischen Militärs; Crusher mit Zelnyartroma'ar, der Direktorin des Medizinischen Dienstes.

Trotz seiner Absage an weitere protokollarische Umständlichkeiten hielt Zelfreetrollan seinen Besuchern als erstes eine Willkommensansprache. Er äußerte allerlei Lobhudeleien und gab erneut der Hoffnung Ausdruck, zwischen den Jarada und der Föderation möge eine neue Ära harmonischer Beziehungen anbrechen.

Unauffällig maß Picard die Dauer der Ansprache. Er war sich darüber im unklaren, ob er seine Antwortrede länger oder kürzer fassen sollte. Beanspruchte er dafür mehr Zeit als sein Gastgeber, könnte das als Kränkung aufgefaßt werden, als ein Versuch, das Jarada-Oberhaupt zu übertrumpfen. Andererseits mochte auch eine kürzere Rede als Affront verstanden werden, als eine Art von Knauserei insofern, daß die Föderation weniger Zeit für die Jarada erübrigte, als umgekehrt sie für die Föderation. Das war ein kritischer Punkt; Picard beschloß, sich so genau wie möglich an Zelfreetrollans zeitliche Vorgabe zu halten.

Als er nach fünfzehn Minuten seine Antwortrede beendete, sah er, daß er den richtigen Entschluß getroffen hatte. Die sechs Jarada hatten aufmerksam zugehört. Bei Erwähnung der multikulturellen Zusammensetzung der Föderation und der hervorragenden Gelegenheiten zu allgemeinem Handel und Wandel hatten sie die Köpfe hin- und hergewippt. Zum Schluß bot Picard an, alle Fragen zu beantworten, die die Jarada haben mochten.

Zu seiner Überraschung stellte Zelfreetrollan prompt die Frage, wie die Föderation regiert würde. Daraus ergab sich eine lebhafte Diskussion über die Vielfalt der zur Föderation gehörigen Welten.

Anschließend schilderten Worf, Keiko und Troi ausführlich, in welcher Hinsicht ihre Heimatplaneten sich untereinander und von anderen Mitgliedswelten unterschieden. Anscheinend faszinierten diese Beschreibungen die Jarada, und ehe man sich versah, war der Nachmittag verstrichen.

Gegen Ende der Sitzung orderte Zelfreetrollan eine kleine Stärkung: süße Nußkekse und Fruchtsaft, dazu einen Krug Wasser, damit die *Enterprise*-Landegruppe den Saft verdünnen konnte. Worf betrachtete den Krug finsteren Blicks. Das zusätzlich servierte Wasser bestätigte seinen Verdacht, daß man ihre Unterhaltung in der Meditationskammer belauscht hatte. Doch da er den Eindruck hatte, daß sonst niemandem etwas auffiel, entschied der Klingone, sich dazu erst später zu äußern.

»Captain Picard.« Zelfreetrollan nickte mit dem Kopf, deutete so eine weniger formelle Verneigung an. »Ihre freimütige Gesprächsbereitschaft und Ihre Großzügigkeit bei der Aufzählung der Wunder Ihrer Föderation haben unserem Volk eine glanzvolle Ehre erwiesen. Wir bedauern, daß wir vor der Anbahnung eines derartig ausgezeichneten Kenntnis- und Wissensaustauschs so lange gezögert haben. Es ist uns ein Bedürfnis, unsere Zögerlichkeit wiedergutzumachen. Wir verspüren den Wunsch, die uns bezeugte Ehrung zu erwidern. Darum möchten wir, falls Sie einverstanden sind, Ihren Ratgebern zeigen, wessen Geistes unser Schwarm ist. Für unser Volk wäre es eine überragende Ehre, Ihre hochgeachteten Berater kennenlernen und ihnen vorführen zu dürfen, was unsere Welt Ihrer ruhmreichen Föderation bieten kann.«

»Ihre Bevölkerung näher kennenzulernen, wird uns eine enorme Ehre sein«, versicherte Picard. »Es ist unser größter Wunsch, mehr über Ihre Welt und Ihre Gesellschaftsform zu erfahren. Dadurch werden wir uns gegenseitig besser verstehen.«

»Dann werden meine Berater hocherfreut sein, wenn Ihre Begleiter ihnen die Ehre erweisen, sich morgen von ihnen die Stadt zeigen zu lassen. Währenddessen dürften Sie und ich genügend Zeit finden, um die Vorbereitungen für den Austausch von Botschaftern abzuwickeln. Unsere medizinischen Wissenschaftler wären höchstgeehrt, würde die hochgeachtete Dr. Crusher ihre Einrichtungen besichtigen. Für unsere *Val'khorret* wäre es ein beispielloses Vergnügen, einem so talentierten Musiker wie Commander Riker zu begegnen.«

Hinter dem Ersten des Rates ruckte Zelk'helvtrobreen mit dem Kopf von einer zur anderen Seite. »Botanistin Keiko wird zu einer Lern-Exkursion der Städtischen Universität eingeladen, damit sie sich die Bäume und sonstigen Pflanzen unseres Planeten ansehen kann. Und Sicherheitshüter Worf wird gewiß an einer Schau unserer hervorragendsten *Val'ghreshneth* interessiert sein.«

Während Zelfreetrollan die für jedes Landegruppenmitglied vorgesehenen Aktivitäten aufzählte, fühlte Picard sich allmählich immer mehr in die Enge gedrängt. Es mißfiel ihm, einer Planung zustimmen zu sollen, bevor er ihre kompletten Hintergründe ersah. Und wenn die Jarada von Rikers musikalischer Begabung wußten, besaßen sie wesentlich mehr Informationen über die *Enterprise* und ihre Crew, als man auf der *Enterprise* über die Jarada hatte.

Über Rikers Gesicht huschte ein Ausdruck der Verdrossenheit. Anscheinend gingen ihm ähnliche Gedanken wie dem Captain durch den Kopf. Worf stieß ein dunkles, kehliges Brummen aus; es klang wie das Knarren einer rostigen Angel. Mit Gewißheit begriffen die Jarada nicht, was der Klingone damit zu verstehen geben wollte; Picard hingegen war es eindeutig klar: Die Landegruppe nicht trennen lassen!

Unglücklicherweise unterbreitete das Jarada-Oberhaupt sein Angebot in einem günstigen Moment und formulierte es auf überaus entgegenkommende Weise. Eine Ablehnung mochte alle gerade erzielten diplomatischen Fortschritte zunichte machen. Nachdem den ganzen Nachmittag lang über gegenseitiges Vertrauen und Kulturaustausch geredet worden war, konnten die Föderationsvertreter sich den Vorschlägen kaum verschließen. Sonst riskierten sie möglicherweise einen ernsten diplomatischen Zwischenfall.

»Erster des Rates«, gab Picard notgedrungen zur Antwort, »Ihre Großzügigkeit überwältigt uns. Falls Sie sicher sind, daß Ihre Berater soviel Zeit abzweigen können, werden meine Offiziere das Angebot mit Freuden annehmen.«

Zelfreetrollan wippte zweimal scharf mit dem Kopf. Bei der Bewegung schillerten seine Facettenaugen vom Grünlichen ins Gelbliche. »Dann ist es beschlossen. Wir werden Ihnen eine Kammer zuweisen, wo Sie die Nacht zubringen können. Wenn Sie morgen zurückgekehrt sind, soll es uns eine Ehre sein, Ihnen unsere Welt zu zeigen. Nur eine Bitte haben wir an Sie. Benutzen Sie nirgends Ihre Kommunikationsapparate, wo eher traditionell gesonnene Bürger unseres Volkes sich daran stören könnten. Wir werden Ihnen Translatorgeräte aus unserer Produktion aushändigen. Dann kann jeder erkennen, wieso Sie unsere Sprache verstehen.«

Im Verlauf des ausgedehnten, förmlichen Abendessens wurden wiederholt schier endlose Reden gehalten, aber auch diese und jene Zerstreuung geboten. Anschließend geleitete man die *Enterprise*-Landegruppe in das Quartier, das sie während des Aufenthalts bewohnen sollte.

Die Unterbringung unterschied sich kaum von der Meditationskammer, in der die Delegation eine Zeitlang gesessen hatte. Die Möblierung stimmte genau überein. Allerdings waren drei angrenzende Schlafzimmer vorhanden. Darin standen schmale, harte, für die jaradische Anatomie gefertigte Bettstellen. Außerdem gab es im Waschraum eine Gemeinschaftsdusche.

Inzwischen war es spät geworden. Doch bevor die Gruppe sich schlafen legen konnte, hatte sie noch einiges zu besprechen. Während die meisten anderen Gruppenmitglieder sich Sitzplätze suchten, wanderte Worf systematisch durchs ›Wohnzimmer‹ ihres Quartiers, prüfte alles auf versteckte Recorder oder Lauschgeräte.

Picard schob sich auf der Liege einigermaßen bequem zurecht. Er gab den anderen Landegruppenangehörigen einen Wink, damit sie ebenfalls Platz nähmen. Die drei Frauen setzten sich, so gut es ging.

Worf dagegen ließ sich vom Durchsuchen der Räumlichkeit nicht abbringen, und Riker lief hin und her, so ruhelos war er vor Anspannung. Auch den Captain kostete es Überwindung, auf der Liege zu bleiben.

Riker drehte sich um und verhielt unmittelbar vor Picard. »Warum haben Sie das getan, Sir? Wir wissen so gut wie nichts über diese Intelligenzen. Trotzdem haben Sie eingewilligt, die Landegruppe zu teilen.«

»Eine berechtigte Frage, Nummer Eins.« Picard lehnte sich zurück. Er hob den Kopf, bis er Rikers Blick begegnete. Gleich darauf, nachdem Picard nichts äußerte, wogegen er hätte argumentieren können, wich ein beträchtlicher Teil der Spannung vom Ersten Offizier.

Der Captain nickte. »Ich habe genauso meine Bedenken, Will. Es ist riskant, die Gruppe aufzusplittern. Sie sind völlig im Recht, wenn Sie mich darauf hinweisen. Aber es ist nun einmal der Zweck einer diplomatischen Mission, Vertrauen und Verständnis zwischen zwei Völkern herzustellen, die sich noch nicht kennen.«

»Miesmachen oder das Maul halten? Sind das die Alternativen?« Riker zog eine finstere Miene, während er darüber nachdachte. »Meine Meinung ist, daß Sie überrumpelt worden sind, als Sie sich auf den Vorschlag eingelassen haben, Sir. Ich möchte wissen, wie es dazu kommen konnte.«

»Counselor?«

Trois Miene wurde ausdruckslos, während sie sich auf ihre emphatischen Eindrücke des heutigen Tages besann. Schließlich zuckte sie die Achseln.

»Es ließ sich keine Feindseligkeit feststellen. Nicht einmal in dem Maß, wie man sie von einem so zurückgezogenen Volk wie den Jarada erwarten würde. Etwas ist mir aber aufgefallen ... Eine Art von Unruhe, die ich nicht verstehe ... Allem Anschein nach liegt aber kein Zusammenhang mit den Einladungen vor, die Zelfreetrollan ausgesprochen hat.«

Crusher fuhr sich mit der Hand durchs kupfrige Haar. »Mich interessiert es durchaus, mir die medizinischen Einrichtungen anzusehen. Die Ausstattung und der Stand der Forschung werden uns viel über die Jarada verraten.«

Sie verstummte und holte tief Luft. Dann hob sie die Schultern, als wollte sie sich entschuldigen. »Eigentlich fühle ich mich bei diesen Verhandlungen ziemlich überflüssig. Es ist mir lieber, ich kann etwas Nützliches zum Erfolg der Mission beitragen.«

»Miß Ishikawa?« Picards Blick fiel auf Keiko. »Ich vermute, Sie haben die gleiche Einstellung wie Dr. Crusher.«

Keiko nickte knapp. »Ich bin der Ansicht, am besten zum Gelingen der Mission beizutragen, indem ich mich mit dem befasse, wofür ich ausgebildet worden bin. Außerdem habe ich das Empfinden, daß die Föderation vor den Jarada das Gesicht verliert, sollten wir die Einladung ablehnen.«

Riker wandte sich ab, durchmaß mit vier schnellen Schritten das Zimmer, kehrte zurück und blieb wieder vor dem Captain stehen. »Das ist noch immer keine Antwort auf meine Frage.«

Picard nickte. »Wüßten wir eine Antwort, bräuchten wir nicht hier herumzusitzen. Gute Vorschläge wären mir recht, aber momentan sehe ich keine Möglichkeit, um an die fehlenden Informationen zu gelangen. Wir haben den Jarada nahegelegt, uns und der Föderation zu vertrauen. Ihre Einladungen muten uns umgekehrt genau das gleiche zu, mehr nicht. Wie Miß Ishikawa sagte, wir verlieren das Gesicht, wenn wir darauf nicht eingehen. Das ist die grundlegende Situation, die wir berücksichtigen müssen.«

Nach einem Moment des Zögerns nickte Riker. »Egal wie man die Sache sieht, es ist wohl so, daß wir noch einer Prüfung unterzogen werden. Leider wissen wir auch diesmal nicht, um *was* es dabei *geht*. Oder wie die Regeln lauten. Ich weiß auch nicht, wie wir uns drücken könnten... Aber wohl ist mir dabei nicht.«

Einer nach dem anderen nickten die Anwesenden; zuletzt Worf, dessen Miene anzeigte, wie sehr ihm die Entscheidung des Captains mißfiel.

»Dann sind wir uns ja einig«, sagte Picard, während er dem Sicherheitsoffizier bei der Durchsuchung der Räumlichkeit zusah. »Wir verlassen uns bis auf weiteres auf die standardmäßigen Vorsichtsmaßnahmen. Mr. Data wird unsere Kommunikation permanent überwachen.«

Zu guter Letzt setzte sich auch Riker. Er bemühte sich, Würde zu bewahren, während er versuchte, es sich auf der Liege mehr oder weniger behaglich zu machen. »Captain, wenn Miß Ishikawa sich auswärtige Regionen ansehen will, schlage ich vor, daß ein Sicherheitswächter sie begleitet.«

»Ich kann selbst auf mich aufpassen. Einen Beschützer brauche ich nicht.«

Rikers Blick streifte Keiko, ehe er ihn wieder auf den Captain heftete. »Ich wollte sagen, daß Miß Ishikawa wahrscheinlich die Chance hat, mehr Daten als jeder andere von uns zu sammeln, ausgenommen vielleicht Dr. Crusher. Sie darf sich ja außerhalb der Siedlungszentren bewegen. Wenn jemand sie begleitet, kann sie um so mehr Daten sammeln.«

»Dann verfahren wir so, Nummer Eins.« Picard musterte seine Offiziere, überzeugte sich davon, daß niemand mehr Fragen hatte. »Dann beenden wir die Besprechung. Ich glaube, wir sollten nun schlafen. Morgen steht uns ein langer Tag bevor.«

Der Captain hatte sich so ausgedrückt, als ob es nun keine Zweifel mehr gäbe. Binnen weniger Minuten legten seine Untergebenen sich auf ihre Schlafstellen. Bald war Picard allein und konnte in aller Ruhe noch einmal über den Tagesablauf nachdenken. Er hatte sich positiv über die Anbahnung der Beziehungen zu den Jarada ausgelassen. Trotzdem blieb er, was die Mission betraf, mißtrauisch.

Irgend etwas an den Jarada verursachte ihm nachhaltige Beunruhigung. Den Grund seiner Unruhe hätte er nicht genau nennen können. Picard wußte, daß das

Insektenhafte der Jarada so manche Leute verstört hätte. Doch gleichzeitig war er sich genau darüber im klaren, daß das nicht für ihn galt.

Als Junge hatten ihn die Gottesanbeterinnen und Marienkäfer, die er beim Spielen im Weinberg seiner Eltern gesehen hatte, stets fasziniert. Als Erwachsener hatte er dann gelernt, Intelligenz unabhängig von ihrer Erscheinungsform zu schätzen.

Dennoch kitzelte irgendeine unbewußte Warnung sein Gehirn. Was hatte er übersehen? Was versuchte das Unbewußte ihm mitzuteilen? Picard wälzte den Gedanken unablässig, hoffte eine Antwort zu finden; am Ende jedoch übermannte ihn der Schlaf.

4

Der Audienzsaal war leer. Nur Lichtkegel, die durch hohe Oberlichter hereinfielen, erhellten die große Räumlichkeit. Riker versuchte sich daran zu erinnern, während er sich hinter dem Führer hielt, ob er dieselben Fenster schon gestern gesehen hatte. Falls ja, überlegte er, mußten sie verhangen oder sonstwie verdeckt gewesen sein.

Beltaxiyas Gestirn hatte einen bläulicheren Schein als Sol. Obwohl die Planeten ihre Sonne in weiterem Abstand umkreisten als die Erde Sol, ließ sich kein auffällig schwächerer Helligkeitsgrad bemerken. Heute nahmen die weißlichen Lichtstrahlen der Ratskammer ihre Aura alten barbarischen Prunks.

Riker faßte den Posaunenkasten mit der anderen Hand. Das vertraute Gewicht übte einen irgendwie beruhigenden Einfluß auf ihn aus. Trotzdem hatte der Erste Offizier jetzt seine Zweifel, ob es richtig gewesen war, sich auf eine Demonstration des Instruments einzulassen. Zelfreetrollan hatte zwar seinen musikalischen Fähigkeiten geschmeichelt, doch wie unbegründet das Lob gewesen war, wußte niemand besser als Riker.

Er mochte Musik und spielte gut Posaune – wenigstens für einen Amateur –, aber es fehlte ihm einfach an Übung. Gewisse Noten und Tonfolgen verlangten schlichtweg mehr Praxis, als er dafür Zeit erübrigen konnte. Riker wußte, sie würden deshalb immer außerhalb seiner Fähigkeiten bleiben.

Sie betraten die Große Ratskammer. Zelfreetrollan

und seine wichtigsten Berater waren schon da. Umständliche Begrüßungen und ein kurzes Durcheinander, während man die jaradischen Translatoren aushändigte, unterbrachen Rikers Überlegungen. Einen Moment lang beschäftigte ihn der ungewohnte Verschluß am Gurt des Geräts.

Zelmirtrozarn kam zu Riker, klackte beifällig mit den Klauen, als er den Posaunenkasten sah. »Es ist gut, daß Sie Ihr Instrument dabei haben, Commander Riker. Die Meister der *Valk'horret* warten schon begierig darauf zu hören, welche Art von Musik ein so fremdartiges Lebewesen spielen kann.«

»Die Meister?« wiederholte Riker, indem er sich dem Jarada anschloß. Er machte kürzere Schritte, um sich dem Tempo des Insektoiden anzupassen. Für einen Jarada hatte Zelmirtrozarn lediglich mittlere Körpergröße; das hieß, sein Kopf reichte nur bis an Rikers Brustbein. Aber trotz des Größenunterschieds bewegte er sich ziemlich rasch. Riker hatte sogar das Gefühl, daß der Jarada seinerseits langsamer als sonst ging, um auf die zweibeinige Fortbewegung seines menschlichen Begleiters Rücksicht zu nehmen. »Ich dachte, Sie wären der Chef der *Valk'horret*, Ratgeber Zelmirtrozarn.«

In ungestümem Takt klackerte der Jarada mit den Klauen. Nach einem Augenblick des Nachdenkens schlußfolgerte Riker, daß das ein Ausdruck der Heiterkeit sein mußte.

»Im Dienst am Schwarm bin ich ›Chef‹ vieler Aspekte unserer Gesellschaft, Commander Riker. Aber nur ein Narr würde sich mehr als eine nominelle Oberherrschaft über die *Valk'horret* anmaßen, wenn sein Geist nicht ausschließlich im Rhythmus ihrer Tage schwingt.«

Sie bogen um eine Ecke und strebten über eine lange Rampe. Nach Rikers Orientierung mußte sie in unterirdische Räumlichkeiten hinabführen. Die Luft war kühl und feucht.

Ein erdiger Geruch erfüllte sie, der Riker an seine Kinderzeit erinnerte, in der er seinem Großvater bei der Gartenarbeit geholfen hatte. Sein Opa hatte einen grünen Daumen gehabt. In zwei von drei Fällen, wenn er sich am Wettbewerb beteiligte, hatte er in Alaska den Ersten Preis für das größte und hochklassigste Gemüse gewonnen. Später hatte Riker lange gebraucht, um zu begreifen, daß es einer besonderen Begabung bedurfte, wollte man achtzig Pfund schwere Kohlköpfe ziehen. Zwar hatte er von seinem Großvater die Gene für den hohen Körperwuchs und die graublauen Augen geerbt, aber diese Gabe nicht.

Mit einem Ruck lenkte Riker seine Aufmerksamkeit in die Gegenwart zurück. »Wenn Sie gar nicht der Leiter der *Valk'horret* sind, Ratgeber Zelmirtrozarn, habe ich gestern die Erklärungen Zelfreetrollans, Ihres Ersten des Rates, vielleicht mißverstanden. Darf ich Sie fragen, welche Funktion Sie in der Regierung ausüben?«

Erneut klackte Zelmirtrozarn mit den Klauen, das jaradische Äquivalent des Lachens. »Diese Frage offenbart, daß Sie unsere Regeln der Namensgebung nicht kennen, Commander Riker. Hat Ihr Übersetzungscomputer Sie nicht darüber informiert, wie unsere Namen gebildet werden?«

Riker langte nach seinem Kommunikator, den er im Ärmel befestigt hatte, damit er sich außer Sicht befand. Da wurde ihm bewußt, daß auch der jaradische Apparat über die Namensregeln keinen Aufschluß gab. Data hatte am vergangenen Abend über die meisten Beobachtungen, die im Laufe des Tages gemacht worden waren, Spekulationen zu äußern gewußt. Doch über etwaige Eigentümlichkeiten der jaradischen Namen war kein Wort gefallen.

Spontan entschied Riker, daß es ein schlauer Schachzug sein könnte, ein wenig Unvollständigkeit des Wissens einzuräumen. Er ließ die Finger vom Kommunikator. Bisher besagten die Informationen, daß die Jarada ungefähr um ein Jahrhundert hinter den wissenschaftlich-technischen Hauptentwicklungen der Föderation im Rückstand lagen. Gerade in den letzten hundert Jahren waren auf vielen Föderationswelten dramatische Veränderungen vollzogen worden. Lebensstil und -qualität hatten sich in fast unermeßlichem Umfang verbessert.

Für die Jarada mußte die Technik der *Enterprise* beinahe an Magie grenzen. Sie standen quasi einer wunderbaren, unübertrefflichen Machtfülle gegenüber, die sie nur unzureichend verstanden, auf deren Beherrschung sie erst für die fernere Zukunft hoffen konnten.

Da mochte ein bißchen scheinbare Unvollkommenheit ihrer Besucher das Gefühl der Ungleichheit durchaus etwas vermindern. »Nein, Ratgeber«, antwortete er darum. »Unser Computer hat uns keine Übersetzungen Ihrer Namen geliefert. Es beansprucht ihn vorerst genug, die Tonart Ihrer Sprache zu verarbeiten, ohne daß er sich mit Feinheiten wie den Namensregeln belastet. Also wäre ich Ihnen für eine Erläuterung dankbar, falls nichts dagegen spricht.«

Sie näherten sich einem Quergang, dem ersten, den Riker seit Einschlagen des Abwärtswegs sah. Von links erscholl lauter Lärm: das Klirren von Metall auf Metall, dazu ein unüberhörbares Geräusch, das Ähnlichkeit mit dem Kreischen der altertümlichen Säge aufwies, die der beste Freund von Rikers Opa benutzt hatte, um Totempfähle für das Freilichtmuseum im Talkeetna-Reservat anzufertigen.

Verwundert wandte Riker sich in die Richtung des Getöses. Zelmirtrozarn tippte mit der Klauenhand eines Arms an den Ellbogen des Ersten Offiziers und deutete in die Gegenrichtung. »Ich habe es vergessen. Die Schwarmhüter veranstalten heute in dieser Sektion ein *Vrrek'khat*-Alarm-Manöver. Am besten beeilen wir uns, sonst geraten wir mitten ins Manöver.«

»Vrrek'khat?« Das Wort blieb Riker unklar. Der Translator gab keinerlei Hinweis auf die Bedeutung.

Plötzlich hörte Riker hinter sich das Getrampel einer ganzen Gruppe von Jarada, die durch den Korridor rannte. Er blieb stehen und wollte sich umschauen. Doch Zelmirtrozarn packte ihn am Handgelenk und zerrte ihn regelrecht in eine Abzweigung.

Ein Dutzend großer, kastanienbrauner Jarada trampelte vorüber und lief in die Richtung des Lärms. Nahezu überwältigend starker Zimtgeruch wehte Riker ins Gesicht.

»Die *Vrrek'khat* sind auf unserer Welt heimische, schädliche Raubtiere. Sie greifen in Pulks an. Das geschieht häufig in der Jahreszeit, wenn die Larven aus den Eiern schlüpfen. Wenn sie die Verteidigung des Schwarms durchdringen, töten sie in den Brutkammern die Königin und die Larven. Bei der Abwehr von *Vrrek-khat* attackieren die Schwarmhüter alles Schwarmfremde.«

Irgend etwas an Zelmirtrozarns Ton verriet Riker, daß der Jarada log. Warum oder in welcher Hinsicht, hätte er nicht sagen können; doch er beschloß, den Insektoiden auf die Probe zu stellen.

»Ich würde mir das Manöver sehr gern ansehen, Ratgeber Zelmirtrozarn. Ist das möglich?«

Die große Mittelfacette der Augen des Jarada schillerte von Hellorange über Grüngelb nach Zitronengelb. Während er den Farbwechsel mitansah, begriff Riker, daß Zelmirtrozarn die Kreuzung absuchte, alle vier Korridore beobachtete, ohne den Kopf zu drehen. Die Farbveränderungen zeigten an, daß die Linsen in den Mittelbestandteilen der Facettenaugen die Blickrichtung wechselten.

So wie alles, was er bisher über die Jarada erfahren hatte, merkte Riker sich auch diese Feststellung. Möglicherweise war sie irgendwann einmal nützlich.

Der Krawall aus dem Gang auf der Gegenseite gewann an Lautstärke. Zelmirtrozarn winkte Riker zu und entfernte sich in die andere Richtung.

»Wenn Sie diesen Wunsch haben, Commander Riker, können wir später die Inspektion eines Manövers für Sie arrangieren. In diesen Korridoren gibt es jedoch keine Balkone für Zuschauer. Außerdem sind Sie gefährdet, solange Sie nicht wie ein Schwarmangehöriger markiert worden sind. Ich bitte für dieses Versäumnis um Verzeihung. Uns war jedoch nicht ersichtlich, daß Sie den Wunsch verspüren könnten, diesen Aspekt unserer Gesellschaft genauer kennenzulernen.«

»Markiert?« Riker schüttelte den Kopf, als ließe sich dadurch der Zimtgeruch loswerden. Wie hielten die Jarada es nur aus, ständig mit dermaßen überstarken Gerüchen konfrontiert zu werden? Er konnte sich nicht daran erinnern, wann ihm das letzte Mal derartig konzentrierte Düfte in die Nase gedrungen sein mochten.

»Natürlich, Commander Riker. Jedes Individuum unseres Volkes verströmt einen charakteristischen Merkmalsduft. Er wird durch genetische Voraussetzungen und die Rolle innerhalb des Schwarms bestimmt. Daran erkennt man stets den Status und die Funktionen jeder Person, der man begegnet. Unter außergewöhnlichen Umständen kann man das Bedürfnis haben, den Eigengeruch zu unterdrücken. Dadurch kann es jedoch bei Begegnungen mit Unbekannten zu Mißverständnissen kommen.«

Sie gelangten zu einer Gabelung des Korridors. Zelmirtrozarn nahm die nach unten führende Abzweigung. Kurz empfand Riker Unbehagen. Er stellte sich vor, daß er in dem Gewirr von Stollen und Verliesen womöglich spurlos verschwinden könnte. Um sich von so unschönen Gedanken abzulenken, stellte er eine weitere Frage.

»Inwiefern hängen diese Geruchsnoten mit der vorhin erwähnten Namensbildung zusammen, Ratgeber Zelmirtrozarn?«

Scharf schnappte Zelmirtrozarn mit den Klauen. »Sie sind sehr auffassungsfähig, Commander Riker. Sie haben fast die Intelligenz eines Schwarmbruders. Nach angemessener Unterweisung könnte Ihr Volk sich vielleicht als würdig erweisen, von unserem Schwarm adoptiert zu werden.«

Was soll ich denn nun bloß dazu sagen? fragte sich Riker. Er vermutete, daß der Jarada die Bemerkung als Kompliment meinte. Allerdings war sie so formuliert worden, daß Riker kaum erraten konnte, was er am günstigsten antworten sollte. Zum Glück redete Zelmirtrozarn weiter, als ob ihm die Verlegenheit seines Begleiters entginge.

»Unsere Sprache bildet Personennamen so, daß diese den Platz anzeigen, den ein Individuum in unserer Gesellschaft einnimmt. Ist das gleiche bei den Bürgern der Föderation nicht der Fall?«

Mühsam widmete Riker seine Beachtung dem angesprochenen Thema. »Bei uns existiert keine für die gesamte Föderation gültige Regelung. Jede Welt hat ihre eigenen Traditionen und Gewohnheiten.«

Zelmirtrozarn wippte mit dem Kopf zur Seite. »Das ist seltsam. Unter solchen Verhältnissen muß es sehr schwierig sein, die Position eines Individuums innerhalb seines Schwarms zu erkennen. Mir ist unverständlich, wie die Mitglieder Ihres Volkes unter den Bedingungen derartiger Ungewißheit ihre Aufgaben erfüllen können.«

Der Korridor bog nach links ab. Das Gefälle wurde immer stärker. Feuchtigkeit sammelte sich in dicken Tropfen an den Wänden und in flachen Pfützen auf dem unebenen Boden. Riker wechselte den Posaunenkasten wieder in die andere Hand, um sich klammen Schweiß vom Handteller zu wischen. Er sagte sich, daß kein Anlaß zur Beunruhigung bestünde. Doch die

Anzeichen, daß dieser Gang schon lange nicht mehr benutzt worden war, konnten seine Unruhe nicht beschwichtigen.

Er stellte sich die Frage, ob wohl irgend jemand wußte, wo er und Zelmirtrozarn sich aufhielten. Es kostete ihn alle Selbstbeherrschung, nicht Data auf der *Enterprise* zu kontaktieren, um zwischendurch wenigstens einmal eine vertraute Stimme zu hören. Er zwang sich dazu, auf die Äußerung des Jarada einzugehen.

»Im allgemeinen müssen wir uns, wenn wir es mit Wesen von anderen Welten und aus fremden Zivilisationen zu tun haben, nach ihren Titeln und ihren Funktionen erkundigen. Wir haben es uns angewöhnt, Regeln zur Bewältigung der Unklarheiten zu entwickeln. Zu vermeiden ist Unsicherheit nicht, wenn man den Bereich der eigenen Kultur verläßt.«

»Das ist eine Konzeption mit beispiellos exotischem Aroma. Es wird langes Nachdenken erfordern, bis ich sie vollauf verstehe.«

Der Jarada schwieg, während der Stollen sich tiefer in den Untergrund hinabwand. Schließlich durchquerten sie eine schwere, unverzierte Tür. Dahinter klaffte ein zylindrischer Schacht, der oben und unten gleichermaßen ins Dunkel führte. In anscheinend willkürlichen Abständen tupften grünliche Leuchtflecken den Schacht. Zelmirtrozarn kletterte aufwärts.

»Wenn man einen jaradischen Namen in seine Bestandteile zerlegt, ersieht man aus ihnen den Platz des Individuums in unserer Gesellschaft. Die erste Silbe ist stets der Name des Schwarms. Ohne den Rückhalt und den Beistand unserer Schwarmgeschwister wären wir nichts. Auf diesem Planeten gehört jeder Jarada dem Zel-Schwarm an, weil diese Siedlung noch relativ neu ist. Wird unsere Bevölkerung zu groß, entsteht daraus eine ernste Störung der Organisation des Lebens. Dann teilt sich der

Schwarm, und aus den Abspaltungen gedeihen neue Jarada-Völker.«

»Wie oft passiert so etwas?« Daß Schwärme sich aufteilten, wenn sie zu groß wurden, war logisch einsichtig und leicht nachzuvollziehen. Doch nichts in den bekannten Informationen über die Jarada hatte auf einen solchen Vorgang hingedeutet.

»Mit unterschiedlicher Häufigkeit. Es ist von den Ressourcen des Schwarms und der Qualität seines Nachwuchses abhängig. Auf einer neuen Welt, wo reichlich Ressourcen verfügbar sind, kann man nach vielleicht zwanzig Ihrer Jahre mit der ersten Teilung rechnen. Auf länger besiedelten Planeten legen die Königinnen weniger Eier, so daß die Schwärme langsamer wachsen. Aber Sie haben nach den Regeln unserer Namensgebung gefragt. Ich sollte mich bei der Beantwortung nicht ablenken lassen.«

Riker zuckte mit den Schultern. Nachträglich fiel ihm ein, daß der Jarada möglicherweise den Sinn der Geste nicht kannte. »Ich bin an allem interessiert, was ich über Ihren Schwarm erfahren kann«, sagte er deshalb. »Bitte erklären Sie weiter, Ratgeber Zelmirtrozarn.«

»Sie sind überaus gütig, Commander Riker. Oft behaupten meine Kastengenossen, ich wäre für eine Lehrposition besser als für Aufgaben der spirituellen Bewahrung geeignet. Manchmal habe ich selbst den Eindruck, daß meine Worte so verschlungen sind wie dieser Umweg, den wir bedauerlicherweise zu beschreiten gezwungen sind.«

Inzwischen waren sie in eine Kaverne mit ebenem Fußboden gestiegen. Zelmirtrozarn hob die Klauen an die Wand. Riker erspähte die schwach unterscheidbaren Umrisse einer Tür. Ein Klicken ertönte, das in der Enge der Räumlichkeit laut hallte. Einen Augenblick später wurde neben dem Eingang eine Art von Tastatur sichtbar.

Zelmirtrozarn schob eine Klaue in den Kontrollschrank und tippte eine Codenummer in die Vertiefungen. Mit Knarren und Knirschen rollte die Tür beiseite. Dahinter traten sie auf den unteren Absatz eines zweiten, jedoch heller erleuchteten Schachts. Nachdem er die Tür geschlossen hatte, setzte Zelmirtrozarn den Aufstieg fort.

»Wir benutzen das alte Gangsystem kaum noch. In den nassen Jahreszeiten staut sich hier zuviel Feuchtigkeit. Die Baumeisterin, die es für uns entworfen hat, stammte aus einem anderen Schwarm. Man muß wahrlich die Motive der Personen in Zweifel ziehen, die sie für diese Arbeit zu uns schickten.«

Riker wollte schon fragen, ob Rivalitäten zwischen verschiedenen Jarada-Schwärmen öfter vorkämen, da entsann er sich der Kampfszenen auf dem Tor zur Großen Ratskammer. Statt die Frage auszusprechen, griff er auf das vorherige Thema zurück. »Sie hatten vor, mir die Regeln der jaradischen Namensbildung zu erläutern, Ratgeber Zelmirtrozarn.«

Belustigt klackerte Zelmirtrozarn mit den Klauen. »Ja. Anscheinend verursacht es mir Schwierigkeiten, bei unserem Thema zu bleiben. Wie erwähnt, die erste Silbe des Namens verweist auf die Schwarmzugehörigkeit. Die zweite Silbe zeigt die Kaste an, zu der ein Individuum zählt. Die Kaste ist von großer Wichtigkeit. Sie wird vom Erbgut vorherbestimmt. Gleichzeitig legt sie fest, auf welche Weise jemand dem Schwarm dient. Meine Kaste, die Mir, hat die Aufgabe, über Traditionen, Rituale und Werte unseres Schwarms zu wachen. Die Nyen ziehen den Nachwuchs auf und belehren die Jungen. Alle Regierenden und Verwaltenden entstammen der Free-Kaste.«

Sie gelangten in eine weitere Kaverne mit ebenem Boden. Der Jarada drehte sich der Wand zu. Seine Klaue betastete die Wandfläche, bis sie auch hier ein

Tastenfeld fand. Die Kombinationsschlösser zu verbergen, war eine beachtliche Sicherheitsvorkehrung.

Es gruselte Riker beim Gedanken an die Zustände in einer Gesellschaft, die sich genötigt fühlte, ihre Türschlösser so gründlich zu tarnen. Nachdrücklich verscheuchte er diese unangenehmen Gedanken und suchte nach einem weniger martialischen Gesprächsthema.

»Sie sagen, das Erbgut bestimmt den Platz, den jemand in der Gesellschaft erhält. Soll das heißen, bei Ihnen wird jeder in eine gewisse Position hineingeboren, die er niemals wechseln kann?«

»Selbstverständlich.« Die Tür öffnete sich. Erneut klackte Zelmirtrozarn zum Ausdruck seiner Belustigung mit den Klauen. »Sie müssen sich an ein Mitglied der Brek-Kaste wenden – einen Wissenschaftler –, wenn Sie dafür eine alle Einzelheiten umfassende Begründung erhalten möchten. Ich kann jedoch die Aussage treffen, daß die Genetiker bei uns einen viel größeren Einfluß auf die Herausbildung unserer Fähigkeiten haben, als es bei Ihrem Volk der Fall ist.«

Er bog die beiden vorderen Armpaare zur Schulter empor. Riker mutmaßte, daß er das jaradische Äquivalent eines Schulterzuckens sah.

»Natürlich steht uns für die Arbeit ein viel umfangreicherer Chromosomensatz zur Verfügung. Unser genetisches Erbe ist für den Aufbau einer stabilen, leistungsfähigen Gesellschaft ein immenser Vorteil.«

»Aha.« Durch eine dritte Tür betraten sie einen breiten Korridor. Sonnenschein drang durch eine Reihe von Oberlichtern herein. Die Wände hatten eine helle Goldfärbung. Das abstrakte Fußbodenmosaik war in verschiedenerlei Erdtönen ausgeführt.

Riker zwinkerte. Nach den trüben Lichtverhältnissen in den Gängen und Schächten mußten seine Augen sich erst wieder umstellen. Hinter einer nahen

Tür ertönten Laute, als würde dort ein junger Puma mißhandelt.

»Ich habe das Empfinden, Sie glauben mir nicht.« Leise klickte Zelmirtrozarn mit den Klauen vor sich hin. »Wir werden Ihnen beizeiten beweisen, daß wir recht haben. Aber ich sollte die angefangene Erklärung beenden, ehe ich neue Erläuterungen gebe. Die dritte Silbe des Namens ist bei uns Zeichen der Funktion: Anführer, Arbeiter, Lehrer. Wie Sie sich denken werden, ist es möglich, daß Personen in verschiedenen Zeitspannen ihres Lebens unterschiedliche Funktionen ausüben. Dann wird auch ihr Name demgemäß geändert. Die letzte und vierte Silbe ist der individuelle Rufname. Sie darf allein verwendet werden, wenn der Namensträger gerade keiner offiziellen Funktion nachgeht. Unser Namenssystem ist so sinnvoll und logisch aufgebaut, daß ich mir schwer vorstellen kann, wie unsere Gesellschaft ohne es auskommen sollte.«

Riker tat einen tiefen Atemzug, während er sich fragte, wieso er es eigentlich darauf angelegt hatte, zur Landegruppe dieser diplomatischen Mission zu gehören. *Ob es jetzt zu spät ist, um den Captain noch zu überreden, mir während seiner Abwesenheit das Kommando der* Enterprise *zu übertragen?* Auf Zelmirtrozarns letzte Darlegungen gab es sicher eine Unzahl falscher Reaktionen.

Falls der Jarada ihn absichtlich aufs Glatteis lockte, um ihn zu einem diplomatischen *Fauxpas* zu verleiten, er vielleicht einen Vorwand für einen interstellaren politischen Skandal zu konstruieren gedachte, hätte er es gar nicht geschickter machen können. Entschlossen riß Riker sich zusammen, verdrängte seine Befürchtungen.

»Unser Namenssystem ist weniger förmlich«, sagte er nach einem Moment des Abwägens. Er hoffte, daß sein Ton neutral klang. »Ansonsten ist es aber recht ähnlich.«

Das Gejaule der Katze steigerte sich zu einem Crescendo und wurde unvermittelt von einem Gewummer überdröhnt, als schlüge eine ganze Armee Bongotrommeln. Die schreckliche Ahnung, daß diese Töne von den *Val'khorret* hervorgebracht wurden, den Musikern, denen seine Visite galt, erzeugten bei Riker ein Schaudern.

Sie blieben vor der Tür stehen, hinter der das Wummern erscholl. Zelmirtrozarn bediente erneut ein verstecktes Kombinationsschloß.

»Ich hoffe, daß Sie die Freundlichkeit haben, mir nach der Begegnung mit den *Val'khorret* Ihre Namensbräuche zu erklären«, sagte er. »Es fasziniert mich, möglichst viel über Ihr Volk zu lernen.« Nachdem er die Codenummer eingetippt hatte, öffnete sich der Zugang.

Der Musiksaal war hell und luftig, weil er große, offene Fenster hatte. Er lag in der obersten Etage des höchsten Bauwerks der Stadt. Sofort erregte die Aussicht Rikers Aufmerksamkeit. Er ging an ein Fenster und versuchte sich zu orientieren.

Ein breiter Fluß schlängelte sich durch den Vordergrund. Am anderen Ufer lag als leicht verzerrte Radform der Regierungskomplex ausgebreitet. Dahinter erstreckten sich, teils verdeckt durch das Laub etlicher Bäume, die erdfarbenen, knolligen Bauten, in denen die Bevölkerung der Stadt wohnte. In der Ferne verdunkelten die gezackten Gipfel einer Bergkette den Horizont.

Hinter seinem Rücken hörte Riker das gedämpfte Geklacker eines Dutzends Klauenpaare. »Wir haben vermutet, daß der Ausblick auf unsere Stadt sie beeindruckt«, sagte Zelmirtrozarn. »Es freut uns, daß unsere Beurteilung richtig gewesen ist.«

»Wirklich sehr beeindruckend.« Riker wandte sich vom Fenster ab. Die eigentlich wichtigen Gebäude der Stadt befanden sich an diesem Ufer, entsann er sich. Er beschloß, sich nach der musikalischen Session einmal die Aussicht in Gegenrichtung anzusehen. »Verzeihen Sie, daß ich Sie nicht beachtet habe.«

»Keine Ursache.« Mit einem Wink der Greifhand zerstreute Zelmirtrozarn die Sorge des Ersten Offiziers. Zumindest diese Geste hatten sowohl Menschen wie Jarada gemeinsam. »Wen dieser Ausblick beim ersten Mal nicht ergriffen macht, hat keine Musik im Kephalon. Betrachten Sie das Erlebnis als Ihre Einführung. Seien Sie im Inneren Zirkel der *Val'khorret* willkommen.«

Riker besah sich seine Umgebung genauer. Der Saal war nicht riesig, jedoch groß genug für ein kleines Orchester. Obwohl sie sich verteilt hatten, wirkte das Dutzend Jarada, das ihn erwartete, in der Weite der Räumlichkeit wie ein verlorenes Häuflein. Zelmirtrozarn stellte ihm die Musiker vor und ließ jeden kurz sein Instrument anspielen.

Sämtliche Musiker hatten gefleckte Panzer und bewegten sich mit der Ungelenkigkeit hohen Alters. Im Gegensatz zu den meisten Jarada, denen Riker bislang begegnet war, ging von ihnen nur ein schwacher Körpergeruch aus. Diesmal wurde er ausnahmsweise nicht fast ohnmächtig. Aus ihren Namen konnte er ableiten, daß diese Individuen mindestens acht verschiedenen Kasten angehörten. Augenfällig waren auch die deutlichen Abweichungen in Statur und Färbung. *Ob die Genetik auch dabei den Ausschlag gibt?* fragte er sich und faßte den Vorsatz, sich später danach zu erkundigen.

»Bitte rufen Sie uns bei unseren persönlichen Namen«, sagte Riis, die Sprecherin der Gruppe. Sie war ein nahezu winziges Weibchen mit primelgelb gesprenkeltem Panzer. »Wenn Musik erklingt, sind alle gleich.«

»Das ist ein vorzüglicher Einfall.« Zur Entschuldigung streckte Zelmirtrozarn die Arme aus. »Die Einstellung meiner ehrenwerten Kollegin soll mir eine Lehre sein. Von nun an dürfen Sie mich Zarn nennen.«

Die Musikinstrumente bereiteten Riker einige Überraschung. Erst als er näher darüber nachdachte, begriff er; ihm hätte klar sein müssen, daß die Jarada wegen ihrer starren Kiefer unmöglich Blasinstrumente zu benutzen vermochten.

Statt dessen kannten sie eine Vielfalt von Saiten- und Schlaginstrumenten: ein Tasteninstrument, das einem Cembalo ähnelte, eine sechshändig zu spielende Harfe, ein Tischinstrument, das sich mit einer Mischung aus Gitarre und Geige vergleichen ließ, ferner Trommeln, Schellen sowie xylophon- und glockenspielartige Gebilde aus klingenden Metall- oder Holzstangen, alles in verschiedenerlei Größen. An der Rückwand des Saals stand ein großes, orgelartiges Instrument, zu dessen Bedienung es zwei Jarada brauchte.

Riis spielte ein paar Töne auf der Orgel, erklärte jedoch, daß ihr gewohnter Orgelpartner unerwartet weggerufen worden sei. Sie klappte die Tastatur zu und setzte sich ans jaradische Cembalo. »Würden Sie uns die Ehre erweisen, Commander Riker, für uns auf Ihrem Instrument zu spielen?«

»Gerne.« Riker schwang den Posaunenkasten auf einen Tisch. »Aber wenn wir bei der Musik alle gleich sind, sollten Sie mich Ihrerseits mit meinem Vornamen anreden. Er lautet Will.«

»Es wird uns eine Ehre sein«, antwortete Riis mit würdevoller Feierlichkeit. Sie neigte den Kopf zu einer unvollständigen Verbeugung. Wieder fiel Riker die Steif- und Lahmheit ihrer Bewegungen auf; er schlußfolgerte, daß diese *Val'khorret* tatsächlich sehr alt sein mußten.

Die Posaune verkörperte für die Jarada eine völlige Neuheit. Schon das Grundprinzip war ihnen unbekannt. Als erstes hatte Riker ihnen vorzuführen, wie das Instrument überhaupt funktionierte – wie er einen Ton erzeugte, indem er aus seinen Lungen Luft durch die Lippen in das Mundstück blies, er die Töne durch Beeinflussung des Luftstroms variierte, durch Verschieben des Außenzugs eine gleitende Veränderung der Tonhöhe bewirkte.

Zu guter Letzt spielte Riker ein kurzes Solo vor. Er entschied sich für eine Melodie des vorreformatorischen vulkanischen Komponisten Karbrésh. Die Kleinintervalle in den Tonleitern der modernen vulkanischen Musik, der die jaradische Musik anscheinend stark ähnelte, hatte Riker nie gemeistert; doch immerhin beherrschte er einigermaßen die Bandbreite der Viertelnoten dieses Karbrésh-Werks. Zudem war hier niemand, der ihm seine Fehler hätte vorhalten können. Zum Glück hatten die Jarada für seine Darbietung keine Vergleichsmöglichkeit.

»Das war höchst interessant«, sagte Riis, sobald Riker zu spielen aufhörte. »Aber es klang sehr schlicht, so als ob ein Kind gerade die ersten Modulationen seiner Stimme entdeckt.«

Schlicht? Beinahe wäre Riker ein Aufstöhnen entfahren. Dann jedoch verstand er, was Riis meinte. Die Mehrzahl der jaradischen Instrumente hatte den Zweck, Akkorde hervorzubringen. Darin war wohl quasi ein Widerhall der Multitonalität der Jarada-Sprache zu sehen. Deshalb mußte jede melodische Linie, egal wie kompliziert sie verlief, für die Jarada immer ›schlicht‹ klingen.

»Manchmal versuchen unsere Musiker, eine Melodie durch Schlichtheit besonders zu *betonen*«, erläuterte Riker. »So ist es bei dem Stück, das ich eben gespielt habe. Häufiger verhält es sich allerdings so, daß Musiker zusammen in Gruppen spielen, um vielfältigere Klangmuster zu kreieren, gleich wie Ihre Instrumente es leisten. Um ein Beispiel anzuführen: mehrere Posaunen können gemeinsam gleiche Akkorde spielen, wie es Ihr ...« Er zeigte auf das einer Harfe ähnliche Musikinstrument, an dessen Bezeichnung er sich nicht mehr erinnerte.

»*Zheelsray*«, sagte Riis.

Riker nickte. »Und Ihr *Zheelsray* ist für Musik geeignet, wie wir Menschen sie machen, wenn Sie die Saiten jeweils nacheinander anschlagen.«

Der fleckige, braune Jarada, der am *Zheelsray* hockte, schabte sich befremdet zwischen den Fühlern. »Aber das wäre ineffizient. Mehrere Spieler und Instrumente wären dafür erforderlich, was ich allein tun kann.«

»Das stimmt. Ich habe das Beispiel nur genannt, weil viele unserer Instrumente bloß für Einzeltöne brauchbar sind. Selbst bei Instrumenten, die Akkorde spielen können, betonen wir oft die Melodie, indem wir sie lauter als die Akkorde hervorheben.«

»Eine bemerkenswerte Konzeption.« Riis' Klauen huschten über die Tasten und klimperten eine Reihe von Akkorden. »Wären Sie bereit, etwas mit uns zu spielen und uns Ihre Erläuterung dadurch zu verdeutlichen?«

Im ersten Moment erwog Riker eine Ablehnung. Bis jetzt waren diese Musiker nicht so starr und unbeweglich in ihren Auffassungen gewesen, wie man es an Bord der *Enterprise* aufgrund früherer Erfahrungen befürchtet hatte. Wie weit er gehen durfte, wußte er allerdings nicht.

In den meisten Gesellschaftsformen zählten die musikalischen Normen zu den konservativsten Traditionen. Im allgemeinen hing die Akzeptanz der Musik von der Einhaltung eines strikten Konsens über gängige Tonarten, Rhythmen und Harmonien ab. Andererseits war die Bitte höflich vorgetragen worden. Wollte Riker nicht unhöflich sein, konnte er sie unmöglich zurückweisen.

Verfluchte Diplomatie! schimpfte Riker in Gedanken. *Man kann tun und lassen, was man will, in jedem Fall eckt man an.* Aber sollte er je bei Starfleet ausscheiden, könnte er, wenn er sich nun nicht drückte, im späteren Rückblick wenigstens von einer der beachtlichsten aller improvisierten Sessions erzählen. Er rang sich ein Lächeln ab und nickte.

»Aber um eine Gefälligkeit muß ich Sie bitten. Suchen Sie etwas Leichtes aus, damit ich nicht überfordert werde.«

Riis' Fühler wackelten, während sie die anderen Musiker anblickte. Der Harfenspieler unterbreitete einen Vorschlag. Ein Trommler äußerte einen Gegenvorschlag. Weitere Anwesende gaben zusätzliche Anregungen. In lebhafter Aussprache diskutierten die *Val'khorret*, welches Musikstück am geeignetsten sein könnte. Schließlich kamen sie zu einer Einigung. Riis wandte sich wieder an Riker.

»Wir haben uns für eine *Karbrey* entschieden, die beliebig oft wiederholt werden kann. Wir fangen an, und Sie fallen ein, sobald Sie das Wesen dieser Musik durchschauen.« Die Jarada langte nach einem Objekthalter, der auf ihrem Instrument stand. »Ich gehe davon aus, daß Sie Notenschrift lesen können.«

Riker warf einen Blick auf die Noten und schüttelte den Kopf. »Das kann ich zwar, aber nicht Ihre Notenschrift. Ich muß nach dem Gehör spielen.«

Gehauchte Krächzlaute – wohl des Staunens – säuselten durch den Musiksaal. Riis ruckte, anscheinend von Rikers Antwort angetan, mit dem Kopf. »Man begegnet selten einem Musiker, der gut genug ist, um mit einem exotischen Ensemble zu spielen, ohne sich sklavisch an die Noten zu halten. Ihre Talentiertheit ist höchst anerkennenswert.«

Riis spielte ein paar Akkorde, gab den übrigen Musikern das Tempo vor. Anschließend legte sie eine zwei Atemzüge lange Pause ein. Dann nickte sie. Die Gruppe fing zu musizieren an.

Die *Karbrey* erwies sich als fröhliches, munteres Musikstück, das Riker an einen alsrayvenischen Volkstanz erinnerte. Zunächst beschränkte er sich aufs Lauschen. Er bemühte sich, die diversen Instrumente und ihre Aufgabenverteilung zu unterscheiden.

Offenbar dominierte das Glockenspiel. Seine hellen Klänge füllten in der Komposition die Stellen aus, die Riker den Bläsern vorbehalten hätte. Die Trommeln verwoben den komplizierten Rhythmus zu einer Klangfolge, die zu den vorherrschenden Akkorden der Musik das Echo abgab; und die auf eine achtstufige Tonleiter gestimmten Saiteninstrumente umsirrten das Läuten des Glockenspiels mit verwickelt intoniertem, hohem Klingen.

Nach dem zweiten Chorus hatte Riker das Gefühl, die *Karbrey* ausreichend verstanden zu haben, um es mit simplem Kontrapunkt zu versuchen. Anfangs ging er einfach vor, blieb im Rahmen der normalen Tonleiter. Seine melodiös und *legato* gespielten Töne verschmolzen besser als erwartet mit der jaradischen Musik. Mehrere Musiker wippten zum Zeichen des Lobes mit den Fühlern. Beim nächsten Chorus beschleunigte Riker sein Tempo und riskierte sogar ein paar Viertelnoten.

Allmählich lockerte er sich und fand Freude an der Improvisation. Auf einmal erscholl im Korridor vor dem Musiksaal ein Gelärme, das unverkennbar der Geräuschkulisse glich, die Zarn als Begleiterscheinung der *Vrrek'khat*-Alarm-Manöver ausgegeben hatte. Augenblicklich stellten die Jarada das Musizieren ein und sprangen auf. Sie eilten, indem ihre Klauen über den Fußboden klackten, zu einem Ausgang am hinteren Ende des Saals.

»Schnell«, rief Zarn, zog Riker am Ärmel. »Wir müssen fort, ehe sie die Tür aufbrechen.«

5

Dr. Beverly Crusher fummelte an ihrem medizinischen Tricorder, während Riker mit Zelmirtrozarn die Große Ratskammer verließ. Die beiden gaben ein sonderbares Paar ab, der hochgewachsene Mann in seiner schwarz- und preiselbeerfarbenen Uniform und der dunkelbraune Jarada, der ihm kaum bis zur Brust reichte. Ein Lächeln huschte übers Gesicht der Bordärztin, scheuchte flüchtig die leichten Sorgenfalten von ihrer Stirn.

»Es ist nichts dabei, Beverly«, meinte Troi leise. »Das sind routinemäßige diplomatische Höflichkeiten, sonst nichts.«

»Ich weiß.« Mit einem Atemstoß entließ Crusher die Luft aus den Lungen. »Wir haben so etwas schon Dutzende von Malen erlebt. Trotzdem fühle ich mich heute nicht recht wohl bei der Sache. Sind Sie sicher, daß alles in Ordnung ist?«

»Ich spüre nichts, was das Gegenteil nahelegen würde.« Die Konzentration verlieh Trois Gesicht einen Ausdruck der Anspannung, während sie erneut die Emotionen der Jarada zu erfassen versuchte. Die Counselor hatte diesmal so wenig Erfolg wie zuvor. Sie schüttelte den Kopf. »Ich glaube, Sie leiden nur an Lampenfieber, weil Sie sich mit der Physiologie von Insektoiden nicht so gut auskennen und bange sind, daß man sich über Ihre Unkenntnis amüsiert.«

Halblaut lachte Crusher. »Ich hoffe, daß es nichts anderes ist.«

Ihre Miene wurde ernst, als sie bemerkte, daß Zelbrektrovish durch die Ratskammer auf sie zukam und vor ihr stehenblieb. Der kleine, ockergelbe Jarada strahlte eine dermaßen gebieterische Aura aus, daß Crusher sich wahrhaftig anschickte, einen Knicks zu machen, ehe es ihr selbst auffiel. In letzter Sekunde verwandelte sie die Bewegung in das knappe Nicken um, von dem sie erfahren hatte, daß es als gebräuchliche Begrüßung unter Ebenbürtigen galt.

»Dr. Crusher«, sagte der Jarada mit gedämpfter, ziemlich hoher, multitonaler Stimme. Er erwiderte Beverlys Geste und deutete auf die Tür. »Unsere Forschungsstätten befinden sich am Stadtrand. Wenn Sie mich nun begleiten möchten; draußen steht ein Fahrzeug bereit.«

»Natürlich.« Während sie Zelbrektrovish aus der Ratskammer folgte, überlegte Crusher, was wohl passieren mochte, sollte sie sich einmal genötigt sehen, sich dem mickrigen Jarada zu widersetzen. Sie fühlte sich wieder wie eine frischgebackene Medizinstudentin, die voller Ehrfurcht zu all der Weisheit und Autorität des Dozenten aufblickte.

Doch kaum hatte sie diesen Vergleich gezogen, rückte sich ihr Bild von Zelbrektrovish zurecht. Ihre Spannung wich. Zweifellos hatte Zelbrektrovish andauernd mit verträumten Neulingen zu tun und eigens für den Umgang mit ihnen seine herrische Ausstrahlung vervollkommnet. Außerdem fühlte der Jarada sich infolge des Größenunterschieds vermutlich ähnlich wie sie im Nachteil. Seit Wesley zehn Jährchen gezählt hatte, war ihr in Gegenwart eines anderen denkenden Lebewesens nicht mehr so unbeholfen und beklommen zumute gewesen.

Sie gelangten durch eine Seitenpforte aus dem Gebäude. Ein kleines, tropfenförmiges Fahrzeug fuhr vor. Zelbrektrovish klopfte rhythmisch ans Fenster, wahrscheinlich eine Art von verschlüsseltem akustischem Signal; der Einstieg des Wagens glitt auf. Crusher kletterte nach hinten und bemühte sich auf dem für Jarada konstruierten Sitz eine halbwegs bequeme Position zu finden. Der Konturensitz hatte ausgerechnet an den Stellen Lücken, wo ihre menschliche Anatomie der Stütze bedurft hätte. Zwar waren mehrere absonderlich geformte Kissen vorhanden, doch auch sie lösten das Problem nicht völlig.

Zelbrektrovish schnallte die Sicherheitsgurte fest und gab dem Fahrzeugcomputer das Ziel ein. Danach drehte er sich zu Crusher um. »Man schließt die Gurte folgendermaßen«, sagte er und führte Crusher vor, wie man die ihr ungewohnten Verschlüsse betätigte. »Ich erachte es als ratsam, sie immer anzulegen, obwohl ich eine Sonderspur ohne Fremdverkehr befahren darf.«

»Vielen Dank.« Crusher strich sich eine ins Gesicht gefallene Strähne ihres Haars aus der Stirn. Bodenverkehr hatte sie seit jeher nervös gemacht, selbst in jüngeren Jahren, während sie noch auf der Erde lebte. Schnelle Wagen, die in dichten Rudeln dahinrasten, die Toten und Verletzten, die es gab, wenn ein Unfall geschah, hatten sie davon überzeugt, daß es sich bei Transportern um das mit Abstand sicherste Beförderungsmittel handelte. Inzwischen war sie schon zu lang im Weltraum, als daß sie Gelegenheit gehabt hätte, ihren Standpunkt zu revidieren. Doch wenigstens gewährten die Gurte ihr das Minimum eines Sicherheitsgefühls. »In Bodenfahrzeugen war mir noch nie so recht wohl.«

Der Jarada schlug die Klauen zu einem Geklacke der Heiterkeit zusammen. Seine autoritäre Aura verflog. Eine geballte Freundlichkeit ersetzte sie, deren Intensität Crusher beinahe den Atem raubte. Beverly entsann sich an ein, zwei Menschen, die zu dem gleichen Trick imstande gewesen waren, am deutlichsten an Sri Janda, die Hochkommissarin von Dalraydy.

Kurz nach Beverlys und Jacks Hochzeit hatte eine Abordnung von Föderationsinspektoren die medizinische Forschungsanstalt besichtigt, in der Beverly damals arbeitete. Der Verwaltungsdirektor des Instituts war ein für seine Abneigung gegen Außenstehende geradezu berüchtigter Mann gewesen. Crusher hatte mitansehen können, wie Janda ihre besondere Art nahezu magischer Beeinflussung auf ihn ausübte. Janda war ein kleines Persönchen, kaum größer als eine Halbwüchsige. Doch sobald sie beim Verwaltungsdirektor ihren ganzen Charme aufbot, hatte er ihr nichts mehr verweigern können; am wenigsten die gründliche, allumfassende Einblicknahme, auf die sie abzielte.

Hinter Jandas fröhlich-kessem Lächeln und ihren abgründig tiefen, schwarzen Augen stand ein überragender Intellekt. Damit hätte sie sogar einen Vulkanier in die Knie gezwungen. Die meisten Forscher, denen sie während der Inspektion begegnete, waren ihrem Bann ebenfalls erlegen. Jetzt die gleiche innere Ausstrahlungskraft bei einem Jarada festzustellen, machte die Insektoiden für Crusher gleichermaßen fremder *und* weniger fremdartig.

»Wenn wir über Bodenfahrzeuge einer Meinung sind, Dr. Crusher, bin ich mir sicher, daß wir noch mehr Gemeinsamkeiten finden werden. Um mein Schwarmpartner zu sein, müssen Sie mich mit Vish anreden.«

»Ich heiße Beverly.« Crusher überlegte, was ›Schwarmpartner‹ wohl bedeuten könnte. Sie beschloß jedoch, diese Frage aufzuschieben. Wenn es dem Computer Mühe bereitete, das jaradische Weltbild zu interpretieren, empfahl es sich, ihm zunächst mehr Daten zuzuführen. Dann konnte er vielleicht später eine verläßlichere Deutung erarbeiten.

Sie hatten gehofft, daß die jaradischen Translatoren brauchbarere Daten über Sprache und Kultur der Jarada lieferten. Doch bislang konnte Crusher gegenüber dem Universaltranslator der *Enterprise* keine Verbesserungen entdecken. Beide Völker bedurften umfangreicherer Informationen als bisher, um ein optimales Dolmetschen zu ermöglichen.

»Bev-er-ly«, wiederholte Vish, versuchte sich den ungewohnten Klang des Namens einzuprägen. »Hoffentlich stört es Sie nicht, wenn wir nicht den kürzesten Weg zu unserer Forschungsstätte nehmen. Ich habe mir überlegt, eine Rundfahrt durch die Stadt wäre Ihnen vielleicht willkommen, damit Sie einen Blick auf die Sehenswürdigkeiten werfen können, die Ihnen sonst entgingen.«

Genau wie in Rom, dachte Crusher. Eine ausgesprochene Touristin war sie nicht. Sie machte sich wenig aus architektonischen Stilrichtungen und Heldendenkmälern. Wahrscheinlich wäre es jedoch unhöflich gewesen, das Ihrem Gastgeber ins Gesicht zu sagen. Die Jarada siedelten erst seit kurzem auf Bel-Minor. Crusher gestand ihnen das Recht zu, auf die Errungenschaften ihrer neuen Welt stolz zu sein.

Aber wäre ihr eine Wahl zugestanden worden, hätte sie die Stadtrundfahrt ohne zu zögern Captain Picard überlassen. Er wußte die künstlerischen Aspekte des Planens und Bauens schöner, funktionaler Stadtviertel zu würdigen. Hier ging es jedoch nicht nach ihren Wünschen. Also spiegelte sie in typisch diplomatischer Weise Begeisterung vor.

»Wenn Sie sicher sind, daß wir genug Zeit haben, würde ich mir die Stadt sehr gern anschauen. Im Rahmen meiner Diensttätigkeit finde ich sonst äußerst selten Gelegenheit zu Stadtbesichtigungen.«

»Möglicherweise ist ›genug Zeit haben‹ nicht unbedingt die Formulierung, die ich verwenden würde.« Um eine Entschuldigung anzudeuten, zog Vish den Kopf ein. »In dieser Jahreszeit reparieren wir unsere Straßen. Die Brücke, über die der direkte Weg zu der Forschungseinrichtung verläuft, ist momentan gesperrt. Ihr Mittelabschnitt wird instand gesetzt. Leider werden Sie wohl feststellen, daß ich für eine Stadtrundfahrt kein geeigneter Fremdenführer bin. Meistens bin ich in meinem Laboratorium beschäftigt.«

»Dann haben wir auch das gemeinsam«, antwortete Crusher. Sie lächelte herzlich. »Mein Sohn behauptet das gleiche von mir ... Daß ich immer nur arbeite und die Annehmlichkeiten des Lebens vergesse. Warum erzählen Sie mir nichts über Ihre Forschungen?«

Froh klackte Vish mit den Klauen. »Mit Vergnügen. Bitte erinnern Sie mich daran, Ihnen die wichtigsten Bauwerke zu zeigen. Nur für den Fall, daß jemand fragt, was wir gesehen haben. Aber inzwischen können wir über interessantere Angelegenheiten reden.«

Während sie sich unterhielten, durchquerte der Wagen ein Wohngebiet. Die erdfarbenen Bauten aus rundlich-bauchigen Komponenten bildeten kreisförmig angeordnete Wohnblocks. Im Baustil ähnelten sie dem Regierungskomplex. Abgesehen von der Farbe, stimmte jeder Block mit den Nachbarblocks überein; das galt sogar für die Abstände zwischen den Fenstern und den Standort des Eingangs. Billigbauweise ließ sich auf jeder bewohnten Welt, unabhängig vom architektonischen Stil, an der stumpfsinnigen Uniformität erkennen.

Einen Moment lang fragte sich Crusher, ob man das Innere der Wohnbauten wohl ebenso rücksichtslos konform gestaltet haben mochte. Aber sie verdrängte die Frage aus ihren Gedanken. Das Gespräch über Vish' liebstes Forschungsprojekt war viel interessanter. Es betraf die Verflechtung der Genetik mit der jaradischen Ernährungsweise.

»Sie wollen sagen, die Nahrung allein bestimmt, ob ein Individuum vermehrungsfähig ist?« Bei den irdischen Insekten entwickelten sich fruchtbare weibliche Bienen, wenn die Arbeiter den Larven eine Substanz namens Gelee Royal fütterten. Crusher entsann sich aber nicht, je Untersuchungen über Staaten intelligenter Insektoiden gelesen zu haben, in denen ein vergleichbares Verfahren zur Festlegung diente, welche Individuen die Spezies fortpflanzen sollten.

»Nicht ausschließlich. Wir Jarada haben einen vierfachen Chromosomensatz. Nur Individuen mit vollständiger, uneingeschränkter Erbmasse sind mit der Voraussetzung zur Fortpflanzung ausgestattet. In manchen Fällen entstehen aber – auch wenn die genetischen *und* die ernährungsmäßigen Faktoren gegeben sind – sterile Individuen oder Neutren. Mit unserem Forschungsprojekt möchten wir die speziellen Ernährungseinflüsse ermitteln, die für jede der Entwicklungsmöglichkeiten den Ausschlag gibt.«

»Faszinierend. Wie weit sind Sie noch von endgültigen Resultaten entfernt?«

»Wir stehen erst am Anfang.« Aus Belustigung klackte Vish mit den Klauen, als hätte ein ziemlich kleines Kind die Frage gestellt. Er zeigte zum Wagenfenster hinaus. Statt der Wohnblocks gab es jetzt ausgedehnte Felder mit niedrigen Sträuchern zu sehen. Die Gewächse strotzten von Blüten in kräftigen Farben. Crusher bemerkte gelbe, rote, blaue und Blüten in einem dunklen Lila, das fast in Schwarz überging.

»Diese Plantage ist übrigens Bestandteil unseres Forschungsprojekts. Die *Breveen*-Pflanze ist sehr empfindlich in bezug auf den Nährstoffgehalt des Bodens, in dem sie wächst. Er läßt sich an der Blütenfarbe ablesen. Indem wir die Ernährung der Pflanzen steuern, beeinflussen wir die Zusammensetzung des Nektars, den wir den frisch ausgeschlüpften Larven zuführen. Es ist ein Projekt sehr erlesenen Aromas. Ich bin dem jungen Studenten, der es konzipiert hat, außerordentlich dankbar. Er wird einen tüchtigen Nachfolger für die Leitung unserer Forschungen abgeben, wenn ich reif bin zur Pensionierung.«

Crusher beachtete die Sträucher mit gesteigertem Interesse. Die breite Vielfalt an farblichen Varianten, die sich durch unterschiedlichen Zusatz von Chemikalien bewirken ließ, erstaunte sie. Brachten die Spurenelemente selbst die Farben hervor, überlegte sie, oder aktivierten sie die Gene, die die Pigmente erzeugten? Und auf welche Art und Weise nahm die Ernährung Einfluß auf die Jarada-Chromosomen?

»Falls diese Frage nicht zu verfänglich ist, Vish, wüßte ich gerne, wie viele Geschlechter eine normale jaradische Population kennt.«

»Ist das eine philosophische oder eine wissenschaftliche Frage?« Vish' mittlere Augenfacette schillerte von grünlicher zu gelber Färbung. Crusher hatte auf einmal das Empfinden, als würde sie unter einem Mikroskop analysiert. Aber bevor sie antworten konnte, winkte der Jarada mit einer Klauenhand ab. »Da Sie von Ihnen kommt, ist es zweifellos eine wissenschaftliche Frage. Sie wissen zuwenig über unsere Gesellschaft, um über die damit zusammenhängenden philosophischen Fragen informiert zu sein.«

»Dann würde ich am liebsten beide Antworten hören, um Ihre Gesellschaft besser verstehen zu können.«

»Wie Sie wünschen.«

Zunächst einmal bewahrte Vish jedoch Schweigen. Anscheinend hatte er es mit der Beantwortung nicht eilig. Anstatt den Jarada zu drängen, schenkte Crusher ihre Aufmerksamkeit der Aussicht.

Von der Straße, die sie vorhin durch die *Breveen*-Plantage befahren hatten, waren sie inzwischen auf eine Route zurück zur Stadt gelangt. Sie näherten sich ihr aus südlicherer Richtung. Rechts sah Crusher in mittlerer Entfernung, im Umkreis der nächststehenden Bauten, die filigrane Struktur einer Brücke. Links wallten graue Dunstschleier über dem Stadtviertel, das sie zuvor umfahren hatten.

Qualm? Es hatte den Anschein, als quelle Rauch aus einem größeren, vielleicht mehrere Wohnblocks weiten

Gebiet empor. Mit einem Stirnrunzeln wandte Crusher sich Vish zu.

Ehe die Bordärztin ihre Frage aussprechen konnte, kam der Jarada ihr zuvor. Er machte mit der Hand eine abschätzige Geste. »Einige Sorten Bäume, die wir von unserer Ursprungswelt mitgebracht haben, sind in diesem Klima erkrankt«, erklärte er, um Beverlys Sorge zu zerstreuen. »Der dortige Distrikt wird heute vormittag bereinigt.«

Durchs Fenster schaute Crusher sich um. Sie überlegte, wie viele Bäume soviel Qualm erforderte. In solchen Fragen war sie keine Expertin, aber sie nahm an, daß man einen kleinen Wald niederbrennen müßte, um eine so dichte Rauchwolke zu verursachen. Unwillkürlich schauderte es sie. Sie fragte sich, ob Vish die Wahrheit sagte. Zum erstenmal wurde ihr bewußt, wie allein sie hier war, wie isoliert von der *Enterprise* und sämtlichen anderen Crewmitgliedern.

»Sie haben sich nach unserer Geschlechtereinteilung erkundigt«, äußerte Vish in auffällig geflissentlichem Ton. Crusher hatte den Verdacht, daß er auf das vorherige Thema zurückgriff, um sie von der Rauchwolke abzulenken. »Die Beantwortung der Frage ist kompliziert. Zahlreiche Aspekte unserer Gesellschaft sind nur durch das Kastensystem verständlich, das direkt auf unseren Genen beruht. Fragt man also in philosophischer Beziehung nach dem Geschlecht, wird ein orthodoxer Traditionalist antworten, daß jede Kaste ihr eigenes Geschlecht hat.«

Erwartungsvoll schwieg Vish, damit Crusher die naheliegende nächste Frage stellen konnte. »Wie viele Kasten gibt es eigentlich?«

»Nach letzter Zählung sind fünfhundertdreiundvierzig dokumentierte Merkmalsbündel bekannt, die reproduzierbar und von genügend separater Art sind, um formell als Eigenschaften einer gesonderten Kaste anerkannt zu werden. Natürlich sind manche dieser

Kasten sehr klein, besonders wenn an ihren Fähigkeiten geringer Bedarf besteht.«

»Fünfhundertdreiundvierzig?« Die Zahl verschlug Crusher den Atem. Jede Erforschung der genetischen Zusammenhänge eines solchen Systems brauchte eine beinahe astronomisch hohe Anzahl von Ansätzen. Beverly leitete daraus ab, daß dem komplizierten Kastensystem irgendein einfacheres, allgemeineres Ordnungsprinzip zugrunde liegen mußte. Sonst hätte Vish keine günstigeren Aussichten, mit seinen Forschungen Ergebnisse zu erlangen, als einst die menschlichen Theologen, die sich darüber den Kopf zermartert hatten, wie viele Engel auf einer Nadelspitze tanzen könnten.

Vish hob alle vier Arme. Anscheinend besagte die Gebärde soviel wie ›Sie wollten es ja wissen‹. Er setzte seine Erläuterungen fort.

»Begibt man sich auf die genetische Ebene und hält sich bei den Kriterien an die grundsätzlichsten Definitionen, verringert die Zahl sich auf sechs Geschlechter. Die Weibchen haben vier, die Männchen drei Chromosomensätze. Nur wenige Exemplare beider Geschlechter entwickeln sich zu fortpflanzungsfähigen Individuen. Aus Gründen der Tradition werden die sterilen Weibchen und Männchen als getrennte Geschlechter eingestuft. Bemerkenswerterweise bestätigen einige unserer Forschungen die traditionelle Auffassung, daß zwischen fruchtbaren und sterilen Individuen ein tiefgehender Unterschied existiert. Ferner haben wir die Neutren, deren unausgebildeten Chromosomensätze keine sexuellen Charakteristika entfalten, obwohl sie die chromosomale Signatur für weibliche oder männliche Individuen aufweisen. Darüber hinaus sind in jeder Geschlechtergruppe unterscheidbare Merkmalsbündel bezüglich Färbung, Geruch, Größe und Begabung vorhanden. Sie bestimmen die Kastenzugehörigkeit. Wir wissen, daß einige Eigenschaften, wie Körpergröße und -gewicht, davon abhängen, wieviel Futter die Larven erhalten. Manche Anlagen wiederum sind von der Statur abhängig. Fehlen jedoch die genetischen Voraussetzungen für diese Eigenschaften, kann keine noch so übermäßige Futtermenge ein körperlich größeres Individuum hervorbringen.«

Vish gab beim Ausatmen ein insektenhaftes Summen von sich. »Die ganze Problematik ist außergewöhnlich verwickelt. Je länger wir forschen, um so mehr verstärkt sich unser Eindruck, immer weniger zu verstehen.«

»Derartige Probleme habe ich auch schon gehabt.«

Das Fahrzeug durchmaß eine weite Kurve. Dahinter verlief die Straße eine steile Böschung hinauf und mündete auf die Hauptverkehrsader, eine Art Stadtautobahn. Der Wagen fuhr in Richtung Fluß. Voraus ragte die recht zierliche Konstruktion der Brücke empor, die einem glitzerigen Gespinst aus dünnen Stahlträgern und Verbundkabeln glich.

Der Fluß strömte als breites, glattes Band dunklen Wassers durch die Landschaft. Nur da und dort kräuselten Strömungen den Wasserspiegel, gischtete eine Bö weiße Schaumkronen über die Oberfläche. Crusher fühlte sich an die wilden, ungezähmten Naturgewalten erinnert, die man auf jedem Planeten vorfand. Nochmals schauderte es sie. Eine alte Starfleet-Redensart fiel ihr ein. *Für einen Besuch ist der Planet ja schön, aber leben wollte ich da nicht.* Plötzlich wünschte sie, sie wäre wieder im Weltall, sicher umschlossen vom Rumpf der *Enterprise.*

Als der Wagen die Hälfte der Brücke überquert hatte, klirrte unvermutet ein Metallgegenstand aufs Fahrzeugdach. Indem er zornig aufzirpte, drehte Vish seinen Sitz und betätigte ein paar Kontrollen.

Panzerplatten klappten über Windschutzscheibe und Seitenfenster. Crusher hörte hinter dem Fahrzeug eine dumpfe Detonation. Danach ertönte, als ob mehrere Knallfrösche platzten, in rascher Folge eine ganze Reihe von Explosionen. Das Fahrzeug schlingerte. Unmittelbar danach beschleunigte es und raste den Angreifern davon.

»Was ist denn jetzt los?« fragte Crusher. »Was ist passiert?« Vish gab keine Antwort. Auch auf wiederholtes Nachfragen hin blieb der Jarada stumm. Beverly griff nach ihrem Insignienkommunikator, um sich wegen des Notfalls an Bord der *Enterprise* beamen zu lassen. Keine Verbindung kam zustande.

Nach drei weiteren Versuchen gab Crusher auf. Sie saß – quasi blind und taub – in einem dahinrasenden Bodenfahrzeug fest. Ihr Insignienkommunikator funktionierte nicht. Aufgrund der geschlossenen Panzerplatten konnte sie nicht einmal sehen, wohin die Fahrt ging. Ihre einzige Informationsquelle war Vish, und der Jarada beantwortete ihre Fragen nicht.

Kann eigentlich noch mehr schiefgehen? fragte sich Beverly Crusher.

6

Es ist einfach eine Unverschämtheit, dachte Keiko Ishikawa, während sie in stummer Wut im Universitätsbus hockte und zum Fenster hinausstarrte. Eine ganze Welt, noch unberührt von Menschenhand, gab es hier zu erkunden – und der Captain hatte ihr einen Aufpasser zugeteilt, als wäre sie ein Grünschnabel auf der ersten Exkursion. Dabei war sie *mit Abstand* die fähigste Botanikerin der *Enterprise.* Sie sah überhaupt nicht ein, weshalb sie das Verdienst ihrer Entdeckungen mit jemandem teilen sollte.

Und um alles noch schlimmer zu machen, hatte ihr Mann einen kindischen Eifersuchtszank angefangen. Aber schließlich war Reggie Tanaka keineswegs von *ihr* als Begleiter ausgesucht worden. Reggie war ein netter, freundlicher Bursche. Doch Keiko *wußte,* daß sein endloses, locker-flockiges Geschwafel sie in den Wahnsinn treiben würde, bevor sie ihre Aufgaben bewältigt hatte.

Zum Glück hielt er gegenwärtig den Mund. Seine Nase klebte praktisch an der Fensterscheibe, während er begierig seine ersten Eindrücke von Bel-Minor aufnahm.

Keiko seufzte und widmete ihre Aufmerksamkeit der Umgebung. Die Sitze in dem kapselförmigen Vehikel waren so montiert, daß sie normalerweise nach innen wiesen; allerdings konnten die Passagiere sie drehen, um Ausblick ins Freie zu haben. Keiko und Tanaka fuhren durch ein Wohngebiet, das die langweiligste Anhäufung fremder Architektur umfaßte, die es je auf irgendeinem Planeten zu sehen gegeben hatte. Überall standen zu Kreisen angeordnete, monolithische Blocks. Keiko befürchtete, daß sie, wenn sie noch einige Straßen mit kürbisrunden Wohneinheiten durchqueren mußte, einen Schreikrampf erlitt.

In diesem Teil der Stadt fehlte sogar Vegetation, die zumindest etwas Abwechslung geboten hätte. An den wenigen Flecken, wo Bäume hätten wachsen können, sah man nur braunes, hartes Erdreich. Die Klauenfüße der Jarada hatten den Untergrund plattgetrampelt, bis nichts mehr gedieh. Der Effekt war, daß die gesamte Stadt ein strenges, unfruchtbares, monotones Bild abgab. Keiko empfand diese Äußerlichkeiten nicht als Empfehlung für ihre Bewohner.

»Miß Ishikawa, gibt es irgend etwas, das ich über unseren Auftrag wissen müßte, bevor wir uns mit den Käfer-Studenten treffen?«

Käfer? Ist das die Bezeichnung, die an Bord kursiert? Tanakas Betonung zufolge war die Benennung nicht geringschätzig gemeint. Aber wie es sich mit Spitznamen meistens verhielt, mochten auch in diesem Fall bald unerfreuliche Assoziationen damit verbunden werden.

Keiko wandte sich ihrem Begleiter zu. Sie beide waren die einzigen Fahrgäste im Bus. Doch sobald der Autopilot sie zur Städtischen Universität befördert hatte, sollten sie es mit drei Dutzend junger Jarada zu tun bekommen.

»Als erstes sollten Sie über unsere Exkursion wissen, daß wir die Bürger dieses Planeten nicht ›Käfer‹ nennen. Der Name, den sie sich selbst gegeben haben, lautet ›Jarada‹. Das haben wir zu respektieren.«

Verlegen grinste Tanaka. »Wie Sie wünschen, Miß Ishikawa. Sie sind die Leiterin.«

Er sieht wirklich sehr gut aus, dachte Keiko. Mit seinen schwarzen Augen, der glatten, bräunlichen Haut und der winzigen Lücke zwischen den Vorderzähnen hatte er Ähnlichkeit mit Kiyoshi. Vor fünfzehn Jahren war Kiyoshi ihr bester Freund gewesen. Falls Tanaka sich tatsächlich ihrer Autorität beugte, mochte es sein, daß die Exkursion doch nicht so nervig ablief.

»Ich wünsche es. Spitznamen sind gefährlich. Man weiß nie, wie sie aufgenommen werden. Darüber sollten Sie sich immer im klaren sein.«

»Leider muß ich gestehen, daß ich mich nie viel mit Geschichte beschäftigt habe. Ich schaue lieber nach vorn als zurück.«

Kurz schloß Keiko die Lider. Sie entsann sich der fortwährenden Geschichtslektionen in ihrer Kindheit und Jugend. In ihrer Präfektur war die Kenntnis der japanischen Geschichte jedem Kind eingebleut worden, sobald es das Sprechen lernte. Die glorreiche Geschichte Japans sollte bewahrt werden.

Es fiel Keiko schwer, sich zu vergegenwärtigen, daß jemand, der ihrem früheren Freund so ähnelte, nicht seit eh und je mit dem Wissen und den Erfahrungen lebte, die ihr als Selbstverständlichkeiten galten. »Dafür habe ich angesichts eines Großteils der Geschichtsschreibung Verständnis«, sagte sie, indem sie sich innerlich ein wenig entspannte. »Aber vielleicht kann ich Ihnen ein paar Texte empfehlen, die auch für Sie ganz aufschlußreich sein könnten.«

»Gerne, Miß Ishikawa. Ich bin immer an neuem Lesestoff interessiert.«

Tanakas Grinsen schien ihn um zehn Jahre jünger zu machen. Keiko fragte sich, wie alt er wirklich sein mochte. Er mußte eindeutig älter sein, als er aussah. Andernfalls hätte er nicht schon die Akademie hinter sich haben können; zumal nicht mit wissenschaftlicher Qualifikation. Und als Forscherkollege verdiente er, wie sehr seine Anwesenheit Keiko auch zuwider sein mochte, ein Mindestmaß an Höflichkeit.

»Da wir in den nächsten beiden Tagen zusammen

sind, können wir uns vielleicht die Förmlichkeit sparen. Möchten Sie mich nicht einfach Keiko nennen?« In der Erinnerung sah Keiko das zornrote Gesicht ihres Mannes vor sich. Bis zuletzt hatte er sich gegen ihre Entscheidung gesträubt, Bel-Minor zu betreten. Noch gestern abend hatte es eine Auseinandersetzung gegeben. O'Brien hatte dicht davor gestanden, eigenmächtig zu befehlen, daß man sie ins Raumschiff zurückbeamte.

»Ich lasse doch nicht meine eigene Frau mit irgendeinem fremden Crewmitglied auf einem unbekannten Planeten rumlaufen!« hatte er laut geschrien. Die Tür zum gemeinschaftlichen Wohnraum war geschlossen gewesen, damit sie ein ungestörtes Gespräch führen konnten. Trotzdem hatte Keiko befürchtet, daß der Rest der Landegruppe ihn hörte.

»Und ich lasse mich nicht dafür runtermachen, daß ich mit jemandem zusammenarbeite, wenn es auf diesem Planeten genug Arbeit für ein Dutzend Botaniker gibt«, hatte Keiko in wütendem Tonfall erwidert. O'Briens Verhalten nötigte sie, Picards Anweisung zu verteidigen. »Ich befolge einen Befehl des Captains. Du hast kein Recht, seine Order in Frage zu stellen. Ebensowenig übrigens wie meine Verläßlichkeit!«

Der Gedanke an O'Briens Eifersucht bestärkte Keiko in ihrem Entschluß, freundlich zu Tanaka zu sein. »Ihre Freunde nennen Sie Reggie, stimmt's?«

»Ja, genau. Woher wissen Sie das? Auf dem Schiff sehe ich Sie ja nur äußerst selten. Anscheinend sind wir immer in verschiedenen Dienstschichten oder an unterschiedlichen Projekten tätig.«

Keiko hob die Schultern. Aber Tanakas Schwung steckte irgendwie an. Ihre Lippen verzogen sich zu einem Lächeln. »So riesig ist das Schiff nun auch wieder nicht. Wir haben durchaus ein paar gemeinsame Bekannte.«

Der Universitätsbus stoppte vor einem gewaltigen

Gebäude. Offenbar war die Städtische Universität von demselben Architekten entworfen worden, der der Stadt ganz allgemein seinen Stempel der Uniformität aufgedrückt hatte. Nach Keikos Empfinden war dies kolossale Konglomerat erdfarbener, kugeliger Gebilde so uninteressant wie sämtliche anderen derartigen Konstruktionen.

Eine Schar junger Jarada umwimmelte einen Stapel diverser Packen und Ausrüstungsgegenstände. Die Jugendlichen hatten alle möglichen Körpergrößen und Färbungen, von Braun bis Rot, von Goldbraun bis Hellgelb. Zwei orangerot-goldgelbe Erwachsene, kaum größer als einige ihrer Schüler, versuchten Ordnung zu schaffen. Hinter vorgehaltener Hand schmunzelte Keiko. Überall in der Galaxis waren Schüler gleich. Immer zog es sie ins Freie, und nie mochten sie sich der Aufsicht ihrer Lehrer beugen. Keiko bezweifelte, daß diese Exkursion anders als die Schulausflüge ablaufen würde, die sie als Kind mitgemacht hatte.

Zu ihrer Überraschung gaben die jungen Jarada Ruhe, sobald der Bus hielt. Sie schoben ihr Gepäck in die seitlichen Stauräume des Fahrzeugs und stiegen zu. Ohne irgendwelche Aufregung nahmen sie ihre Plätze ein. Exemplare mit ähnlicher Größe und Farbe blieben meist zusammen. Einige wenige jedoch saßen nebeneinander, ohne daß sie ein gleiches Äußeres gehabt hätten. Einen Grund dafür ersah Keiko nicht.

Indem der Bus sich mit Jarada füllte, ballte sich ihr Geruch im Innern zu geradezu betäubender Stärke. Jeder Jarada hatte ein charakeristisches Odeur: Zimt-, Jasmin-, Wacholder- und Salbeiduft waren dabei, ferner etliche sonstige Düfte, die Keiko nicht erkannte. Das Gemisch der Körpergerüche verdichtete sich zu einem atemberaubenden Mief. Auf einmal hatte Keiko den Eindruck, daß alles um sie kreiselte. Ihr Kopf schien sich von den Schultern zu lösen und davonzuschweben.

Als nächstes bemerkte sie, wie Tanaka ihr Gesicht zum offenen Fenster des in voller Fahrt befindlichen Busses hinausdrückte. Licht stach ihr in die Augen. In ihrem Schädel pochte es dermaßen, daß sie sicher war, er müßte platzen. Wegen der Rasanz, mit der die Fahrspur unter dem Bus dahinzuflitzen schien, bereitete es ihr reichliche Mühe, das Frühstück im Magen zu behalten. Sie drosch auf Tanakas Arme ein, zwängte den Oberkörper zurück ins Innere des Fahrzeugs.

»Was soll das, Sie Idiot? Wollen Sie mich umbringen?!«

Tanaka half ihr beim Hinsetzen. Er rückte ihr sogar die Kissen zurecht, mit denen die für Jarada bestimmten Konturen der Sitze der menschlichen Anatomie etwas besser angepaßt werden konnten. »Sie sind in Ohnmacht gefallen, Miß Ishikawa«, erklärte er im förmlichsten Ton. »Ich vermute, bei Ihnen ist irgendeine Art von allergischer Reaktion eingetreten.«

Keiko rieb sich die Schläfen, versuchte das Pochen hinter ihren Augen fortzumassieren. Wenigstens hielt ihr Magen still, solange sie die Augen geschlossen ließ. »Da könnten Sie recht haben. Unsere Erste-Hilfe-Tasche ist wahrscheinlich in unserem Gepäck.«

»Leider ja. Möchten Sie, daß ich einen Halt veranlasse und sie heraussuche?«

Der Vorschlag war so verführerisch, daß Keiko ihn ernsthaft in Erwägung zog. Allerdings wußte sie nicht genau, welches Medikament in Frage kam. Und den Jarada zu gestehen, daß sie gegen sie allergisch war, bedeutete unter Umständen einen enormen Gesichtsverlust.

Keiko strich sich die Haare aus der schweißnassen Stirn. Sie hoffte, daß sie einigermaßen durchzuhalten vermochte, solange das Fenster offen blieb. Die Frischluft belebte sie und verringerte die Geruchsintensität im Bus auf ein erträgliches Maß.

»Ich bin mir gar nicht sicher, ob wir einen Zwischenstop durchsetzen könnten, Reggie«, sagte sie schließlich. »Ein Autopilot steuert den Bus. – Tut mir leid, daß ich Sie angeschnauzt habe.«

Sie hörte, wie Tanaka sich in seine Kissen sinken ließ. »Schon gut. Ich wußte, daß der Sicherheitsgurt sie festhält. Ich würde wetten, im ersten Moment wußten sie nicht, was los war, als sie wieder zur Besinnung kamen.«

»Das kann ich nur bestätigen.« Bewußt entspannte Keiko sich auf ihrem Sitz. »Ich glaube, ich werde versuchen, ein bißchen zu schlafen.« Sie hatte einmal gehört, Schlaf sei das beste Mittel, um sich von allergischen Attacken zu erholen. Ein Nickerchen empfand sie momentan als große Verlockung.

Bald hatten das leise Gezirpe der Jarada und das gleichbleibende Surren der Fahrzeugreifen auf dem Straßenbelag sie in Schlaf gelullt.

Als sie erwachte, verlangsamte der Bus. Seine Reifen holperten über eine unebene Schotterstraße. Keiko rieb sich die geschwollenen Augen. Sie fühlte sich gründlich ausgelaugt. Draußen wuchsen dichte Baumgruppen direkt neben der Landstraße. Ihre unter wachsartigen fleischigen Blättern verborgenen, knorrig-knotigen Äste streiften die Busfenster.

Das Fahrzeug schlingerte und wackelte von einer Seite zur anderen. Es schaukelte stärker als ein Boot in rauher See. Die Stöße, die das Gefährt schüttelten, verursachten in Keikos Kopf schmerzhafte Stiche und ihrem Magen neue Übelkeit.

Auf dieser miesen Landstraße konnten sie noch nicht lange fahren, schlußfolgerte Keiko. Sie hoffte, daß sie bald am Ziel eintrafen. *Warum konnten wir uns nicht einfach hinbeamen?* fragte sie sich. Die Jarada hatten Transporter, aber anscheinend benutzten sie sie selten. Ein weiteres Beispiel dafür, mutmaßte Keiko, wie nachhaltig veraltete Traditionen die jaradische Gesellschaft lähmten.

Sie erinnerte sich daran, daß sie ähnliche Gedanken schon während der Kindheit gehegt hatte. Sie wußte noch recht gut, wie oft sie die Diktate der Erwachsenen, wenn sie ihrem Willen widersprachen, in Frage gestellt und offen Widerstand geleistet hatte.

»Sind Sie wach, Keiko?« Tanakas Stimme ertönte direkt hinter ihr und dröhnte so laut, als sollten Ohrschützer einem Tauglichkeitstest unterworfen werden. Keiko zuckte bei dem Blöken heftig zusammen. »Canjiir, die leitende Lehrperson, hat mir mitgeteilt, daß wir in Kürze da sind«, fügte Tanaka leiser hinzu. »Wir nähern uns einer Lichtung, wo ein Lager aufgebaut werden soll. Danach haben die Studenten Unterricht. Wir können, wenn wir wollen, mit den Forschungen beginnen.«

Keiko setzte sich auf; bei jeder Bewegung spürte sie ihre Muskeln. Während sie schlief, hatten die Kissen sich verschoben. Infolgedessen eignete die Sitzpolsterung sich jetzt weder für einen Menschen noch für einen Jarada. Indem sie vor sich hinstöhnte, zupfte Keiko die Kissen zurecht, bis sie aufrecht saß. »Wie lange habe ich geschlafen?«

»Fast drei Stunden. Ich habe überlegt, ob ich Sie wecken soll. Aber Sie sahen so mitgenommen aus, daß ich mir dachte, Sie brauchen den Schlaf. Also habe ich Sie pennen lassen.«

»Ich habe ungünstig gelegen«, sagte Keiko. Sie massierte sich den Hals, um einen verkrampften Muskel zu lockern. Eine Strähne ihres langen, schwarzen Haars löste sich aus der Rolle, zu der sie es gedreht hatte, baumelte ihr zwischen den Fingern. Verdrossen zog sie die Haarnadeln heraus und schüttelte das Haar frei; mit geschickten Handgriffen knüpfte sie einen

Knoten hinein. »Können wir nicht zuhören, wenn die Studenten nach dem Aufschlagen des Lagers Unterricht haben?«

Tanaka ließ sich mit der Beantwortung etwas Zeit; das verriet Keiko schon genug über die zu erwartende Auskunft.

»Ich habe Canjiir so verstanden, daß wir zu der Veranstaltung nicht eingeladen sind. Mein Eindruck ist, daß es dabei mehr um… Na, es soll wohl eher so etwas wie ein religiöser Gesang stattfinden. Falls dieses Volk eine Religion kennt.«

»Da bin ich mir sicher. Für Kulturen mit solch einem soziologischen Index ist Religion nahezu unentbehrlich.« *Jede autokratische Gesellschaft,* dachte sie, *hat eine gleichermaßen autokratische Religion, um ihre Traditionen zu stützen.* Erneut erinnerte sie sich an ihre Kindheit.

»Wissen Sie, wenn man uns nicht dabeihaben möchte, sollten wir gleich an die Arbeit gehen. Das heißt, falls Sie sich danach fühlen. Ich kann's gar nicht erwarten, mir die Bäume genauer anzuschauen. Sind sie nicht prachtvoll?«

Keiko warf nochmals einen Blick auf die düsteren, krummen Gewächse, die die Landstraße säumten. *Prachtvoll?*

Das letzte Mal, daß sie dies Wort für einen Baum benutzt hatte, war vor fünfzehn Jahren gewesen. Damals war ihr die Auszeichnung gewährt worden, die exquisite Vollkommenheit des von ihrem Ururgroßvater vererbten, vierhundert Jahre alten Bonsai meditativ betrachten zu dürfen. Der anmutig geschraubte Stamm und die elegant geschwungenen Ästchen der Miniaturzeder hatte das Wesen der Kategorie Baum in aller Perfektion zum Ausdruck gebracht.

Tanaka mußte ein verkappter Spinner sein, ein Naturanbeter, wenn er das wilde, unordentliche Gewucher im Freien beiderseits des Fahrzeugs als schön ansah. Doch das hieß, sie konnte ihn in den Wald schicken und Baumarten katalogisieren lassen, während sie sich mit den Gräsern und Blütenpflanzen im Unterholz befaßte. Zum erstenmal war Keiko darüber froh, daß Captain Picard ihr befohlen hatte, mit einem Kollegen zusammenzuarbeiten.

Der Universitätsbus holperte durch eine enge Kurve und auf eine langgestreckte, schmale Wiese. Bel-Major schwebte über dem Wald. Die aufgeblähte, rostrot und lohgelb gefleckte Kugel wirkte wie ein erzürnter Gott, weil ihr Unterrand Feuer an die wirren Baumgipfel zu legen schien. Der Gasriese war aufgegangen, während Keiko schlief. Bel-Minors Rotation hatte ihn über den Horizont erhoben. Es graute Keiko. Der gigantische Planet sah wahrhaftig aus, als würde er im nächsten Moment vom Himmel herabstürzen und alles zermalmen.

Neben der Landstraße zeigte sich ein Bach. Er rauschte über eine Anzahl Steine und umgestürzte Stämme, ehe er den Wald verließ. In kurzer Entfernung vom Wald mündete ein zweites Gewässer in den Bach und verdoppelte seine Breite. Büschelweise bedeckte bläuliches Gras das Erdreich. An manchen Stellen wuchs es hüfthoch. Woanders blieb es unmittelbar in Bodenhöhe. Verstreut gediehen Blütenpflanzen im Gras, doch solange der Bus fuhr, konnte man keine Einzelheiten ihrer Beschaffenheit erkennen.

Wieder machte die Landstraße eine Kurve. Der Bus durchquerte den Bach an einer breiten, sandigen Furt. In der Mitte der Wiese hatte sich ein kleiner See gesammelt. »Dort müssen Biber einen Damm gebaut haben«, meinte Tanaka halblaut. »Oder jedenfalls das Biber-Äquivalent dieser Welt.«

»Kann sein.« Keiko spähte angestrengt zu dem See hinüber, versuchte herauszufinden, ob ihr Kollege recht hatte. Sie befanden sich jedoch am stromaufwärtigen Ende des Sees; von da aus ließ sich nicht ersehen, was die Stauung verursachte. »Wenn unsere Anwesenheit beim Unterricht, oder was es sonst werden soll, unerwünscht ist, können wir ja mal nachschauen.«

»Ein großartiger Einfall! Ich brenne darauf, die inneren Wechselbeziehungen der hiesigen Ökologie zu erforschen. Wir sind die ersten Menschen, die einen Fuß in diese Wälder setzen. Denken Sie bloß an all die Entdeckungen, die es hier zu machen gibt. Völlig neue Gattungen von Bäumen, ganz neuartige Formen und unbekannte Symbiosen, wie wir sie uns noch gar nicht vorstellen können...« Er verstummte, um Luft zu holen. Aufregung glänzte in seinen Augen.

Keiko beugte sich näher zu ihm. Sie fragte sich, ob seine Begeisterung echt sein mochte. »Dann schlage ich Ihnen folgendes vor: Sie untersuchen die Bäume, und ich kümmere mich um die sonstige Flora.«

»Wirklich?« Tanakas Gesicht strahlte wie eine Nova. Keiko hatte es für unmöglich gehalten, daß sein Gesicht vor Enthusiasmus noch heller leuchten könnte. Anscheinend jedoch hatte sie seine Begeisterungsfähigkeit unterschätzt. *»Ich* darf mir die Bäume vornehmen? Normalerweise läßt Lieutenant Deyllar mich, wenn ich in einer Landegruppe bin, die Flechten oder dergleichen katalogisieren.«

»Ich bin aber *nicht* Lieutenant Deyllar.« Keiko hörte die Schärfe ihres Tonfalls. Sie atmete tief durch und zwang sich zu einem umgänglicheren, nahezu neckischen Ton. »Aber wo Sie an den Bäumen Flechten finden, dürfen Sie sie bei der Katalogisierung natürlich nicht übersehen. Man weiß nie, welche Pflanzen unvermutete Eigenschaften haben.«

»Sie können sich auf mich verlassen.« Ein breites Grinsen teilte Tanakas Gesicht in eine Ober- und Unterhälfte, entblößte eckige, gerade Zähne. Der Bus fuhr durch eine letzte Kurve und blieb am See auf einer größeren, sandigen Fläche stehen.

Ehe Tanaka ein weiteres Wort sagen konnte, beanspruchte Canjiir die allgemeine Aufmerksamkeit. Sie schwang die Normalarme über den Kopf und knallte die Klauen zusammen. Zu Keikos Überraschung trug sie am Unterarm einen Translator, der ihre Äußerungen für die Menschen übersetzte. Der schmale, schwarze Apparat ähnelte den Geräten, die man Keiko und Tanaka ausgehändigt hatte.

»Studentenbürger, wir sind an unserem Ziel eingetroffen«, gab Canjiir als erstes bekannt. »Wie Sie wissen, ist es der Zweck dieser Exkursion, Wissen über unseren neuen Planeten und das Leben zu erwerben, das ihn mit uns teilt. Gleichzeitig haben wir die Ehre, daß uns Gäste eines anderen Schwarms begleiten, Forscherin Keiko und Forscher Reggie. Sie sind hier, um von uns Kenntnisse über unsere Welt und unseren Schwarm zu erlangen.«

Bei dieser Darlegung neigten sich die Köpfe der Studenten. Keiko war jedoch der Überzeugung, daß man den Exkursionsteilnehmern die Gegenwart der Gäste schon erklärt hatte, bevor der Bus am Morgen an der Universität abfuhr. Canjiir wippte mit den Fühlern, um ihre Absicht anzuzeigen, ihre Ausführungen zu ergänzen.

»Sie haben eine Standardeinheit Zeit, um das Lager zu errichten. Anschließend veranstalten wir die übliche Vollversammlung. Danach findet am Lagerfeuer eine Diskussion bis zur Schlafenszeit statt. Bei Planetenuntergang fangen wir mit den morgigen Aktivitäten an. Irgendwelche Fragen?«

Keiko schaute im Bus umher. Ihr fiel auf, wie die jungen Jarada sich unruhig auf den Sitzen wanden. Es erstaunte Keiko nicht, daß niemand eine Frage stellte. Canjiir winkte der anderen Lehrperson zu, die daraufhin die Bustür öffnete. Die Studenten stiegen aus.

Sie benahmen sich so still und ordentlich, daß Keiko sich unwillkürlich fragte, ob ihr irgendeine Besonderheit entging. Sogar die Jungs, mit denen sie aufgewachsen war, hätten in dieser Situation Unfug getrieben, um die während des dreistündigen Sitzens angestaute überschüssige Kraft abzubauen.

Mit gefurchter Stirn beobachtete sie die Jugendlichen, wie sie ihr Gepäck ausluden und sich auf dem flachen Gelände sammelten, wo nach Canjiirs Weisung das Lager entstehen sollte. Nach wie vor betrugen sie sich seltsam zurückhaltend.

Auch das Gepäck der beiden *Enterprise*-Crewmitglieder lag in einem der Stauräume des Fahrzeugs. Nachdem der letzte Jarada seine Sachen an sich genommen hatte, steckte Tanaka den Oberkörper in den Stauraum und zog ihre Rucksäcke nach vorn.

Als Keiko sich ihren Rucksack um die Schultern geschlungen hatte und sich straffte, packte sie plötzlich ein Schwindelgefühl. Sie fing sich ab, lehnte sich an den Bus, wartete aufs Abklingen des Schwindelanfalls.

»Ist alles in Ordnung, Keiko?« Tanaka hob eine Hand, um ihr zu helfen. Seine Miene widerspiegelte Besorgnis.

Keiko schüttelte seine Hand ab. Es ärgerte sie, daß er ihren flüchtigen Moment der Schwäche bemerkt hatte. »Ich habe mich nur zu hastig aufgerichtet, sonst nichts.«

Sie stieß sich vom Bus ab und strebte zum Ufer hinab, um einen passablen Lagerplatz in einigem Abstand vom Massenlager der Jarada zu suchen. Die zwei Lehrpersonen standen abseits, überwachten die Studenten und besprachen sich mit gedämpften Stimmen.

Abermals verspürte Keiko eine Anwandlung der Beunruhigung. Sie hatte eine Vorahnung nahender Schwierigkeiten. Sie wünschte, daß sie mehr über die Jarada wüßte, um ihr ungutes Vorgefühl auf etwas Konkretes beziehen zu können.

Eine niedrige Anhäufung von Steinen trennte die Sandfläche in der Nähe des Sees von der übrigen Wiese. Keiko und Tanaka passierten die Stelle, an der die Jarada ihre Behausungen aufbauten. Dort wandte sich die steinerne Umwallung in Richtung Ufer; ein Stück weiter beschrieb sie einen Knick und bildete dann von dort aus eine zweite halbrunde Einfriedung.

»Eindeutig eine künstlich aufgeschichtete Mauer«, sagte Tanaka, während er die Anlage betrachtete. »Anscheinend wird der Lagerplatz häufig benutzt.«

Keiko sah im Windschatten des Steinwalls ein ebenes Fleckchen Sandboden und streifte den Rucksack ab. »Warum nicht? Das ist vernünftiger, als auf jeder Exkursion einen neuen Platz zu suchen.«

Sie kramte im Rucksack und holte ihr Zelt heraus. Sobald sie die Aktivatortaste gedrückt hatte, trat sie zurück und ließ das Einpersonenzelt sich automatisch entfalten. Die ausziehbaren Zeltstangen aus Metall streckten sich und bohrten sich in den Untergrund, während die Zeltbahn aus doppelschichtigem Duroflex-Gewebe sich entfaltete.

Keiko steckte den Akku in seinen Halter und programmierte die Zeltkontrolleinheit auf behagliche Innentemperatur sowie externe Tarnfärbung. Dann deponierte sie die Einheit in ihrem Behälter neben dem Zelteingang. Sie öffnete die Zeltklappe, schob ihren Schlafsack hinein und drehte am Ventil der Aufblasvorrichtung. Auf der strammen Matratze, die als Unterlage diente, schwoll der Schlafsack zu mittlerer Größe an. Keiko warf ihren Rucksack ins Zelt und blickte sich um, schaute nach, wie Tanaka zurechtkam.

»Fertig.« Er grinste und zeigte auf sein Zelt. Er hatte es auf ein derartig grelles Orange programmiert, daß man es wahrscheinlich noch auf der *Enterprise* sehen konnte. Aus dem Innern drangen die letzten Zischtöne seines im Aufblasen begriffenen Schlafsacks. »Ich denke, ich packe ein Imbiß ein und gehe mich mal in der Gegend umsehen. Was halten Sie davon?«

Bei der Erwähnung von Nahrung fing Keikos Magen zu rumoren an. Sie kämpfte gegen die Übelkeit an. Es verstimmte sie enorm, daß sie sich ausgerechnet zu einem so ungünstigen Zeitpunkt irgend etwas zugezogen haben sollte. Alle ihre Impfungen waren erst kürzlich aufgefrischt worden. Ihre letzte ärztliche Untersuchung hatte vor sechs Wochen stattgefunden.

Sie gab sich alle Mühe, um Tanaka ihren Zustand zu verheimlichen. Sie entnahm ihrem Rucksack den Tricorder und ein paar Essensrationen. »Ich bin noch nicht hungrig. Ich glaube, ich spaziere ein Stück am Ufer entlang. Sie können ja nachkommen, wenn Sie was gefuttert haben.«

»Was? Damit Sie als erste den Biberdamm entdecken?« Tanakas Schmunzeln machte klar, daß er den Einwand spaßig meinte. Er sprang ins Zelt und durchwühlte seinen Rucksack, bis er fand, was er suchte. Den Tricorder zwängte er ins Gürtelhalfter. Außerdem schnallte er sich eine volle Tasche mit Verpflegung um die Hüften. »Wenn Sie soweit sind«, sagte er, indem er sich aufrichtete, »ich bin's auch.«

Sie stapften am Ufer des Sees durch den Sand, hinterließen eine doppelte Spur von Stiefelabdrücken. Eine leichte Brise wehte übers Wasser. Die Luft roch nach Schlick und durchnäßter Vegetation. Keiko schwenkte den Tricorder hin und her, erstellte für die Dokumentation eine Panorama-Aufnahme des Sees und der Wiese.

Im Kern ging es bei ihrer Arbeit um das detaillierte Scanning einzelner Pflanzen; doch ohne generellen Überblick konnte man die Ökologie eines Planeten nicht analysieren.

Tanaka strebte schwungvoll voran, hüpfte umher wie ein Kind unmittelbar nach Schulschluß. »Ich vergesse jedesmal, wie toll es ist, ab und zu mal geringere Schwerkraft zu genießen.«

»Sie ist bloß um zehn Prozent schwächer. Das bedeutet kaum einen Unterschied.« Allerdings war nicht ausgeschlossen, überlegte Keiko, daß genau diese Abweichung ihrem Magen so zusetzte. Damit versuchte sie sich zu beruhigen. Sie bemühte sich hartnäckig, sich einzureden, daß sie sich die Übelkeit nur einbildete.

Aber es half alles nichts. Gleich darauf kniete sie im Sand und übergab sich.

Unverzüglich kauerte Tanaka an ihrer Seite. »Hier, spülen Sie den Mund.« Woher er den zusammenschiebbaren Blechbecher hatte, wußte Keiko nicht, doch sie nahm das Wasser dankbar an. Zuerst wollte der saure Nachgeschmack nicht von ihrer Zunge verschwinden. Schließlich jedoch hockte sie sich hin; ihr schwindelte, aber ansonsten fühlte sie sich etwas wohler.

»Ich kontaktiere das Schiff«, sagte Tanaka in einem Ton, der keinen Widerspruch duldete. »Falls es hier einen Erreger gibt, der was gegen Menschen hat, müssen wir's schleunigst herausfinden.«

Er berührte seinen Ärmel, in dem er aus Rücksicht auf den Wunsch der Jarada den Insignienkommunikator verbarg. Ihm antwortete nichts als Schweigen. Er tippte fester auf den Kommunikator. Keine Reaktion erfolgte.

Die Stirn gerunzelt, probierte Keiko es mit ihrem Insignienkommunikator. Auch damit kam keine Verbindung zustande. Beklommen verdeutlichte sie sich, welche Probleme der Ausfall der Kommunikatoren verursachen konnte. Ohne die Geräte verfügten sie und Tanaka, falls sie in ernste Schwierigkeiten gerieten, über keine Möglichkeit, das Raumschiff zu kontaktieren.

Keiko stand auf, bewegte sich dabei vorsichtig, um nicht ihren Magen zu reizen. Sie putzte Sand von der Uniform ab. »Es geht mir schon wieder besser, Reggie. Wahrscheinlich lag's nur an irgend etwas, das ich gegessen habe.«

»Trotzdem wäre es mir lieber, wenn ein Arzt sich Sie ansieht.«

Keiko schnaubte. »Ich bin keine Pusteblume. Ich brauche nicht wegen jeder Lappalie einen Arzt. Sie reden fast ebensolchen Stuß daher wie mein Mann.«

»Entschuldigung. Das war nicht meine Absicht.« Tanakas Gesicht lief rot an. »Aber mir wäre wirklich wohler zumute, wenn Sie sich wenigstens noch ein Nickerchen gönnen würden. Zwischendurch könnte ich eine Diagnose der Kommunikatoren vornehmen.«

Sein Vorschlag ging Keiko vollständig gegen den Strich; sie hatte vorgehabt, jede Minute auf diesem Planeten auszuschöpfen, um Informationen zu sammeln. Aber in Wahrheit fühlte sie sich noch etwas zittrig. Zudem bestimmten die Dienstvorschriften, daß die Mitglieder einer Landegruppe bei Ausfall der Kommunikatoren zueinander in Rufweite zu bleiben hatten. Dadurch wurde nun ihr Bewegungsfreiraum ohnehin erheblich eingeschränkt.

»Also gut, Reggie. Ich ruhe mich ein bißchen aus, wenn Sie mir versprechen, daß die Kommunikatoren wieder funktionieren, wenn ich aufwache.«

»Ich werde mein Bestes tun. Sonst können wir ja wohl nicht viel Arbeit erledigen, oder?« Versonnen lächelte Tanaka ihr zu. Sein Gesichtsausdruck erinnerte Keiko so stark an ihren Jugendfreund, daß sie unversehens eine Anwandlung von Heimweh empfand. Was würde Kiyoshi sagen, könnte er sie jetzt sehen?

»Jedenfalls weniger, als mir angenehm wäre.« Keiko schnitt eine Miene des Unmuts. Es befremdete sie, daß zwei Insignienkommunikatoren zur gleichen Zeit kaputtgehen sollten. Das war ein merkwürdiges Zusammentreffen – falls überhaupt ein Zufall vorlag. Plötzlich begriff Keiko, daß sie vielleicht vor größeren Unerfreulichkeiten als nur dem Versagen von Apparaturen standen.

Weil die Kommunikatoren unter allen nur erdenklichen Bedingungen funktionieren sollten, waren sie nahezu unzerstörbar. Für zwei gleichzeitige Ausfälle kam als wahrscheinlichste Ursache ein äußerer Störeinfluß in Frage.

Aber wenn die Jarada die Störung bewirkt hatten, aus welchem Grund? Egal wie Keiko die Sache betrachtete, sie stieß auf keine Erklärung, die zu den gegebenen Fakten paßte.

7

Captain.« Worfs Stimme klang barscher als gewohnt. Diese Tatsache und die Wachsamkeit, mit der er rundum alles beobachtete, zeugten von seinem unverminderten Argwohn gegen die Jarada. Als Klingone sah er in der Großen Ratskammer mit ihren Wandgehängen und versteckten Eingängen in erster Linie ein Dutzend Möglichkeiten, um jemandem aufzulauern. »Ich vertrete noch immer die Überzeugung, daß es als Ihr Sicherheitsoffizier meine Pflicht ist, permanent bei Ihnen zu bleiben.«

Mit einem leichten Kopfschütteln, das Überdruß anzeigte, wandte Picard sich dem Klingonen zu. »Mr. Worf, Ihr Auftrag lautet, mit Zelk'helvtrobreen zu gehen und festzustellen, was nach Zelfreetrollans Ansicht für Sie so interessant sein soll.«

»Captain, ich muß protestieren. Commander Datas beste Übersetzung macht deutlich, daß ich eine Veranstaltung zu besuchen hätte, die nichts anderes darbietet als die hiesige Form von … Ballet.« Worf sprach das letzte Wort in einem Ton aus, den er gewöhnlich einer nach klingonischem Empfinden besonders abartigen Perversion vorbehielt, beispielsweise bedingungsloser Kapitulation.

Die Mundwinkel des Captains zuckten. Er mußte sich ein Lachen verkneifen.

»Mr. Worf, bei der Hälfte aller jaradischen Vokabeln, die wir bis jetzt kennen, beruht unsere Übertragung auf Spekulation. Unsere Gastgeber dagegen sind außerordentlich gut über uns informiert. Deshalb nehme ich an, daß sie wissen, welche Einstellung Sie dem Ballet entgegenbringen. Andererseits brauchen wir sämtliche Erkenntnisse, die wir über die Jarada gewinnen können. Darum erteile ich Ihnen den Befehl zu ermitteln, wieso die Jarada glauben, mein Sicherheitsoffizier hätte an ihren *Val'greshneth* Interesse.«

»Jawohl, Captain.« Unzufrieden wandte Worf dem Captain und Troi den Rücken zu. Data hatte gestern abend beinahe eine halbe Stunde damit zugebracht, über das Wort *Val'greshneth* nachzurätseln. Daß der Androide so lange gebraucht hatte, um ein so ungenügendes Ergebnis zu erzielen, war für ihn ein Rekord.

Soweit Data es hatte feststellen können, bedeutete *Val* soviel wie ›Gruppe‹ oder ›Truppe.‹ *Greshneth* verkörperte, weil es ein zusammengesetztes Wort war, ein schwierigeres Problem. Die erste Silbe stand für ›Bewegung‹ oder ›Vorankommen‹, während die zweite Silbe als Modifikator diente und in gewissem Kontext ›Kontrolle‹ heißen konnte.

Leider war es Data unmöglich gewesen, eine endgültige, eindeutige Übertragung des Terminus festzulegen. Er hatte darauf hingewiesen, daß ›Tanzgruppe‹ eine nur unzulängliche Vereinfachung der wörtlicheren Übersetzung ›Truppe für kontrollierte Bewegung‹ sein könnte.

Doch schon diese Vermutung hatte Worf zu stundenlangem Gemurre bewogen. Worfs Adoptivmutter hatte ihm ein wenig Wertschätzung der kulturellen Leistungen der Menschheit zu vermitteln versucht. Allerdings war Worf stets unklar geblieben, weshalb sie sich den Aufwand nicht sparte. Solche läppischen Affigkeiten waren unter der Würde eines Kriegers. Ohne jeden Zweifel hatte er Wichtigeres zu tun, als einer Gruppe Jarada dabei zuzuschauen, wie sie zu ihrem Zeitvertreib umherhopsten.

Das Aufkreuzen Zelfreetrollans und des Worf zugeteilten Jarada-Funktionärs scheuchte den Sicherheitsoffizier aus seinem stummen Grimm. Zelk'helvtrobreen erschien so plötzlich und lautlos neben Worf, daß er fast hätte meinen können, der Jarada wäre an seine Seite gebeamt worden. Als er die Reaktion des Klingonen bemerkte, klackte der kastanienbraune Jarada belustigt die Klauen zusammen.

»Wie mitten aus der Luft aufzutauchen, ist ein guter Trick für einen Schwarmhüter, oder nicht?«

»Ja wirklich«, antwortete Worf gelassen. Einem Jarada, dessen harte Klauenfüße auf dem Fliesenboden ständig Geklapper hervorriefen, hätte so etwas eigentlich unmöglich sein müssen. Unversehens überstieg Worfs Neugier seine Vorsicht. »Wie *schaffen* Sie das?«

Noch einmal klackerte der Jarada mit den Klauen. »Vorwiegend dank Vorhersicht und Gefühl für Rhythmus. Wo mehrere Personen sich aufhalten, sind sie ununterbrochen in Bewegung. Sie erzeugen leise Geräusche, die man ausnutzen kann, um die eigene Geräuschentwicklung zu kaschieren. Solang ich den Zeitabstand zwischen meinen Schritten variiere, fallen sie nicht auf. Es ist der gleichmäßige Takt der Schritte, der die Annäherung eines Fremden ankündigt. Wie gelingt Ihnen unbemerktes Anschleichen?«

»Ich kenne eine ähnliche Technik. Außerdem kann man auf unseren Fußböden leiser gehen.« Worfs Stiefelabsätze klangen auf den harten Fliesen fast so laut wie die Klauenfüße der Jarada. Worf stutzte, als er daran dachte. Auf einmal wurde ihm bewußt, daß er nirgendwo im Regierungskomplex Teppiche liegen gesehen hatte. Er merkte sich diese Beobachtung für seinen Bericht über die verteidigungsrelevanten Eigenschaften jaradischer Häuser.

Der Insektoide gab Worf mit einem Wink zu verstehen, daß er sich ihm anschließen sollte. Worf folgte ihm zur Tür hinaus. »Heute sitzen wir nicht in der Ratskammer. Also können Sie mich Breen rufen. Wir sind ja beide Schwarmhüter unserer Völker. Wir verwenden den vollständigen Namen nur bei Zeremonien. Und von gänzlich Fremden lassen wir uns damit anreden. Heißen Sie lediglich Worf?«

»Bei meinem Volk ist es Sitte, in der Öffentlichkeit ausschließlich einen Namen zu nennen.« Worfs ohnedies strenge Miene wurde noch finsterer. Er versuchte sich über einen Eindruck klarzuwerden, den er nicht abschütteln konnte. Irgendwie benahm Breen sich anders als am Vortag. Veränderungen in seiner Redeweise oder seinen Gebärden wirkten auf den Klingonen wie eine Warnung.

Aber zu Worfs Mißmut wußte die Föderation einfach zuwenig über die Jarada. Jedes der beiden Verhaltensmuster mochte für Breen völlig normal sein. Worf konnte ihm nichts vorwerfen.

Sie bogen um eine Ecke und durchmaßen einen langen Korridor. Breen überhäufte Worf mit Fragen zu seiner Tätigkeit. Er wollte wissen, wie dem Klingonen als Starfleet-Offizier zumute sei, und wie man auf einem überwiegend von Menschen geflogenen Sternenschiff mit Minderheiten umspränge. Als Gegenleistung für Worfs Auskünfte erzählte der Jarada Anekdoten aus seinem Erfahrungsschatz.

Möglicherweise merkte er gar nicht, daß Worfs knappe, bündige Antworten ihm kaum irgendwelche Aufschlüsse boten. Trotz allem neigte Worf nach ungefähr fünfzehn Minuten aufgrund des Interesses, das Breen zeigte, zu einer leichten inneren Entkrampfung. Immerhin kam es selten vor, daß er außerhalb Starfleets mit jemandem fachsimpeln konnte.

Während des Gesprächs gingen sie einen ausgedehnten, abwärts verlaufenden Korridor hinab. Als der Fußboden wieder waagerecht wurde, schätzte Worf, daß sie im fünften Untergeschoß sein mußten. Vom Hauptkorridor zweigte ein wahrer Irrgarten von Stollen und Seitengängen ab. Worf mutmaßte, daß das

Tunnelsystem eine Verbindung zwischen den meisten Bauten der Stadt schuf.

Zehn Minuten später erreichten sie eine spiralenförmige Rampe, die sowohl aufwärts wie auch nach unten führte.

Breen nahm den Weg hinauf. Er redete unverändert über seine Obliegenheiten als Schwarmhüter. Es fiel Worf schwer, sich auf die Äußerungen des Jarada zu konzentrieren. Obwohl Breen unaufhörlich schwafelte, gab er kaum Informationen preis. Das ganze Gefasel, schlußfolgerte Worf, war nur ein Ablenkungsmanöver. Es sollte ihn dazu verleiten, seine Beachtung dem Jarada statt der Umgebung zu schenken.

In Worfs Augen waren die Anlagen des Regierungskomplexes sehr lehrreich. Das weitverzweigte Netz der Tunnel und das offensichtliche Fehlen aller Markierungen oder Richtungshinweise legten die Auffassung nahe, daß der Verteidigungsgedanke die Konzeption beeinflußt hatte. Ohne einen genauen Lageplan müßten Eindringlinge sich in diesem unterirdischen Labyrinth bald hoffnungslos verirren. Dagegen boten die vielen Nebengänge den Verteidigern zahllose Möglichkeiten für das Heranführen von Verstärkungen und Angriffe aus der Flanke oder im Rücken des Gegners.

Der Klingone vermutete, daß man zusätzlich in etlichen Tunneln an taktisch wichtigen Stellen Zwischenpforten eingerichtet hatte. Wahrscheinlich funktionierten sie nach dem gleichen Prinzip wie die vor Dekompression schützenden Sicherheitstüren an Bord der *Enterprise.*

Allerdings hatte er bisher keine derartige Schutzpforte bemerkt. Doch dadurch wuchs seine Neugierde um so mehr. Waren die Pforten hinter einer Mörtelschicht verborgen, oder geleitete Breen ihn durch den einzigen Korridor der Anlagen, in dem es keine zusätzlichen Sicherheitsvorkehrungen gab? Je länger er darüber nachdachte, um so sonderbarer kam die Sache Worf vor. Ein Krieger lernte, auf seine Sinne zu bauen. Und Worfs Wahrnehmungen sagten ihm, daß hier irgend etwas nicht stimmte. Er wußte, er hätte den Captain nie allein lassen dürfen.

Als sie ein Stockwerk betraten, das Worf für das Erdgeschoß hielt, blieb Breen stehen. An der Mauer ließen sich die Umrisse einer Tür erkennen. Worf sah sie so deutlich wie das Muster des Fußbodens. Breens Klauenhand kratzte über die Wand. Ein Kombinationsschloß wurde sichtbar. Der Jarada steckte seine Klauen in die Wandvertiefung und tippte an der Tastatur einen Code ein.

Zu Worfs Verblüffung ertönte bei der Betätigung jeder Taste ein leicht unterschiedlicher Klang. Er fragte sich, ob der Jarada darüber Bescheid wußte, oder ob diese unterscheidbaren Töne außerhalb des jaradischen Hörbereichs lagen. Worf lauschte und prägte sich die Reihenfolge der Ziffern ein: 1-1-3-2-1-2-3-3-1.

»Unsere Schlösser sind unsere gelungensten Sicherheitsvorrichtungen«, sagte Breen, während die Tür seitwärts im Gemäuer verschwand. »Falls irgendwelche Störenfriede hier eine Tür zu öffnen beabsichtigen, müssen sie *vorher* die Schlösser finden. Und gibt jemand dreimal hintereinander den falschen Code ein, wird Alarm ausgelöst. Dann wissen die Schwarmhüter, daß Fremde in unsere Heimstätten einzudringen versuchen. Selbstverständlich hat kein Außenstehender eine Ahnung, wo unsere Schlösser sind. Deshalb ist es von vornherein buchstäblich ausgeschlossen, daß Fremdlinge sich unerlaubt Zutritt verschaffen.«

»Ist das eine Abwehrmaßnahme gegen Raubtiere Ihres Planeten?« Worf begriff nicht, wie diese getarnten Schlösser andere Jarada fernhalten sollten. Aber vielleicht benutzte jeder Schwarm ein unterschiedliches System der Zahlenkombination. Angesichts der Verwurzelung der Jarada in ihrer Tradition hätte er aber gewettet, daß bei jedem Schwarm die meisten Schlösser sich an der gleichen Stelle befanden. Unter Umständen sogar alle. Für Worf waren die Umrisse der Türen klar und deutlich sichtbar. War es möglich, daß sie in dem Frequenzspektrum, die die Jarada-Augen wahrnahmen, unerkennbar blieben?

»Auf unserer Welt drohen vielerlei Gefahren.« Breen drehte Worf den Kopf zu. Regenbogenbuntes Geschiller flimmerte auf den großen Mittelfacetten seiner Augen. Den Schädel dem Klingonen zugewandt, betrat der Jarada den nächsten Korridor. »Was den Schutz des Schwarms betrifft, kann man überhaupt nicht vorsichtig genug sein. Ist das bei Ihnen nicht so üblich? Wie verhindern Sie, daß Eindringlinge Ihren Schwarm belästigen?«

»Für uns ist das eine weniger schwierige Problematik.« Sie gelangten in einen kurzen Flur. Beiderseits des mit Mosaiken verzierten Fußbodens sah Worf je eine prächtig geschnitzte Tür. »Ein Raumschiff bildet ein geschlossenes System. Alles Kommen und Gehen unterliegt einer umfassenden Kontrolle und strengen Aufsicht.«

»Davon müssen Sie mir später mehr erzählen.« Breen schob die rechte Tür auf und ließ mit einem Wink Worf den Vortritt. Ein starker, miefiger Geruch schlug ihm entgegen. Er erinnerte ihn an Nelken, Zimt oder ein anderes Gewürz, das seine menschliche Mutter stets allzu reichlich verwendet hatte. »Jetzt aber sind wir am Ziel. Ich bin sicher, Sie erwarten die Vorführung schon voller Ungeduld.«

Der Raum, in den sie traten, war groß, sogar größer als der Audienzsaal. Die Decke war mindestens drei Stockwerke hoch. Wegen der Ausmaße und der Geräumigkeit fühlte Worf sich unwillkürlich aufs Shuttle-Deck der *Enterprise* versetzt. Der Fußboden bestand aus Holz. Fortwährende Beanspruchung hatten ihn trotz des Schutzbelags zerschrammt und zerkerbt.

Die Dielen gaben unter Worfs Füßen nach, sie wippten fast, als wären sie lebendig. So ein Boden war für Kampfübungen gemacht. Worf wünschte, er hätte einen Partner verfügbar, um die Tauglichkeit der Halle zu erproben.

Fünfzig bis sechzig große, rötlich-braune Jarada standen an der Rückwand der Halle. Sie hatten ihre Greifarme über den Eßärmchen zu einer Geste ehrerbietigen Abwartens verschränkt. Seitlich in der Formation erspähte Worf ein rostrotes Individuum mit abgebrochenem Fühler. Gestern hatte der Sicherheitsoffizier eine gleichartige Verletzung bei einem Mitglied der Ehrengarde bemerkt. Er war sicher, daß es sich um ein und denselben Jarada handelte.

Während er den Rest der Truppe betrachtete, sah er weitere Verletzungen, hier eine Verfärbung, dort einen Knick im Exoskelett. Er brummte leise vor sich hin. Seit Zelfreetrollan die Einladung ausgesprochen hatte, empfand Worf zum erstenmal eine Regung echten Interesses. Sollten das die Wächter sein, denen man den Schutz der höchsten Funktionäre des Planeten anvertraut hatte, *dann* wollte er tatsächlich sehen, was sie ihm vorzuführen beabsichtigten.

Der größte Angehörige der Truppe trat um drei Schritte vor. »Bewundernswürdig hünenhafter Schwarmhüter Worf, Ihr Besuch ehrt unser bescheidenes Training. Als wir das freudige Aroma Ihres Besuchs vorausrochen, haben wir für Sie eine spezielle Darbietung vorbereitet.«

Bei diesem Grußwort duckten sämtliche Jarada in der Halle sich tief nieder, bis ihre Fühler den Boden berührten. Verlegen trat Worf von einem auf den anderen Fuß. Ihm war nicht recht klar, ob diese kriecherische Buckelei wirklich Respekt vor ihm zum Ausdruck bringen sollte, oder ob man sich über ihn lustig machte.

Ehe er sich festlegen konnte, erteilte der Befehlshabende eine Anordnung. Die Formation löste sich auf. Ein Großteil der Jarada wimmelte durch die Halle und stellte eine Anzahl seltsam geformter Objekte bereit. Zwei Individuen trugen eine Bank mit herausgesägtem Sitz zu Worf. Nachdem sie die für einen Jarada erforderlichen Lücken mit Decken gestopft hatten, wies Breen mit ausholender Gebärde auf die Sitzgelegenheit. »Bitte genießen Sie für die Dauer des Trainings unsere Gastfreundschaft, Schwarmhüter Worf.«

Widerwillig nahm der Sicherheitsoffizier Platz. Sein Instinkt mahnte ihn, lieber auf den Beinen und in voller Aktionsbereitschaft zu bleiben. Einige Augenblicke später schleppten zwei Jarada eine Sitzbank für Breen an. Der Funktionär schwang sich hinein. Unterdessen bildete die Truppe an der Wand gegenüber eine Phalanx, ähnlich wie Soldaten bei der Parade.

»Die erste Vorführung findet statt«, gab der Befehlshabende bekannt. Sechs in Größe und Körpergewicht ebenbürtige Jarada traten vor, bezogen mitten in der Halle Aufstellung. Sie verbeugten sich vor Worf und Breen und teilten sich in zwei Dreiergruppen, die sich wiederum voreinander verneigten. Danach stellten sie sich paarweise auf. Schließlich machten auch die Trainingspartner gegenseitig Verbeugungen.

Auf einen unhörbaren Befehl fingen sie ihre Übungsdarbietung an. Zunächst bewegten sie sich langsam, als richteten sie sich nach einer sorgfältig abgestimmten Choreographie des Handelns und Reagierens. Allmählich jedoch beschleunigten sie das Tempo. Jeder Stoß, jedes Parieren wurde nach und nach mit erhöhter Schnelligkeit und Kraft ausgeführt.

Worf verfolgte die Bewegungsvorgänge. Das ausgefeilte Zusammenspiel der Übungspartner bezeugte zahllose Stunden des Trainings. Zwar blieben die Abläufe förmlich, ja stilisiert, es mangelte an Spontaneität; aber man mußte kein Betazoide sein, um das Wesentliche dieser Übungen zu erkennen. Wenn die

Val'greshneth ein Tanzballet waren, dann wollte Worf der Kaiser der Borg sein.

Er lehnte sich vor, um die Jarada aufmerksamer zu beobachten. Das zweite Beinpaar verlieh den Insektoiden im unbewaffneten Nahkampf einen deutlichen Vorteil. Dadurch wurde es erheblich erschwert, sie aus dem Gleichgewicht zu bringen. Andererseits vermutete Worf, daß der Körperbau eines Jarada sich nachteilig für ihn auswirkte, sobald er erst einmal am Boden lag. Die Winkel ihrer Gelenke machten es für sie außerordentlich schwierig, wieder auf die Füße zu kommen. Eine Bestätigung für seine Annahme sah Worf darin, daß alle gezeigten Kampfmethoden endeten, ehe ein Teilnehmer in die Gefahr geriet zu stürzen.

Während des Zuschauens fragte sich Worf, ob man ihm wohl gestatten würde, bei den Übungen mitzumachen. Durch Ausprobieren könnte er viel mehr über diesen Kampfstil lernen, als ihm das reine Zusehen darüber verriet.

Bevor er eine entsprechende Frage äußern konnte, gelangten die sechs Schwarmhüter ans Ende ihrer Demonstration. Sie blieben stehen, drehten sich gemeinsam um und verbeugten sich nochmals vor Worf und Breen.

Eine zweite Gruppe Jarada trat in die Mitte der Halle. Sie zeigte eine Kampftechnik, bei der lange Stoffbänder mit daran befestigten Gewichten Verwendung fanden. Auch diesmal kam kein Mitwirkender zu Fall, aber Worf ging davon aus, daß diese Waffe tatsächlich den Zweck hatte, sich um die Beine des Gegners zu wickeln, damit er stürzte. Es lag also das gleiche Prinzip wie bei der Bola der Menschen oder beim Ahn-woon der Vulkanier zugrunde.

Mehrere weitere Darbietungen schlossen sich an. Alle waren interessant – gleichermaßen wegen der Details, die sie fortließen, wie wegen der, die sie zeigten. Irgend etwas daran wurmte Worf. Diese Unruhe ging noch über seine natürliche Neigung hinaus, hinter der beruflichen Herzlichkeit jedes Diplomaten Betrug zu wittern. Er wünschte, er hätte seinen Tricorder mitgenommen; dann hätte er die Veranstaltung zwecks späterer Analyse aufzeichnen können.

Zu guter Letzt wandte Breen sich mit der Frage an Worf, ob seinem Volk ähnliche Techniken geläufig wären und er bereit sei, die *Val'greshneth* sie sehen zu lassen.

»Es soll mir eine Ehre sein«, beteuerte der Sicherheitsoffizier, »vergleichbare Aktivitäten vorzuführen.« Er wog seine Aufgaben als Repräsentant der Föderation gegen seine Verantwortung als Sicherheitsoffizier der *Enterprise* ab. Für ihn hatte die Pflicht als Sicherheitsoffizier eindeutig den Vorrang. Der Fall war nicht undenkbar, daß er einmal gegen Jarada kämpfen mußte. Darum beschloß er, um sich einen geheimen Vorteil zu bewahren, ihnen keine der klingonischen Nahkampftechniken zu zeigen, auf die er normalerweise zurückgriff.

Also lag es nahe, ihnen eine menschliche Kampftechnik zu demonstrieren; etwas Grundlegendes, das niemanden in Schwierigkeiten bringen konnte, der die weiterentwickelteren Techniken anwandte.

Worf gab sich innerlich einen Ruck. Er vergegenwärtigte sich, daß er sich auf einer *diplomatischen* Mission befand. Schon den bloßen Gedanken daran empfand er als verkehrt. Immer wenn er sich daran erinnern mußte, durchzuckte ihn äußerste Beunruhigung. Ein Krieger hatte die Pflicht, etwaige Feinde zu entlarven, bevor sie den ersten Schlag führten. Und Worf spürte, daß die Jarada eine Bedrohung bedeuteten.

Aber seine Befehle besagten, daß er im Rahmen dieser diplomatischen Mission seine Wachsamkeit auf ein Mindestmaß zurückzuschrauben hatte. Jedenfalls so lange, bis die Gegenseite durch einen Präventivschlag ihre wahren Pläne aufdeckte.

Er rückte die Schultern gerade. Wahrscheinlich brachen in den nächsten dreißig Sekunden keine Gewalttätigkeiten aus. Wohl oder übel mußte er nun seinerseits den Jarada etwas bieten. »Ich zeige Ihnen die menschliche Kampftechnik namens Karate.«

Dem Scharren von Klauenfüßen auf dem Holzboden entnahm Worf, daß die Bezeichnung nicht übersetzt worden war. »Karate ist eine sehr alte menschliche Kunst, deren Name wörtlich ›Weg der leeren Hand‹ bedeutet. Ich führe Ihnen diese irdische Kampftechnik vor, damit Sie die Menschen besser verstehen lernen.«

Er erachtete es als überflüssig hinzuzufügen, daß sie die Menschen voraussichtlich nie verstehen würden. Selbst nach Jahren der Gemeinsamkeit bezweifelte Worf noch, daß selbst er die Menschen, die er am besten kannte, je richtig zu begreifen vermochte.

Worf stand auf und reckte sich, um zu prüfen, wie er sich fühlte. Der weite Weg vom Regierungskomplex hatte ihn gut aufgewärmt. Allerdings hatte er seitdem wieder eine Zeitlang gesessen.

Er fühlte sich überraschend fit, so gut, als könnte er auf dem Holo-Deck ein Dutzend Gegner bezwingen. Um sich anfangs nicht zuviel zuzumuten, fing er gemächlich an. Langsam lockerten sich seine Muskeln. Sobald sie den Zustand höchster Belastbarkeit erreicht hatte, konnte er der Versuchung nicht widerstehen, Teile seines persönlichen Stils in die Schau einfließen zu lassen.

Er demonstrierte den Jarada eine fortgeschrittene Kombination von Ausfallschritten, Finten und Hieben, die jedes andere Besatzungsmitglied der *Enterprise* völlig erschöpft hätte. Riker praktizierte seine *Kata* gegen maximal vier imaginäre Widersacher. Worf diente dergleichen jedoch nur zum Aufwärmen. Angesichts seiner Zuschauerschaft beschränkte der Klingone sich auf sechs imaginäre Angreifer und ließ die Tritte gänzlich aus.

Als er die Vorführung beendete, herrschte in der Halle fast für eine halbe Minute Stille. Dann fingen die Jarada wie auf ein Stichwort mit den Stützbeinen auf den Boden zu trommeln an. »Sie müssen uns diese Technik lehren«, sagte der Befehlshabende der Truppe. »Kraft und Klarheit Ihrer Bewegungen verkörpern den Inbegriff aller Pflichten eines Schwarmhüters.«

Ein Insektengesumm der Zustimmung schwoll aus den Reihen der Truppe an, gewann immer mehr an Lautstärke. Das Sirren schien Worfs Gestalt vollständig zu durchdringen. Es jagte ihm einen Schauder nach dem anderen über den Rücken. Nur mit Mühe erstickte er den Kampfschrei, der sich aus seiner Kehle Bahn brechen wollte. Weder war jetzt dafür die Zeit, noch hier der richtige Ort, aber plötzlich lechzte sein Kriegerblut nach Kampf.

Allmählich mäßigten sich die Jarada, das Summen sank herab und verklang. Aber noch zuckten ihnen die Glieder. Aus dem dringenden Wunsch, sich Worfs Kenntnisse anzueignen, zappelten sie ruhelos vor sich hin.

Worf spürte, wie stark ihr Drang an Fanatismus grenzte. Er empfand seine Bedenken als zunehmend begründeter. Hier stimmte irgend etwas nicht. Irgendwelche Kräfte waren aus dem Lot geraten. Worf wußte genau, daß es ein schwerer Fehler wäre, den Jarada Fähigkeiten beizubringen, die sie vielleicht irgendwann gegen seine Bordgefährten anwandten.

Der Schwarmhüter-Befehlshaber kam näher, beide Normalarme zu einer Gebärde der Beschwörung erhoben. »Es wäre die größte Ehre für uns, wenn Sie uns in Karate unterrichten würden.« Er kauerte sich zusammen, bis sein Bauch auf den Dielenboden sackte.

Dabei fiel Worf wieder die Fremdartigkeit des jaradischen Körperbaus auf. Sie konnte er zum Vorwand nehmen, um sich ausschließlich an die einfachsten Übungen zu halten.

»Es ehrt mich, daß Sie den Wunsch haben, Karate zu lernen. Allerdings ist es nicht leicht erlernbar. Menschen behaupten oft, es dauere ein Leben lang, darin Meister zu werden. Ich bedaure, kein geschulter Instruktor zu sein, zeige Ihnen aber gern ein paar grundlegende Einstiegsübungen. Selbstverständlich können Sie, wenn Sie darauf Wert legen, Captain Picard um einen anderen Lehrer ersuchen.«

Worf schluckte. Von dieser für seine Gewohnheiten langen Ansprache an die versammelten Jarada war ihm der Gaumen trocken geworden. Lieber wäre er allein einem Dutzend Borg entgegengetreten, als vor einer Horde im Umgang so heikler Insektoider den Abgesandten der Föderation zu spielen.

Mit einem Seitwärtsrucken des Schädels verneinte der Befehlshaber. »Wir sind sicher, daß die Unterweisung durch einen so gewaltigen Lehrmeister vollauf adäquat ist.«

Worf konzentrierte sich; er mußte das Bewußtsein ganz auf die Essenz der *Kata* richten, die er zu vermitteln beabsichtigte. Die alten irdischen Krieger, von denen Karate erarbeitet worden war, hätten beinahe Klingonen sein können. Aber in diesem Unterrichtsstündchen gedachte er die Aufmerksamkeit auf die für *Menschen* typischen Charakteristika der Karate-Kunst zu lenken. Dafür galt es alle klingonischen Elemente seines persönlichen Stils fortzulassen und sich strikt auf die elementarsten Lektionen zu beschränken. Das jedoch erhöhte für ihn um so mehr die Herausforderung.

Er atmete tief ein und verbeugte sich vor den anwesenden Jarada. Sein Instinkt ermahnte ihn, jeden möglichen Gegner im Auge zu behalten. Folglich kostete es ihn Überwindung, beim Verbeugen den Blick zu senken. Die Konvention sah vor, einem Trainingspartner stets angemessene Achtung zu erweisen. Unbedingt erwartete er zwar nicht, daß auch die Jarada diesen edlen Grundsatz beherzigten; aber viele Kriegerkulturen kannten ähnliche Traditionen.

Worf straffte seine Haltung und drehte sich um. Er machte einen Ausfallschritt nach vorn, um sich eines imaginären Angreifers von rechts zu erwehren. Die Abwehr gelang perfekt. Der Schlag hätte Worf nie getroffen. Indem er herumwirbelte, zuckte seine Rechte vor dem Körper vorbei, um einen Stoß gegen den Bauchbereich abzublocken. Worf malte sich aus, wie seine Blitzartigkeit und Kraft den Gegner irritiert hätten. Sofort schloß er einen Gegenangriff mit Richtung auf die Magengrube des Widersachers an.

Als nächstes stoppte er einen Tritt von der Seite, parierte erst mit dem rechten, dann dem linken Arm Schläge. Anschließend vollführte er die gleiche Übung – quasi spiegelverkehrt – auf der anderen Körperseite. Zügig und präzise setzte er die fließende Bewegungsfolge der Übung um. Er brauchte genau vierzig Sekunden, um vor seinen faszinierten Zuschauern die *Kata* zu vollenden.

Noch ehe Worf sich aus seiner abschließenden Verbeugung aufrichtete, gingen die Jarada hinter ihm in Aufstellung. Sie verteilten sich in der Halle und ließen dabei überall ausreichenden Zwischenraum für die erforderlichen Bewegungen. Worfs Unbehagen wurde noch stärker, als er begriff, was ihre Umsichtigkeit bedeutete. Offensichtlich hatten diese Jarada genügend Erfahrung im waffenlosen Nahkampf, um abzusehen, was er mit ihnen plante, bevor er es aussprach.

Einen Teil seines Gemüts freute es, einem anderen Volk mit ausgeprägten kriegerischen Traditionen zu begegnen; andererseits jedoch wünschte er, die Jarada hätten sich unmißverständlich als Soldaten zu erkennen gegeben. Ein wahrer Krieger trat offen ins Rampenlicht des Universums, statt sich hinter Ritualen und stilisiertem Drill zu verstecken. Was hatten die Jarada zu verbergen?

Worf vollzog den Einstieg in die *Kata* langsam. Er zeigte die Bewegungen noch einmal in Zeitlupe, damit die Jarada sie leichter nachahmen konnten. Sie erfaßten rasch, worauf es ankam, für Worfs Geschmack sogar zu schnell. Seine Gedanken kehrten immer wieder zu der potentiellen Möglichkeit zurück, daß sie zu Feinden werden könnten.

Worf rief sich in Erinnerung, daß diese Jarada das Äquivalent von Berufssoldaten abgaben, aber nachdem er ihnen einige Minuten lang zugesehen hatten, empfand er gerade diese Tatsache als besonders beunruhigend. An ihrem Verhalten war etwas Unbezähmbares, fast Rasereihaftes. Worf war froh über seinen Entschluß, ihnen nur eine elementare *Kata* beizubringen.

Nach einer Stunde verbeugte sich Worf, dankte für die Aufmerksamkeit und erklärte, in den Regierungskomplex zurückkehren zu müssen. Seine Schüler erwiderten die Verbeugung. Aber der rostrote Jarada mit dem verstümmelten Fühler sprang vor und verlangte die Fortsetzung der Lektion.

Seine beiden nächststehenden Kameraden versuchten ihn zu bremsen. Der Jarada wich aus. Zwei andere Kameraden griffen ein. Noch ein Unzufriedener kam auf Worf zu und krächzte in drei Tonlagen nach weiterem Unterricht. Wieder andere Jarada unternahmen Anstrengungen, um ihn von dem Sicherheitsoffizier fernzuhalten.

Gleich darauf waren sämtliche Jarada in der Halle in eine Auseinandersetzung verstrickt, deren Wildheit sogar Worf erschreckte. Ein aufregender Kampf bedeutete für einen klingonischen Krieger das größte Vergnügen. Aber dies Getümmel zeichnete sich eindeutig durch Abartigkeit aus. Worf spähte umher, versuchte Breen zu finden. Doch der Funktionär steckte irgendwo mitten im Gewühl und kämpfte mit.

Ohrenbetäubendes Getöse begleitete den Zwist.

Kampfschreie und Gekreische der Jarada verschmolzen mit dem Dröhnen von Schlägen, dem Klackern, Scharren und Stampfen der Klauenfüße sowie dem Krachen, das Exoskelette beim Aufprall auf den Boden verursachten, zu einem unentwirrbaren Tohuwabohu. Inmitten des Chaos lagen mehrere gestürzte Jarada und konnten sich nicht aufrichten.

Das Geschehen erinnerte Worf an ein Rudel Haie in äußerster Freßwut, wenn Blutgeruch sie dazu trieb, alles und jeden anzufallen, selbst ihresgleichen. Diese Jarada waren jetzt ebenso von Sinnen wie solche Haie. Worf erachtete es als unverzichtbares Erfordernis, den Vorfall unverzüglich Captain Picard zu melden.

Er tippte auf den Insignienkommunikator, hörte aber, wohl wegen des Lärms, keinen Ton aus dem Gerät. Er berührte den Kommunikator noch einmal und erhielt den Kontakt aufrecht, damit der Radau in die *Enterprise* übertragen wurde. Auch Data, überlegte er, müßte Kampflärm erkennen können und würde ihn dann an Bord beamen. Worf wollte nur lange genug ins Raumschiff, um Meldung zu machen und sich einen Phaser zu besorgen. Danach beabsichtigte er, auf den Planeten zurückzukehren und einen bewaffneten Schutz des Captains zu gewährleisten.

Als das vertraute Transferphänomen immer länger ausblieb, schob Worf sich langsam in die Richtung des Ausgangs. Außerhalb der Halle, wo es ruhiger war, gedachte er, das Schiff zu kontaktieren und sich direkt an den Aufenthaltsort des Captains beamen zu lassen.

Doch ein Jarada bemerkte Worfs Absetzbewegung. Der Insektoide stieß ein Quäken aus. Schlagartig endete die Prügelei. Einen Moment später gellte ein vielstimmiger Kampfschrei, der klang, als dränge er aus einem Nest irrsinnig gewordener Hornissen. Sämtliche Jarada stürmten auf Worf zu.

Obwohl eine Anzahl Jarada außer Gefecht gesetzt worden war, befanden sie sich im Verhältnis von vierzig zu eins in der Überzahl. In einer solchen Situation, wußte Worf, leistete nur ein Vollidiot oder ein Berserker Gegenwehr, solang es Alternativen gab. Sich seiner Pflicht bewußt, Picard zu warnen, entschied der Sicherheitsoffizier sich für die einzige vernünftige Option. Er riß die Decken von der Sitzbank und schleuderte sie den vordersten Kriegern vor die Füße.

Sie rutschten darauf aus und stürzten. Mehrere andere konnten nicht ausweichen und stolperten über das Hindernis. Während die Jarada-Horde sich um Entwirrung des Knäuels bemühte, vollführte Worf einen eiligen Rückzug, um sich eine weniger exponierte Position zu suchen.

8

In den ersten Minuten, nachdem die Landegruppe die Große Ratskammer betreten hatte, herrschten in dem Saal Durcheinander und Stimmengewirr. Es dauerte ein Weilchen, bis jedes *Enterprise*-Crewmitglied seinen Jarada-Partner gefunden hatte. Während in dieser Hinsicht Klarheit geschaffen wurde, näherte ein Adjutant sich Zelfreetrollan. Nach einem kurzen Wortwechsel bat der Jarada Picard um Entschuldigung, weil er die Verhandlungssitzung um ein paar Minuten verschieben müßte. Dann verließ er den Saal.

Picard beobachtete, wie Riker, Crusher, Keiko und Tanaka nacheinander aufbrachen. Alle löcherten ihre jeweiligen Jarada-Begleiter mit Fragen. Als letzter ging Worf, der allerdings wenig Lust zeigte, seinen Captain allein zu lassen. Ein Schmunzeln der Sympathie umspielte Picards Mund, als er die Tür hinter Worf und Zelk'helvtrobreen zufallen sah. Der Klingone blieb bei seiner gewohnten, peinlich korrekten Auffassung von den Dienstpflichten eines Sicherheitsoffiziers.

»Es paßt ihm nicht, daß Sie ihm mitzugehen befohlen haben«, sagte Troi wie ein Echo der Gedanken des Captains. Mit der Hand strich sie durch ihre schwarzen Locken, schob sie von der Schulter. »Er befürchtet, es könnte etwas passieren, während er nicht da ist, um Sie zu bewachen.«

Picard lächelte ihr zu und nickte. »Was wir tun, *ist*

riskant, Counselor. Vertrauen hat immer seine Risiken.«

Das Klappern von Chitin auf dem Fliesenboden verhinderte eine Antwort der Counselor. Sie und Picard wandten sich um. Zelfreetrollan war in die Ratskammer zurückgekehrt.

»Bitte verzeihen Sie mir, hochgeehrter Captain Picard und ehrenwerte Counselor Troi. Es gab ein unbedeutendes Problem, das jedoch sofortige Behebung erforderte. Ich hoffe, Sie haben nicht übermäßig lang auf mich warten müssen.«

»Keineswegs, Erster des Rates. Mein letzter Mitarbeiter ist eben erst hinausgegangen.«

»Ich hatte Sorge, ich müßte Ihre Geduld länger beanspruchen. Ich bin froh, daß es dazu nicht gekommen ist.« Zelfreetrollan wies auf die Beratungstafel, auf der man Fruchtsaft und Nußplätzchen bereitgestellt hatte. »Bitte bedienen Sie sich. Hoffentlich können wir diese Sitzung informell durchführen. Meine Berater hatten nur wenig Zeit, um den Vertragsentwurf auszuarbeiten, aber er ist fertig.«

»Das ist eine ausgezeichnete Neuigkeit, Erster des Rates.« Picard goß ein wenig Fruchtsaft in ein Glas und verdünnte ihn mit Wasser. Troi tat das gleiche. Dann nahmen alle drei in der ungefähren Mitte der Beratungstafel Platz.

Zelfreetrollan legte zwei Stapel lederbraunen, gekrispelten Papiers vor. Ein Dokumentenbündel war mit den gleichen komplizierten Symbolen bedeckt, die sie am Tor zu den Ratskammern gesehen hatten. Die zweite Vertragsausfertigung hatte man in englischer Sprache abgefaßt. Stellenweise war der Sprachstil gestelzt, doch die Aussagen des Texts waren erfreulich eindeutig formuliert.

Picard prüfte die Urkunden anhand seiner Erinnerung an die vorausgegangenen Diskussionen. Die niedergeschriebenen Voraussetzungen für den Austausch von Botschaftern und Bedingungen für eine Erweiterung der Kontakte zwischen Föderation und Jarada stimmten mit dem überein, was er im Gedächtnis hatte.

»Der Rat hat diesen Vereinbarungen seine Zustimmung gegeben«, sagte Zelfreetrollan, sobald Picard zu lesen aufhörte. »Nun fragt sich nur noch, ob Ihre Föderation unseren Vorschlag annimmt.«

Picard stopfte die Dokumente in eine Aktenmappe. »Wenn ich zurück auf der *Enterprise* bin, werde ich die Texte sofort der Starfleet-Abteilung für Auswärtige Angelegenheiten übermitteln, damit sie dem Rat der Föderation zugeleitet werden. Da der Rat meine Nachricht erwartet, dürfte die Ratifizierung nur eine Sache von Stunden sein. Die längste Verzögerung wird durch die Funkübermittlung entstehen.«

»Es ehrt unser Volk, daß Sie sich so entschieden für unser Anliegen einsetzen, Captain Picard. Wir blicken dem Austausch von Botschaftern zwischen uns und der Föderation mit den höchsten Erwartungen entgegen.«

Die Unterhaltung zog sich noch eine Weile hin, drehte sich um die Vorteile, die beide Kulturen dank der künftigen Beziehungen haben sollten. Es erstaunte Picard, daß nach langen Jahren der Spannungen und des Mißtrauens die Verhandlungen mit den Jarada jetzt so glatt über die Bühne gingen.

Picard ist eben ein Glückspilz, würden einige seiner Bekannten im Starfleet-Oberkommando lästern – und dabei die langwierigen, schwierigen Mühen ignorieren, die er normalerweise investieren mußte, bevor ihm letzten Endes das Glück des Tüchtigen lachte.

Diese Gedanken beschäftigten ihn, als er mit Troi und den für die Föderation bestimmten Exemplaren der Dokumente an Bord der *Enterprise* zurücktransferiert wurde. Er sorgte sich, vielleicht zuwenig Mühe in die Verhandlungen mit den Jarada gesteckt zu haben;

er hatte Sorge, es könnte irgendwo in dem verheißungsvollen Anfang, den er jetzt schriftlich in den Händen hielt, eine böse Überraschung lauern.

»Captain, wir haben im hiesigen Sonnensystem die wunderbarsten Entdeckungen gemacht.« Data stand auf, als Picard die Brücke betrat, gab den Kommandosessel des Captains frei. »Im Orbit Bel-Majors sind siebenundvierzig bisher unbekannte Kleinmonde katalogisiert worden. Von fünfzehn stehen schon die Umlaufbahnen fest. Ferner haben wir unsere orbitalen Parameter von vier Objekten, die komplizierte Umlaufbahnen sowohl um Bel-Major wie auch Bel-Minor beschreiben, erheblich verbessert.«

Picard unterdrückte ein Aufstöhnen. Im Laufe der letzten vierundzwanzig Stunden hatte Data eine in der Tat phänomenale Arbeitsleistung erbracht. Nun wollte er natürlich unverzüglich seinem Captain über alles Bericht erstatten.

»Vielen Dank, Mr. Data. Trotzdem wäre es mir lieber, Sie würden Ihren Bericht aufschieben und statt dessen diese Dokumente überprüfen. Sie müssen dem Rat der Föderation übermittelt werden.«

»Selbstverständlich, Captain.« Data nahm die Papiere zur Hand, betastete die rauhe Oberfläche. »Bisher wissen wir relativ wenig über die jaradische Sprache, die mündliche ebenso wie die schriftliche Form. Ich nehme an, sie möchten, daß ich diese Texte auf ihre Korrektheit prüfe?«

»Ja, Mr. Data.« Als er sich in den Kommandosessel setzte, tat Picard einen tiefen Atemzug, schnupperte die Gerüche der Brücke und genoß ihre Unaufdringlichkeit. Er bemerkte das knisterige elektrische Miefen der Konsolen, den Hauch von Schmieröldunst, den Geordi nie ganz los wurde, und Lieutenant Mendosas blumig-zarten Parfümduft. Der Captain empfand es als wahre Erleichterung, nicht an jeder Ecke von atemberaubenden Ausdünstungen umweht zu werden. »Falls Sie zu lange brauchen, müssen wir sie funken, ehe Sie fertig sind. Kommissarin T'Zen hat dem Rat weisgemacht, jede Verzögerung könnte einen Krieg verursachen.«

»Nach meiner Überzeugung übertreibt die Kommissarin, Sir. Ich schätze die Wahrscheinlichkeit auf ...«

Picard schüttelte den Kopf und brachte Data mit einem Wink zum Schweigen. »Ich bin Ihrer Meinung. Kommissarin T'Zen vertritt aber die Befürchtung, wir seien eventuell zu unzivilisiert, um einen Krieg zu vermeiden.«

Manchmal fiel es schwer zu entscheiden, wer weniger Verständnis für emotionale Verhaltensweisen hatte – der immer wissensdurstige Androidenoffizier, dem dafür alle biologischen Voraussetzungen fehlten, oder die ultrakonservative vulkanische Kommissarin T'Zen, die ihre eigenen physiologischen Daseinsgrundlagen leugnete, während sie die Konsequenzen dieser Triebe bei anderen Völkern überschätzte.

Egal wie gründlich Lebewesen ihr Sein und ihre Verhältnisse steuerten, ihre biologische Situation beeinflußte ihr Tun und Lassen. Diese Annahme Picards gab ihm den stärksten Grund für den Verdacht, daß sie noch nicht wußten, was wirklich das Verhalten der Jarada bestimmte.

Er hatte vor, darüber noch mit Troi zu sprechen, ehe sie den Vertragstext abschickten. Möglicherweise konnte sie ein paar Stunden nach dem Aufenthalt auf dem Planeten ihre wirren Eindrücke der insektoiden Gastgeber ordnen.

»Mr. Data, mir wäre wahrhaftig wohler, hätten wir einige konkrete Informationen, anstatt uns noch länger überwiegend auf Extrapolationen zu stützen.«

»In diesem Fall werde ich diese Dokumente mit äußerster Genauigkeit prüfen, Captain.«

»Tun Sie das, Commander.«

Data stieß die Papierstapel ordentlich auf und wandte sich ab, um an die Arbeit zu gehen. Picard schaute zu, wie der Androide mühelos aus dem Kommandobereich zum Turbolift hinaufstrebte. Seine Bewegungen unterschieden sich deutlich von der vierbeinigen Fortbewegungsart der Jarada. Verdutzt begriff Picard, daß er sich bereits an den seltsamen Schaukelgang der Insektoiden gewöhnt hatte. Während des vergangenen Tages war er ständig von ihnen umgeben gewesen, so daß er ihre Gangart fast schon als Norm empfand.

Indem er sich innerlich umorientierte, widmete er seine Beachtung wieder dem Raumschiff. »Statusbericht, Lieutenant Chang«, befahl er.

Changs Bericht fiel kurz und klar aus und umfaßte nichts als alltägliche Normalität. Zufrieden und erleichtert, weil in den nächsten paar Stunden anscheinend alles ruhig und friedlich bleiben sollte, lehnte er sich in den Sessel, um das Kommando über die *Enterprise* auszuüben.

In Trois Unterkunft ertönte der Türmelder, während sie sich nach dem Duschen gerade ankleidete. Sie zupfte ihr hellblaues Kleid zurecht und langte nach einem Band, um damit die Haare zu verknoten. »Wer ist da?«

»Miles O'Brien. Kann ich Sie ein Momentchen sprechen, Counselor?« Die Stimme des Transporterchefs klang nach ungewöhnlicher innerer Anspannung.

»Freilich.« Troi gab dem Kontrollmodul das Einlaßzeichen und befahl dem Computer, die Beleuchtung der Sitzgruppe auf die professionellen Zwecken vorbehaltene Stufe zu schalten. Seit O'Briens Zank mit Keiko gestern abend ahnte Troi, daß deswegen ihre Dienste in Anspruch genommen würden; daß es so bald dazu kam, hatte sie jedoch nicht erwartet.

O'Brien trat ein und stapfte mit steifen, eckigen Bewegungen zum Sofa. Troi hätte ihr betazoidisches Wahrnehmungsvermögen nicht gebraucht. Man sah ihm deutlich an, wieviel Überwindung es ihn gekostet hatte, sie aufzusuchen. Er hockte sich auf die Sofakante und hielt den Rücken starr aufrecht. Statt Troi anzuschauen, rang er die Hände.

Troi ließ ihn erst einmal schweigen, bis sie den Zeitpunkt zur Aufnahme des Gesprächs als richtig erachtete. »Möchten Sie mit mir über etwas reden?«

»Ja... Nein.« O'Brien verhakte die Finger, verkrampfte sie so fest, daß sich auf seiner ohnehin hellen Haut die Knöchel weißlich abzeichneten. Schließlich brach sein Kummer regelrecht aus ihm hervor. »Es geht um Keiko. Ich begreife sie einfach nicht. Sie ist drunten auf diesem Planeten. Dabei ist es dort gefährlich. Ihr könnte irgendwas zustoßen!«

Troi schloß kurz die Augen, verschaffte sich einen emphatischen Eindruck von O'Briens Gemütsverfassung. Außer Zorn und Enttäuschung erfühlte sie eine tiefe Ratlosigkeit angesichts der Handlungen seiner Frau. Die Ehe hatte sein Verständnis für die Frau, die er liebte, so wenig verbessert, wie dadurch Keikos Einsicht vertieft worden war, was nichtjapanische Gewohnheiten betraf.

»Es stört Sie also, daß Ihre Frau dort unten tätig ist?«

Wut rötete O'Briens Wangen. »Sie kann ihre Arbeit genausogut an Bord erledigen! Wenn jemand auf dem Planeten in Schwierigkeiten gerät, dann sollte es ein regulärer Starfleet-Offizier sein, der für diese Art von Dienst ausgebildet worden ist.«

»Wenn Sie so sicher sind, daß es Schwierigkeiten gibt, weshalb sind Sie dann hier? Warum nicht im Transporterraum, wo Sie sich zu ihrer Rettung bereithalten könnten?« Troi sprach mit leiser, aber betont deutlicher Stimme, um sich gegen O'Briens Vehemenz zu behaupten. Bis er seine Erbitterung überwunden hatte, blieb die Aussicht gering, daß er für irgend etwas empfänglich war, was sie ihm sagen konnte. »Oder sorgen Sie sich, sie auch damit zu verärgern?«

»Dauernd will sie alles so machen, wie es ihr paßt! Nie hört sie auf meine Meinung.« O'Briens Kiefer verzogen den Mund zu einem harten Ausdruck. »Aber ich bin doch ihr Mann. Sie müßte auf mich hören.«

Schlagartig wurde Troi die ganze Problematik klar. Sie durchschaute sämtliche Mißverständnisse und wechselseitigen kulturellen Irrtümer. »So wie Ihre Mutter immer auf Ihren Vater gehört hat?« fragte sie in umgänglichem Ton.

O'Briens Daten ließ sich entnehmen, daß seine Mutter eine stille Frau gewesen war, die das Familienleben genossen und gerne Kinder gehabt hatte. Nachdem die eigenen Sprößlinge das Elternhaus verlassen hatten, kümmerte sie sich als Pflegemutter um gefährdete Sorgenkinder. Wäre O'Brien darauf aus gewesen, das genaue Gegenstück seiner Mutter zu heiraten, hätte er keine Frau finden können, die sich krasser als Keiko von ihr unterschied.

Ruckartig hob er den Kopf. Seine Miene widerspiegelte Verblüffung. »Natürlich. Kommt es in der Ehe nicht eben darauf an?«

»Unter Umständen.« Troi schwieg für einen Moment. »Haben Sie sich je bei Keiko nach den Sitten erkundigt, mit denen sie aufgewachsen ist?«

»Nein. Wozu?« O'Brien schnitt eine finstere Miene. Trois Frage verwirrte ihn sichtlich.

Ein Lächeln der Nachsicht umspielte Trois Mundwinkel. Daß Keiko noch unter dem Einfluß japanischer Traditionen stehen könnte, war O'Brien nie eingefallen. »Haben Sie schon einmal beachtet, wieviel Japanisches sie an sich hat, egal wo sie ist?«

»Ich kapiere nicht, was das mit unserer Ehe zu tun hat.« Nachdrücklich schüttelte der Transporterchef den Kopf. »Als sie mich heiratete, hat sie das alles doch hinter sich gelassen.«

Troi seufzte. O'Brien und Keiko stammten beide aus irdischen Kulturen, die dafür bekannt waren, daß sie die Welt gerne nach ihren Vorstellungen umzumodeln versuchten. Wenn die Landegruppe von Bel-Minor an Bord zurückgebeamt war, mußte Troi die Lektion in Toleranz, deren O'Brien bedurfte, für Keiko wiederholen.

»Es wundert nicht, daß Sie und Keiko sich nicht verstehen, wenn Sie, Miles, so wenig über die japanische Kultur wissen. Ist Ihnen zum Beispiel bekannt, daß in gewissen Regionen Japans vom Bräutigam erwartet wird, daß er den Namen der Braut annimmt, falls ihre Familie einen höheren Status als die seine hat?«

»Nein, das wußte ich nicht.« O'Briens Grimm flammte erneut auf. Er starrte Troi an, als könnte bloße Empörung den Gehalt ihrer Äußerungen verändern. »Aber das ist so oder so eine blödsinnige Regelung. Ein Name bedeutet doch die ganze Abkunft, die Wurzeln eines Menschen. Der Name besagt, was jemand ist.«

Troi lächelte und nickte, als hätte er ihre Gedanken ausgesprochen. »Eben darum. In Japan bedeuten Herkunft und Familie *alles*. Es gilt als große Ehre, Mitglied einer einflußreichen Familie zu werden. Bisweilen wird ein Mann, der vielversprechende Aussichten zeigt, von einer hochstehenden Familie adoptiert. In dem Fall ist er darauf stolz, den Namen seiner neuen Familie annehmen zu dürfen.«

»Welcher Trottel *möchte* denn seinen Namen ändern?« O'Brien preßte die Lippen zu einem Strich zusammen. Trotzig stierte er Troi an. Sie jedoch wartete, ließ seine Gereiztheit das nächste Argument finden.

»Was hat das mit mir zu schaffen? Ich habe gar keine Ahnung von Keikos Familie. Soviel ich weiß, könnten sie die schlichtesten Landwirte sein.«

»Ich versichere Ihnen, daß sie es nicht sind. Und selbst wenn sie es wären, müßten Sie berücksichtigen, daß nach japanischem Standard ein Nichtjapaner unweigerlich tiefer steht als der niedrigste japanische Landarbeiter. In den traditionsbewußteren Gebieten erwartet man von einem Mann aus einem anderen Land oder von außerhalb der Erde, der ursprünglich japanischer Abstammung ist, daß er den Familiennamen seiner Frau annimmt.«

Troi neigte den Kopf zur Seite, beobachtete O'Briens Mienenspiel, während er über ihre Erklärungen nachdachte. Fassungslosigkeit, Zorn und Entrüstung rangen in seinem Gemüt um die Vorherrschaft.

»Aber so was ist doch lachhaft. Welches Recht hätten sie, von mir zu fordern, daß ich mich verleugne? Ich bin so gut wie jeder von denen, sogar besser als die meisten.«

»Ich glaube, Keiko neigt auch zu dieser Einschätzung. Andernfalls hätte sie Sie wohl nicht geheiratet. Würden Sie mir trotzdem einen Gefallen tun, Miles?« Troi schwieg und wartete, bis er mürrisch nickte. Sie sah ihm an, daß er mit irgendeinem Hinterhalt rechnete. Aber er wußte nicht recht, wie die Counselor ihn über den Tisch ziehen könnte. »Ich suche Ihnen ein paar Texte zusammen, von denen ich möchte, daß Sie sie lesen. Nach meiner Ansicht werden sie Ihnen dabei helfen, Keiko besser zu verstehen.«

»Kann sein.«

Was Troi bei ihm spürte, war keine allzu willige Bereitschaft. Doch immerhin machte er einen Anfang. O'Brien mußte es sich abgewöhnen, darauf zu pochen, daß Keiko sich benahm wie die traditionell eingestellten irischen Mädchen, die er in seiner Jugend gekannt hatte. Und Keiko durfte nicht mehr verlangen, daß für O'Brien dieselben Regeln Gültigkeit hatten wie für die modernen Samurai ihrer Heimat. Wenn die beiden sich in dieser Hinsicht keine Mühe gaben, stand ihre Ehe auf der Kippe.

»Ich habe das Textverzeichnis fertig, wenn heute

abend Ihre Dienstschicht vorbei ist, Miles. Möchten Sie sonst noch etwas mit mir besprechen?« Daß er es gerne getan hätte, wußte Troi aufgrund seiner offensichtlichen Erregung und Angespanntheit. Nur lautete die Frage: Rückte er damit heraus?

O'Brien betrachtete seine Hände. Erneut mied er Trois Blick. Für die Counselor war das ein altbekanntes Verhaltensmuster. Sie hatte es schon häufiger erlebt, als sie sich entsinnen konnte. Aber noch stärker als die widerstreitenden Gefühle, die er ausstrahlte, war die Ablehnung, von der die verkrampfte Haltung seines Körpers sprach – die Weigerung anzuerkennen, daß ein Problem vorlag, daß irgend etwas, das Troi sagte, eine Hilfe sein könnte.

Troi ließ ihm genügend Zeit für die Antwort. Doch er schwieg.

Zumindest heute, erkannte Troi, gewann sein Stolz die Oberhand. Er schaffte es nicht einzugestehen, daß er auf Reggie Tanaka eifersüchtig war; oder wenigstens zuzugeben, daß er durch Gerüchte von der Schwäche wußte, die Tanaka für Keiko gehabt hatte, als er an Bord der *Enterprise* kam. Troi ahnte, daß Tanakas Unfähigkeit, seine Schwärmerei in Taten umzusetzen, momentan bei O'Brien nicht ins Gewicht fiel.

»Es renkt sich alles ein, Miles. Sie werden's sehen.« Als er sie endlich wieder anblickte, lächelte sie ihm aufmunternd zu. »Und wenn Sie nochmals mit mir reden möchten, ich bin jederzeit für Sie da.«

O'Brien nahm diese Zusage als Vorwand, um die Flucht zu ergreifen. Er sprang regelrecht auf. »Haben Sie vielen Dank, Counselor«, nuschelte er gedämpft, ehe er hinauseilte.

Troi stieß einen abgrundtiefen Seufzer aus und griff sich ihren Computer, um die Texte über die Traditionen Japans herauszusuchen. Es geschah bei Anlässen wie diesem Gespräch – wenn Menschen ihre Schwierigkeiten rechtfertigten, statt zu versuchen, sie auszuräumen –, daß sie sich fragte, warum sie sich für keinen leichteren Beruf entschieden hatte. Beispielsweise Theoretikerin n-dimensionaler Warp-Dynamik. Die damit verbundenen Probleme änderten sich wenigstens nicht in genau dem Moment, wenn man sie durchschaute.

Sie legte den Computer beiseite und beschloß, den Gesellschaftsraum im zehnten Vorderdeck zu besuchen. Nach der Unterhaltung mit O'Brien hatte sie sich eine Pause verdient, ehe der Captain ihre Unterstützung in Anspruch nahm, um den Vertragstext der Jarada zu analysieren.

Geordi bemerkte O'Brien im Gesellschaftsraum des zehnten Vorderdecks in der hintersten Ecke. Er saß dort und schob ein Sandwich auf dem Teller hin und her. Durch sein VISOR sah Geordi die Hände des Transporterchefs dunkler als die Wärmefarben des übrigen Körpers, also waren sie kühler. Ein untrügliches Anzeichen von Streß.

Der Bordingenieur besorgte sich etwas zu essen und schlenderte hinüber zu O'Briens Tisch. »Darf ich mich setzen?«

»Klar.« O'Briens Tonfall besagte das Gegenteil. Ohne Geordi zu beachten, fummelte er unablässig an dem Sandwich herum.

»So schlimm ist es, hm?« Geordi ließ sich auf einen Stuhl nieder und biß ins eigene Sandwich. Er betrachtete O'Briens Gesicht. Die durch die Beleuchtung erzeugte Reflexion auf der Tischplatte behinderte Geordis Sicht; dieser Umstand erschwerte es ihm, in O'Briens Miene die Nuancen zu unterscheiden. Und der Transporterchef zeigte keine sonderliche Neigung, ihm irgendwie Aufschluß zu geben. »Wollen Sie sich mal aussprechen?« fragte Geordi zu guter Letzt.

»Was soll man da viel reden?« brummelte O'Brien unwirsch. »Meine Frau ist da unten auf dem Planeten.

Anscheinend denken alle, es nützt was, darüber zu quasseln.«

»Ach so.« Geordi biß nochmals ins Sandwich. Er brauchte nur lange genug zu warten, und O'Brien würde sein Problem in allen Einzelheiten vor ihm ausbreiten. Davon war er fest überzeugt.

»Ist das alles, was Ihnen dazu einfällt?« Indem O'Briens Wangen sich zornrot verfärbten, flammte sein Gesicht in Geordis VISOR-Blick auf wie eine Leuchte.

»Was soll ich denn dazu sagen?« Geordi bemühte sich vorsätzlich um einen sachlichen Ton. Bei O'Briens gegenwärtiger Laune konnte man nicht recht feststellen, ob er Rat und Zuspruch wünschte oder es auf Streit ankommen ließ. »Daß ich nicht verstehe, wieso Sie sich deswegen so aufregen?«

»Ich habe sie unmißverständlich aufgefordert, an Bord zu bleiben! Sie müßte *hier* sein und mir bei der Planung unseres Jubiläums helfen. Wie wäre Ihnen zumute, wenn der Hochzeitstag näherrückte, aber *Ihre* Frau triebe sich dort unten rum?«

Ja, wie wohl? dachte Geordi. Er widerstand dem Drang, sich seinen Ärger anmerken zu lassen. Wie sehr er O'Brien auch mochte und seine Fähigkeiten schätzte, es gab Zeiten, an denen er seine Schrullen schlichtweg nicht verkraften konnte. Warum hatte er eine berufstätige Wissenschaftlerin geheiratet, wenn er lieber ein Vollzeitgattin hätte? Und wieso bildete er sich ein, die Eheschließung müßte Keiko in einen hausbackenen irischen Ehetrampel verwandelt haben? Geordi bewahrte ein ausgedehntes Schweigen, während er sich seine Antwort überlegte.

»Ich würde mir sagen: Meine Frau hat ihre dienstlichen Pflichten, und der Captain erwartet, daß sie sie erfüllt. Ab und zu müssen private Angelegenheiten eben zurückstehen.«

»Aber warum hat man ihr als Mitarbeiter Reggie

Tanaka zugeteilt? Weshalb durfte nicht Leila Koryew sie begleiten?«

Bei der Vorstellung, mit Leila Koryew in derselben Landegruppe zu sein, fing Geordi fast mit den Zähnen zu klappern an. Man konnte ihr nicht gerade Inkompetenz vorwerfen. Aber in ihrem Umkreis ging alles schief. Wie ein Magnet Eisenspäne anzog, so fand das Unheil auf nahezu rätselhafte Weise zu Leila Koryew.

»Seien Sie froh, Miles. Mit Reggie als Begleiter ist Keiko viel sicherer als mit Leila. Wo Leila ist, schlägt leicht der Blitz ein. Oder es passiert sonst irgendwas Häßliches. Außerdem war's nicht Keiko, die Reggie ausgewählt hat. Er ist vom Captain mitgeschickt worden.«

O'Brien runzelte die Stirn. Offenbar beschwichtigte Geordis Logik ihn nicht allzusehr. »Trotzdem, ich trau' ihm nicht über den Weg, wenn er mit ihr allein ist. Ich habe gesehen, wie er dreinschaut, sobald jemand ihren Namen erwähnt.«

Geordi versuchte es mit einem anderen Ansatz. »Sie arbeiten doch ständig mit Jennie Li zusammen. Das ist ja wohl das gleiche, oder?«

Kaum hatte er zu Ende gesprochen, sah Geordi, daß er sich damit aufs Glatteis gewagt hatte. Irgendein anderer Vergleich wäre besser gewesen. Keiko hatte mehr als einmal hämische Bemerkungen über die enge Zusammenarbeit zwischen O'Brien und Li gemacht.

»Jennie und ich sind bloß Kollegen. Das ist durchaus ein Unterschied.« Unvermittelt schubste O'Brien seinen Teller von sich und sprang auf. »Und daß Sie mein Vorgesetzter sind, gibt Ihnen noch längst kein Recht, in meinem Privatleben herumzuschnüffeln!«

»Nun regen Sie sich mal ab, Mister!« Obwohl Geordi die Lautstärke seiner Stimme gedämpft hielt, brachte sein Tonfall O'Brien augenblicklich zur Räson. »Daß ich Ihr vorgesetzter Offizier bin, *gibt* mir das Recht, Ihnen zu befehlen, Probleme zu beheben, die Ihre dienstliche Arbeitsleistung beeinträchtigen. Und die jetzige Situation fällt ganz klar in diese Kategorie von Problemen. In den letzten eineinhalb Tagen war es unmöglich, mit Ihnen auszukommen, und Ihre Tätigkeit hat unter den Mindestanforderungen gelegen. Darum erteile ich Ihnen die dienstliche Anordnung, sich mit Counselor Troi oder Ihrer Frau auszusprechen – oder beiden –, bevor Sie wieder an die Arbeit gehen. Haben Sie verstanden?«

»Zu Befehl, Sir.« O'Brien glotzte Geordi erbittert an. Sein Ton bezeugte deutlich den Mißmut, den die Anweisung bei ihm hervorrief.

Geordi erwiderte O'Briens Blick. Er wünschte sich, sein VISOR wäre geeigneter für derartige Konfrontationen. O'Brien mußte sich seiner Eifersucht bewußt werden. Es war erforderlich, daß er die Selbstzweifel bewältigte, die ihn zu so unvernünftigem Benehmen verleitete; und daß er seine Frau besser verstehen lernte, um künftig solche Probleme zu vermeiden.

Für einen flüchtigen Moment hätte Geordi am liebsten O'Briens Dickschädel gegen ein Schott geknallt, bis der Mann zu Verstand kam. Natürlich mußte sich irgendwer auch mit Keiko befassen, die umgekehrt ebensowenig über ihren Ehemann wußte. Beide projizierten ihre Unsicherheit auf den Lebenspartner.

Wenn es mit der Liebe nicht mehr auf sich hat, mag ich damit nichts zu schaffen haben, sinnierte Geordi. Ihn deprimierte der Gedanke, daß es zwei Menschen, die sich so stark zueinander hingezogen fühlten, dermaßen schwerfiel, sich gegenseitig zu verstehen.

»Abtreten.« Geordi schaute O'Brien nach, schüttelte dabei den Kopf. Er hatte gehofft, es wäre eine Hilfe für den Transporterchef, mit jemandem über seine Sorgen zu reden. Aber jetzt bezweifelte Geordi, daß die Unterhaltung etwas genutzt hatte. Offenbar wollte O'Brien auf niemanden hören.

Ein Großteil der Leute, die sich zum Mittagessen im Gesellschaftsraum des zehnten Vorderdecks eingefunden hatten, war fort, als Troi dort eintraf. Zwischendurch hatte sie im Korridor eine improvisierte psychologische Blitztherapie bei Fähnrich Handler vorgenommen.

Troi bestellte einen Eisbecher mit drei Kugeln Schokoladeneis und zog sich damit in den hintersten Winkel des Gesellschaftsraums zurück. Die erste Hälfte verputzte sie schnell. Danach aber schwand ihr Appetit. Verdrossen stocherte sie mit dem Löffel im schmelzenden Eis. Normalerweise half Schokolade ihr gegen Niedergeschlagenheit. Heute dagegen blieb diese Wirkung aus.

Transporterchef O'Briens Eifersucht und seine wechselhaften Launen beschäftigten sie mehr, als sie sich zunächst eingestanden hatte. Nachdem sie das Eis gegessen hatte, starrte sie versonnen in den leeren Becher. Sie überlegte, ob sie sich noch einen Eisbecher geben lassen sollte. Vielleicht brauchte sie mehr Schokolade, um ihre Stimmung zu heben.

»Diesen Blick kenne ich.« Guinan servierte ihr unaufgefordert einen zweiten Eisbecher: Schokoladeneis voller Schokoladensplitter auf einem mit geriebenen Nüssen gefüllten, mit Schokoladenguß bedeckten Schokoladenkuchen, gekrönt mit Schokoladensoße und Schokoladenstreusel. Sie nahm auf dem Stuhl Troi gegenüber Platz. Für sich hatte sie ein bescheidenes Pfirsicheis mitgebracht. »Wollen Sie mir Ihr Herz ausschütten?«

Troi zuckte mit den Schultern und schob sich einen Löffel voll Eis in den Mund. Verdutzt sperrte sie wegen des üppig kontrastreichen, süßbitteren Geschmacks die Augen auf. Guinan lächelte.

»Selvairianische Mischung. Vier verschiedene Sorten Schokoladeneis werden geschichtet. Sogar die Synthetisizer haben mit diesem speziellen Programm ihre liebe Not.«

»Das glaube ich gern.« Troi löffelte ein kleineres Häppchen, um die verschiedenen Aromen gründlicher auskosten zu können.

»So gefallen Sie mir schon besser.« Als Guinan lächelte, blitzten ihre weißen Zähne auf dem Hintergrund ihrer dunklen Haut. »Also, möchten Sie mir nun erzählen, weshalb Sie heute in solcher Schokoladenlaune sind?«

»Es geht um Transporterchef O'Brien. Ich habe vorhin ein ausführlicheres Gespräch mit ihm gehabt. Aber anscheinend nutzt nichts von dem, was ich sage.«

Troi probierte die Schokoladensoße. Es interessierte sie, wie Guinan sie programmiert haben mochte. Exotisch war nichts darin, stellte sie fest, während ihr Gaumen im Geschmack der Soße schwelgte. Für jeden Schokoladenliebhaber war er schlicht und einfach himmlisch. Aus den besten Schokoladensorten der Galaxis hatte Guinan per Programmierung die beste und köstlichste aller *normalen* Schokoladensoßen zusammengezaubert.

»Haben Sie mal daran gedacht, daß er vielleicht auf Ihre Hilfe gar keinen Wert legt? Manche Menschen wollen lieber recht behalten, statt ihre Probleme zu lösen.«

Guinan kostete ihr Eis, während sie in Trois sorgenvoller Miene las. *Wer hilft dem Helfer Counselor?* – das war kein Thema, das die medizinische Abteilung Starfleets oft abhandelte. Gelegentlich fragte sich Guinan, ob die dortigen Führungskräfte nicht etwas zu blauäugig ihren eigenen Reklametexten für die Rekrutierung glaubten.

Sicherlich zählten Starfleet-Offizier zu den herausragendsten Individuen der Föderation. Doch das bedeutete nicht, daß sie vollkommen waren. In jedem lebenden Wesen verbarg sich ein gewisses Maß an Widerspenstigkeit, die sich nicht selten zum ungünstigsten Zeitpunkt bemerkbar machte. Transporterchef O'Brien wollte dafür offensichtlich einen eindrucksvollen Beweis erbringen.

Troi seufzte. Der Ausdruck des Unmuts in ihrem Gesicht verriet deutlich ihre Frustration. »Daran *habe* ich gedacht, ja. Ich bin mir auch dessen bewußt, daß es meine *Aufgabe* ist, für die Behebung der Probleme anderer Menschen zu *sorgen.* Und ich sehe *auch* die Schwierigkeiten, die sein Verhalten seiner Umgebung verursacht.«

Sie bohrte den Löffel ins Eis, ließ ihre Verbitterung am Schokolade-Nuß-Kuchen aus. Beim dritten Versuch gelang es ihr, ein übergroßes Stück abzutrennen. Sie stopfte es sich in den Mund.

»Und da haben Sie beschlossen, daß die beste Therapie Schokolade ist.« Guinan lächelte. Ihre Augen glänzten voller Ironie. »So ausgezeichnete Schokolade in so schlechter Stimmung zu essen, ist eine wahre Verschwendung.«

»Da sind Sie wohl im Recht.« Trois tonlose Stimme bezeugte Freudlosigkeit. »Aber ich habe keine bessere Idee.«

Das Funkeln in Guinans Augen wurde heller und mutwilliger. »Vielleicht sollten Sie sich 'ne richtig lustige Holo-Deck-Simulation programmieren. Wo Sie jeden Problemfall mit dem Kopf an die Wand hauen, und schon kommt ihm die Erleuchtung.«

Trotz ihrer Mißgestimmtheit brach Troi in Gekicher aus. Sobald sie erst einmal richtig zu lachen angefangen hatte, konnte sie nicht mehr aufhören, bis ihr die Tränen kamen. Die Brauen gewölbt, schaute Guinan zu; ihre Miene widerspiegelte eine gewisse Verwunderung. »Also ich persönlich, ich hielt es nicht für *so* komisch«, sagte sie, nachdem Troi die Beherrschung wiedergewonnen hatte.

Troi wischte sich mit den Fingerknöcheln die Wangen ab. »Ich habe mir vorgestellt, so mit O'Brien zu verfahren, und mich gefragt, ob's auf seinen elenden irischen Dickschädel eine Wirkung erzielen könnte. Wissen Sie, ich bin mir gar nicht sicher, daß es mehr Eindruck auf ihn machen würde, als wenn ich mit ihm diskutiere. Aber es mir auszumalen, hat mir jedenfalls gutgetan.«

Mit wiedergewonnenem Frohsinn machte sie sich erneut über das Schokoladeneis her. Sie erkannte, daß Guinan tatsächlich recht hatte. Bei fröhlicherer Laune schmeckte es *wirklich* besser.

Guinan schmunzelte. »Das dachte ich mir. Wenn genug Leute es unterlassen, ihm nach dem Mund zu reden, hört er vielleicht doch endlich zu.«

Troi lächelte Guinan zu, während sie einen weiteren großen Bissen vom Schokoladenkuchen nahm. »Dieser Eisbecher ist eines Ihrer besten Rezepte, ›Doktor‹ Guinan.«

»Ja, das ist mir schon einige Male gesagt worden.« Guinans Miene drückte Selbstzufriedenheit aus, ähnlich wie bei einer Katze, die erfolgreich Sahne stibitzt hatte. »Deshalb hebe ich es für Notfälle auf.«

Als Troi den Eisbecher geleert hatte, schnurrte sie beinahe vor Behagen. Sie erbaute sich noch an ihrem Wohlgefühl, da summte ihr Insignienkommunikator. Der Captain beorderte sie auf die Brücke. Troi blickte aufs Chronometer und sah, daß es fast Zeit war für die Übermittlung des jaradischen Vertragstexts an die Föderation. Sie fragte sich, was Data beim Analysieren der Dokumente entdeckt haben mochte.

Als Troi das Bereitschaftszimmer des Captains betrat, saßen Picard und Data schon am Tisch. Der Androide blätterte hektisch in den Dokumenten der Jarada. Er wirkte äußerst ungeduldig, als könnte er es nicht erwarten, mit der Berichterstattung anzufangen.

Die Menschenähnlichkeit seines Gebarens amüsierte Troi. Sie hätte gerne gewußt, wo er dafür ein Vorbild gefunden hatte. Falls sie sich danach erkundigte, würde er ihr zweifellos bis in die letzten Einzelheiten Auskunft geben. Troi faßte den Vorsatz, ihn *nicht* zu fragen.

»Nehmen Sie Platz, Counselor.« Picards Ton zeugte von mehr als nur gelinder Erleichterung. Anscheinend fiel Datas neues Verhaltensexperiment ihm auf die Nerven. »Mr. Data, würden Sie uns bitte nun über die Resultate Ihrer Analyse informieren?«

»Selbstverständlich, Sir.« Der Androide legte beide Papierstapel sorgsam vor sich zurecht, als wollte er darin nachschlagen. Dabei hatte er sie längst vollständig in seinem Gehirn gespeichert. Troi war sicher, daß er auch damit nur eine neue Marotte erprobte.

Data rückte die Schultern gerade und räusperte sich. »Meine erste Feststellung lautet, daß die jaradische Schriftsprache ideografischer Art ist. Darin ähnelt sie den klassischen hochvulkanischen Schriften oder den überlieferten japanischen Schriftformen der Erde. Allerdings ist die Aussage vieler Symbole anscheinend vom Kontext abhängig. Das heißt, in einem Zusammenhang kann ein Symbol dies bedeuten, an anderer Stelle dagegen etwas anderes.«

Troi schob auf der Tischplatte die Ellbogen nach vorn und stützte das Kinn in die Hände. »Sind Sie sicher, Data? In den meisten Sprachen, in denen Zeichen die Bedeutung wechseln können, existieren Modifikatoren, die den Unterschied anzeigen. Sie werden gerade bei offiziellen Dokumenten besonders berücksichtigt, bei denen kein Beteiligter irgendeine Zweideutigkeit in der Auslegung riskieren will.«

»Ich habe die jaradischen Ideogramme in jeder der siebenundvierzig Stilarten überprüft, in denen der Sinngehalt einer schriftlichen Aufzeichnung modifiziert werden kann. Zwischen diesen Methoden und der jaradischen Fassung des Vertrags habe ich keinerlei Beziehungen aufgedeckt. Angesichts des breiten Tonalitätsspektrums jedes Worts des Jaradischen hatte ich ein Kennzeichnungssystem erwartet, das dieses Spektrum in der Schriftsprache wiedergibt.«

»Aber Sie sind auf nichts dergleichen gestoßen?« Ein andeutungsweises Stirnrunzeln furchte Picards Miene. Er versuchte sich an die etwas esoterischeren linguistischen Fachtexte zu erinnern, die er im Laufe der Jahre gelesen hatte.

Kompliziertere Sprachsysteme wie das Jaradische hatten oft eine einfachere Schriftform. Bei den extremsten Beispielen beschränkten die geschriebenen Zeichen sich auf kaum mehr als Gedächtnisstützen für den mündlichen Ausdruck. Wäre es auch in diesem Fall so, hätte die jaradische Version des Abkommens jedoch wesentlich kürzer als die englische Fassung sein müssen. Sie war es aber nicht. Irgend etwas an der Sache war oberfaul.

Bevor Data antworten konnte, glomm vor dem Captain das Kom-Lämpchen auf; Picard berührte seinen Insignienkommunikator.

»Captain, soeben ist eine Anfrage von Kommissarin T'Zen eingegangen«, ertönte Lieutenant Changs Stimme. »Sie wünscht zu wissen, ob Sie den Text des Abkommens mit den Jarada weitergeleitet haben.«

Picard unterdrückte ein Aufstöhnen. Zwischen der gegenwärtigen Position der *Enterprise* und der Erde bestand eine Funkverzögerung von siebenundzwanzig Stunden. Die Mitteilung mußte von T'Zen schon abgeschickt worden sein, als die *Enterprise* gerade im Beltaxiya-System angekommen war.

»Richten Sie der Kommissarin von mir einen schönen Gruß aus«, sagte Picard zu Chang. Er bemühte sich, seine Stimme von Verärgerung freizuhalten. »Geben Sie durch, daß der Vertragstext in Kürze folgt. Picard Ende.«

»Warum hat Kommissarin T'Zen es mit dem Vertrag so eilig?« Data neigte den Kopf zur Seite und verzog das Gesicht zur Karikatur einer erstaunten Miene. »Als sie den Funkspruch absandte, wußte sie noch gar nicht, wie unsere Verhandlungen mit den Jarada verlaufen. Ihre Mahnung, den Text zu übermitteln, ist also völlig unlogisch.«

Troi senkte den Kopf. Ihr Mund zuckte vor Heiterkeit. So blieb es Picard überlassen, auf die Frage des Androiden zu antworten.

»In ihrem Wunsch, einen Krieg abzuwenden, ignoriert Kommissarin T'Zen solche geringfügigen Unstimmigkeiten, Mr. Data. Sie wollte uns, falls wir bei den Verhandlungen die angestrebten Ergebnisse nicht so schnell zustandebringen, wie sie es für nötig hält, zur Eile anhalten.«

»Wenn richtig ist, was ich über diplomatische Verfahrensweisen weiß, ist das genauso unlogisch, Sir. Stimmt es nicht, daß Verhandlungen ›so lange dauern, wie sie brauchen‹?«

Picard verkniff sich ein Grinsen. Woher mochte Data dieses Zitat haben? »Doch, Mr. Data. Es stimmt. Die Kommissarin war jedoch von Anfang an der Ansicht, daß der Vertrag schleunigst abgeschlossen werden sollte. Sie befürchtete, sonst könnte unsere irrationale Natur uns zum Krieg gegen die Jarada anstiften. Aber befassen wir uns mit dem Text. Können Sie uns sagen, ob die englische Version eine korrekte Übersetzung des jaradischen Dokuments ist?«

Data wand sich auf seinem Stuhl. Sein Gezappel erinnerte Picard an einen Schulbuben, den man beim Weiterreichen eines Zettels ertappt hatte. Als visuelle Demonstration ›schlechten Gewissens‹ wirkte Datas Mimikry recht glaubwürdig. Doch weswegen hätte er Gewissensbisse haben sollen? Wie gewöhnlich hatte der Androide ein unpassendes Verhaltensmuster ausgesucht.

Zum Glück für die gereizten Nerven des Captains endete Datas Affektiertheit, sobald er Auskunft gab.

»Nein, Captain. Über die Korrektheit der Übersetzung kann ich keine endgültige Aussage treffen. Bei der Ergründung des Jaradischen sind uns dank der durch die Landegruppe übermittelten Aufzeichnungen Fortschritte gelungen. Trotzdem ist unser Kenntnisstand noch zu lückenhaft, als daß ich genau herausfinden könnte, was wirklich der Inhalt des Dokuments ist. Ich hatte gehofft, es würde sich in dieser Hinsicht als Stein von Rosette erweisen. Hätte ich Korrelationen zwischen beiden Versionen gefunden, wären dadurch unsere Jaradisch-Kenntnisse bedeutend erweitert worden. Leider hat meine Hoffnung getrogen.«

»Data, was *können* Sie uns denn über die Dokumente sagen?« In Trois Stimme schwang eine Spur von Anspannung mit, als stünde sie kurz vor der Lösung des Rätsels. »Wie viele mögliche Erklärungen haben Sie für unser Problem in Betracht gezogen?«

»Ich habe drei hauptsächliche Hypothesen erwogen. Erstens. Wenn wir davon ausgehen, daß der Text korrekt übersetzt ist, dann verwendet die jaradische Schriftsprache ein völlig unbekanntes System der Grammatik und Syntax. Ein System, muß ich hinzufügen, das in keiner Weise eine Widerspiegelung der mündlichen Sprache abgibt. Zweitens. Es wäre möglich, daß die Übersetzung ungenau ist, weil die verwendeten Wörter ähnlichen Sinn haben, ohne daß zwangsläufig in einem bestimmten Bedeutungszusammenhang die gleichen Ideogramme benutzt werden. Diese Mutmaßung erweckt bei Betrachtung der Dokumente den wahrscheinlichsten Eindruck. Aber auch diese Interpretation stellt uns vor gewisse Schwierigkeiten. Auch die zweite Hypothese bietet uns keine Möglichkeit, für die jaradische Schriftsprache eine konsequente Grammatik zu erarbeiten.«

»Aber alle Sprachen brauchen eine Struktur«, murmelte Troi; sie dachte laut. »Wie eine Gesellschaft ihre Umwelt wahrnimmt, schlägt sich in der Sprache nieder. Grammatik und Vokabular der Sprache beeinflussen wiederum, was ein Individuum in seinem Umfeld sieht.«

Picard blickte zwischen Troi und Data hin und her. Ihm mißfiel die Richtung, in die seine Gedanken gingen. Das Problem war, daß keine der momentan vorstellbaren Erklärungen einen Sinn ergaben. »Mr. Data, Sie haben eine dritte Hypothese erwähnt.«

»Ja, Captain.« Auch diesmal vermied der Androide es, Picard direkt anzusehen. Dadurch forderte er wieder den Vergleich mit einem Schuljungen heraus. Der Captain nahm sich vor, mit Data über dies neue Experiment in menschlichem Verhalten ein Wörtchen zu reden. Aber später, wenn keine so dringenden Angelegenheiten mehr auf der Tagesordnung standen.

»Meine dritte Hypothese ist, daß der jaradische Text eine willkürliche Ansammlung von Wörtern ohne ersichtliche Gesamtbedeutung sein könnte. Das würde erklären, weshalb ich keine erkennbare Übereinstimmung zwischen den beiden Versionen des Dokuments entdecke. Wenn keine vorhanden ist, kann ich keine finden. Aber dadurch stellten sich ganz grundlegende Fragen nach den eigentlichen Gründen für das Zustandekommen dieser Mission.«

»Das kann man wohl sagen.« Picard atmete tief durch, um ein wenig Zeit zum Nachdenken zu gewinnen. Wenn das jaradische Dokument keinen Bedeutungsgehalt hatte, warum war die *Enterprise* von den Jarada gerufen worden? »Was meinen Sie, Counselor?«

»Natürlich kann dieser Mangel auf mehrerlei Weise erklärt werden.« Troi fuhr sich mit der Hand durch die Haare, strich sich die schwarzen Locken über die Schulter nach hinten. »Möglich wäre etwa, daß wir unzureichende Informationen zur Analyse der jaradischen Schriftsprache haben und der Fehler bei uns liegt. Es ist auch denkbar, daß die Jarada aus ähnlichen Ursachen den Text nicht in ihre eigene Sprache übersetzen konnten. Letzteres ist allerdings hochgradig unwahrscheinlich. Sie können sich ja mündlich mit uns verständigen. Zudem haben sie unserer Landegruppe Translatoren zur Verfügung gestellt, die anscheinend adäquat funktionieren.«

»Und welchen Eindruck haben Sie von den Jarada, Counselor? Sind sie ehrlich zu uns?«

Troi drehte eine Locke ihres Haars um einen Finger. Von der blankpolierten Oberfläche des Tischs blickte mit übertrieben gerunzelter Stirn ein Spiegelbild von Datas blassem Gesicht sie an.

»Ich habe bei ihnen keine betrügerischen Absichten gespürt. Jedenfalls keine Hinterlist, wie sie bei einem unehrlichen Vertragsabschluß aufträte. Aber ich muß gestehen, daß ich bei ihnen überhaupt keine klaren Gefühle oder Reaktionen feststellen kann. Es verhält sich beinahe so, als ob irgend etwas ihre Emotionen verwischt, sie zerstreut, so daß ich sie nicht erfassen kann.«

»Könnte es in diesem Fall sein, daß sie Ihnen etwas verheimlichen, Counselor? Daß sie ihre Emotionen irgendwie gegen Sie abschirmen?«

Nach einem Moment des Grübelns nickte Troi. »Möglich wär's. Im Augenblick kann ich die Wahrscheinlichkeit schlecht beurteilen. Ausschließen sollten wir diese Möglichkeit aber keineswegs.«

»Mr. Data, wie lange würden Sie nach Ihrer Schätzung brauchen, um eine akkurate Übertragung der jaradischen Vertragsversion zu erstellen?«

»Das kann ich unmöglich vorhersagen, Captain. Ich halte es für unwahrscheinlich, daß ich auf der Grundlage der jetzt vorhandenen Informationen ein wesentlich besseres Ergebnis erreichen kann, als schon vorliegt. Allerdings ist wohl damit zu rechnen, daß die Landegruppe bei der Rückkehr zusätzliche Informationen mitbringt.«

»Während Kommissarin T'Zen uns stündlich mahnt, ihr endlich den Vertragstext zu übermitteln.«

Picard hatte nie mit einer schwierigeren Person zu schaffen gehabt, als mit einer Vulkanierin, die ›wußte‹, daß es darauf ankam, einen Krieg abzuwenden. Mit welcher fadenscheinigen Logik sie zu dieser Ansicht gelangt war, sah sie offenkundig nicht. Widerwillig zog Picard die Schlußfolgerung, daß er nur eines tun konnte.

»Computer, die stattgefundene Diskussion ist zusammenzufassen und *beiden* Versionen des jaradischen Vertragstextes als Anhang hinzuzufügen. Die Dokumente sind dem Föderationsrat zu übermitteln. Als Ergänzung ist meine Empfehlung zu senden, alles mit der größten Sorgfalt zu prüfen, bevor man in die Bedingungen einwilligt.«

»Tätigkeit aufgenommen«, teilte der Bordcomputer mit. Danach schwieg er kurz, ehe er die Ausführung des Befehls meldete. »Funkspruch an Föderationsrat abgegangen um Sternzeit 44840.8.«

»Möchte jemand noch etwas sagen?« fragte Picard. Er musterte Data und Troi. Beide schüttelten den Kopf. »Dann ist die Sitzung geschlossen.« Der Captain stand auf. Eine Last schien ihm von den Schultern genommen, als er sich verdeutlichte, daß für den nächsten Schritt dieses diplomatischen Verfahrens *nicht* er die Verantwortung trug.

Gerade hatte er sich im Kommandosessel zurechtgesetzt und freute sich auf ein paar weitere Stunden geruhsamen Dienstes, da rief O'Brien die Brücke an. Der Transporterchef wirkte sehr erregt.

»Captain, ich wollte mit Keiko sprechen, habe aber keine Verbindung zu ihr erhalten. Der Computer behauptet, sie sei gar nicht unten auf dem Planeten. Auch sonst kann ich kein Mitglied der Landegruppe erreichen.«

Picard beschloß, zunächst einmal nicht zu berücksichtigen, daß der private Anruf möglicherweise die Botanikerin bei der Arbeit gestört hatte.

»Wir kümmern uns darum. Picard Ende. Computer, unverzüglich die Fähnriche Reggie Tanaka und Keiko Ishikawa kontaktieren.«

»Befehl undurchführbar. Die Kommunikatoren der Fähnriche Reggie Tanaka und Keiko Ishikawa reagieren nicht auf die Bordsensoren.«

Im ersten Moment ärgerte sich Picard. Dann verdrängte Besorgnis seinen Unmut. »Dann kontaktiere Commander Riker.«

»Der Kommunikator Commander Rikers reagiert nicht auf die Bordsensoren.«

»Und wie ist es bei Dr. Crusher und Lieutenant Worf?«

»Die Kommunikatoren Dr. Crushers und Lieutenant Worfs reagieren ebenfalls nicht auf die Bordsensoren.«

Picard schenkte dem Computer einen Blick der Erbitterung. O'Brien hatte sich wohl die gleiche Leier anhören müssen und ebensowenig erfahren. Der Captain wandte sich an das Crewmitglied, das an der Operatorstation saß. »Mr. Chang, warum sind im Gegensatz zu meiner Anweisung die Kommunikatoren der Landegruppe nicht unter ständiger Scanning-Überwachung geblieben?«

Chang berührte eine Sensortaste, um im Kom-Logbuch nachzuschlagen. »Dem Bordlogbuch zufolge sind die Positionen aller Landegruppenangehörigen aufgezeichnet worden, bis Transporterchef O'Brien Miß Ishikawa zu kontaktieren versuchte. Es sollte mich nicht wundern, wenn wir fingierte Signale empfangen haben.«

Bei dieser Meldung schnitt Picard eine düstere Miene. Wenn die Jarada Signale fälschten, hatten sie bestimmt ein krummes Ding vor. »Öffnen Sie einen Kom-Kanal zum jaradischen Ältestenrat. Ich wünsche sofort mit Zelfreetrollan zu sprechen.«

»Die Jarada melden sich nicht auf unseren Anruf«, gab einen Moment später Mendosa Bescheid. »Ich kann nicht genau abklären, was mit ihrem Empfänger los ist, aber ich glaube, sie haben abgeschaltet.«

Picard schaute Troi an. Die Counselor stand auf und strebte zum Turbolift, um O'Brien zu benachrichtigen. Fünf ausgefallene Kommunikatoren, fingierte Signale *und* die Weigerung der Jarada, Anrufe der *Enterprise* entgegenzunehmen – das alles konnte kein Zufall sein. O'Brien würde bei dieser Neuigkeit sicher nicht gelassen bleiben.

Für einen Augenblick wünschte Picard, *er* dürfte sich einen Wutausbruch erlauben. Die schlimmsten Befürchtungen bestätigten sich. Aber keine noch so große Wut brächte die Landegruppe an Bord zurück.

»Data«, befahl er, »führen Sie eine komplette Scannersondierung der Jarada-Stadt und ihres Umlands durch. Ich will, daß die Landegruppe lokalisiert und dann unverzüglich heraufgebeamt wird.«

»Jawohl, Sir.«

Picard lehnte sich in den Kommandosessel und versuchte, ruhig und beherrscht auszusehen. Er war zwar weder das eine noch das andere. Doch es vorzugeben, war sehr wichtig für die Moral an Bord. Für ihn würde die Sondierung *sehr* lange dauern. In Gedanken ging er immer wieder die Ereignisse durch, die letztendlich in die jetzige, vertrackte Situation gemündet hatten. Er fragte sich, was er hätte anders machen können.

»Verdammte Käfer«, nuschelte Chang gerade so laut, daß man es hörte. »Insekten darf man eben nicht über den Weg trauen.«

Picard wußte, er müßte Chang nun über die Notwendigkeit der Toleranz belehren. Doch die Lautstärke war sorgsam so bemessen worden, daß der Captain so tun konnte, als hätte er nichts verstanden. Chang wollte, daß man seine Meinung erfuhr, ohne daß es eine Konfrontation zur Folge hatte.

Außerdem empfand Picard im Moment für ihre Gastgeber weit weniger Sympathie, als es ihm lieb gewesen wäre. Die Jarada hatten ihn zur Aufspaltung der Landegruppe überredet. Bevor Zelfreetrollan die verschiedenen Besuche vorschlug, hatte Picard mit seinen Begleitern noch diskutiert, wie gefährlich es sei, auf so etwas einzugehen.

Doch angesichts des erhaltenen Auftrags, mehr über die Jarada herauszufinden, war die Annahme der Einladungen ein kalkuliertes Risiko gewesen. Es hätte sich auszahlen können.

Die defekten Kommunikatoren... Er berichtigte sich. Die Sabotage der Kommunikatoren war der Faktor, der die Gleichung veränderte. *Warum?* So lautete die entscheidende Frage. Wüßten sie, *warum* ihnen von den Jarada diese Falle gestellt worden war, könnten sie alles durchschauen, was ihnen von vornherein an der Situation nicht behagt hatte.

Dummerweise, begriff Picard, kannten nur die verschollenen Besatzungsmitglieder die Antworten auf diese Fragen.

9

Riker folgte den jaradischen Musikern durch die schmale Tür auf eine spiralförmige Rampe, die abwärts führte. Ihre engen Windungen verloren sich im Dunkeln. Die Mauern troffen von Nässe. Den Boden machte etwas schlüpfrig, was ein hiesiger Schimmelpilz oder eine heimische, im Düstern gedeihende Algenform sein mochte. Der Schacht stank feucht und muffig, als würde er nur selten benutzt.

Im schwachen Licht unregelmäßig verteilter Leuchtstränge sah Riker auf dem Boden der Rampe eingekerbte Abstufungen. Sie waren breit genug, um für die Klauenfüße der Jarada geeignete Stufen abzugeben. Riker dagegen halfen sie überhaupt nicht; für ihn hatten sie eine zu geringe Breite.

Er verzog das Gesicht zu einem Ausdruck des Unwillens und eilte seinen Gastgebern nach. Diese hasteten mit höchster Schnelligkeit den Schacht hinunter und ließen ihn trotz ihrer offensichtlich steifen Bewegungen rasch weit zurück. Zarn machte eine Ausnahme. Er paßte sein Tempo Riker an.

»Wollen Sie mir erzählen, das sei wieder so ein *Vreek'khat*-Alarm-Manöver?« erkundigte Riker sich mit mehr als nur gelinder Ironie in der Stimme. Trotz Kälte und Feuchtigkeit rann ihm Schweiß über den Rücken.

»Ja, das würde ich«, antwortete Zarn in völlig gleichmäßigem Ton, »wenn es Sie dazu veranlaßt, schneller zu sein.«

»Aha.« Dem Geklacke ihrer Füße zufolge mußten

die übrigen jaradischen Musiker sich inzwischen wenigstens zwei Stockwerke tiefer befinden. *Sie schwirren ab wie Hummeln, wenn sie stiftengehen,* dachte Riker verdrossen. *Und das sollen ›Senioren‹ sein?* Erst jetzt erkannte er die Effizienz der jaradischen Fortbewegungsweise.

Über ihnen dröhnte dumpfes Wummern in den Schacht herab. Offenbar setzte jemand gegen die Tür, durch die sie geflohen waren, einen Rammbock ein. Vielleicht hatte Zarn für seine Beunruhigung gute Gründe. Riker stieß einen Brummlaut aus und bemühte sich, die unregelmäßige, rutschige Schräge beschleunigt hinabzugelangen.

»Wenn Sie keine Einwände haben, stelle ich Ihnen die Frage später noch einmal, wenn wir mehr Zeit zur Beantwortung finden.«

»Mir liegt die Absicht fern, einen ehrenwerten Gast aus einem anderen Schwarm zu beleidigen. Aber sollten Sie sich nicht geschwinder voranbewegen als ein Jungling in seinem Erstpanzer, werden wir wahrscheinlich nie wieder das Vergnügen eines Gesprächs haben.« Zarn lief schneller voraus, bis er eine Vierteldrehung des Schachts vor Riker abwärtseilte.

Ein lautes Krachen hallte in den Schacht, gefolgt von einem Bersten. Ohne darauf zu achten, ob Riker mithalten konnte, fing Zarn regelrecht zu rennen an und geriet gleich hinter der Biegung außer Sicht. Noch ein Donnern und ein Knarren von mißhandeltem Holz schollen Riker und den geflüchteten Jarada-Musikern hinterher.

Den Geräuschen nach nahm Riker an, daß die Tür womöglich ein Dutzend weiterer Stöße verkraftete. Aber ihm lag überhaupt nichts daran, die Jarada kennenzulernen, die derartig gewalttätige Methoden anwandten. Also machte er größere Schritte und hielt sich in der Mitte des Gefälles. Er versuchte, die Füße dort hinzusetzen, wo die Klauen der Jarada-Musiker den glatten organischen Belag weggekratzt hatten. Hier so hinabzuflitzen, war riskant.

Inzwischen war es unter ihm ruhiger geworden. Riker schlußfolgerte, daß wenige Biegungen tiefer ein Ausgang sein mußte. Wenn er ihn erreichte, war er so gut wie in Sicherheit.

Obwohl er an Händen und Füßen schwitzte, schaffte Riker es, auch in der nächsten Drehung auf den Beinen zu bleiben. In der darauffolgenden Kurvung hatte er das Gefühl, weniger Schwierigkeiten zu haben. Anscheinend war der Boden nicht mehr so schmierig. Er vermutete, daß durch den Ausgang trockenere Luft in den Schacht drang. Irgendwelche Hinweise auf eine Abzweigung sah er jedoch nicht.

Unten klapperten Zarns Klauenfüße über den Stein. Oben dröhnte und knirschte das gequälte Holz, während die Verfolger sich bemühten, die Tür einzurammen. Riker ahnte, daß sie höchstens noch einen Moment lang hielt.

Weil es ihn ablenkte, die Geräuschkulisse zu deuten, bemerkte Riker nicht die dicke Algenschicht, die hinter dem trockenen Abschnitt den Boden bedeckte. Sein Stiefel trat in die schleimige Masse und glitt aus. Riker plumpste aufs Gesäß und rutschte die glatte, feuchte Schräge hinunter. Sein Kopf stieß an die Wand. Der Aufprall machte den Ersten Offizier einen Augenblick lang benommen. Er schlitterte weiter abwärts, gewann an Geschwindigkeit.

Zwar war die Rampe wegen der schmalen Stufen uneben, doch wirkte der Algenbewuchs wie Schmierseife. Riker konnte sich nicht abbremsen.

Er zog Arme und Beine an, um sein Körperprofil zu minimieren, und konzentrierte sich darauf, seine Rutschpartie zu steuern. Er stellte sich vor, sein Körper sei ein Rodelschlitten und die Rampe die Bahn. Trotz allem schlug er wiederholt gegen Wand und Mittelsäule und zog sich jedesmal neue Prellungen zu.

Schließlich sauste er durch die letzte Windung und prallte gegen die Wand. Ihm blieb die Luft weg.

Genau in diesem Moment gab oben die Tür mit einem gedehnten Gekrache nach, das in der Enge der Gemäuer etliche Male widerhallte. Eine vielklangiges Kreischen des Triumphs schrillte aus den Kehlen einer Horde Jarada den Schacht herab.

Aus dem Finstern neben Riker zuckte eine Klauenhand. »Schnell hier entlang«, raunte Zarn. Statt der üblichen Mehrtönigkeit hatte seine Stimme diesmal nur eine Tonlage.

Zerschlagen und nahezu betäubt infolge der jähen Abwärtsfahrt und ihr ebenso plötzliches Ende, wollte Riker sich aufraffen. Aber seine mißhandelten Muskeln versagten ihm den Gehorsam. Seine Lungen rangen nach Atemluft.

»Rasch«, sagte Zarn, huschte heran, um Riker behilflich zu sein. »Wir müssen die Tür schließen, bevor sie merken, wohin wir gegangen sind.«

Weil ihm klar war, daß dem Insektoiden die Kraft fehlte, um ihm beim Aufrappeln zu helfen, winkte Riker ab. Von Sekunde zu Sekunde gellte das Geschrei der Verfolger lauter. Zum Aufstehen fühlte Riker sich noch zu zittrig. Also stemmte er sich auf Hände und Knie hoch und kroch dem Jarada nach. Das war zwar würdelos, erfüllte jedoch den nötigen Zweck.

Kaum war er über die Schwelle gekrochen, hörte er, wie Zarn den Code ins Kombinationsschloß tippte, das den Zugang schloß. Die Tür rollte in ihren Rahmen und dämpfte das Geheul der Jarada, die ihnen hinterherstürmten.

Der Stollen, in dem sie sich jetzt befanden, lag ebenfalls im Düstern. Die Beleuchtung war womöglich noch schlechter als im Schacht. Riker sackte auf dem Fußboden zusammen. Verzweifelt rang er nach Atem. Ehe die Flucht weiterging, mußte er wieder einigermaßen fit werden. Der Steinboden war klamm; sofort spürte er durch die Uniform die Kühle.

»Kommen Sie«, flüsterte Zarn. »Wir müssen uns beeilen.« Noch immer blieb seine Stimme in derselben Tonlage. »Es wird nicht lange dauern, bis sie herausfinden, welche Tür wir benutzt haben.«

Riker fröstelte und setzte sich auf; seine Muskeln schlotterten infolge der Kälte und Überlastung. Die rechte Schulter schmerzte. Vorsichtig befühlte er sie, ertastete eine sehr empfindliche, schon angeschwollene Stelle. Nach den übrigen Beschwerden seiner Muskulatur zu urteilen, mußte er ähnliche Quetschungen an den Hüften und am Gesäß erlitten haben.

»Weshalb ist diese ganze Eile denn eigentlich erforderlich?« fragte Riker; nicht nur um der Information willen, sondern auch, um das Aufstehen noch ein Momentchen hinauszuzögern.

»Wir haben es mit Extremisten zu tun. Mit Xenophoben, die Beziehungen zu Ihrer Föderation ablehnen. Besteht dies Problem bei Ihnen nicht?« Ungeduldig scharrten Zarns Klauenfüße auf dem Boden; er machte Anstalten, sich durch den Tunnel zu entfernen.

»Doch.« Riker bekam ein Knie hoch, verhielt jedoch, als ihm von der Anstrengung schwindelte. Irgend etwas an Zarns Gebaren sagte ihm, daß der Insektoide log. Was an seinem Auftreten die Falschheit erkennen ließ, wurde nicht genau deutlich. Die abgestandene, dumpfe Luft erschwerte Riker das Atmen und beeinträchtigte noch mehr sein Konzentrationsvermögen. Er ballte die Hände zu Fäusten, widerstand der Versuchung, sich zur *Enterprise* zurückbeamen zu lassen, statt dem Geheimnis auf den Grund zu gehen. »Warum haben Sie davon noch nie was erwähnt?«

»Es ist verkehrt, daß sie sich gegen den Willen des Schwarms stellen. Im Augenblick sind sie uns aber überlegen. Wir müssen schnell fort, bevor sie uns finden.«

Indem er die Muskelschmerzen mißachtete, schaffte Riker es, endlich aufzustehen. »Ich glaube, Captain Picard wird es sehr interessieren, das zu erfahren. Am besten beamen wir ins Raumschiff hinauf. Dann können Sie ihm alles erklären.« Durch die Tür hörte man das grelle Gekeife der Verfolger.

Aus merklicher Ungeduld trappelte Zarn mit den Klauenfüßen. »Dafür haben wir jetzt keine Zeit. Wir müssen uns beeilen.«

Riker krempelte seinen Ärmel um und tippte auf den Insignienkommunikator. Zu seiner Überraschung geschah nichts. Er drückte fester auf das Gerät. Die Feuchtigkeit der Stollen konnte der Apparatur unmöglich etwas angehabt haben. Damit gegen die Wand gestoßen zu sein, erinnerte Riker sich nicht. Aber auf alle Fälle funktionierte der Kommunikator nicht. Und nach dem Krawall hinter der Tür zu urteilen, schwanden seine Optionen in Sekundenschnelle. Kurzentschlossen folgte er Zarn. Es erstaunte ihn, wie wackelig er sich fühlte.

Zarn legte ein mittelmäßiges Tempo vor; seine vier Beine stelzten mit bemerkenswerter Leichtigkeit dahin. Nach wenigen Minuten atmete Riker wieder mühseliger. Trotz der Kühle schwitzte er vor Anstrengung.

Der Insektoide nahm einen verschlungenen, anscheinend im Kreis führenden Weg, der Riker vollständig desorientierte. Er blieb sich darüber im unklaren, ob der Jarada ihn absichtlich verwirrte, oder ob die umständliche Route den Sinn hatte, die Verfolger abzuschütteln. Zunächst war Riker der Meinung, daß sie tiefer in den Untergrund vordrangen. Doch nach dem achten oder neunten seltsam verwinkelten Übergang von einem gewundenen, abschüssigen Stollen in den anderen wußte er nicht mehr, wo sie sich aufhielten oder in welche Richtung sie sich bewegten.

Schließlich verharrte Zarn vor einer schmalen Tür, der ersten seit Verlassen des senkrechten Schachts. Er gab an dem Kombinationsschloß den Code ein, und die Tür öffnete sich. Er ließ Riker den Vortritt.

»Hier können wir uns für eine Weile verstecken. Niemand kommt auf den Gedanken, da nach uns zu suchen.«

Die Räumlichkeit war lang und eng, fast wie ein Flur beschaffen. Ein trüber Leuchtstrang spendete die einzige Helligkeit. An den Längswänden lag haufenweise Dreck. Der schale Modergeruch nahm Riker fast den Atem. Voller Widerwillen humpelte er hinein und sah sich nach einer Sitzgelegenheit um.

Zarn kam herein und schloß die Tür von innen. »Verzeihen Sie die beklagenswerten Verhältnisse, Commander Riker. Diese Kammer wird nicht mehr benutzt. Niemand betritt sie noch.«

Am saubersten Fleckchen, das Riker finden konnte, kauerte er sich auf den Fußboden. Aufmerksam betrachtete er den Raum. An der Wand, an die er sich lehnte, gab es weitere Leuchtstränge; aber alle waren erloschen und dunkel. Der einzige intakte Leuchtstrang war fleckig und verströmte nur noch schwächliches Licht, als stürben auch seine photoaktiven Bakterien langsam ab. Gegenüber durchzogen tief eingefressene Streifen starker Zersetzung die Mauer, überschnitten sich hier und da an Klumpen fauliger Substanzen.

Nach kurzem erkannte Riker, daß die Streifen ein Sechseckmuster bildeten, ähnlich wie die Waben in einem Bienenstock. Das modrige Zeug auf dem Boden war vermutlich der Überrest von Material, das einmal an der Wand gehangen hatte. »Wozu hat dieser Raum früher gedient?«

»Hier war eine der ursprünglichen Brutkammern.«

Zarn trippelte an Rikers Seite und faltete die Beine ein. Dadurch gelangte er in die dem Hocken ähnlichste Haltung, die ein Insektoide seiner Art einnehmen konnte. »Als wir auf diesem Planeten die ersten Bauten gruben, war es ein sehr trockenes Jahr. Nachträglich haben wir dann gemerkt, daß das Erdreich in vielen Abschnitten feuchter ist, als wir dachten. Deshalb mußten wir die Mehrzahl unserer anfangs gebauten Stollen aufgeben. Das hier war einmal das schlimmste Gebiet. Hier konnten wir die Nässe nicht aus unseren Wohn- und Arbeitsanlagen fernhalten.«

Riker strich mit den Fingern über die rauhen Fliesen des Bodens. Er fühlte den darauf ausgebreiteten Feuchtigkeitsbelag. Diesem Fußboden fehlten die bunten Glasierungen und die kunstvollen Mosaike, die er auf anderen jaradischen Böden gesehen hatte.

»Falls Ihr Volk es wünscht, kann die Föderation Ihnen bei der Behebung dieser Probleme Unterstützung leisten. Wir kennen genug geeignete Methoden und wären sehr gerne bereit, Ihnen bei der Wiedererschließung dieser Tunnel zu helfen.«

»Das ist ein interessanter Vorschlag. Ich bin sicher, daß der Ältestenrat ihn freudig diskutieren wird.«

Zarns Tonfall machte Riker stutzig. Die Worte als solche klangen ermutigend. Aber Riker spürte, daß der Jarada etwas verschwieg. Die unwillkommene Vorahnung, daß auf Bel-Minor mehr Dinge nicht stimmten, als er von Anfang an geahnt hatte, verursachte ihm ein Schaudern. Indem er die Anwandlung verscheuchte, griff er erneut nach seinem Insignienkommunikator und versuchte nochmals die *Enterprise* zu kontaktieren.

»Ich bezweifle, daß Ihr Kommunikationsgerät hier funktioniert«, sagte Zarn, während er Rikers dritten Versuch mitansah. »Das Felsgestein in dieser Region blockiert die Ausbreitung solcher Signale.«

Riker furchte die Stirn. Zarns Erklärung empfand er

als allzu einfach. Aber der Kommunikator wollte nicht funktionieren, und Riker hatte keine Instrumente zur Hand, um ihn zu überprüfen. Ganz unglaubwürdig war nicht, was Zarn geäußert hatte; wenigstens nicht weniger plausibel als die Möglichkeit, daß Riker das an sich nahezu unzerstörbare Gerät doch beim Hinabrutschen der Rampe beschädigt hatte.

Was auch die Ursache sein mochte, er konnte keine Verbindung zum Raumschiff herstellen. Um in den Regierungskomplex zurückzukehren, mußte er sich auf Zarn verlassen.

»Ich glaube, wir müssen hier für eine Zeitlang bleiben.« Zarn sprach noch mit gedämpfter, aber wieder in die Mehrklangigkeit zurückgefallener Stimme. »Ich habe keinen Alarm für den Einsatz der Schwarmhüter gehört. Deshalb ist es sicherer, wir warten, bis feststeht, daß unsere Verfolger alle gefangengenommen worden sind. Leider kann in diesen Tunneln darüber geraume Zeit vergehen.«

Auch diesmal hatte Riker das Empfinden, daß Zarn nicht alles sagte. Momentan wußte er jedoch keinen Weg, wie er dem Jarada die volle Wahrheit entlocken könnte. Wenn man Diplomatie als die kreative Kunst verstand, nur das auszusprechen, was man preisgeben wollte, war Zarn vielleicht der größte Diplomat, den Riker kannte. Irgendwie hatte der Jarada ihm so wenig mitgeteilt, daß Riker nicht einmal wußte, wo er mit Fragen ansetzen sollte, um Zarns Doppelspiel aufzudecken oder die Wissenslücken zu füllen.

Die Gedankenakrobatik, mit der er seinen Begleiter zu durchschauen versuchte, die schlechte Luft in dem verkommenen Loch sowie die unausbleibliche körperliche Reaktion auf die Geschehnisse des Tages forderten zuletzt ihren Tribut. Ziemlich plötzlich wurde Riker zumute, als hätte er einen Marathonlauf hinter sich; er war dermaßen erschöpft, daß er die Augen nicht mehr offenhalten konnte. Riker schlang die Arme um die Beine und senkte den Kopf auf die Knie. Er hoffte, daß Zarn glaubte, er verschnaufe nur ein wenig. Aus irgendeinem Grund war es ihm wichtig, dem Jarada das ganze Ausmaß seiner Ausgelaugtheit zu verheimlichen. Trotz allem schlief er im Handumdrehen ein.

Schließlich weckte wiederholtes, leichtes Tippen auf die Schulter Riker. Er regte sich, versuchte sich daran zu erinnern, wo er sich befand. Er ruhte auf einer kalten, harten Fläche. Seine Uniform hatte Feuchtigkeit aufgesaugt. Bald bemerkte er den muffig-modrigen Geruch, und die Erinnerung kehrte zurück.

Während des Schlafens hatte er sich aus seiner Sitzhaltung auf die Seite gewälzt und wegen der Kälte eingerollt. Indem mit der Besinnung auch das Gefühl für Temperaturen wiederkehrte, schauderte er ein-, zweimal zusammen. Riker wollte sich hochstemmen. Doch im Schlaf waren seine geprellten Schultermuskeln starr geworden. Schmerz durchfuhr ihn, sein Arm knickte ein. Für einen Moment lag er nur still da und sammelte alle Willenskraft, um seine Gliedmaßen zur Fügsamkeit zu zwingen.

»Es ist Zeit zu gehen, Commander Riker. Ich bin mir sicher, daß die Übelgesonnenen nicht mehr in der Nähe sind.« Zarns Klauenfüße klickten über den rauhen Fliesenboden, indem er sich der Tür näherte.

Woher will er das wissen? dachte Riker. Er stemmte sich ein zweites Mal vom Boden empor, diesmal aber langsamer. Er versuchte den Effekt jeder Bewegung auf seine malträtierten Muskeln vorauszuspüren. Reglosigkeit und Unterkühlung hatten ihre Folgen. Er fühlte sich, als wäre er hundert Jahre alt. In Wirklichkeit hatte die Kälte wahrscheinlich das Schwellen der Blutergüsse eingedämmt; das machte es ihm allerdings nicht leichter, wieder auf die Beine zu kommen.

Zwar verlangte es ihm einen harten Kampf ab, doch er schaffte es. Trotz der bleiernen Eisigkeit seiner Glieder brach ihm infolge der Mühsal der Schweiß aus. Aber Kühle und Steifheit würden aus seinen Knochen weichen, sobald er zu laufen anfing.

An der Tür trippelte Zarn ungeduldig auf der Stelle. Doch Riker beachtete den Jarada nicht. Er reckte und streckte sich, um so weit wie möglich seine gewohnte Geschmeidigkeit wiederzufinden. Falls sie sich auch auf dem Rückweg abhetzen mußten, wollte er darauf vorbereitet sein. Und außerdem: Obwohl hier Zarn das Sagen hatte, widerstrebte es Riker, ihn merken zu lassen, wie sehr er momentan vom Wohlwollen des Insektoiden abhing.

»Würden Sie sich bitte beeilen?« Mit sichtlicher Selbstbeherrschung verlangsamte Zarn sein Getänzel und blickte herüber zu Riker. Im schwachen Licht glommen seine Augen hellgrün. »In den angrenzenden Stollen hält sich niemand auf. Ich kann Sie nun in Sicherheit bringen, bevor neue Schwierigkeiten entstehen.«

Riker ging zur Tür, erprobte unterwegs seine Beine. Beschwerden und schmerzhafte Stiche begleiteten jeden Schritt. In dieser Verfassung hätte er ungern den Nahkampf gegen einen Klingonen oder einen Vulkanier aufgenommen. Aber zur bloßen Fortbewegung war er voraussichtlich imstande. Auf jeden Fall war er froh, dies stinkige, naßkalte Kabuff endlich verlassen zu dürfen.

»Woher wissen Sie, daß niemand in der Nähe ist?« erkundigte er sich, als er die Tür erreichte.

»Ich kann niemanden spüren. Die Übelgesonnenen sind fort.« Zarn gab dem Kombinationsschloß den Code ein; die Tür glitt beiseite. Er betrat den Gang, ohne sich ein einziges Mal umzuschauen.

»Spüren? Wie geht das?« Riker spähte in beide Richtungen des Stollens, ehe er sich Zarn anschloß; dabei war ihm klar, daß jeder, der ihnen auflauerte, sie längst bemerkt hätte.

»Wir Schwarmmitglieder sind uns in unterschiedlichem Maß stets der anderen bewußt. Ist es bei Ihrem Schwarm nicht so, daß Sie jederzeit wissen, was die anderen erleben?« Ohne eine Antwort abzuwarten, trabte Zarn in schnellem Tempo den Stollen entlang.

Zunächst bereitete das Mithalten Riker Schwierigkeiten. Sein in Mitleidenschaft gezogener Körper bäumte sich gegen diese Geschwindigkeit auf. Zudem befremdete es den Ersten Offizier, daß Zarn es schon wieder so eilig hatte.

Aber nach fünfzehn Minuten tüchtigen Ausschreitens fühlte Riker sich allmählich besser. Mittlerweile waren sie um zahlreiche Ecken gehuscht, durch diverse Kurven gehastet, einige kurze Rampen hinabgestiegen und hatten etliche Abzweigungen genommen. Die Aktivität trieb Rikers Gliedmaßen die bis in Mark und Bein gedrungene Kälte aus, behob die Steifheit und lockerte die Muskulatur.

Nach und nach achtete er wieder stärker auf seine Umgebung. Er versuchte sich zu orientieren, um festzustellen, in welche Richtung sie gingen. Wände und Boden waren nicht mehr feucht. Anscheinend wechselten sie in die bewohnten Teile der labyrinthischen Bauten über; dafür sprachen auch die wieder zahlreicheren, in kürzeren Abständen vorhandenen, helleren Leuchtstränge. Auffällig war allerdings, daß sie niemand sahen. Riker zog die Schlußfolgerung, daß Zarn vorsätzlich diesen Weg gewählt hatte, um Begegnungen zu vermeiden.

Eine halbe Stunde lang eilten sie mit einer Geschwindigkeit durch Stollen und Schächte, die Riker keinen Atem zum Fragenstellen ließ. Er fragte sich, ob dahinter Absicht stecken mochte. Nahezu mit jedem Schritt nämlich nahmen die Fragen zu, die seine Gedanken in Anspruch nahmen.

Stimmte Zarns Erklärung des Überfalls, daß die Täter Xenophobe waren, fremdenfeindliche Elemente? Oder hatte der Zwischenfall einen anderen Anlaß? Weshalb scheute Zarn keine Mühe, um jedem aus dem Weg zu gehen? Wirklich nur um Gefährdungen auszuweichen? Oder hatte der Jarada vor, ihn zu kidnappen? Sollte der weite Umweg, den sie nahmen, ihn aus dem Bereich führen, in dem die *Enterprise* ihn lokalisieren konnte? Handelte Zarn im Auftrag der Regierung oder gegen sie? Und wie sollte Riker auf alle seine Fragen Antworten finden, solang er nicht genau zu erkennen verstand, wann der Jarada ihn belog?

Sie stiegen eine Rampe hinauf, die sich in steilem Winkel aufwärtsschraubte. Ein überaus starker Blumenduft wallte Riker entgegen. Der Geruch war dermaßen konzentriert, als hätte man einhundert Kubikkilometer Urwaldblüten in eine Turbolift-Kabine gestopft. Riker schwindelte von der überwältigenden Duftballung. Er blieb stehen, um Atem zu schöpfen.

Eineinhalb Windungen über sich hörte er Zarn gleichfalls halten. Die Klauenfinger des Jarada gaben einem Kombinationsschloß Zahlen ein. In der Hoffnung, das Ende der unterirdischen Odyssee stünde bevor, klomm Riker ihm nach. Zarns Finger tippten energischer auf die Tasten. Kein Geräusch hatte angezeigt, fiel Riker jetzt auf, daß sich die Tür öffnete.

Er holte Zarn gerade rechtzeitig ein, um zu sehen, wie der Jarada die Hand von der Tastatur nahm. »*Vrel'keth brefteev!*« maulte der Insektoide. In seiner Stimme schwang ein böses Sirren mit. Riker brauchte keine Übersetzung. Flüche klangen in jeder Sprache der Galaxis bemerkenswert gleich.

Zarn setzte den Aufstieg fort. Verärgerung machte seine Bewegungen steif und eckig. Zwei Windungen höher gelangten sie an eine weitere Tür. Zarn versuchte sie zu öffnen. Diesmal hatte er Erfolg. Riker glaubte an der Wolke von Blütenduft zu ersticken, die ihnen aus dem Eingang entgegenschlug. Zarn betrat durch den Zugang einen Stollen und winkte Riker hinein.

Riker folgte ihm. Er prallte geradezu gegen eine Wand feuchtwarmer Luft. Hier lag die Temperatur um mindestens 25° Celsius höher als in den bisher durchquerten Stollen. Die Luftfeuchtigkeit grenzte an einhundert Prozent. Zusammen mit dem überstarken Blütenduft ergab das eine Umgebung, in der Riker sich fühlte, als wäre eine Tonne Tribbles über ihn geschüttet worden. Auf der Stirn brach ihm Schweiß aus. Schweiß rann ihm über den Rücken. Er rang um Atem. Diese dicke Luft in die Lungen zu saugen und ihr Sauerstoff zu entziehen, bedeutete eine Qual. Ihm war zumute, als ob sein Kopf sich von den Schultern hob und davonschwebte.

»Kommen Sie schnell«, flüsterte Zarn, winkte ungeduldig. »Ich dürfte Sie hier nicht hinbringen.«

Mit einer gewaltigen Willensanstrengung nötigte Riker seine Beine zur Fortbewegung. Die Schwüle laugte ihn aus, entkräftete ihn; er konnte fast nur noch daran denken, wie schön es wäre, nun einzudösen. Wiederholt verschwamm Zarns Gestalt ihm vor Augen. Manchmal sah er ihn klar und deutlich, in bedrohlicher Leibhaftigkeit. Dann wieder wirkte er verwaschen wie eine Traumerscheinung, wie ein phantastisches Ungeheuer aus einer Kindergeschichte.

Riker kämpfte gegen die Desorientiertheit an. Er hielt sich hinter dem Jarada, obwohl er nicht mehr so recht wußte, wer er eigentlich war, geschweige denn, ob er dem Insektoiden trauen durfte. In seinem Zustand sonderbarer Abgehobenheit schien nichts mehr wichtig zu sein. Wenn Zarn wollte, daß er ihm folgte, war es am einfachsten, ihm nachzulaufen.

Ein Teil von Rikers Bewußtsein beobachtete sein

Verhalten, prägte sich sein Umfeld ein und verzeichnete seine seltsamen Reaktionen auf den maßlosen Blütenduft. Anders als in den bislang durchwanderten Bauten gab es im hiesigen Bereich an den Abzweigungen breite Torbogen, durch die man freien Blick in die benachbarten Räume hatte.

In einer Räumlichkeit sah er zwei Jarada, schwarz und weiß wie Yin und Yang, beim Geschlechtsakt. Während Riker und Zarn vorbeieilten, biß das weiße Weibchen die Zähne in die Kehle des schwarzen Männchens. Der Todesschrei des Männchens erstickte, während die Zähne des Weibchens durch sein Außenskelett sägten. Aber noch im Tode zuckte der Leichnam unter dem Körper des weiblichen Exemplars.

Ein Stück weiter lag in einem anderen Raum ein Weibchen mit enorm aufgeblähtem Leib an einer von sechseckigen Waben bedeckten Wand. Helfer in hellem Goldgelb strichen unablässig den Mittelleib der Königin, förderten die Kontraktionen, die das weiche, ledrige Exoskelett durchbebten. Ein schriller Schmerzschrei begleitete jeden der Schübe, die die Eier aus der Legeröhre preßten.

Die Helfer deponierten die Eier in den vorbereiteten Waben und schlossen sie darin ein. Ihre Arbeitsweise zeugte von Unruhe und Angespanntheit. Aus ihrem Benehmen schlußfolgerte Riker, daß die Königin im Sterben lag. Diese beschwerliche Eiablage war für sie so unnatürlich, wie schmerzhafte Entbindung bei Menschen als Normalität galt.

»Schnell!« zischelte Zarn erregt. »Uns bleibt nur wenig Zeit, bis die Schwarmhüter uns entdecken.«

Das Drängende in Zarns Stimme verdeutlichte Riker, was er hier als so merkwürdig empfand. Niemand hatte sie angehalten. Aber selbst in seiner benommenen, halb betäubten Verfassung war er sich über eines im klaren: Die Jarada mochten mit Gewißheit niemanden sehen lassen, was in diesen Räumen geschah. Welche Konsequenzen sein Eindringen haben könnte, wollte er lieber gar nicht erfahren.

Aufgeschreckt genug, um zum erstenmal seit einer ganzen Weile wieder Sorge zu verspüren, verfiel Riker in Laufschritt. Zarn beschleunigte das Tempo, so daß er vor dem Ersten Offizier blieb.

Als sie um eine Ecke bogen, hallte ein gellend lauter, vielstimmiger Ruf von den Wänden wider. Aus drei Richtungen erscholl vom Fliesenboden das zum Dröhnen gesteigerte Rasseln zahlreicher Klauenfüße. Riker versuchte die Menge der sich nähernden Schwarmhüter zu schätzen. Offensichtlich waren es jedoch zu viele, als daß er ohne tatsächliche Zählung eine Vorstellung von ihrer wirklichen Zahl hätte erhalten können.

Sicher war er sich in nur einer Hinsicht – daß er keine Lust hatte, diese Jarada kennenzulernen. Er wollte nicht herausfinden, welche Strafe dem drohte, der die geheimsten Geheimnisse ihres Volkes sah.

»*Vrel'keth brefteev!*« zischte Zarn bösartig. Er raste ans Ende des Korridors und tippte in ein Kombinationsschloß Ziffern ein. Der Mechanismus reagierte nur langsam. Die Tür öffnete sich einen Spalt weit, fiel aber wieder zu. Zarn mußte den Code ein zweites Mal eingeben, ehe die gewünschte Wirkung eintrat. Die Tür öffnete sich ganz, gerade als Riker den Insektoiden einholte.

Zarn winkte, ließ Riker den Vortritt. Der Blick des Ersten Offiziers fiel in einen finsteren Schacht. Seine Wände schimmerten wenig einladend im Lichtschein der Leuchtstränge, der aus dem Korridor drang. Ein Schwall verbrauchter, modriger Luft wallte Riker entgegen. Widerwillig trat Riker einen Schritt vor. Er wußte nicht, was ihn nun wieder erwartete. Andererseits mochte er keine Bekanntschaft mit den Schwarmhütern machen, die ihm praktisch schon im Nacken saßen.

Als nächstes mußte er erleben, wie Zarn ihn in beide Kniekehlen trat. Ihm knickten die Beine weg, und er landete, wie schon einmal, auf dem Gesäß. Ehe er irgendwie reagieren konnte, schubste Zarn ihn vorwärts. Riker rutschte hinunter, gewann auf der seit langem unbenutzten, von Algen schlüpfrigen Rampe rasch Geschwindigkeit. Wieder schlitterte er hilflos, ohne jeden Halt, hinab in die Finsternis.

10

Das Fahrzeug schaukelte und schlingerte, warf Beverly Crusher in den Sicherheitsgurten von einer zur anderen Seite. Die Kissen, die den jaradischen Konturensitz bequemer machen sollten, waren nicht daran befestigt und verrutschten bei jedem heftigen Ruck. Entschlossen klammerte die Ärztin sich an die Seitenwand des Wagens. Sie hoffte, daß die Gurte sie vor ernsteren Verletzungen bewahrten. Allerdings hatte man sie für die leichteren Jarada konzipiert, und Crusher wußte nicht, wieviel erhöhte Belastung sie aushielten.

Wesley hätte ihre Belastbarkeit sofort berechnen können. Er wäre auch fähig gewesen zu errechnen, wie viele dieser wuchtigen Stöße die Verschlüsse noch verkrafteten, bevor sie auseinanderrissen und Crusher gegen die andere Wand geschleudert wurde.

Aber es war ihr lieber, daß sie Wesley *nicht* dabei hatte und sie *keine* solchen Informationen aufgedrängt bekam. Sie war darüber froh, daß er die Starfleet-Akademie besuchte. Er würde erst von diesem Abenteuer erfahren, wenn sie sich wieder wohlbehalten an Bord der *Enterprise* befand. Sie konnte ihm die Geschichte mit dem angebrachten nachträglichen Humor erzählen, voller Selbstverleugnung so darstellen, als hätte sie nie in Gefahr geschwebt; als hätte nur ein aufregendes, jedoch völlig harmloses, kleines Abenteuer ihre sonst langweilige Woche etwas aufgelockert.

Crusher versuchte sich den Brief auszumalen, den sie ihrem Sohn zu schreiben beabsichtigte. Sie konzentrierte sich darauf, die Ereignisse im richtigen Licht zu schildern. Doch irgendwie half das Ablenkungsmanöver ihr nicht. Vor Furcht hatte sie schweißige Hände. Ihre Verkrampfung ließ für keine Sekunde nach. Hysterie drohte sie zu überwältigen.

Dies war das klassische Beispiel einer Situation, in der man das Raumschiff kontaktierte und den Rücktransfer veranlaßte. Aber Crushers Insignienkommunikator funktionierte nicht.

Reiß dich zusammen, Beverly. Möglicherweise waren die Panzerplatten des Fahrzeugs die Ursache für die Fehlfunktion; vielleicht waren sie zu dick, so daß die Funksignale sie nicht durchdrangen. Daß das unwahrscheinlich war, wußte Crusher. Ganz ausschließen konnte man es allerdings auch nicht, und das verlieh Beverly ein winziges Quentchen Hoffnung. Wenn sie den Angreifern entkommen waren und Vish die Panzerplatten hochklappte, würde alles wieder gut sein. Sobald es möglich wurde, das Schiff zu kontaktieren, war *alles* in Butter.

Das redete sie sich im Laufe der langen Minuten ununterbrochen ein, in denen der Wagen im Zickzackkurs durch etwas schoß, dessen Gedonner nach einem Minenfeld klang. (In einem alten Historienschinken der Unterhaltungsindustrie hatte sie einmal eines hochgehen gesehen.) Diese üble Klemme – von der Außenwelt abgeschlossen, allein mit einem Insektoiden, der plötzlich nicht mehr mit ihr redete – übertraf ihre ärgsten Alpträume. Normalerweise wurden Bordärzte *nie* von ihren Schiffskameraden getrennt.

Endlich hatte das Fahrzeug die Verfolger abgehängt. Vish saß nach wie vor übers Armaturenbrett geduckt. Sein ockerfarbener Leib verwehrte Crusher den Blick auf die Statusanzeigen. Sie bezweifelte, ob sie mit den Instrumenten überhaupt etwas anfangen könnte; trotzdem glaubte sie, es würde sie beruhigen, sähe sie, wohin die Fahrt ging.

»Was ist denn eigentlich los?« fragte sie in der Hoffnung, von Vish eine Erklärung zu erhalten.

Der Jarada gab keine Antwort. Er reagierte nicht einmal mit einem Zucken der Fühler auf die Frage der Ärztin. Sie ballte die Fäuste, um der Anwandlungen von Panik Herr zu bleiben. Eine Situation nicht in der Hand zu haben, löste bei ihr leicht Panik aus. Sie zwang sich zu mehrmaligem, tiefem Durchatmen.

Sobald sie sich ruhiger fühlte, setzte sie sich mit Hilfe der Kissen wieder im Sitz zurecht. Sie machte sich auf eine Fahrt von ungewisser Dauer gefaßt.

Eine halbe Stunde später verlangsamte der Wagen seine halsbrecherische Raserei und bog scharf nach links ab. Dann beschleunigte er wieder. Nach dem Holpern und Wackeln zu urteilen, befuhren sie jetzt eine an Furchen und Schlaglöchern reiche, ungepflasterte Straße. Crusher hoffte, daß Vish endlich die Panzerplatten hochklappte. Aber der Jarada tat es nicht. Und noch immer beantwortete er keine Fragen.

Allmählich wurde Crusher zumute, als ob man sie entführte. Allerdings konnte sie sich keinen Grund für eine Verschleppung denken. Bisher hatte sie auf Bel-Minor nichts beobachtet, das auf Probleme mit Terrorismus hingewiesen hätte. Die jaradische Gesellschaft wirkte friedlich und ordnungsliebend; offenbar kannte sie keine der inneren Spannungen, die sonst zu solchen Auswüchsen führten.

Aber irgendwer hatte Bomben nach dem Fahrzeug geworfen. Crusher konnte sich den Vorfall nicht erklären.

Sie grübelte eine Zeitlang, kam jedoch zu keinen Schlußfolgerungen. Fest stand nur die Tatsache, daß dem Puzzle etliche wichtige Teile fehlten. Einige der Informationen über die Jarada – oder wenigstens diesen Jarada-Schwarm – mußten völlig falsch sein. Nur so erklärte sich, daß auch alles andere, was sie wußten, nicht zur Wirklichkeit paßte.

Captain Picard hatte gleich den Eindruck gehabt, daß die Verhandlungen zu einfach abliefen. Die Ereignisse der vergangenen Stunde bestätigten, wie recht er mit seiner Ahnung hatte.

Beverly fiel ein, daß sie selbst mit Troi über ein gewisses Unbehagen gesprochen hatte. Sie fragte sich, was die Ursache ihrer Bedenken gewesen sein mochte. Es mußte etwas sehr, sehr Unterschwelliges gewesen sein. Andernfalls hätte Troi es dank ihrer emphatischen Begabung bemerkt.

Je länger Crusher darüber nachdachte, um so deutlicher erinnerte sie sich an die zahlreichen Anzeichen für die Nervosität sämtlicher Mitglieder der Landegruppe: winzige Gebärden und scheinbar bedeutungslose, beiläufige Äußerungen. Aber sie hatten angezeigt, wie beunruhigend sie die Jarada empfanden. Trotz allem jedoch hatte Troi bei den Gastgebern nichts Betrügerisches gespürt.

In den meisten Situationen hätte Crusher bei einer Landegruppe vorhandenes Mißbehagen als die übliche Aufregung vor Einsätzen oder latente Fremdenfeindlichkeit abgetan. Mit beidem mußte sich jeder gelegentlich auseinandersetzen, egal wie nachdrücklich er es bekämpfte. Doch indem die Medizinerin sich genauer auf das Gespräch des gestrigen Abends besann, wurde ihr klar, was sie alle die ganze Zeit hindurch übersehen hatten.

Wenn einer Landegruppe, die aus so erfahrenen Crewmitgliedern bestand, *ausnahmslos* unwohl bei der Sache war, *mußte* etwas faul sein. Alle hatten sie unbewußt ein Problem wahrgenommen.

Aber keiner von ihnen war dazu imstande gewesen, dem durch diese Ahnung hervorgerufenen Unbehagen konkreteren Ausdruck zu verleihen. Angesichts der Bedeutung ihrer Mission hätte Picard tatsächlich deutliche Beweise für eine Hinterlist der Jarada gebraucht; nur auf einer solchen Grundlage wäre es ihm erlaubt gewesen, Maßnahmen einzuleiten, die eventuell das Vertrauen, das er selbst aufzubauen versuchte, zerstört hätten.

Ich glaube, diese Beweise haben wir jetzt, Jean-Luc, dachte Beverly. Sie zwang sich zu entspanntem Sitzen. Wie lang es dauern würde, bis die *Enterprise* entdeckte, daß sie in Schwierigkeiten steckte, wußte sie nicht. Aber daß es das Ende der Mission bedeutete, war ihr klar. Bis dahin mochte es am klügsten sein, soviel Informationen wie möglich zu sammeln. Alles was sie jetzt erfuhr, trug vielleicht später dazu bei, die Verhältnisse zu klären.

Seit einer längeren Weile hatte sie keine Bombenexplosionen mehr gehört. Wahrscheinlich drohte also keine unmittelbare Gefahr mehr. Wäre Vish Crushers Gegner gewesen, hätte er sie bestimmt den Angreifern ausgeliefert. Das hieß, Vish wollte sie lebend durchbringen, jedenfalls bis auf weiteres. Dadurch blieb ihr Zeit zum Beobachten und Planen.

Erneut bremste das Fahrzeug. Es fuhr eine beträchtliche Steigung empor. Die Belastung brachte den Motor zum Röhren. Nach kurzer Strecke holperte der Wagen durch eine Haarnadelkurve und quälte sich dann weiter aufwärts.

Fünf Kurven später war Crusher darüber froh, daß die Panzerplatten noch die Fenster bedeckten. Wie weit sie gefahren waren, konnte sie nicht beurteilen. Aus den wiederholten, engen Kurven und der ständigen Überbeanspruchung des Motors leitete sie jedoch ab, daß sie einen ziemlich hohen, steilen Berg hinauftuckerten.

Von neuem sehnte sie sich in die Sicherheit an Bord der *Enterprise* zurück, hinter den Schutz der dicken Schotten und der mehrschichtigen Erg-Schilde des Schiffs. Planeten waren nun einmal von Natur aus gefährlich. Das Befahren von Gebirgsstraßen in untermotorisierten Vehikeln rangierte für Beverly im Gefährlichkeitsgrad direkt hinter der Teilnahme an klingonischen Kriegsspielen. Für sie zählte dergleichen zu den Aktivitäten, bei denen die Lebenserwartung rasch auf Null sinken konnte.

Um die Zeit zu vertreiben, versuchte sie sich der Informationen über die Geografie Bel-Minors zu entsinnen. Eine Bergkette war erwähnt worden. Sie sollte sich südlich und östlich der Stadt erstrecken. Aber Einzelheiten wollten Beverly nicht mehr einfallen. Weil sie über Geschwindigkeit und Fahrtrichtung nicht Bescheid wußte, konnten sie nahezu überall auf dem Planeten sein.

Das Fahrzeug bewältigte noch vier Kurven. Zwei davon schaffte es jedoch nur durch Zurücksetzen und nochmaliges Anfahren. Danach verlief die Straße horizontal. Crusher vermutete, daß sie den Berggipfel erreicht hatten. Damit stand sie wieder vor der Frage, was als nächstes passieren mochte.

Sie erwog, abermals Vish zu fragen. Aber sie verzichtete darauf und überließ ihn seiner Aufgabe, den Wagen zu lenken. Unverändert verdunkelten die Panzerplatten die Fahrzeugfenster, und es war möglich, daß sie an einer Schlucht entlangfuhren. Unter diesen Umständen erachtete Crusher es als wenig ratsam, den Fahrer zu stören.

Noch eine Viertelstunde lang ging die Fahrt weiter. Auf dieser letzten Strecke gab es keine scharfen Kurven oder erhebliche Steigungen mehr. Trotz ihrer vorherigen Entscheidung, Zurückhaltung zu wahren, war Crusher drauf und dran, endgültig eine Erklärung von Vish zu fordern, da hatte sie den Eindruck, daß die Reifen plötzlich über eine glatte Fläche rollten. *Eine gepflasterte Straße? Auf einem Berggipfel?*

Im ersten Augenblick sorgte sich Beverly, sie könnte den Verstand verloren haben. Oder vielleicht war diese ganze Fahrt lediglich ein raffiniertes Simulatorerlebnis, und ihre Gedankengänge beschäftigten sich samt und sonders nur mit paranoiden Einfällen.

Das Fahrzeug rollte aus. Hinter dem Heck ertönte ein lautes, dumpfes Rumpeln. Es klang ähnlich wie das Schließen der Tore des Shuttle-Hangars. Vish drückte am Armaturenbrett eine Taste und lehnte sich zurück. Dabei gab er ein gedämpftes Summen von sich, das die Ärztin stark an einen Seufzer der Erleichterung erinnerte.

Die Panzerplatten hoben sich von den Wagenfenstern. Zum erstenmal, seit sie sich über die Fenster gesenkt hatten, konnte Crusher wieder die Umgebung sehen. Das Fahrzeug stand in einer ausgedehnten, unzulänglich beleuchteten Höhle, die anscheinend tief in den Berg reichte.

In der Nähe parkten mehrere andere Fahrzeuge verschiedener Größe. Überwiegend jedoch war die Höhle leer.

Vish entfernte zwei kleine, Ansteckern ähnliche Gegenstände von den Ansätzen seiner Fühler und drehte sich Crusher zu. »Bitte verzeihen Sie die Umstände der Fahrt. Wie Sie sehen konnten, betrachten manche Angehörige unseres Schwarms den Entschluß, Sie an diesen Ort zu bringen, als verwerflich.«

»Sie meinen, wir sind am planmäßigen Ziel?« Beverly Crusher schnappte nach Luft. Sie mußte alle Selbstbeherrschung aufbieten, um den Jarada nicht anzuschnauzen. Er hatte ihr eine wahrhaft haarsträubende Fahrt zugemutet, obwohl man sie beide ohne weiteres an ihren Bestimmungsort hätte beamen können. »Warum haben wir nicht der Einfachheit halber einen Transporter benutzt?«

Vish richtete sich zu voller Körperhöhe auf. Er schenkte Crusher einen Blick, der vermutlich einen Studenten am Boden zerstört und einen Forschungsassistenten in seinem Exoskelett zum Schlottern gebracht hätte.

»Im Umkreis von siebzig *Belevi* um diese Anlage gestatten wir keinen Transporterbetrieb. Das sind ungefähr ...« Der Jarada neigte während des Kopfrechnens den Schädel seitwärts. Seine Fühler wippten. »... fünfzig Ihrer Kilometer. Unsere Tätigkeit ist zu bedeutsam, als daß wir es riskieren dürften, Störenfrieden den Zutritt in diese Institution zu erleichtern.«

»Störenfriede? Sogar auf Ihre wissenschaftlichen Institute befürchten Sie Anschläge?« Dieser neue Aspekt des jaradischen Lebens brachte Beverly zum Zittern. Die Föderation wußte schlichtweg viel zuwenig über dies Volk. Die meisten bekannten Informationen waren offenbar falsch. Keine Informationsquelle deutete an, daß Gewalt gegen Wissenschaftler oder andere Gruppen der Gesellschaft bei der Bevölkerung Bel-Minors ein Problem verkörperte.

Vish löste seine Sicherheitsgurte und beugte sich zu Crusher herüber, um auch ihre Gurte zu öffnen. »Sie haben sehr viele Fragen. Kommen Sie mit. Dann werden wir sie alle beantworten.«

Der Jarada machte den Wagenschlag auf und kletterte zum Fahrzeug hinaus, wartete daneben auf die Ärztin. Voller Widerwillen, ohne daß ihr dafür ein Grund bewußt war, stieg Beverly ebenfalls aus. Sie folgte dem Insektoiden.

Sie gingen durch die Höhle zur nächsten Felswand. Vish tippte einen Code in ein Kombinationsschloß. Eine schwere Pforte rollte beiseite. Sie war derartig dick, bemerkte Crusher, daß sie wahrscheinlich sogar dem direkten Treffer einer Phaserkanone der *Enterprise* widerstanden hätte. Es gruselte ihr, als sie sich fragte, welche Attacken auf diese Forschungsanstalt man wohl befürchtete.

Aufgrund ihrer Kenntnisse der irdischen Geschichte hätte sie erwartet, hinter einer solchen Pforte Forschungsstätten für Geheimwaffen vorzufinden. In den

Eugenischen Kriegen hatte es so etwas gegeben. Womöglich auch hier damit konfrontiert zu werden, bestürzte Beverly. Zelfreetrollan hatte sie zur Besichtigung einer medizinischen Forschungseinrichtung, keiner Fabrik für biologische Waffen eingeladen.

Entweder war sie vorsätzlich über die hiesige Arbeit falsch informiert worden, oder man hatte die Rolle der wissenschaftlichen Forschung in der jaradischen Gesellschaft gründlich mißverstanden. *Oder es ist alles noch viel schlimmer.* Beverly schüttelte sich. Ihr behagte keine der Möglichkeiten.

Im Inneren bestand die Anlage aus breiten, hell beleuchteten Korridoren sowie geräumigen, gut ausgestatteten Laboratorien. Vish führte Crusher umher, stellte ihr die Forscher vor und erläuterte ihr diverse Projekte. Anfangs gab Beverly sich noch Mühe, sich die einzelnen Individuen zu merken; bald jedoch verlor sie den Überblick.

Sämtliche Jarada, denen sie hier begegnete, waren von kleinem Wuchs, obwohl die meisten größer als Vish waren; alle hatten sie große Schädel. Ihre Färbung umfaßte ausnahmslos die verschiedenen Schattierungen von Ocker- und Lederbraun. Die Abstufungen waren jedoch so fein, daß Crusher klar wurde, sie bräuchte Wochen, um sich die Nuancen einzuprägen. Jeder verströmte einen schwachen Geruch nach Salbei, Oregano oder einem anderen Küchenkraut. Aber Gewürze konnte Beverly sich sowieso nie merken; nicht einmal, wenn sie entsprechend beschriftete Gefäße zur Hand hatte.

Und obendrein – *Himmel hilf!* – fingen die Namen zumeist mit ›Zel-brek-k'vel‹ an. Obwohl man sie bat, eine informelle Anrede zu benutzen, bereitete es ihr Mühe, die persönlichen Namen von den ersten drei Silben zu trennen, die soviel wie ›Arbeiter der Wissenschaftlerkaste des Zel-Schwarms‹ hießen.

Viele der Projekte, die man Crusher zeigte, betrafen

Vish' Lieblingsgebiet, nämlich die Rolle der Ernährung während der Entwicklung eines Jarada. Andere Forschungsgruppen beschäftigten sich mit Pflanzenbiologie und der gentechnischen Anpassung importierter Gewächse an Bel-Minors Strahlungsverhältnisse; weitere Projekte galten einer Abklärung der Auswirkungen dieser Strahlung auf die Jarada.

Die Forscher betrugen sich allesamt umgänglich, führten ihre Arbeit gerne vor und freuten sich über jeden Kommentar Crushers.

Während der Nachmittag sich hinzog, wuchs Beverlys Verwunderung. Nichts von allem, was sie hier sah, rechtfertigte die Heimlichkeit, mit der man sie hergebracht hatte; nichts machte die umfangreichen Sicherheitsvorkehrungen verständlich, unter deren Schutz die Forscher ihrer Betätigung nachgingen.

Crusher verlegte sich darauf, die Jarada aufmerksamer zu beobachten. Sie hielt nach irgendwelchen Abnormitäten Ausschau; nach Abweichungen, die diese Jarada voneinander unterscheiden mochten, oder von den übrigen Jarada, die sie schon gesehen hatte.

Den ersten Aufschluß erhielt sie, während sie zuhörte, wie ein junger Forschungsassistent ihr seine Untersuchungen der Wechselbeziehungen zwischen der gentechnischer Bearbeitung des *Breveen*-Strauchs und der Ernährung darlegte. Er zeigte ihr eine Reihe gläserner Behältnisse. In jedem Behälter gediehen *Breveen*-Pflanzen mit unterschiedlicher Blütenfarbe.

»Mit einer Ausnahme haben wir alle Gene isoliert, die die Blütenfärbung bestimmen. Auf unserer Ursprungswelt sind *Breveen*-Blüten am häufigsten blaßlila. Diese Farbe haben wir bei keinem unserer Experimente erzeugen können.«

Der Jarada schwieg. Seine Augen schillerten, während er sie auf einige Objekte des Laboratoriums richtete. Einen Moment später zuckte er ein paarmal ruckartig mit dem Kopf. Dann setzte er seine Erläuterungen fort.

»Bei allen unseren Experimenten ist die Reproduktion der blaßlila gefärbten Blüte, die auf unserer Ursprungswelt am häufigsten vorkommt, undurchführbar geblieben. Die Blütenfarben sind von den Genen abhängig. Die Wirkung gewisser Spurenelemente auf die Enzymfunktionen steuert die Ausprägung der genetischen Veranlagung und damit auch die Farbgebung. Nun tritt bei allen Pflanzen der ersten Generation das Problem auf, daß ...«

Als der junge Forscher wieder verstummte und heftig mit dem Kopf hin und her ruckte, stürmten sämtliche übrigen Jarada im Labor auf ihn zu. Sie griffen etwas zu spät ein.

Mit einem grellen Aufkreischen stürzte er sich auf Beverly Crusher. Seine Klauen hackten nach ihren Augen. Blitzartig hob sie den Arm vors Gesicht und wich zurück, bis ihre Beine gegen einen Labortisch stießen. Die Krallen des Jarada schrammten über ihren Arm, zerrissen die Uniform und zerfetzten die Haut. Crusher fuhr zurück und geriet aus dem Gleichgewicht. Sie fiel auf den Tisch. Glas klirrte und zersprang, Versuchsanordnungen flogen durcheinander.

Die anderen Jarada überwältigten den jungen Forschungsassistenten und schleiften ihn hinaus. Unablässig zuckte und krakeelte er.

Sein Verhalten erinnerte Crusher an das, welches sie während ihrer kurzen Tätigkeit als junge Internistin in einer psychiatrischen Station beobachtet hatte. Das war unmittelbar nach der vor vielen Jahren ausgebrochenen Kadreelanischen Seuche gewesen. Meistens waren die Opfer der Seuche auf scheußliche Weise, aber schnell gestorben. Manche Betroffene allerdings hatten überlebt – doch als Geistesgestörte. Bei der Erinnerung an damals schauderte es Crusher.

Die plötzliche Häufung von Fällen unheilbarer Geisteskrankheit – dreimal so viele wie im ganzen vorherigen Jahrhundert waren es gewesen – hatte die psychomedizinische Kapazität der Föderation weit überfordert.

Langsam richtete Crusher sich auf; dabei versuchte sie zu vermeiden, daß sie sich noch mehr Schnitte an zerbrochenem Glas zuzog. Die Kratzwunden ihres Arms bluteten stark. Im Rücken hatte sie das unangenehme Gefühl, als hätten Glassplitter an mehreren Stellen die Uniform durchstochen.

Eigentlich hätte sie außer sich vor Zorn sein müssen, überlegte sie. Aber irgendwie kam die Wut einfach nicht hoch. Der Angriff war zu plötzlich erfolgt. Ihre Gastgeber hatten die Symptome erkannt und gewußt, was drohte; doch selbst für sie war der Zwischenfall zu schnell geschehen.

Vish wartete, bis sie wieder auf den Füßen stand. Nachdem sie sich aus den zahllosen Scherben und Splittern aufgerafft hatte, erblickte sie den Jarada in einer bisher nicht beobachteten, außerordentlich unterwürfigen Haltung.

»Verzeihen Sie uns diesen Überfall, hochgeehrte Dr. Crusher. Hätten wir gewußt, daß er so labil ist, wäre er bei diesem hochgradig wichtigen Projekt nie geduldet worden.«

»Kommt so was öfter vor?« Endlich verschlechterte Beverlys Laune sich nun doch. Sie machte keine Anstalten, ihren Mißmut zu verhehlen. Jetzt war es allerhöchste Zeit, daß der Jarada ihr ein paar klare Auskünfte erteilte.

»Wir bringen Sie an einen Ort, wo Ihre Verletzungen behandelt werden können. Danach werden wir alle Ihre Fragen beantworten.« Vish setzte sich Richtung Ausgang in Bewegung, als sollte seine Entschiedenheit Crusher mitziehen.

Wahrscheinlich wäre ihm diese Taktik gelungen,

hätte das Pochen in Beverlys Arm nicht ihren Ärger gesteigert. Sie blieb, wo sie stand, rührte sich nicht von der Stelle.

»Ich will die Antworten sofort haben. Kommt so etwas häufig vor?«

Vish wandte sich um und musterte sie aus Augen, deren Farbton von Bernsteingelb nach Grün und zuletzt Rot wechselte. Schließlich hob er zur jaradischen Form des Achselzuckens alle vier Hände an die Schultern.

»Wie Sie wünschen – obwohl hier nicht die Örtlichkeit ist, die ich für solche Diskussionen wählen würde. Seit wir auf diesem Planeten siedeln, passieren diese Geschehnisse mit wachsender Häufigkeit. Bisher hat keiner unserer Forscher die Ursache zu ergründen verstanden. Und immer mehr Wissenschaftler verfallen dem Wahnsinn, so daß unsere Kaste zusammenschmilzt. Inzwischen sind wir so stark dezimiert worden, daß nur die kräftigsten Mitglieder die Tätigkeit fortzuführen fähig sind. Bald wird uns die Unterstützung unserer Schwarmgeschwister abhanden kommen. Dann wird jeder von uns einsam und dem Wahnsinn ausgeliefert sein wie der Jungling, der sie angegriffen hat. Wir haben Sie hergebracht, weil Sie ein Einzelwesen sind und Ihre Funktionen auch ohne den Rückhalt eines Schwarmbewußtseins ausfüllen können. Daher steht es in Ihrer Macht, uns zu helfen. Sie können die Ursache des Wahnsinns finden, bevor er unseren gesamten Schwarm ausrottet.«

Crusher starrte den Jarada an. Sie überlegte, was ihr entgangen sein könnte. Selbstverständlich war sie zur Hilfe bereit. Sie war Ärztin. Nie verweigerte sie jemandem Beistand, der ihn benötigte.

Doch in Vish' Worten klang eine unausgesprochene Drohung mit, die ihr Unbehagen einflößte. Worum drehte es sich hier wirklich?

»Ich helfe Ihnen gerne. Lassen Sie mich das relevante Untersuchungsmaterial auf die *Enterprise* beamen. Dann verfügen wir über meine gesamten Forschungsmöglichkeiten, um das Problem zu beheben.«

»Nein. Sie mißverstehen mich.« In Vish' Stimme gelangte unanfechtbare Gewißheit zum Ausdruck. »Wir können nicht dulden, daß Fremde von dieser Heimsuchung erfahren. Sie dürfen niemanden kontaktieren. Sie werden hier arbeiten, bis die Problematik gelöst ist.«

11

Lange Schatten fielen auf den Lagerplatz, als Keiko aus ihrem Zelt kroch. Sie schaute sich um. Ein Stöhnen entfuhr ihr, als sie an den vergeudeten Nachmittag dachte. Tanaka saß neben seinem Zelt. Er bastelte an seinem Tricorder und irgend etwas herum, das vor ihm auf einem Tuch lag.

»Warum haben Sie mich nicht rechtzeitig geweckt?« fragte Keiko. »Sie wissen doch, daß wir Arbeit erledigen müssen.«

Tanaka merkte erst jetzt, daß Keiko ihr Zelt verlassen hatte, und hob den Blick. Dann guckte er rundum, nahm die Schatten und den niedrigen Sonnenstand zur Kenntnis, als hätte er beides bislang nicht beachtet.

»Ich wußte nicht, daß es so spät ist.« Er deutete auf das Tuch.

Keiko betrachtete das Gewirr miniaturisierter elektronischer Komponenten, diverser Einzelteile und Stücke aus Metall sowie verschiedenerlei Werkzeuge. Es gelang ihr nicht, in ihrer Phantasie die Bestandteile zu einem bekannten Gegenstand zusammenzufügen. Beim zweiten Hinsehen vermutete sie, Tanaka hätte – genau wie früher Kiyoshi – mehr Werkzeug und Instrumente in seinen Rucksack gepackt, als man es normalerweise für möglich hielt. Doch zuletzt erkannte sie, wozu die Bauteile gehörten. Wachsendes Entsetzen beschlich Keiko.

»Sind das etwa unsere Kommunikatoren? Was haben Sie damit gemacht?« Sie war davon ausgegangen, niemand könnte die Geräte ohne komplizierte

Diagnose- und Reparaturvorrichtungen auseinandernehmen.

Falls ihre vorwurfsvollen Worte ihn verdrossen, ließ Tanaka es sich nicht anmerken. Aus versonnener Miene besah er sich die vollendete Demontage.

»Der Schaden war schon eingetreten, bevor ich sie angefaßt habe.« Er hob eine Komponente auf und legte sie Keiko in die Handfläche. »Das ist der Frequenzmodulator. Ohne den kann man keine Verbindung herstellen.«

Behutsam klemmte Keiko das winzige Objekt zwischen zwei Finger und sah es sich genauer an. Ihre Elektronikkenntnisse waren minimal. Aber auch ihr fiel auf, daß der Modulator sonderbar wirkte, als wäre er mit einem Plasmaschneidbrenner erhitzt worden. »Er sieht irgendwie geschmolzen aus«, sagte sie mit düsterem Gesicht.

»Für eine Nichtspezialistin ist das eine ganz gute Beschreibung.« Tanaka nahm den Modulator wieder an sich, beäugte ihn skeptisch und legte ihn zurück aufs Tuch. »Jemand hat uns skrupellos und in voller Absicht von der *Enterprise* isoliert. Mein Verdacht ist, daß wir aus geringem Abstand mit einem hochleistungsverstärkten Subraum-Sender bestrahlt worden sind. Jedenfalls sind die Schaltkreise überlastet und verschmort worden. Anscheinend sind davon auch die Datensender in den Tricordern betroffen worden, obwohl die anderen Funktionen noch vorhanden sind.«

Keiko kniete sich vor das Tuch und sah sich auch die übrigen Teile näher an. Nachdem sie jetzt wußte, um was es ging, bemerkte sie, daß die meisten Komponenten Anzeichen der Beeinträchtigung aufwiesen.

»Könnte es nicht ein zufälliges Mißgeschick gewesen sein? Ich meine, vielleicht sind wir an irgend etwas vorbeigefahren, das so einen Effekt ausgeübt hat?«

»Ach, daß wir an so was vorbeigefahren sind, kann sein.« Tanaka warf einen letzten Blick auf das Sammelsurium. Dann machte er sich daran, sämtliche Teile in einen Probenbeutel zu packen. »Aber ein Zufall war es bestimmt nicht. Sonst wären die restlichen Tricorder-Funktionen und meine Diagnostikinstrumente auch defekt. Man hat bewußt eine Frequenz benutzt, die die Kommunikationskomponenten zerstört, ohne darüber hinaus Schäden anzurichten.«

»Das heißt, wir stecken in einem richtigen Schlamassel.« Keiko hockte sich auf die Fersen und dachte nach. Etwas mußte sie klären, ehe sie sich die nächsten Schritte überlegen konnte. »Wieso haben Sie diese ganzen elektronischen Instrumente in Ihrem Rucksack? Diese Sachen gehören nicht zur Landegruppen-Standardausrüstung.«

Tanakas Miene wurde grimmig. »Ich mußte schon Landegruppen-Aufträge unter der Führung von Lieutenant Deyllar erledigen. Wissen Sie, wie der Mann mit Tricordern umgeht?«

Verständnisvoll stöhnte Keiko auf: Sie entsann sich daran, daß Deyllar es einmal geschafft hatte, die Verdauungssäure einer besonders unerfreulichen fleischfressenden Pflanze *ins Innere* eines Tricorder-Gehäuses gelangen zu lassen. Bis heute war ihr unklar, wie es hatte geschehen können, daß die Säure in den versiegelten Apparat floß, ohne daß Deyllar selbst etwas davon abbekam. Der Tricorder hatte als Totalverlust abgeschrieben werden müssen. Deyllar war vom Captain an Bord zurückbeordert worden, damit die Krankenstation ihn auf Säureverbrennungen untersuchen konnte. Mehrere andere Landegruppenmitglieder erlitten bis zum Abschluß ihres Forschungsauftrags derartige Schädigungen. Deyllar dagegen blieb ungeschoren; ihm hatte die Säure nur den Tricorder zerstört.

»Wenn wir zur selben Landegruppe gehören, nimmt er immer meinen Tricorder, sobald er seinen ruiniert hat. Er hat ja einen höheren Rang als ich. Dann muß ich erst seinen Schrott reparieren, bevor ich meine Arbeit tun kann, auch wenn's dabei nur um Flechten geht.«

»Weshalb kontaktieren Sie nicht einfach das Schiff und fordern Ersatz an? Das wäre doch unkomplizierter.«

»Einmal habe ich's versucht. Da hat Deyllar mich wegen Beschädigung von Starfleet-Eigentum zur Meldung gebracht.«

»Weil er rangmäßig über Ihnen steht.« Keiko schüttelte über die eigene Begriffsstutzigkeit den Kopf. Deyllar gab in der Botanik-Abteilung einen üblen Querschläger ab. Zwar tat er sich nur durch völlige Unfähigkeit hervor, hatte aber irgendwelche Beziehungen; trotz aller Vergehen schmiß Starfleet ihn einfach nicht hinaus. Keiko erkannte, daß sie Zeit mit Gerede über unlösbare Probleme vergeudeten. »Na gut. Befassen wir uns mit dem Naheliegenden.«

Tanaka versiegelte die schadhaften Teile ihrer Kommunikatoren im Probenbeutel, indem er den Daumen auf die Verschlußtaste drückte. »Schlagen Sie was vor. Ich habe im Moment keine tauglichen Ideen.« Über die Schulter blickte er in die Richtung des Jarada-Lagers. »Da die Kommunikatoren von unseren Gastgebern sabotiert worden sind, ist es sicher begreiflich, daß ich ihnen nicht mehr traue.«

Keiko beugte sich vor und stützte das Kinn in die Hände. Sie dachte über ihre Situation nach. Zur Standardausstattung solcher Exkursionen zählten genug Verpflegungsrationen und Wasserreinigungstabletten für mehrere Tage. Verhungern oder verdursten mußten sie also nicht. Eingeplant hatte man zwei Übernachtungen; voraussichtlich würde der Captain sich jedoch schon früher für ihren Verbleib interessieren.

Keiko war sicher, daß Miles darauf bestand, wenn sie ihn eine Zeitlang nicht kontaktierte und die Bordsensoren ihre Kommunikatoren nicht mehr orteten. Andererseits hatte sie keine Ahnung, wo sie sich befanden; und sie bezweifelte, daß irgendwer auf der *Enterprise* wußte, in welche Himmelsrichtung der Bus sie aus der Stadt befördert hatte.

Die Sensordaten zweier Menschen von einer Gruppe Jarada zu separieren, konnte nicht allzu schwierig sein, wenn die Sensoren das richtige Gebiet scannten. Aber Keiko hatte keine Vorstellung, wie lang es dauern mochte, bis das Schiff die Sensorsondierung auf die Region ausdehnte, in der sie sich gegenwärtig aufhielten.

»Wie ich es sehe«, sagte sie nach längerem Schweigen, »besteht unser Hauptproblem darin, daß wir keine Beförderungsmöglichkeit haben. Wir können bis zu dreihundert Kilometern von der Stadt entfernt sein und kennen unseren Standort nicht.«

»Wir sind im Nordwesten.« Mit mürrischer Miene spähte Tanaka über den See aus. »Aber das könnte man an Bord nur wissen, wenn man unsere Kommunikatoren in der Ortung gehabt hätte, während wir aufs Land hinausgefahren sind.«

Keiko musterte sein Gesicht. *Wie leicht durchschaubar er ist,* dachte sie. Man konnte seine Stimmungen mühelos aus seinem Gesicht ablesen. Nur einem völlig stumpfen Menschen oder einem Blinden könnten sie verborgen bleiben.

»Sind Sie sich ganz sicher, daß die Kommunikatoren schon vor der Abfahrt aus der Stadt defekt waren?«

Tanaka zuckte mit unvermindert freudlosem Gesichtsausdruck die Schultern. »Bestimmt war die Sabotage dort am einfachsten durchführbar. Außerdem hatte man ja die Absicht, uns von unseren Kameraden zu trennen. Hätte man gewartet, bis das Raumschiff unsere Position erfaßt hätte, wäre das nicht mehr gelungen.«

»Was soll bloß der Sinn dieses Unfugs sein? Was wollen sie von uns?«

Die Situation war schlichtweg lächerlich. Mit der

Entführung konnten die Jarada sich nur Picards Zorn und damit den Unwillen der Föderation zuziehen. Tanaka oder sie konnten für die Jarada nichts leisten, was sich nicht durch den Abschluß der Vertragsverhandlungen mit der Föderation besser erreichen ließ.

»Vielleicht wollen sie uns als Geiseln nehmen. Um irgendwelche Forderungen durchzusetzen, oder so was.« Plötzlich schwand seine ganze Lebendigkeit. Unversehens erinnerte er Keiko an eine hölzerne Statue. Sie fragte sich, was diese schlagartige Veränderung verursacht haben mochte. Um dem nachzugehen, meinte sie, war jetzt allerdings nicht der geeignete Zeitpunkt. Es galt dringendere Probleme zu lösen.

Sie stand mit dem Entschluß auf, ihren Gastgebern ein paar Antworten abzuverlangen. Beim Aufrichten befiel sie, wohl infolge der plötzlichen Bewegung, ein neues Schwindelgefühl. Tanaka griff zu und stützte sie, bis der Anfall verging. »Danke, Reggie«, sagte Keiko leise. Die wiederholten Schwächeanfälle beunruhigten sie.

Hunderte von Malen hatte sie sich in heikleren Situationen zurechtgefunden, ohne daß ihr schwindlig wurde. Warum sollte sie ausgerechnet jetzt solche Schwierigkeiten haben, während die Lage ihre Kräfte und Fähigkeiten voll beanspruchte?

Sie streckte die Wirbelsäule zu voller Länge und rückte die Schultern gerade. Dann befahl sie ihrem Körper für den Rest des Auftrags uneingeschränkten Gehorsam.

Sie stapfte zu ihrem Zelt, holte ihre Jacke heraus und zog sie an. »Wenn mein Gedächtnis mich nicht trügt, erwarten die Jarada uns zum Abendessen. Bei der Gelegenheit möchte ich von ihnen einige Auskünfte haben. Kommen Sie mit?«

Langsam erhob sich auch Tanaka. Er war noch in der sonderbaren Gemütsverfassung, in die ihn der Gedanke versetzt hatte, die Jarada könnten sie als Geiseln betrachten. »Ich kann Sie nicht allein gehen lassen.« Er sprach mit schleppender, ausdrucksloser Stimme. »Aber an Ihrer Stelle würde ich denen nicht trauen.«

»Ich habe nicht vor, vertrauensselig zu sein.« Keiko warf ihm einen scharfen Blick zu. Sie wunderte sich, was in ihn gefahren sein mochte. »Wenn Sie keine Lust haben, bleiben Sie hier. Sie müssen nicht mitkommen.«

Er schüttelte den Kopf. Allmählich wurde er wieder ein wenig lebhafter. »Doch, die Dienstvorschriften legen es so fest. Nach Ausfall der Kommunikatoren ist Trennung untersagt.«

»In diesem Fall wollen wir uns neue Informationen besorgen.« Keiko strebte voran. Sie wünschte, sie hätte einen Phaser dabei, der ihren mutigen Worten etwas Rückhalt verliehen hätte. Sie kam auf den Einfall, Tanaka zu fragen, ob er einen in seiner Sammlung außerstandardmäßiger Ausrüstung hätte. Doch sie entschied sich dagegen. Wahrscheinlich hätte er es von sich aus erwähnt. Zudem war sie sich gar nicht so sicher, ob es ihr angenehm wäre, hätte er in seiner momentanen Stimmungslage eine Waffe dabei. Bei dieser Erwägung jedoch überlegte sie es sich nochmals anders. »Sie haben nicht zufällig einen Phaser in Ihrem Rucksack, Reggie?«

»Nein.« Er seufzte. In seiner Miene stand nach wie vor diese merkwürdige Abwesenheit. »Ich dachte nicht, daß ich einen brauchen könnte.«

Vermutlich war es besser so, dachte sich Keiko. Sie hatte sogar gelinde Zweifel, ob sie sich noch auf sich selbst verlassen konnte. Je häufiger sie nämlich an Miles dachte, um so wütender wurde sie auf die Jarada. Seit sechs Stunden hatte sie ihn nicht mehr kontaktiert. Bestimmt machte er sich Sorgen.

Es war eines, auf Pflichterfüllung und Teilnahme an einer Landegruppen-Exkursion zu bestehen, selbst wenn man sich dann für ein paar Tage nicht sah; hingegen eine gänzlich andere Sache, die ganze Zeit hindurch jeder Kommunikationsmöglichkeit beraubt zu sein. Je länger sie darüber nachgrübelte, um so mehr schwoll ihre Erbitterung.

Als sie sich dem Lager der Jarada näherten, stand Keikos Entschluß fest. Sie wollte von den Lehrern eine Erklärung verlangen und darauf bestehen, daß man sie und Tanaka unverzüglich in die Stadt zurückbrachte.

Das jaradische Lager bestand aus zu Gruppen angeordneten, igluförmigen, halb mit Sand bedeckten Zelten. Ähnlich wie bei den Jarada selbst reichte das Farbspektrum der Zelte von hellgelber bis zu fast schwarzer Färbung. Keine zwei Zelte hatten die gleiche Farbe. Allerdings bildeten ähnlich gefärbte Zelte jeweils eine Gruppe.

Angesichts des rings um jedes Igluzelt angehäuften Sands begriff Keiko, daß Tanaka mit seiner Ansicht, der Sandstrand sei künstlich geschaffen worden, recht hatte. Anhand ihrer kurzen Untersuchung des Ökosystems der Wiese wußte sie, daß es in dieser Umgebung vorwiegend Lehmboden gab. Der Sand war hier nicht natürlich vorhanden.

Als zweites fiel ihr die Stille auf, die im Lager herrschte. Sie blickte umher, hielt nach Jarada Umschau. Unmittelbar vor dem Abendessen hätte sie erwartet, daß einige Studenten sich mit der Speisenzubereitung beschäftigten, während andere sich ausruhten oder mit ihrem Lehrstoff befaßten.

Statt dessen wirkte das Lager verwaist. Die einzigen hörbaren Laute waren das Säuseln des Winds im Gras und die entfernten Rufe eines Vogels oder vogelähnlichen Wesens.

»Das ist doch nun wirklich verdammt sonderbar«, brummelte Tanaka. Er lugte nach allen Seiten. Dabei verrenkte er den Hals, als wollte er das Umfeld aus sämtlichen Blickwinkeln gleichzeitig beobachten. »Wohin sind sie alle verschwunden?«

»Wahrscheinlich ist ihre Versammlung noch in Gang.« Daran glaubte Keiko jedoch selbst nicht so recht. Auch sie versuchte sich einen Überblick zu verschaffen.

Canjiir hatte gesagt, das Abendessen sollte bei Sonnenuntergang stattfinden. Beltaxiya war schon hinter die Baumwipfel gesunken. Eigentlich hätte das Essen innerhalb der nächsten Minuten serviert werden müssen; es sei denn, die Jarada hätten eine vollkommen andere Definition von ›Sonnenuntergang‹. Allmählich wurde Keiko mulmig zumute. Entweder hatte man sie und Tanaka mit voller Absicht im Stich gelassen, oder es gab für die Abwesenheit ihrer Gastgeber eine andere Erklärung.

»Ich weiß nicht... Auf mich wirken die Jarada wie Lebewesen, die eine einmal festgelegte Planung nicht umwerfen.« Tanaka schaute sich im Lager um, als suche er eine Möglichkeit, um es zur Preisgabe seiner Geheimnisse zu zwingen. Schließlich verharrte sein Blick starr auf einem flachen Fleckchen Erde am Ende der Landstraße. »Sie sind mit dem Bus fort.«

Keikos Blick fiel auf dieselbe Stelle. Rasch zerstob ihre letzte Hoffnung. Sie nahm an, daß die Jarada das Fahrzeug in die Stadt zurückgeschickt hatten. Voraussichtlich kehrte es erst kurz vor der planmäßigen Rückfahrt der Studenten wieder.

Das verkomplizierte die Situation. Nun hatten sie überhaupt kein Fortbewegungsmittel in Aussicht. Dadurch vertagte sich die Möglichkeit, an Bord der *Enterprise* zurückzukehren, auf die Zeit nach der Beendigung dieser studentischen Exkursion der Jarada.

Keiko stieß ein Stöhnen aus. »Das glaube ich nicht, Reggie. Ich denke mir, sie haben ihn zurück in die Stadt geschickt, bis wir ihn wieder brauchen.«

»Trotzdem...« Tanaka stierte die leere Stelle an, wo der Bus geparkt hatte. In seinen Augen stand ein hohler, ausdrucksloser Blick, bei dem es Keiko fröstelte.

Darüber ärgerte sie sich mehr als über die offensichtliche Unzuverlässigkeit der Jarada. Was mochte nur mit Tanaka los sein?

»Am besten sehen wir einfach mal nach, wo sie eigentlich stecken.« Keiko wanderte durchs Lager, ließ den Blick gesenkt, um eventuell etwas aus den Spuren ablesen zu können. Erwartungsgemäß war der Sand zwischen den Zelten zu zerwühlt, um aufschlußreiche Hinweise zu bieten.

Keiko erkundete den weiteren Umkreis. Sie beeilte sich, um etwaige Spuren zu entdecken, ehe es zu dunkel wurde.

Obwohl sie über Stablampen verfügten und der Gasriese mit seinem buttergelben Glanz noch zu drei Vierteln am Himmeln glomm, mochte sie auf einem unerforschten Planeten ungern durch einen unbekannten Wald tappen – nur um jemanden zu suchen, der vielleicht gar nicht gefunden werden wollte. Im Interesse ihres Seelenfriedens brachte sie es jedoch nicht fertig zu warten, bis sich alles von selbst aufklärte. Außerdem war es dringend erforderlich, daß sie Tanaka aus seiner Passivität riß.

Schließlich hatte sie die Hoffnung fast aufgegeben, im zerwühlten Sand noch irgend etwas zu entdecken. Da endlich bemerkte sie eine Reihe jaradischer Fußabdrücke, die geradewegs zu den Bäumen führte. Sie winkte Tanaka zu sich und zeigte ihm die Fußspuren.

Beide folgten den Spuren am Strand entlang und an den eigenen Zelten vorbei bis zum Rande der Wiese. Wo die Fußabdrücke den Sand verließen, fanden sich reichlich niedergetretene und geknickte Grashalme.

Keiko kauerte sich hin und untersuchte das lehmige Erdreich mit erhöhter Aufmerksamkeit. Zu guter Letzt entdeckte sie einen deutlichen Abdruck, wie ihn nur ein jaradischer Klauenfuß hinterlassen haben konnte.

»Es steht fest«, sagte sie und deutete auf die Bäume. »Sie sind ganz eindeutig in diese Richtung gegangen.

Schauen wir mal nach, was sie sich vorgenommen haben.«

»Halten Sie das für klug?« Tanakas zögerlichen Ton hätte Keiko vielleicht von einem unreifen Kadetten erwartet, aber nicht von einem erfahrenen Offizier.

»Auf alle Fälle ist es besser, als nur rumzusitzen und abzuwarten, bis andere etwas unternehmen! Was ist eigentlich mit Ihnen los?« *Ein Mitarbeiter, der beim kleinsten Anzeichen von Schwierigkeiten die Nerven verliert,* dachte Keiko, *ist das allerletzte, was ich jetzt gebrauchen kann.*

Der Captain hatte darauf bestanden, ihr einen Begleiter zuzuteilen. Also hätte er sich wenigstens davon überzeugen können, daß er jemanden aussuchte, der eine gewisse Belastung vertragen konnte. Ohne auf eine Antwort zu warten, strebte Keiko auf die Bäume zu.

Einige Sekunden später hörte sie hinter sich Tanakas Schritte. »Entschuldigen Sie. Ich wollte Sie nicht reizen. Ich dachte nur, daß es dunkel wird und wir die hiesigen Raubtiere nicht kennen. Wäre es unter diesen Umständen nicht sinnvoller, weitere Aktivitäten auf den Morgen zu verlegen?«

Verdrossen stöhnte Keiko auf und beschleunigte ein wenig ihr Tempo. »Denken Sie doch mal richtig nach, Reggie. Auf diesem Planeten vergehen bis zum Sonnenaufgang sechsunddreißig Stunden. Ich habe keine Lust, so lange darüber im ungewissen zu bleiben, was hier eigentlich vor sich geht.«

»Ich meine ja bloß, ohne die Kommunikatoren können wir das Schiff nicht bitten, diese Gegend per externer Sensorsondierung für uns auszukundschaften. Ohne uns möglichst umfangreiche Informationen zu verschaffen, ist es wirklich ein bißchen unsicher, im Dunkeln Nachforschungen zu betreiben.«

Sie betraten den Wald, duckten sich unter das dichte Geäst, das längs des Wiesensaums ein Laubdach bildete. In der Höhe wucherten die Bäume zu einem eng verwobenen Geflecht aus Zweigen und Blattwerk ineinander. Ranken wanden sich an den Stämmen empor und umringelten die Äste, durchschlängelten das Laub. Trotzdem gab es eine gewisse Helligkeit unter den Bäumen. Durch das Blätterdach sickerte diffuses Halblicht herab.

Tanaka hielt sich an Keikos Seite. Mit dem Daumen schaltete er die Stablampe auf geringste Leistung. An sich hätten sie die Lampe nicht gebraucht, um der Fährte der Jarada zu folgen. Auf dem Waldboden wiesen Scharrspuren, fortgeschobenes Laub und zertretenes Reisig unübersehbar die Richtung, in die der Studententrupp gezogen war; und wenn Keiko tief einatmete, konnte sie noch die vielfältig vermischten Gewürzdüfte der Jarada schnuppern, obwohl der Geruch feuchter Erde nahezu jede andere Duftnote überwog.

Während sie umherschaute, gelangte Keiko zu der Einschätzung, daß Tanakas Besorgnis vermutlich ihre Berechtigung hatte. Der Wald hatte etwas Gespenstisches an sich; er erinnerte sie an die unheimlichen Wälder in den alten japanischen Märchen, die ihr Großvater ihr vorgelesen hatte. In diesen Märchenwäldern geschah nie etwas Gutes. Hier durch einen Urwald zu streifen, der das gleiche Gruselgefühl auslöste, empfand sie nun doch als entschieden beunruhigend.

»Wissen Sie was, Reggie?« Sie hoffte, daß ihre Stimme nichts von ihrer Angst verriet. »Wenn wir in den nächsten zwanzig Minuten nicht zu ihnen stoßen, kehren wir um. Selbstverständlich würde ich mir gern über einige Angelegenheiten Klarheit verschaffen. Aber ich glaube, wir sollten unser Lager nicht zu lang unbeaufsichtigt lassen.«

Tanaka faßte an seinen Tricorder, um sich zu vergewissern, daß er den Apparat noch hatte. »Sicherheitshalber habe ich eine volle Packung Verpflegungsrationen mitgenommen. Aber unsere gesamten übrigen Sachen sind in den Zelten. Und wie sicher sie dort sind, wissen wir wohl beide.«

»Klar. Gegen eine wildgewordene Büffelherde oder einen entschlossenen Dieb schützen die Zelte sie ungefähr dreißig Sekunden lang. Hier werden wir aber weder dem einen noch dem anderen begegnen.«

Keiko blieb stehen, neigte den Kopf seitwärts. Irgendwo voraus ertönte ein dumpfes Dröhnen, als schlüge jemand eine große Pauke. Sie blickte Tanaka an, um zu sehen, ob auch er es hörte. »Glauben Sie, das sind sie?«

Er hob die Schultern. »Wenn ja, legen sie jedenfalls keinen Wert auf Heimlichtuerei. Und wenn nicht ... Ich weiß nicht, ob ich wirklich so versessen darauf bin, zu erfahren, wer hier im Dschungel herumtrommelt.«

Keiko furchte die Stirn und dachte über seine Äußerung nach. Die Töne, die sie hörten, waren zu rhythmisch, als daß ein Tier oder ein Kind sie hätten verursachen können. Falls diese unbekannten Trommler nicht die jaradischen Studenten waren, die sie aufs Land begleitet hatten, mußten sie zumindest herausfinden, um wen sonst es sich handelte. Zelfreetrollan hatte behauptet, sie wären auf viele Kilometer rings um das Forschungslager die einzige Gruppe.

Mit einem Wink gab Keiko zu verstehen, daß Tanaka ganz still sein sollte. Sie schlich so leise vorwärts, wie sie es schaffte. Er blieb einen Schritt zurück, orientierte sich an ihr.

Zehn Minuten später standen sie vor einem undurchdringlichen Wall aus Gesträuch. Das Dickicht erstreckte sich nach beiden Seiten, soweit das Auge reichte. Die Jarada-Fährte führte durch den einzigen Durchlaß im Gestrüpp. Orangerotes Flackern hinter den Bäumen zeigte an, daß auf einer Lichtung ein Feuer brannte.

Während Keiko und Tanaka sich näherten, erscholl

das Trommeln lauter. Schließlich erfüllte der beharrliche Takt der dumpfen, monotonen Schläge weithin die Umgebung. Schrille, langgedehnte Schreie durchdrangen den Rhythmus. Die vermischten Körperausdünstungen der Jarada durchzogen schwer die Luft und überlagerten die herkömmlicheren Gerüche des Lehmbodens, der Bäume und nachts blühenden Gewächse.

Keiko und ihr Begleiter wechselten Blicke. Das Geheul klang nervenzermürbend, ähnlich wie das Kampfgeschrei einer Horde Primitiver, die sich vor dem Überfall auf ihre Nachbarn in die passende Mordlust hineinsteigerten. Eine Übersetzung der Rufe durch die Translatoren war offensichtlich nicht möglich.

Während die beiden sich anschauten, schalteten sie die Geräte gleichzeitig ab. Keiko deutete zur linken Seite. Tanaka zuckte die Achseln. Ihm war es egal, welche Richtung sie nahmen. Zur Sicherheit knipste er die Stablampe aus, damit niemand den Lichtschein gewahrte. Er schob die Lampe in die Jackentasche.

Keiko bezweifelte, daß bei dem Getrommel jemand sie hören konnte. Trotzdem verhielten sie sich möglichst lautlos, während sie die Fährte hinter sich ließen und an dem Dickicht entlanghuschten.

Endlich entdeckte Keiko unmittelbar überm Erdboden eine kleinere Bresche. Sie streckte sich bäuchlings aus und robbte vorwärts, um auszuspähen, was sich hinter der Barriere abspielte. Einen Moment später folgte Tanaka ihrem Beispiel. Er zwängte sich neben ihr in die enge Lücke.

Das Dickicht verbarg eine großflächige Wiese. Ihre Ausdehnung übertraf erheblich die Wiese, auf der man die Lager aufgeschlagen hatte. Keiko versuchte zu schätzen, wie weit die Fläche sich erstreckte. Aber das Zwielicht verzerrte jede Perspektive. Die entfernten Bäume auf der anderen Seite verschmolzen so mit den Schatten, daß der Abstand nicht beurteilt werden konnte. Am Himmel schwebte die orangerot und beige gesprenkelte Kugel Bel-Majors. Auf seiner von der Sonne beschienenen Seite gleißten Wolkenformationen; so bildete der Gasriese einen hellen Kontrast zum finsteren nächtlichen Firmament.

Keiko schüttelte sich und entzog dem Riesenplaneten ihre Beachtung. Eine schmale Buschreihe schützte sie und Tanaka vor Entdeckung. Außer an einer Stelle bildete das Unterholz einen üppig mit Laub bewachsenen Sichtschutz zwischen der großen Wiese und einer kleineren benachbarten Lichtung.

Auf dieser kleinen Wiese tanzten die Jarada um ein Lagerfeuer. Abgesehen von den Lehrern, die mit allen vier Händen die großen Holztrommeln schlugen, liefen und sprangen alle Jarada um die Glut. Die Abgestimmtheit ihrer Bewegungen verlieh ihnen Ähnlichkeit mit einer Tanztruppe, die eine choreographierte, perfekt einstudierte Darbietung vorführte.

Anfangs jedenfalls hatte Keiko den Eindruck einer tadellosen Taktgenauigkeit. Jeder Jarada schien die Figuren mit makelloser Präzision zu wiederholen. Aber je länger sie zuschaute, um so mehr Diskrepanzen nahm sie wahr. Ein lohfarbener Jugendlicher zuckte immerzu, in unberechenbarer Wiederholung, mit dem Kopf. Ein rotbraunes Individuum und ein zweiter gelbbrauner Jarada fuchtelten spastisch mit den oberen Gliedmaßen. Bei diesem Anblick lief es Keiko kalt über den Rücken.

»Sehen Sie das auch?« Sie lagen so nahe nebeneinander, daß Tanakas Lippen Keikos Ohr streifte.

»Daß ein paar von denen sich ein bißchen verrückt verhalten?« Auch Keiko hatte das Gefühl, flüstern zu müssen, obwohl sie bezweifelte, daß bei dem Lärm irgendwem ihre Stimmen aufgefallen wären.

Plötzlich wankte ein großer, schwarzer Jarada aus dem Kreis der Tanzenden. Er stieß gellende Schreie der Wut aus. Zwei Jugendliche in seiner

Nähe stürzten ihm nach. Der Schwarze fuhr zu ihnen herum. Den Kleineren warf er um, dem anderen kratzte er mit den Krallen über die Augen. Mehrere weitere Studenten gingen auf den Schwarzen los. Schließlich überwältigten sie ihn dank ihrer bloßen Überzahl.

Canjiir ließ ihre Trommel stehen und eilte hinzu. Sie beugte sich über den entblößten Hals des Schwarzen. Sogar durch das Getrommel hörte Keiko das Knirschen, als Canjiirs Zähne an der Kehle des Schwarzen den Chitinpanzer knackten. Sie biß sich auf die Hand, um sich von der Übelkeit abzulenken, aufgrund der ihr Magen zu revoltieren drohte.

Der Todesschrei des Schwarzen erstickte in einem Gurgeln, das die Klänge der zweiten Trommel rasch übertönte. Er zuckte, klammerte sich noch einen Moment lang ans Leben. Endlich lag er still. Nacheinander erhoben sich die Jarada, die ihn niedergerungen hatten, von seinem Leichnam.

Canjiir kehrte an ihre Trommel zurück und setzte das Trommeln mit grimmiger Eindringlichkeit fort. Langsam reihten die Jugendlichen, von denen der Schwarze bezwungen worden war, sich wieder ein. Sie tanzten weiter, als wäre nichts geschehen.

Doch während der folgenden Minuten beobachtete Keiko, daß sich bei noch mehr Studenten ein abnormes Verhalten bemerken ließ: Konvulsionen, Schlenker und Abweichen vom Takt. Die restlichen Tänzer nahmen daran sichtlich Anstoß.

»Schlimmer als nur ein bißchen«, raunte Tanaka. Er kroch rückwärts. »Lassen Sie uns lieber abhauen.«

Keiko nickte. Gerade wollte auch sie sich zurückziehen, da durchschrillte neues lautes Gekreische den Singsang des Reigens. Als sie sich umblickte, sah Keiko drei Jarada über ihre Klassenkameraden herfallen. Ein vierter Jarada, das größte Exemplar der Gruppe, rannte direkt auf Keikos und Tanakas Versteck zu. Er drohte geradewegs über sie zu stolpern, egal was sie nun taten.

»Laufen Sie!« befahl Keiko. Sie drehte sich und versuchte energischer, sich aus dem Gestrüpp zu befreien. Die Zweige waren zäh und biegsam, sie schnellten sofort zurück.

Tanaka packte Keiko am Handgelenk und zerrte sie aus der Umklammerung der kratzigen Büsche. Sobald sie auf den Füßen stand, ergriffen sie beide die Flucht. Sie hatten vor, schleunigst einen möglichst großen Abstand zwischen sich und den übergeschnappten Jarada zu bringen.

Hinter ihnen krachte der große Jarada ins Buschwerk und durchbrach es mit voller Wucht. Anscheinend machten Widerspenstigkeit und Dornen des Gebüschs ihm nichts aus. Er gab ein Aufkreischen von sich, als er die Menschen sah. Ihm antwortete entfernteres Heulen, dem sich jedoch bald ein Krachen anschloß, als weitere Jarada sich ins Gesträuch warfen.

Keiko riskierte einen kurzen Blick über die Schulter. Sie sah mehrere Jarada, die die Verfolgung aufgenommen hatten und sich durch die Sträucher drängten. Der große Jarada holte zügig auf, obwohl Keiko der Überzeugung war, ihren Zweihundert-Meter-Rekord gebrochen zu haben.

Ihre Lungen lechzten nach Luft. Sie konnte diese Laufgeschwindigkeit nicht lange beibehalten, soviel war ihr klar. Und obwohl er einen guten Start gehabt hatte, befand Tanaka sich vermutlich in keiner besseren Form. Als Lieblingssport betrieb er nämlich Schwimmen.

Sie schaute zu ihm hinüber und sah ihn langsamer werden. Er hielt auf einen stämmigen Baum leicht abseits ihrer Fluchtroute zu. Indem er einen Arm zur Seite ausstreckte, fing er sich an dem Baumstamm ab, ließ sich von dem Schwung im Kreis tragen. »Da rauf«, rief er und deutete nach oben, um sich unmißverständlich mitzuteilen.

Keiko rannte zu ihm. Sie spürte, wie ihr Tempo nachließ, ohne daß sie es hätte verhindern können. Doch als sie am Baum anlangte, war sie noch zu schnell, um sich rechtzeitig abzubremsen. Tanaka langte nach ihrem Arm und wiederholte den Trick, mit dem er sich zum Stehen gebracht hatte, schwang sie um den Baum. Noch ehe sie fürs Klettern Atem schöpfen konnte, kniete Tanaka nieder und verschränkte seine Hände zu einem Steigbügel. Keiko setzte den Fuß hinein und ließ sich von ihm emporheben.

Im ersten Augenblick war ihr, als flöge sie. Dann streifte ihre Hand den untersten Ast des Baums. Sie schlang die Finger um den Ast, hielt sich mit aller Kraft fest. Gleichzeitig schlang sie den anderen Arm und die Beine um den Baumstamm. Sie preßte eine möglichst große Fläche ihres Körpers an die Rinde. Nach mehreren Sekunden schrecklicher Spannung schaffte sie es, ihr Abwärtsrutschen zu hemmen.

Sie atmete tief durch und zog sich hoch. Indem sie sich zum nächsten Ast hinaufhangelte, machte sie den untersten Ast für Tanaka frei.

Der nächste und der nächsthöhere Ast wuchsen dichter übereinander. Danach sproß das Geäst eng zusammen aus dem Stamm. In jedem Abschnitt des Baums hatten die Äste jeweils den gleichen Durchmesser. Der Baum erbebte, als Tanaka nach dem ersten Ast sprang. Keiko klammerte weiter hinauf, bis sie in einer solide aussehenden Astgabel eine sichere Zuflucht fand.

An den Baumstamm gelehnt, verschnaufte Keiko. Sie wagte einen Blick hinab, um zu sehen, wo Tanaka blieb. Ihr schwindelte. Willentlich unterdrückte sie den Anfall.

Tanaka stand zwei Meter vom Baum entfernt und nahm soeben einen zweiten Anlauf. Der vorderste Jarada war beinahe heran. Tanaka rannte los, stieß sich ab und sprang. Diesmal erhaschten seine ausgestreckten Hände den Ast. Für einen Moment baumelte er, bevor er sich nach oben zog.

Mit einem Kreischen machte auch der Jarada einen Satz. Seine aufgesperrten Kiefer und die Klauen versuchten Tanaka zu fassen. Tanaka tat alles, um sich in Sicherheit zu bringen. Aber schnell genug war er nicht. Die Krallen des Jarada kratzten über sein Bein, zerrissen die Uniform und rissen das Fleisch auf. Keiko sah Blut aus dem zerfetzten Hosenbein quellen.

Trotz der Verletzung kletterte Tanaka weiter. Er schien die Verwundung gar nicht bemerkt zu haben. *Dank des Adrenalins,* dachte Keiko. Der gebieterische Drang zu überleben verursachte bei ihm vorübergehende Schmerzunempfindlichkeit.

Inzwischen erreichten auch andere Jarada den Baum. In geradezu hysterischer Raserei bestürmten sie pausenlos den Stamm. Der Baum wackelte durch die Stöße ihres Ansturms merklich. Keiko fragte sich, wie lang es dauern mochte, bis den Jarada etwas Effektiveres einfiel. Und ob sie und Tanaka ohne Wasser und ärztliche Hilfe am Leben bleiben konnten, bis die *Enterprise* sie aufspürte.

Zum erstenmal bereute Keiko, daß sie nicht auf ihren Ehemann gehört hatte. Dann würde sie nicht in dieser scheußlichen Situation stecken: auf einem unerforschten Planeten, am Anfang einer sechsunddreißigstündigen Nacht mit einem verletzten Kollegen zwanzig Meter über dem Boden auf einem Baum, den feindselige Insektoiden belagerten, ohne Wasser, ohne Kommunikatoren.

Das genügte, um in ihr den Wunsch wachzurufen, sie wäre lieber in Japan geblieben. Keiko konnte nicht anders: Sie stützte den Kopf an den Baumstamm und weinte.

12

Worf rannte durch den Korridor und bog nach rechts ab. Die jaradischen Schwarmhüter folgten ihm auf den Fersen.

Da er so viele Gegner dicht im Nacken hatte, war es ihm unmöglich, seine Theorie bezüglich der Türschlösser nachzuprüfen. Selbst wenn er recht hatte, würden die Verfolger ihn töten, ehe er die neun Zahlen des Codes ins Kombinationsschloß eintippen konnte. Was er benötigte, war ein Unterschlupf, aus dem er seine Kontrahenten zu beobachten und sich über das Umfeld zu informieren vermochte. Dann konnte er das weitere planen.

Aufgrund seiner Kenntnisse der jaradischen Architektur schätzte er die Aussicht, daß er so ein Versteck fand, ungefähr so hoch wie die Wahrscheinlichkeit ein, unversehens von Romulanern gerettet zu werden.

Weil die Möglichkeit bestand, daß Data gerade lauschte, tippte Worf nochmals auf seinen Insignienkommunikator. Er hörte das dumpfe Knacken des Schalters. Doch der Piepton, der gewöhnlich anzeigte, daß das Gerät funktionierte, blieb aus. Irgendwie mußte es den Jarada gelungen sein, den Kommunikator zu desaktivieren. Dadurch hatten sie ihn sowohl von der *Enterprise* wie vom Captain isoliert.

Ein gedämpftes Knurren entrang sich Worfs Kehle. Wenn diese Insektoiden die Kampftüchtigkeit eines wahren Kriegers auf die Probe zu stellen beabsichtigten, wollte er ihnen den Gefallen gerne tun.

Seit er und Breen die Ratskammern verlassen hatten, war Worf an keinen Fenstern vorübergekommen. Infolgedessen hatte er nur eine vage Vorstellung von seinem Aufenthaltsort. Vorrangige Priorität hatte es, eine Stelle ausfindig zu machen, wo er die Stadt und den Stand der Sonne Beltaxiya sehen konnte. Eine Karte hätte er ebenfalls gerne gehabt. Daß die Jarada ihm bereitwillig Aufschluß über ihre Verteidigungsanlagen gaben, bezweifelte er allerdings ernsthaft.

Word besann sich auf den Grundriß des Regierungskomplexes. Er eilte in den ersten aufwärts führenden Stollen, den er sah. Von da an strebte er jedesmal, wenn sich die Möglichkeit bot, nach oben. Zu seiner Verwunderung blieben die Verfolger allmählich zurück. Ihr Geschrei und das Geklacke ihrer Klauenfüße wurde in dem Maße leiser, wie Worf den Abstand zwischen sich und dem Trainingssaal vergrößerte.

Schließlich verminderte Worf sein Tempo auf Laufschrittgeschwindigkeit. Er beabsichtigte, seine Kräfte zu schonen und die Geräusche hinter seinem Rücken aufmerksamer zu beachten.

Nach einer Weile relativer Ruhe steigerte sich das Gekreische der Jarada zu neuen Höhen. Dazwischen ertönten dumpfe Schläge. Anscheinend hatten Worfs Verfolger sich wieder gegenseitig angefallen. Falls das zutraf, empfahl es sich, schnellstens aus dem Stollen zu verschwinden, ehe andere Jarada sich einmischten und seine Verfolgung aufnahmen. Wenn selbst die Krieger dieses Insektenstaats sich wie Verrückte betrugen, zu welchem Irrsinn mochten dann erst die gewöhnlichen Bürger fähig sein? Er mußte unbedingt den Captain finden.

Worf verlangsamte seinen Gang auf Spaziertempo und sah sich genauer um. Der Stollen war gut beleuchtet. Trotzdem ließ das Licht die rauhe Oberfläche der verputzten Wände übermäßig schroff hervortreten. Dieser Umstand, erkannte Worf, wirkte als zusätzliche Tarnung der Türen.

Er sorgte sich schon, das Suchen könnte ihn zu lange aufhalten; da erspähte er endlich die unverkennbaren dunklen Umrisse einer Tür. Er betrachtete sie gründlich, ermittelte zunächst den Umfang ihrer Fläche, bevor er nach dem Kombinationsschloß suchte. Mit Daumen, Zeigefinger und kleinem Finger kratzte er in Hüfthöhe an der Wand.

Ein längerer Moment verstrich, als müßte der Kontrollcomputer des Mechanismus erst die Analyse des Fingerkontakts wiederholen, ehe er Zutritt gewährte. Dann erleuchtete sich vor Worf das Tastenfeld. Worf hob die Hand und gab die von Breen benutzten Zahlen ein: 1-1-3-2-1-2-3-3-1. Nochmals kam es zu einer kurzen Verzögerung, während der Computer den Code verarbeitete. Danach endlich glitt die Tür beiseite.

Worf betrat den Schacht und lauschte, um festzustellen, ob jemand sich darin aufhielt. Außer dem Surren der Luftumwälzung hörte er nur Stille. Rasch trat er weiter vor, damit die Tür sich hinter ihm schloß. Falls Breens Prahlerei bezüglich der Zuverlässigkeit der jaradischen Kombinationsschlösser eine allgemein verbreitete Einstellung widerspiegelte, hatte Worf den Verfolgern ein Schnippchen geschlagen. Dann brauchte er sich nur noch wegen etwaiger zufälliger Begegnungen zu sorgen.

Was er nicht erraten konnte, war der kürzeste Weg zum Regierungskomplex. Er hätte gerne gewußt, ob die Jarada das gesamte Tunnelsystem unter ihrer Stadt im Gedächtnis hatten. Freilich bestand auch die Möglichkeit, daß die wichtigsten Stollen auf eine Weise markiert waren, die die *Enterprise*-Landegruppe bisher nicht bemerkt hatte.

Aber weder das eine noch das andere wäre ihm irgendwie nützlich. Er mußte ins Freie, wo es genug Orientierungspunkte gab, um sich zurechtzufinden.

Worf bewegte sich abwärts. Seine Füße ertasteten die gerippte Fläche der Rampe. Für die Klauenfüße der Jarada eigneten die schmalen Abstufungen sich bestens. Sie taugten wenig für Klingonen, zumal für einen solchen Hünen wie Worf.

Ein Brummen drohte aus seiner Kehle zu steigen. Es erbitterte ihn, sich einem Kampf entzogen zu haben *und* zur falschen Zeit am falschen Ort zu sein. Doch er unterdrückte seine Unmutsäußerung. Sie hätte Aufmerksamkeit erregen können, die er jetzt am wenigstens brauchte.

Nach drei Windungen des Schachts, ungefähr in der Höhe, wo er vermutlich die Verfolger abgehängt hatte, hörte er aus dem benachbarten Stollen Schreie und Krachen. Anscheinend war die Metzelei noch in Gang, rissen die Jarada sich weiterhin in rücksichtslosem Fanatismus gegenseitig in Stücke.

Worf hätte gerne zugeschaut und sich angesehen, wie die Schwarmhüter einen echten Nahkampf austrugen. Aber ihm war vollauf klar: Sobald er sich zeigte, würden sie allesamt wieder auf ihn losgehen. Ihren Eifer beim Schutz des Schwarms konnte er ihnen schwerlich zum Vorwurf machen. Er hatte jedoch nicht vor, sich dadurch an seiner Pflicht hindern zu lassen, zum Captain zurückzukehren.

Vier Drehungen tiefer im Schacht hatte Worf das Empfinden, im Erdgeschoß zu sein. Während er nach einer Tür suchte, hörte er über sich mehrere Jarada den Schacht betreten. Sofort desaktivierte er den jaradischen Translator, ehe das Gerät seine Anwesenheit preisgeben konnte.

In der Hoffnung, daß die Jarada den Schacht nur ein kurzes Stück weit zu benutzen beabsichtigten, zog Worf sich weiter nach unten zurück. Er stieg so schnell abwärts, wie er es als ungefährlich erachtete. Eine Etage, zwei, drei Stockwerke...

Und noch immer folgten ihm die Jarada. Das Klackern ihrer Schritte verriet keine Eile. Nichts am gezirpten Singsang ihrer Konversation deutete an, daß sie Worfs Gegenwart vermuteten. Er bemerkte, daß ein würzig-dumpfer Duft den Schacht durchströmte.

Die Akustik des engen, geschlossenen Raums vervielfachte die Töne, erschwerte es, die Entfernung einer Geräuschquelle zu schätzen. Worf glaubte, von unten Echos der Jarada zu hören, die von oben kamen. Daraus leitete er ab, daß er und sie sich dem untersten Geschoß näherten.

Doch beim Lauschen gewahrte er, daß die von unten hörbaren Geräusche lauter wurden. Er durchmaß noch eine Windung und prallte fast mit drei rostbraunen Jarada zusammen.

Beim Anblick des Klingonen stießen die drei Jarada ohne Zögern einen schrillen Kampfschrei aus und stürmten ihm entgegen. Die Jarada in Worfs Rücken wiederholten das Kampfgeschrei, und augenblicklich beschleunigte sich das Klackern ihrer Klauenfüße. Worf blieb ihnen nichts schuldig und röhrte zur Antwort ein gewaltiges Aufbrüllen.

Er nahm eine geduckte Abwehrhaltung ein. Den Angriff überließ er den Jarada. Auf der Schräge der Rampe war der Verteidiger im Vorteil. Als wahrer Krieger wußte Worf genau, wie er die Schwächen des Gegners ausnutzen konnte.

Der vorderste Jarada erreichte Worf. Mit einem Tritt erzielte der Klingone einen bildschönen Treffer auf der Brust des Jarada. Der Insektoide geriet aus dem Gleichgewicht und stürzte auf den Rücken. Seine Gliedmaßen strampelten nach allen Seiten, während er gegen einen Kameraden rutschte.

Auch dieser Jarada kam zu Fall, seine Glieder verhedderten sich mit denen des ersten Insektoiden. Beide schlitterten abwärts. Ihr Exoskelett ratterte und schrammte die gerippte Rampe hinunter.

Das Geheul des über Worf befindlichen Trupps erlangte eine ohrenbetäubende Lautstärke. Fünf Jarada rasselten das spiralige Gefälle herab. Die Krallen wie Dolche nach vorn gestreckt, warf der erste Insektoide sich auf den Sicherheitsoffizier.

Worf hatte sich einen festen Stand verschafft und griff nach den Armen des Jarada. Seine Fäuste packten die gefährlichen Klauenhände an den Gelenken. Mit einem Ruck zerrte er den Insektoiden vorwärts. Unter Ausnutzung des Schwungs, den der Jarada hatte, schleuderte er ihn auf den letzten der drei von unten aufgetauchten Schwarmhüter. Der Zusammenprall fällte den Jarada. Auch diese zwei Insektoiden holperten auf den Rücken den gewundenen Schacht hinab.

Die übrigen Jarada verlangsamten, als sie sahen, wie Worf ihren Kameraden hatte abblitzen lassen. Worf machte sich ihr momentanes Zaudern zunutze, stieß ein fürchterliches Gebrüll aus und attackierte sie seinerseits.

In ihrer Überraschung reagierten sie zu lahm. Worf flitzte an ihnen vorüber, ehe es ihnen gelang, in der Enge der Schachts ihre Überzahl wirksam einzusetzen. Nur einer bekam ihn beinahe zu fassen. Seine Klauenhand streifte Worfs Arm. Die scharfen Krallen zerfetzten den Uniformstoff und kratzten die Haut blutig. Doch schon im folgenden Moment befand Worf sich über dem Jarada-Trupp. Nun konnte er seine Körpergröße und überlegene Reichweite am günstigsten ausspielen.

Er wirbelte herum und versetzte dem vorderen Jarada einen gutgezielten Tritt gegen die Brust. Als der Insektoide zusammenbrach, prallte er gegen die Beine des nächsten Schwarmhüters. Während dieser Jarada ums Gleichgewicht rang, sprang Worf vor und ergriff seine Arme.

Für jemanden, der die klingonischen Nahkampfübungen täglich trainierte, gab der Insektoide keinen ernsthaften Gegner ab. Er riß den Jarada von den Beinen und schmiß ihn zwischen die beiden restlichen Schwarmhüter. Alle drei flogen mit sattem Krachen gegen die Mauer.

Nachdem er so seine gesamten Gegner zeitweilig außer Gefecht gesetzt hatte, eilte der Sicherheitsoffizier zurück, den Schacht hinauf, suchte unterwegs den nächstbesten Ausgang. Er entdeckte ihn schon hinter der ersten Biegung.

Er mußte fort aus dem Schacht, bevor man Großalarm auslöste oder die Code-Programmierung der Türen änderte. Also lokalisierte er das Tastenfeld und tippte die Kombination ein.

Die Tür rollte auf, stoppte jedoch in der Mitte und fing begann wieder zu schließen. Worf rammte die Schulter in die Öffnung. Der Mechanismus rumorte, während der Klingone sich durch den Spalt zwängte. Im letzten Augenblick klemmte die Tür seine Hand ein. Von der anderen Seite hörte er das Geschrei einer Horde Schwarmhüter, die durch den Schacht hastete.

Während er halblaut vor sich hinknurrte, stellte Worf den Fuß in den Türspalt. Gleichzeitig klammerte er die Finger der freien Hand um den Türrand und stemmte sich mit aller Kraft dagegen. Zuerst geschah nichts.

Er legte sein gesamtes Körpergewicht in seine Bemühung; zu guter Letzt schaffte er es, die Tür soweit zurückzudrücken, daß er den Fuß herausziehen konnte. Er ließ die Tür los und wich zurück. Im gleichen Augenblick rasselte im Schacht ein Dutzend Schwarmhüter vorbei.

Worf blickte sich um, sah sich die Umgebung an. Er stand in einem anderen Schacht. Darin herrschte schlechte Beleuchtung. Außerdem war es feucht. Streifenweise bedeckten schwarzer Schimmel und grünlicher Schleim die Wände und weite Teile des Fußbodens. Die Luft stank nach Moder, Nässe, Mauerfraß und sonstigem ekligem Zeug, an das er lieber gar nicht denken mochte. Er stand auf einem Absatz im oberen Ende des Schachts, der in unbestimmbare Tiefe hinabreichte.

Flüchtig betrachtete der Klingone nahezu sehnsüchtig die Tür, die er gerade so mühsam durchquert hatte. Ein Krieger sollte im Kampf sterben, nicht im Dreck. Selbst wenn ehrlose Feinde ihn nur durch schiere Übermacht bezwangen, war der Tod im Kampf allem anderen vorzuziehen. Es gehörte sich nicht, ihm die Auseinandersetzung mit Kälte, Schmutz, Schmiere sowie unbeschreiblichen, womöglich ansteckenden Scheußlichkeiten zuzumuten.

Worf brummelte leise vor sich hin, während er den Schacht hinunterstieg. Er hatte die Pflicht, sich zum Captain durchzuschlagen, egal wie. Auch wenn das hieß, durch knöchelhohen Matsch zu waten oder eisige Flüsse zu durchschwimmen. Was sein mußte, mußte sein. Vielleicht hatte er Glück, und den Jarada war dieser Schacht genauso zuwider wie ihm. Ein Belag aus gräulich-grünem und schwarzem Schlick überzog den Boden der Rampe.

Der Klingone konnte sich gut vorstellen, daß er das einzige Lebewesen war, das sich seit Jahrzehnten in diesen Schacht verirrt hatte. Sogar die biolumineszenten Leuchtstreifen waren beinahe abgestorben. Ihre inneren Nährstoffe waren fast aufgebraucht; die Bakterien verkümmerten.

Auf diesem glitschigen Boden gelangte Worf naturgemäß nur langsam voran. An jeder Tür verharrte er und lauschte in den Nachbarschacht. Gezeter und massenhaftes Geklapper von Klauenfüßen ließen keinen Zweifel daran, daß inzwischen eine ganze Schwarmhüter-Armee nach ihm fahndete.

Falls man die Idee hatte, auch in diesem Schacht zu suchen, geriet er in ernste Schwierigkeiten. Doch wenigstens vorerst erlaubte ihre Nachlässigkeit es ihm, Abstand zur Örtlichkeit des letzten Zusammenpralls zu gewinnen.

Der Schacht wurde um so feuchter, je tiefer er hinabstieg. Bald sickerte das Wasser in Rinnsalen die Wände herab. Sein Abwärtsweg führte ihn zu einer Tür, hinter der die Jarada unerhörten Lärm veranstalteten. Worf befürchtete, sie könnten ihm auf die Spur gekommen sein und stünden vor dem Eindringen in den Schacht.

Als er zu der Tür huschte, sah er, daß der helle Umriß, der sie kennzeichnete, eine ungleichmäßige Form hatte. Die Tür war zu verbogen, um den Durchgang noch vollständig zu verschließen. Auf der anderen Seite wimmelte ein Dutzend Jarada umher. Das laute Klackern ihrer Klauenfüße und ihre mißtönenden Zirpstimmen hallten bis in den Schacht herein.

Worf setzte seinen Weg fort. Bevor er die nächste Tür fand, mußte er sechs weitere Etagen hinabwandern. Sie hatte nur trübe Umrisse, kaum heller als ringsum die Wände. Fast hätte der Sicherheitsoffizier sie übersehen. Aber auch diese Tür war verzogen. Durch einen Spalt am Rahmen lief Wasser.

Mit angehaltenem Atem lauschte Worf für ein Weilchen. In dem Stollen hinter der Tür regte sich nichts. Entweder lauerte dort ein Hinterhalt, wie ein Klingone ihn nicht besser vorbereiten könnte; oder er befand sich jetzt in einem unbewohnten Teil der unterirdischen Bauten. Was zutraf, konnte er nur herausfinden, indem er den Schacht verließ.

Er brauchte nicht lang, um einen Entschluß zu fassen. Ein weiteres Absetzen nach unten brächte ihn nicht zurück zum Regierungskomplex. Und wenn die Jarada schließlich merkten, wohin er verschwunden war, erwiese der Schacht sich als ausweglose Falle. Zudem führte der Schacht immerzu noch tiefer nach unten. Irgendwann würde Worf unausweichlich im untersten Tiefgeschoß ankommen. Und das zu erreichen, war das letzte, was ihn interessierte.

Sobald seine Entscheidung feststand, scharrte er mit den Fingern an der Mauer. Die Berührung mit dem von Algen und Moder schleimigen Stein nötigte sogar ihn zu einem Schaudern. Außer daß sich unter der schlierigen Schicht drei helle Streifen zeigten, geschah nichts. Worf knurrte dumpf. Anscheinend gab es keine Möglichkeit, diesen Schlammpfuhl zu verlassen, ohne daß deutliche Hinweise zurückblieben.

Er versuchte es ein zweites Mal. Aber auch diesmal hatte er keinen Erfolg. Falls es hier überhaupt ein Kombinationsschloß für diese Tür gab, war es allem Anschein nach defekt.

Schon wollte er noch weiter hinabsteigen, da erinnerte er sich an den Ärger mit dem Eingang am Oberende des Schachts. Vielleicht half ein bißchen Brachialgewalt auch bei diesem Durchgang.

Worf betastete die Ränder und stellte fest, daß die Tür verzogen genug war, damit er seine Finger in den Spalt zwängen konnte. Er stemmte die Füße gegen den Rahmen und drückte mit voller Kraft gegen den Rand der Tür. Irgendwo in der Wand ertönte leise ein gequältes Knirschen. Worf behielt den Druck bei. Endlich spürte er, wie der Mechanismus geringfügig nachgab.

Dadurch ermutigt, bot er noch einmal alle Kraft auf; das Quietschen von Metall auf Metall belohnte seine Bemühungen. Allmählich gelang es ihm, die Tür in die Wand zu schieben. Aufgrund der Geräusche vermutete er, daß ein Federstab-Mechanismus die Tür bewegte. Falls er es schaffte, sie wieder zu schließen, hielt sie vielleicht seine Verfolger zurück.

Sobald er einen ausreichend breiten Spalt geöffnet hatte, zwängte sich Worf hindurch und ließ von der Tür ab. Sie rutschte nur ein Stück weit zu, dann blockierte sie. Die Lücke verriet unübersehbar seinen Fluchtweg.

Worf besah sich die Tür und bemerkte zu seinem Staunen, daß man ihre Fläche mit Schnitzereien verziert hatte. Ein Großteil der Holztäfelung war morsch und zerfiel unter seinen Händen. Dennoch fanden seine Fäuste guten Halt. Während er vor Anstrengung vor sich hinknurrte, schob er die Tür nach und nach zu. Das Gequietsche und Geknirsche erklang fast so laut wie beim Öffnen der Tür. Seines Erachtens berechtigte es zu der Hoffnung, daß die Jarada mit ihr mindestens soviel Probleme hatten wie er.

Vollständig konnte Worf die Tür nicht schließen, doch der verbleibende Spalt hatte nur noch Fingerbreite. Er bezweifelte, daß das jaradische Außenskelett genügend Krafteinsatz gestattete, um die Tür mit roher Gewalt aufzustemmen. Und vielleicht waren seine Verfolger sich über das überlegene Leistungspotential der klingonischen Anatomie gar nicht im klaren.

Nachdem er sich auf diese Weise die beste mögliche Rückendeckung verschafft hatte, blickte sich Worf von neuem um. Vor ihm erstreckte sich ein Stollen, der in keiner besseren Verfassung als der Schacht war, den er eben verlassen hatte. Die trüben Leuchtstreifen, die mit Schimmel behafteten Wände und der nasse Boden zeigten unzweideutig an, daß man diesen Bereich seit langem nicht mehr benutzte.

Für einen Moment beschäftigte Worf sich in Gedanken mit der Bestimmung seines Standorts in Relation zum Regierungskomplex. Von den Ratskammern war Breen generell in östliche Richtung gegangen. Worf war der Meinung, daß dieser Stollen nach Süden führte. Das bedeutete, er mußte bei nächstbester Gelegenheit nach rechts abbiegen. Er mußte, vergegenwärtigte er sich, nach rechts *oben*.

Angewidert blickte er in dem modrigen, feuchten Stollen umher. Hätte jemand den ärgsten Alptraum eines Klingonen schildern müssen, wäre das hier eine der gelungensten Beschreibungen geworden. Um das Grauen zu vervollständigen, fehlte nur noch eine Horde Tribbles.

Er unterdrückte ein Schaudern und lief den Stollen entlang. Seine Stiefel quietschten im Schlick des Fußbodens.

13

Die dritte Stunde der Suchaktion war angebrochen. Noch immer hatte Data keine Spur der vermißten Crewmitglieder gefunden.

Er hatte die externe Sensorsondierung auf die Jarada-Stadt konzentriert, wo die meisten Mitglieder der Landegruppe sich aufhalten sollten. Bis jetzt hatte er jedoch keinerlei Ortungserfolg zu verzeichnen gehabt. Ein-, zweimal erfaßten die Sondierungsimpulse Biodaten, die möglicherweise auf Riker hindeuteten; doch sobald er den Transferfokus auszurichten versuchte, verschwanden sie aus dem Scanning. Entweder bewegte Riker sich sehr schnell, oder jemand störte absichtlich die Sensoren.

Im Moment hielt er beide Hypothesen für gleich wahrscheinlich. Allerdings vermutete der Androide, seine menschlichen Kollegen würden eher zur Sabotagetheorie neigen.

Zum zehntenmal innerhalb von zehn Minuten kalibrierte Data die Sensorjustierung neu, um die Feineinstellung immer noch weiter zu verbessern. Während er die Resultate über den Bildschirm wandern sah, widmete ein Teil seines Gehirns sich wiederholt einer technischen Frage: Wie ließ eine Sensorsondierung sich eigentlich wirksam stören, ohne sofort aufzufallen?

Es bräuchte eine hochdetaillierte Programmierung und einen äußerst komplizierten Algorithmus, um eine Störung ohne nachweisbare Urheberschaft hervorzurufen. Aber je mehr er darüber nachdachte, um so plausibler erschien ihm diese Möglichkeit.

Die Sensoren der *Enterprise* hätten nur dann die ganze Landegruppe nicht geortet, wäre sie vollzählig aus der Stadt gebracht worden. Keiko und Tanaka befanden sich wahrscheinlich tatsächlich außerhalb des Scanningbereichs. In welche Richtung sie gefahren waren, wußte Data nicht. Die übrigen Landegruppenmitglieder jedoch hätten erfaßt werden müssen; ihre Besichtigungsziele sollten innerhalb der Stadtgrenzen liegen.

Teile seines Positronengehirns verarbeiteten die Sensordaten; gleichzeitig knobelten Datas Kapazitäten an dem Problem etwaiger Methoden zur Störung des Scannings. Leider verfügte die Föderation lediglich über geringe Einsichten in das Wesen der Jarada und den Stand ihrer Technik. Darum durfte man nicht ausschließen, daß sie effektive Störmethoden kannten. Allerdings hatte Data keine konkreten Erkenntnisse, wie viele und welche Informationen den Jarada über die Föderation zur Verfügung standen.

Er hatte es mit zwei großen Komplexen unbekannter Faktoren zu tun; und alle diese Unklarheiten mußte er beseitigen, wollte er die verschollene Landegruppe ausfindig machen.

Im Laufe seiner Beschäftigung mit dieser Problematik trieben langsam zwei scheinbar zusammenhanglose Fakten in den Vordergrund seiner Überlegungen.

Der erste Umstand betraf die guten Kenntnisse, die die Jarada vom Anfang der Mission an *speziell* über die *Enterprise* und ihre Besatzung bewiesen hatten. Das Raumschiff war von ihnen eigens für die gewünschten Vertragsverhandlungen angefordert worden; sie hatten den Namen des Captains genannt; ihnen war bekannt gewesen, daß der Erste Offizier sich als Amateurmusiker betätigte.

Und im Gegensatz zu ihrem Festhalten an striktem Protokoll bei vorherigen Kontakten mit der Föderation hatten sie diesmal ihren Besuchern eine freundschaftliche, leutselige Fassade präsentiert. Man hätte meinen können, sie wären sich genau bewußt gewesen, wie sie Picard mit möglichst geringem Aufwand für sich einzunehmen vermochten.

Das zweite Faktum war das Scanning durch die Jarada, dem die *Enterprise* anläßlich ihrer erstmaligen Begegnung bei Torona IV unterzogen worden war. Abgesehen von einer kurzen Beeinträchtigung wichtiger Komponenten des Bordcomputers und der Kontrollsysteme war allem Anschein nach durch die Sensorimpulse der Jarada kein Unheil auf der *Enterprise* angerichtet worden.

Aber wenn es sich bei dieser flüchtigen Störung nur um einen Nebeneffekt gehandelt hatte? Die beiläufige Wirkung eines ultraschnellen Datenmelkens aus dem Hauptcomputer des Raumschiffs?

Um solchen Datendiebstähle vorzubeugen, schützten starke Abschirmungen die Computeranlagen. Bei einem dynamischen System jedoch konnten derartige Sicherheitsvorkehrungen nie vollkommen sein. Solange die Benutzer eines Computers darin Daten speichern oder welche abrufen mußten, gab es exponierte Leitwege, die ein entschlossener Datendieb sich zunutze machen konnte.

Aufgrund der Erleichterung über die erfolgreiche Beendigung des Auftrags bei Torona IV hatte sich niemand mit der Frage beschäftigt, welchem Zweck das jaradische Scanning gedient haben mochte. Aber jetzt stellte Data diese Frage.

Er sichtete die Logbücher des Schiffs und forschte nach den kompletten Sensordaten, deren es für eine Nachprüfung bedurfte. Es dauerte mehrere Minuten, diese Informationen zu finden. Ein Großteil der Sondierungsergebnisse war schon archiviert worden, um Speicherplatz für aktuelle Datenverarbeitungsprozesse zu schaffen.

Als er die Aufzeichnungen aufgespürt hatte, zeigte

sich, daß sie zu umfangreich und zu vieldeutig interpretierbar waren, um ihm unverzüglich zu einer Antwort zu verhelfen. Data befahl dem Computer, Simulationen der Messungen vorzunehmen und die wahrscheinlichsten Szenarien dessen vorzulegen, was den Datenspeichern beim damaligen Scanning widerfahren sein mochte. Dann schenkte er seine Beachtung wieder den gegenwärtigen Sensorortungen.

Ein Warnlicht weckte seine Aufmerksamkeit. Es verwies auf eine Anomalie des orbitalen Scannings. Data schaltete die Meßdaten auf seinen Monitor, um nachzusehen, welche Art von Signalen den Alarm ausgelöst hatten.

Die Zahl stellarer Objekte in der Nachbarschaft – im Orbit um Bel-Minor, Bel-Major sowie um beide Planeten – war ungeheuer hoch. Allein am vergangenen Tag waren mehr Kollisionswarnungen erfolgt, als Data außerhalb eines Simulators je erlebt hatte. Doch ein kurzer Blick auf die Bildschirme machte klar, daß diesmal kein Miniaturmond die Ursache abgab.

Strahlungsemissionen der Art, wie sie normalerweise bei altmodischen nuklearen Antriebssystemen auftraten, breiteten sich schweifförmig von der Planetenoberfläche aus. Auf dem Monitor ähnelten sie den Linien, mit denen man in Lehrtexten für Kinder Gravitationspotentiale darstellte. Die Messungen blieben schwach; die Emissionen ließen sich von der starken Hintergrundstrahlung dieser stellaren Zone kaum unterscheiden.

Data erteilte dem Computer den Befehl, die Sensorsondierung zu wiederholen und zwecks Minimierung der Unschärfe die Berechnungen zu optimalisieren. Auch danach meldete der Computer die gleichen Resultate. Nach diesem Stand der Analyse waren in den letzten sechs Stunden zwischen zehn und zwanzig atomgetriebene Ein- bis Zweipersonen-Raumfahrzeuge von Bel-Minor gestartet. Höchstwahrscheinlich versteckten sie sich zur Zeit zwischen den zahlreichen, im ganzen stellaren Umkreis verteilten Kleinmonden.

Soeben wollte Data die Beobachtung dem Captain melden, da lösten die Ortungsdetektoren lautstark eine neue Kollisionswarnung aus.

Die drei kleinen Raumjäger sausten so blitzartig hinter einem großen Asteroiden hervor, daß sie zur *Enterprise* vorstießen, fast ehe die Sensoren sie orteten. Picard veranlaßte Alarmstufe Rot. Die roten Warnleuchtflächen fingen zu pulsieren an.

»Kollisionsalarm«, gab Data via Interkom an das ganze Schiff durch. »Stellen Sie sich auf Erschütterungen ein. Das ist keine Übung.«

»Mr. Data, Meldung!« schnauzte Picard. »Chang, fordern Sie zum Abdrehen auf!« Seine Weisungen überschnitten sich mit den Alarmsignalen der Ortungsdetektoren. Changs Stimme, die die sich nähernden Einheiten zum Kurswechsel aufforderte, ergab eine gedämpfte Untermalung zu den Worten des Androiden.

»Die Maschinen sind einsitzige Raumjäger, Captain«, sagte Data. »Anscheinend sind sie von Bel-Minor gestartet, während unsere Kreisbahn uns um die andere Seite des Planeten führte. Ich habe eben die Analyse der Sensordaten abgeschlossen und wollte Ihnen gerade Meldung machen. Infolge des hohen Strahlungsaufkommens im Umraum Bel-Majors sind die Messungen nicht ganz eindeutig. Wahrscheinlich befinden sich inzwischen bis zu zwanzig Raumflugkörper dieser Klasse im Orbit. Anhand der jetzt eingehenden Sensordaten unterstelle ich, daß die Piloten Jarada sind. Allerdings sind diese Daten etwas eigenartig. Sie passen nicht zu unseren sonstigen Informationen über die Jarada.«

»Zwanzig ...?« Picard blickte auf den Wandschirm und sah, daß die kleinen Raumfahrzeuge noch immer direkt auf die *Enterprise* zusteuerten. Er ließ den Satz unbeendet. »Chang, fordern Sie sie zu sofortigem Abdrehen auf!«

»Ich versuch's pausenlos, Sir. Sie reagieren nicht auf unseren Funkspruch.«

Data beantwortete Picards nächste Frage, bevor der Captain sie aussprach. »Die Schilde können einer Kollision ohne weiteres standhalten, Sir. Auf den Decks im unmittelbaren Umkreis der Aufprallstelle dürfte eine Anzahl Personen durch Strahlung in Mitleidenschaft gezogen werden. Die *Enterprise* würde jedoch keine bleibenden Schäden erleiden. Die im Anflug befindlichen Einheiten müßten jedoch mit ihrer völligen Vernichtung rechnen.«

»Chang, Traktorstrahl einsetzen! Versuchen Sie jeden Zusammenstoß abzuwenden.«

»Jawohl, Sir.« Chung tippte die Koordinaten des ersten Raumjägers ein und aktivierte den Traktorstrahl.

Doch die Einheit flog mit schneller Beschleunigung; der Traktorstrahl konnte sie nicht stoppen. Der Raumjäger raste ungebremst auf die *Enterprise* zu und zerschellte an ihren Schilden. Ein leichter Ruck durchfuhr das Schiff, ehe die Kompensatoren für Ausgleich sorgten.

»Versuchen Sie es noch einmal mit der zweiten Einheit, Mr. Chang«, ordnete Data an. »Ich setze gleichzeitig zusätzlich die Traktorstrahl-Projektoren zwei und drei ein. Vielleicht können wir so seinen Kurs beeinflussen.«

»Ja, Sir.«

Während Chang sich bemühte, den nächsten Raumjäger mit seinem Traktorstrahl abzufangen, gab Data die Koordinaten den Kontrollgeräten der beiden anderen Traktorstrahl-Projektoren ein. Vielleicht gelang es in zusammengefaßtem Einsatz, den Jarada von der *Enterprise* fernzuhalten.

Aber trotz der Arbeitsgeschwindigkeit des Androiden und seiner Fähigkeit, beide Hände separat zu gebrauchen, konnten Data und Chang den Raumjäger nur zum Teil abbremsen. Die Einheit trudelte aus dem Wirkungszentrum der Traktorstrahlen und barst gegen die Schilde der *Enterprise,* explodierte in einem Schauer harter Strahlung.

»Beamen Sie den Piloten rüber«, befahl Picard, als Chang und Data sich auf den dritten Raumjäger konzentrierten. »Sicherheitsgruppe zum Transporterraum vier!«

Data leitete die Koordinaten des dritten Piloten dem genannten Transporterraum zu. Während die Brückencrew auf die Vollzugsmeldung des Transporterraums wartete, orteten die Sensoren drei weitere Raumjäger. Auch sie näherten sich mit extrem hoher Beschleunigung.

»Mr. Data, wie stehen unsere Chancen, diese Maschinen abzufangen?« In Picards Stimme gelangte eine gewisse Erbitterung zum Ausdruck.

Für einen langen Moment hörte man auf der Brücke nur das eintönige Piepen diverser Statusanzeigen und das Geräusch von Datas Fingerkuppen auf seinen berührungsempfindlichen Schaltflächen. Der Brückenbesatzung kam die kurze Zeitspanne wie eine Ewigkeit vor. Endlich war Data zu antworten imstande.

»Wahrscheinlich können wir diese Einheiten durch Traktorstrahleinsatz so wenig wie die bisherigen Raumjäger fernhalten. Die Deflektoren haben sich bewährt. Lediglich zwei Strahlungseinbrüche werden von unteren Decks gemeldet. Alle Prognosen zeigen an, daß die *Enterprise* auch bei Kollision mit allen drei Einheiten gleichzeitig keine relevanten Schäden davontragen wird. Die Strahlungsschauer der Explosionen erhöhen das Transferrisiko für die Piloten. Ihre Überlebensaussichten bei einem Transfer sind jedoch erheblich höher als bei der Kollision Ihrer Maschinen mit unseren Schilden.«

»Also transferieren wir sie, Commander.«

In nächsten Augenblick kam eine Meldung aus dem Transporterraum. »Wir konnten den Fokus nicht auf den Piloten ausrichten, Captain. Die Störwirkung der Strahlung war zu groß.«

Nach kurzem Überlegen leitete Data dem Transporterraum die Koordinaten der drei jetzt anfliegenden Raumjäger zu. »Transferieren Sie diese Piloten so bald wie möglich, Mr. O'Brien«, befahl er. »Ihre Maschinen nähern sich sehr schnell der Gefahrenzone.«

»Aye, Sir.«

Indem Picard seiner Umgebung eine Fassade der Ruhe zeigte, wartete er die nächsten Meldungen des Transporterraums ab. Der vierte Raumjäger zerschellte in einem blendend grellen Aufblitzen an den Schilden. Picard zog in Erwägung, die übrigen Maschinen abzuschießen, ehe sie gegen die Schilde der *Enterprise* rasten. Doch falls die Phaserkanonen zu früh feuerten, konnte O'Brien die Piloten nicht mehr retten.

Aber der Captain legte darauf Wert, die Piloten in Gewahrsam zu nehmen. Er sah darin eine Möglichkeit, weiteren Attacken vorzubeugen. Sollten diese Selbstmordeinsätze einen nachvollziehbaren Anlaß haben, vielleicht sogar eine Erklärung für das Verschwinden der Landegruppenmiglieder unten auf dem Planeten liefern, war darüber am wahrscheinlichsten von den Piloten Aufschluß zu erlangen.

»Data, versuchen Sie nochmals den jaradischen Ältestenrat zu kontaktieren. Ich wünsche Zelfreetrollan zu sprechen.« Picard spürte, wie unter ihm das Deck erzitterte, als der fünfte Raumjäger an den Schilden der *Enterprise* detonierte.

»Jawohl, Sir.« Für einige Sekunden schwieg der Androide, während er sich bemühte, Kontakt mit dem Planeten zu bekommen. »Es kommt auch jetzt keine Antwort, Captain.«

»Zwei Piloten haben wir retten können, Captain«, ertönte O'Briens Stimme aus dem Transporterraum. »Aber sie sind in mieser Verfassung. Den einen mußte die Sicherheitsgruppe betäuben, den anderen in ein Stasisfeld einschließen. Er tobt wie ein Wahnsinniger. Anders kann man's nicht bezeichnen.«

Picard unterdrückte ein Aufstöhnen. Voraussichtlich waren die Jarada-Piloten nicht die geeigneten Gesprächspartner zur Beantwortung seiner Fragen.

»O'Brien, veranlassen Sie, daß die Sicherheit sie zur Beobachtung in die Krankenstation bringt. Sie haben unter ständiger Bewachung zu bleiben.« Er hob den Blick zur Decke; das war für den Bordcomputer das Zeichen, daß er eine neue Verbindung schalten sollte. »Krankenstation, Dr. Selar.«

Einen Moment später meldete sich die vulkanische Ärztin. In ihrer Stimme erklang Gelassenheit und Besonnenheit, obwohl Picard sich gut ausmalen konnte, welcher Andrang momentan in der Krankenstation herrschen mußte. Infolge der Kollisionen fielen im Augenblick sicherlich ungewöhnlich viel Patienten an. Trotz aller Warnungen und vorangegangenen Übungen wurden immer wieder Leute verletzt. »Hier Selar.«

»Doktor, die Sicherheit schafft zwei Gefangene zu Ihnen. Ich brauche über sie so rasch wie nur möglich einen umfassenden ärztlichen Bericht. Und informieren Sie mich unverzüglich, sobald sie zur Beantwortung von Fragen in der Lage sind.«

»Jawohl, Captain. Haben Sie weitere Wünsche?«

Ist da etwa eine Andeutung von Ironie in ihrem Ton? fragte sich Picard. Manchmal glaubte er, bei Ärzten zähle der Hang zur Widerborstigkeit zur medizinischen Ausbildung. »Danke, Doktor. Das ist alles.«

Er rückte sich im Sitz zurecht, überlegte dabei, warum er den Kommandosessel auf einmal als so unbequem empfand. Gleich darauf erinnerte er sich an etwas, das Data vorhin erwähnt hatte. »Data, wie viele Raumjäger, haben Sie gesagt, lauern da auf uns?«

»Zehn bis zwanzig, Captain. Die Strahlungsintensität in diesem Planetensystem verursacht zu starkes Hintergrundrauschen, als daß präzisere Sondierungsergebnisse möglich wären.«

»Danke, Mr. Data.« Picard lehnte sich in den Sessel. Er versuchte ruhig und gleichmütig zu wirken. Es sollte wohl eine sehr lange Nacht werden, während sie darauf warteten, was als nächstes passieren mochte. Für seinen Geschmack standen zu viele Leben auf dem Spiel, als daß er etwas hätte unternehmen dürfen, bevor er über ausreichende Informationen verfügte. Aber was könnte er tun, um diesen Prozeß zu beschleunigen?

Irgendwann im Laufe der letzten eineinhalb Tage mußte die Landegruppe auf etwas gestoßen sein, das sich verwenden ließ, um die Jarada zu einer Stellungnahme zu zwingen. Die Attacken aufs Raumschiff, das Verschwinden der Landegruppe, sogar die auffällige Unkompliziertheit der Vertragsverhandlungen – das alles gehörte zu ein und demselben Muster.

Die alles entscheidende Frage lautete: Warum? Wenn er den *Grund* für das rätselhaften Verhalten der Jarada kannte, wäre es ihm auch möglich, ihren nächsten Schritt abzusehen. Und im Interesse der Sicherheit seines Schiffs *mußte* er ihn voraussehen. Den zweiten Angriff mochten die Jarada mit etwas Gefährlicherem führen als mit veralteten, einsitzigen Raumjägern.

Picard schauderte. Verzweifelte Ratlosigkeit stachelte sein Gehirn zu höchstem Leistungsvermögen an.

»Warum bloß so was?« murrte O'Brien verärgert, knallte die Faust gegen die Techno-Konsole. »Weshalb besteht der Captain darauf, daß ich diese verfluchten Käfer rette, die meine Frau verschleppt haben? Wir sollten sie einfach allesamt zur Hölle schicken.«

»Regen Sie sich ab, O'Brien. Kümmern Sie sich um Ihre dienstlichen Aufgaben. Der Captain will diese Jarada verhören.«

In Geordis Stimme erklang stählerne Härte. Er hatte für O'Briens Zorn Verständnis. Aber das fortwährende Genörgel beeinträchtigte die dienstliche Pflichterfüllung des Transporterchefs.

Trotzdem mußte Geordi einräumen, daß O'Brien bei all seinem Gemeckere mit dem Transfer der beiden Jarada-Piloten aus ihren Raumjägern in die *Enterprise* ein wirkliches Meisterstück zustande gebracht hatte.

Geordi besah sich die Ergebnisse der letzten Simulation Datas. Endlich ließ sich ihr eine Methode entnehmen, mit der die Jarada möglicherweise die Sensoren der *Enterprise* störten. Geordi übertrug die Daten in O'Briens Pult. »Wir müssen etwas ausarbeiten, wie wir die Transporter gegen Einwirkungen dieser Art schützen können.«

»Das ist doch alles bloß hypothetischer Krimskrams«, stänkerte O'Brien. »Wieso beamen wir nicht kurzerhand 'ne starke Sicherheitsgruppe hinunter und hauen unsere Kameraden heraus, bevor die Jarada sie ermorden?«

Aus Überdruß stöhnte Geordi laut auf. »Wenn Sie einen Vorschlag haben, wie wir sie finden sollen, wird der Captain ihn sich bestimmt offenen Ohrs anhören. Wenn nicht, ist es am sinnvollsten, wir halten eine Transfermöglichkeit frei. Dann können wir sie sofort an Bord beamen, sobald sie ausfindig gemacht werden, egal was die Jarada anstellen. Klar?«

»Ja, Sir«, antwortete O'Brien in einem Tonfall, der dieser Bestätigung widersprach. Dennoch bewegten seine Hände sich rege über die Schaltflächen. Er lud die neuen Informationen und startete Tests, um das günstigste Verfahren zu erarbeiten, mit dem Personen sich trotz der jaradischen Störtätigkeit an Bord beamen ließen.

»Na also.« Geordi leitete O'Briens Konsole weitere Datensammlungen zu. »Am besten halten wir uns ran, damit Resultate vorliegen, wenn wir sie brauchen.«

14

Riker landete höchst unsanft auf dem Grund des Schachts. Die Wucht des Aufpralls preßte ihm den Atem aus dem Brustkorb. Benommen und zerschlagen sank er auf den nassen Boden, keuchte nach Luft. Jeder Knochen, jeder Muskel, jeder *Nerv* in seinem Körper litt grausame Beschwerden infolge der Stöße, die er während der Rutschpartie durch den Schacht abbekommen hatte. Wie viele Male er auf dem rasanten Weg in die Tiefe mit Schultern oder Knien gegen die Wand gestoßen war, wußte er nicht.

Er hatte versucht, schlimmere Konsequenzen zu vermeiden, es jedoch nicht gewagt, seinen Sturz zu stoppen. Zu groß war die Furcht gewesen, die Schwarmhüter könnten in den Schacht eindringen, bevor er unten anlangte.

Er versuchte sich zu bewegen, erprobte die Glieder, um festzustellen, wie schwer er verletzt sein mochte. Auf jeden Fall hatten sich zu seinen schon vorhandenen Quetschungen noch mehr Prellungen gesellt. Rings um die bisherigen Schwellungen breiteten sich etliche neue blaue Flecken aus.

Auch sein linkes Knie wurde rasch ziemlich dick. Riker befürchtete, es binnen kurzem nicht mehr beugen zu könne. Langsam wälzte er sich auf die Seite und machte Anstalten zum Aufstehen.

Ein lautes Rumoren, begleitet von unregelmäßigem Klappern und Poltern, scholl den Schacht herab. Ehe Riker darüber nachdenken konnte, wer oder was da so schnell abwärtssausen mochte, kam Zarn um die letzte Biegung geschossen. Der Jarada lag auf dem Rücken und benutzte das eigene Exoskelett als Schlitten. Er prallte gegen Riker und warf ihn zurück auf den Boden.

Der Zusammenstoß schleuderte Zarn herum. Er rappelte sich hoch und stellte sich auf die Beine. »Das war äußerst amüsant. Ich kann verstehen, warum diese Art der Fortbewegung Ihnen soviel Spaß macht.«

Umgehend trat der Insektoide zur Seitenwand. Er scharrte mit den Krallen an der mit Moder überzogenen Mauer und aktivierte ein Tastenfeld.

Riker stöhnte und versuchte noch einmal aufzustehen. Beim zweitenmal fiel es ihm erheblich schwerer. Sein Zustand war jetzt noch schlechter. Als Zarn ihn rammte, hatten seine Klauen Riker an mehreren Stellen die durchnäßte Uniform aufgerissen. Unter den Schlitzen sah man einige Kratzwunden. Der Erste Offizier wußte, daß er sich baldmöglichst einer angemessenen ärztlichen Behandlung unterziehen mußte.

»Schnell!« drängte Zarn schon wieder. Seine Stimme zirpte in drei unangenehm schrillen Tönen. »Ich habe oben die Standardprogrammierung der Tür verändert. Das wird die Schwarmhüter aber nicht lange zurückhalten. Sie können die Verfolgung wiederaufnehmen, sobald ein Trupp den nächsttieferen Eingang erreicht.«

»Na prächtig. Genau das, was mich jetzt aufmuntert.« Mühsam raffte Riker sich empor. Vorsichtig belastete er das linke Bein. Das Knie tat gehörig weh. Inzwischen war es so stark angeschwollen, daß er es kaum noch beugen konnte. Durchgedrückt jedoch trug es noch Rikers Gewicht. Er seufzte vor Erleichterung, weil die Verletzung nicht schlimmer ausgefallen war, und hinkte zum Ausgang.

»Wenn wir's so eilig haben, wozu bummeln wir dann hier rum?«

Zarn hackte auf das Tastenfeld ein. In lavendelfarbenen Zeichen teilte es ihm etwas mit. »Sicherheitsverstoß? *Vrel'keth brefteev!* Euch werde ich ›Sicherheitsverstoß‹ lehren!«

Seine Krallenfinger flitzten über die Tasten. Er gab einen langen Befehl ein. Zur Antwort glomm eine purpurrote Mitteilung auf. Zarn tippte noch eine lange Reihe codierter Symbole in das Kombinationsschloß. Zu guter Letzt öffnete sich die Tür.

Zarn sprang hindurch, winkte Riker. »Beeilen Sie sich doch! Man will uns im Schacht einsperren. Ich habe das Programm mit meinem Ältestenrat-Prioritätscode ausgetrickst. Aber auch mit dieser Methode werden wir nicht lang Erfolg haben. Sobald jemand daran denkt, wird man die Korrektursteuerungsfunktion für diesen ganzen Block der Bauten stornieren.«

Mühselig humpelte Riker durch den Ausgang. Kaum hatte er ihn durchquert, rollte die Tür zu. Er hielt an, lauschte auf Geräusche einer etwaigen Verfolgung. Doch in dem Schacht hinter ihnen blieb es still.

»Sie sind uns noch nicht wieder auf den Fersen. Falls Sie ein paar gute Ideen haben, wie wir sie abhängen können, dann rücken Sie nun mal raus damit.«

Zarn tappte den Stollen hinab, entfernte sich von Riker. Dann merkte der Insektoide, daß der Mensch zurückblieb. Der Jarada verlangsamte und drehte den Kopf, um zu sehen, worin das Problem bestand. Auf seinen vier Beinen kam er zügig voran.

»Wenn Sie nicht eingeholt werden möchten«, sagte Zard, »müssen Sie sich beeilen.«

»Ich tu', was ich kann«, grummelte Riker. Seine Schwäche ärgerte ihn. Am meisten verdroß ihn, daß er nicht wußte, ob er Zarn seine Angeschlagenheit eingestehen durfte.

Er ging davon aus, daß der Jarada auf seiner Seite stand; trotzdem konnte er inzwischen leise Zweifel nicht mehr von sich weisen. Daß er keine Möglichkeit mehr hatte, die *Enterprise* zu kontaktieren, und daß wiederholt Angriffe stattfanden, untergrub allmählich seine Bereitschaft, Zarn Vertrauen zu schenken. Hätte er allein aus dieser endlosen Grube hinausfinden können, er wäre gern ohne die Unterstützung seines Gastgebers ausgekommen.

Der Jarada musterte ihn, beobachtete Rikers Hinken so ausgiebig, daß es dem Ersten Offizier peinlich wurde. Schließlich drehte Zarn den Schädel zurück nach vorn und setzte den Weg in gemäßigterem Tempo fort.

»Wie gelingt es Ihnen zu überleben, wenn Ihr Volk so gebrechlich ist? Und warum betreiben Sie solche Aktivitäten wie Schnellrutschen, wenn Sie davon körperlich überfordert werden?«

»Es war ja nicht freiwillig«, brummte Riker. Er stellte sich vor, Zarn hätte ein geschwollenes Gelenk. Wegen des Exoskeletts wäre ein Bluterguß bei Zarn zweifellos noch schmerzhafter als der Druck in Rikers Knie.

»Ihre Antwort ist mir unbegreiflich.«

Ohne eine Erklärung Rikers abzuwarten, bog Zarn behend in einen Nebengang ab. Dort bedeckte Schlick den Fußboden. An einer Wand sickerte ein Rinnsal Wasser herunter. Von diesem Stollen zweigten wiederum mehrere Tunnel ab; einer sah finsterer und ekelhafter als der andere aus.

Flink bog Zarn um noch eine Ecke; wenig später nahm er eine weitere Abzweigung. Ob er den Weg spontan suchte oder einer bestimmten Route folgte, blieb unersichtlich. Hinter jeder Ecke wurde der Boden matschiger, gab es weniger funktionierende Leuchtstreifen.

Wohin gehen wir eigentlich? wunderte sich Riker. Er hatte das Gefühl, daß der Jarada ihm, falls er fragte, keine Auskunft gäbe. Voraussichtlich erhielte er nur eine unerfreuliche Antwort, die er im schlimmsten Fall nicht einmal als glaubhaft einstufen könnte.

Nach drei- oder viermaligem Abbiegen betrat Zarn

einen Stollen, dessen Ende ein Riesenberg aus Lehm und Schlamm bildete. Zarns Fühler kippten seitwärts; dadurch bekam sein Gesicht einen unmißverständlich selbstzufriedenen Ausdruck. Für einen Moment mußte Riker sich des unvernünftigen Drangs erwehren, Zarn ordentlich auf die Schnauze zu hauen. Als der Jarada die nächste Mitteilung machte, bereute Riker beinahe seinen Verzicht.

»Dort klettern wir hindurch«, sagte Zarn, indem er auf den Berg Erdreich deutete. »Dahinter liegt zwischen zwei Einsturzstellen ein kurzes Stück Stollen. Darin wird niemand uns suchen.«

Voller Bedenken besah Riker sich die Gegebenheiten. Er war sich nicht sicher, ob er durch ein Loch paßte, das für den Jarada genügte. Er hatte nicht einmal Lust, es zu versuchen. Sicher war jedoch, daß er keinesfalls allein durch das Tunnelsystem zurückfinden und wieder ins Freie gelangen konnte; also mußte er sich an Zarn halten.

Widerwillig stieg er dem Insektoiden auf den Schlammberg nach. Ganz oben, wo früher die Tunneldecke gewesen sein mußte, war ein großer Durchschlupf vorhanden. Riker zwängte sich hindurch und rutschte die Rückseite der Erdanhäufung hinab.

»Hier werden wir warten«, erklärte Zarn. »Bei Anwendung der gewohnten Prozeduren wird man die Bauten fünf Standardeinheiten lang durchsuchen. Danach können wir fort.«

Riker stieß ein Aufseufzen der Bitterkeit aus. Stundenlang in kaltem, nassem Dreck herumzusitzen, war so ziemlich das letzte, wozu er nun Neigung hatte. Aber ihm blieb kaum eine Wahl. Er senkte den Kopf auf die Knie. Trotz allem schlief er binnen kurzem fest ein.

Er dämmerte nur langsam ins Bewußtsein zurück. Anfangs begriff er nicht, wo er war; er glaubte, die Nässe und die grauenvolle Kälte gehörten noch zu den Resten eines Traums. Überall ringsum fühlte er Erde und Schlamm, Matsch durchdrang den ganzen Stoff seiner Uniform. So erbärmliche Verhältnisse konnte es doch nur im Alptraum geben.

Das träge Platschen von Tropfen in eine Pfütze, so monoton und zum Verrücktwerden wie die berüchtigte chinesische Wasserfolter, überzeugte Riker letzten Endes von seinem Wachsein. Argwöhnisch öffnete er die Lider und sah seine ärgsten Befürchtungen bestätigt. Er saß mutterseelenallein in dem abgetrennten Stollenabschnitt. Wohin Zarn gegangen war, wußte er nicht; und ebensowenig, ob er zurückzukehren die Absicht hatte.

Riker versuchte sich hochzustemmen und aufzustehen. Er schaffte es nicht; seine Muskeln waren zu steif und schmerzten zu sehr, als daß sie ihm gehorcht hätten. Indem er aufächzte, sackte er rücklings nieder. Nun verunreinigte der Schmutz ihn auch dort, wo er bisher sauber geblieben war; selbst durch die Haare rann ihm kalter Schlick.

Die Idee, die Hölle sei heiß, überlegte Riker, mußte jemand gehabt haben, der sie nie kennengelernt hatte; ewige Verdammnis in einem eiskalten Dreckloch schien ihm die weit grausamere Strafe zu sein.

Plötzlich knurrte sein Magen und erinnerte ihn daran, daß er seit vielen Stunden nichts gegessen hatte. Weil er wußte, daß hier und jetzt schlichtweg keine Nahrung erhältlich war, biß er die Zähne zusammen. Er zwang sich, das hungrige Zwicken seines Magens einfach zu ignorieren. An erster Stelle mußte die Notwendigkeit stehen, nach draußen zu gelangen.

Er konzentrierte sich auf seine Hände und fing als erstes die Finger zu bewegen an. Langsam und mit aller Vorsicht behob er die Starre seiner Handgelenke und Arme; er spannte und lockerte jeden einzelnen Muskel, erwärmte ihn so, bis er sich wieder benutzen ließ.

Anschließend wiederholte er, angefangen bei den Zehen, das gleiche Vorgehen mit den Beinen; beharrlich streckte und beugte er sie, bis er imstande war aufzustehen. Daß dank der Kälte die Schwellung des Knies etwas vermindert worden war, tröstete ihn ein wenig. Das Kniegelenk tat noch weh und war dick, aber nicht mehr so sehr, daß sich der Uniformstoff gedehnt hätte.

Mit bedächtigen, unbeholfenen Bewegungen richtete er sich auf; es bereitete ihm Schwierigkeiten, in der schmierigen Kotigkeit des Fußbodens das Gleichgewicht zu wahren. Er hatte den Eindruck, daß der Boden in der Mitte des Stollenabschnitts fester wirkte, weniger aufgeweicht. Mühevoll schleppte Riker sich die fünf Schritte weit, die er bis zum trockensten Fleckchen zurücklegen mußte.

Ihm ging durch den Kopf, wie Matsch für ihn, nachdem er zehn geworden war, die Attraktivität verloren hatte. Davor hatte er, wie er sich entsann, jeden Sommer mit seinen Cousins in Oklahoma Schlammschlachten veranstaltet. Riker war mit zwei Jahren Altersunterschied der Jüngste gewesen. Alle kamen sie stets von Kopf bis Fuß mit dem lehmigen, rötlichen Schlamm bekleckert nach Hause, mit dem sie sich beschmissen hatten.

Mit einem Ruck kehrte Riker in die Gegenwart zurück. Dieser Matsch hatte mehr Ähnlichkeit mit den zähen Ablagerungen längs der Flüsse seiner Heimat Alaska, dem eisigen Felsstaub, der so kalt blieb wie die Gletscherwasser, die sich von den gezackten, weiß gekrönten Kämmen der Berge ergossen.

Nachdem er sich vergewissert hatte, daß der Untergrund ihn trug, machte sich Riker an eine Reihe von Aufwärmübungen. Zunächst ging er langsam vor, regte lediglich seinen Blutkreislauf an. Allmählich führte er die Übungen schneller aus, bis er sich fast wieder zu allem fähig fühlte. Schweiß perlte unter seinem Haaransatz hervor. Zum erstenmal seit Stunden war ihm wundervoll warm.

Eine Weile später legte er eine Pause ein, um zu verschnaufen. Da hörte er von der anderen Seite des Schlammbergs, über den er und Zarn gestiegen waren, ein Geräusch. Ein Stein polterte. Kehrte Zarn zurück? Oder hatte ein anderer, feindseliger Jarada das Versteck entdeckt?

Rasch kletterte Riker unter die Tunneldecke hinauf und kauerte sich in das Dunkel neben dem Durchschlupf.

Dem Jarada voraus drang ein kräftiger Kieferngeruch durch das Loch. Die dunkelbraunen, chitingepanzerten Beine, die sich als erstes zeigten, hatten Zarns Farbe. Aber Riker mochte kein Risiko eingehen.

Sein Arm schoß vorwärts und traf die Laufbeine des Jarada. Der Schlag warf den Insektoiden aus der Balance. Er stürzte vornüber und schlitterte den Lehm hinab. Unten fiel er auf den Rücken und blieb liegen. Alle acht Glieder strampelten in der Luft. Langsam drehte er sich auf dem kleinen Fleck trockenen Bodens im Kreis.

Vorsichtig stieg Riker aus seinem finsteren Winkel und ließ sich auch beim Hinunterklettern Zeit. Aufmerksam beobachtete er den Jarada. Rikers Gesicht zuckte. Er versuchte sich das Grinsen der Belustigung zu verkneifen, das ihm den Mund verziehen wollte. In Rückenlage sah Zarn *ungeheuer albern* aus. Nach all den Schmerzen, Unzumutbarkeiten und der Ungewißheit der vergangenen Stunden tat es Riker wirklich gut, nun einmal den Jarada im Matsch liegen zu sehen.

Über die Schäbigkeit dieser Anwandlung war er sich durchaus im klaren. Außerdem war er sich nicht mehr sicher, ob er Zarn trauen durfte. Zwar brauchte er unverändert den Insektoiden, um aus dem unterirdischen Labyrinth hinauszufinden; aber jetzt den Jarada in der Klemme zu sehen, verdeutlichte Riker, daß er doch nicht gänzlich zur Hilflosigkeit verurteilt blieb.

»Warum haben Sie das getan?« Zarns Stimme hörte sich ungewohnt ausdruckslos an; ihre Dreiklangigkeit wirkte seltsam gepreßt. »Das Kämpfen ist Angelegenheit der Kriegerkaste. Hätten Sie einen Schwarmhüter angegriffen, wären Sie möglicherweise schwer verwundet worden.«

Riker musterte den Jarada. Zu entscheiden, ob der Insektoide seine Äußerung ernst meinte, fiel enorm schwer. Schon unter normalen Umständen ließ Zarn sich nicht durchschauen. Während der Jarada sich auf dem Rücken im Kreis drehte und mit den Beinen in der Luft fuchtelte, war es erst recht unmöglich, seine Miene zu deuten.

Im Geiste warf Riker eine Münze. Seine Schlußfolgerung lautete, daß Zarn sich nicht unbedingt unaufrichtig verhielt; doch wahrscheinlich verschwieg er andauernd große Teile der Wahrheit. Trotz allem verkörperte der Insektoide nach wie vor seine beste Chance, endlich diesem glitschigen Pfuhl zu entkommen. Also empfahl es sich, zu Zarn ein möglichst gutes Verhältnis zu bewahren.

»Ich wußte nicht, wer da kommt«, sagte Riker. »Sie hatten mir nicht mitgeteilt, wohin Sie gehen oder wann Sie zurückkehren. Darum dachte ich, es könnte ein Feind sein. Und ich hatte Sorge, schon zu lange gewartet zu haben und mich nicht mehr schützen zu können.«

»Ich habe Ihnen erläutert, daß die Fahndung nach fünf Standardeinheiten abgebrochen wird«, entgegnete Zarn in unverkennbarem Ton der Verärgerung. »Nun diskutieren Sie nicht lange, sondern helfen Sie mir vom Boden hoch.«

Riker stemmte einen Fuß gegen Zarns Seite, um das Kreiseln zu beenden. Für seine Größe hatte der Jarada ein beachtliches Gewicht. Vor Anstrengung mußte Riker ächzen.

Der Insektoide hatte den Schwerpunkt im oberen Körperbereich. Riker merkte sich diese Tatsache für den Fall, daß er je mit einem Jarada in einen Nahkampf verwickelt wurde. Beide Beine fest auf dem Boden, beugte er sich vor und streckte Zarn die Hand entgegen.

Der Jarada klammerte die Klauen um Rikers Unterarm und zog sich auf die Seite. Aus dieser Lage konnte er sich vollends herumwälzen und aufrichten.

Unverzüglich klomm er den Schlammberg empor zu dem Durchstieg. Er winkte Riker, daß er folgen sollte. »Kommen Sie. Beeilen Sie sich. Wir müssen zu dem Fahrzeug, das ich uns bereitgestellt habe, bevor es jemandem auffällt.«

»Was? Welches Fahrzeug? Wohin wollen wir denn fahren?« Endlich das Gewirr der Stollen und Schächte verlassen zu dürfen, bewertete Riker als glänzende Aussicht. Allerdings wußte er nicht recht, ob er darauf eingehen sollte, ehe er darüber Klarheit hatte, was Zarn überhaupt beabsichtigte.

Inzwischen war seine Rückkehr auf die *Enterprise* längst überfällig. Ohne Zweifel suchte man schon nach ihm. Er mochte sich nicht zu weit aus der Gegend entfernen, in der man ihn vermutete, zumal sein Kommunikator anscheinend einen Defekt hatte.

Von seinem genauen Aufenthaltsort hatte er keinen Begriff, jedoch nahm er an, daß er sich noch in der Nähe des Regierungskomplexes befand. Wenn man nach der üblichen Methode verfuhr, hatte man mit der Sensorpeilung an seiner letzten nachweisbaren Position angefangen und dehnte das Suchgebiet in konzentrischen Kreisen aus. Falls das Raumschiff gegenwärtig keine anderen Probleme hatte, müßte er an sich jeden Moment geortet werden.

»Ich bringe Sie an einen sicheren Ort, wo es keine Wahnsinnigen gibt. Er liegt nicht sehr weit von hier. Aber werden Sie gesehen, bevor wir eintreffen, wird man Sie nochmals angreifen.« Auf dem höchsten Punkt des Schlammbergs verharrte Zarn. Er drehte den Kopf und blickte sich nach Riker um. »Bitte beeilen Sie sich. Sonst wird unser Fahrzeug womöglich anderweitig verwendet.«

Riker folgte dem Insektoiden den Lehm empor. Er konnte sich nicht des Gefühls erwehren, daß Zarn es etwas *zu* eilig hatte. Aber er hatte jetzt endgültig die Nase voll von diesen morastigen, modrigen Stollen. Und wenn er an die Planetenoberfläche zurückkehrte, war er für die *Enterprise* bestimmt leichter zu orten.

Normalerweise hätten die Sensorinstrumente des Raumschiffs ihn längst aufgespürt haben müssen. Um die Leistung der Sensoren zu vermindern, war die Strahlungsintensität im Beltaxiya-System nicht stark genug; lediglich bei der Verarbeitung der Meßdaten galt es wohl gewisse Ausgleichsfaktoren zu berücksichtigen. Da man ihn noch nicht gefunden hatte, mußte es auch in dem Tunnelsystem eine Störquelle geben.

Zarn und er begegneten unterwegs niemandem. An Scharr- und Druckspuren im Schlick des Fußbodens merkte Riker jedoch, daß erst kurz zuvor andere Jarada denselben Weg genommen hatten. Stellenweise duftete es noch nach Zimt oder Nelken. Wegen des vorherrschenden Erdgeruchs und Modergestanks empfand Riker diese Duftnoten nahezu als erfreuliche Abwechslung.

Nach zehn Minuten verließen sie den horizontalen Gang und stiegen Stockwerk um Stockwerk aufwärts. Meistens konnten sie schräge Stollen benutzen, die in die von Zarn gewünschte Richtung führten; zweimal jedoch mußten sie wieder in geschlossene Spiralschächte klettern.

Bei jedem Mal zirpte Zarn etwas über die Gefahr, in die es sie angeblich brachte, dem Kombinationsschloß den Öffnungscode einzutippen; aber beide Male passierte nichts. Riker überlegte, ob der Jarada befürchtete, der Türen-Kontrollcomputer könnte sie identifizieren. Aber vielleicht hatte das wiederholte Gejammer nur den Zweck, ihm keine Ruhe zu gönnen.

Angesichts der langen Zeit, die Zarn jedesmal für das Öffnen der Schlösser brauchte, hätte Riker keiner zusätzlichen Veranlassung zur Nervosität bedurft. Er konnte sich nur zu leicht vorstellen, wie sie in der Enge eines Schachts unversehens jemandem in die Arme liefen.

Endlich erreichten sie die Oberfläche. Durch eine schmale Tür am Ende eines langen Korridors huschten sie aus einem Gebäude ins Freie. Draußen war es dunkel. Eine dichte Reihe Sträucher schützte sie vor Blicken. In geduckter Haltung, um unter den gegen die Außenmauer gelehnten Zweigen hindurchzupassen, rannte Zarn an dem Gebäude entlang. Riker mußte den Kopf fast bis in Hüfthöhe senken, damit die Blätter und dornigen Zweige ihm nicht das Gesicht zerkratzten.

Sie bogen um eine Ecke und schlichen die halbe Länge der dortigen Außenmauer hinunter, bis Zarn in der Hecke eine Lücke fand. Er spreizte die Äste und ließ Riker beim Durchschlüpfen den Vortritt.

Der Erste Offizier trat auf einen Gehweg neben einer breiten Hauptverkehrsstraße. Nur der rötliche Schimmer des Gasriesen, der am Nachthimmel schwebte, erhellte die Verkehrsader. Zum Glück lag die Straße momentan gänzlich verlassen. Gleich an der Hecke parkte ein kleines, tropfenförmiges Fahrzeug.

»Schnell!« flüsterte Zarn zum aberdutzendsten Mal, als er sich durch die Hecke schob. Er eilte zu dem Gefährt. Seine Klauen trommelten einen Code ans Wagenfenster. Die Tür glitt auf, und der Jarada kletterte hinein. »Schnell«, wiederholte er erneut. Aus Beunruhigung klang seine Stimme regelrecht scharf.

Riker tat einen Schritt vorwärts, war sich aber noch

darüber im unklaren, ob er in den Wagen steigen sollte. Wahrscheinlich fand er keine günstigere Gelegenheit mehr, sagte er sich, um Zarn loszuwerden und sich wieder selbständig zu machen. Eine andere Frage war jedoch, wie weit er allein käme. Die leere Straße bot kaum Sichtschutz, und voraussichtlich würde Zarn ihn bald finden.

Er brauchte nur eine Möglichkeit, um irgendwo ungestört abzuwarten, bis die *Enterprise* ihn lokalisierte. Mehrmals kreisten seine Gedanken um die Zweckmäßigkeit des einen und des anderen Vorgehens. Zuletzt stufte er seine Chancen bei einem Alleingang als immer noch unbefriedigend ein. Zarn zu zeigen, daß er ihm mißtraute, wäre unkluges Verhalten gewesen. Riker verließ die Deckung der überhängenden Sträucher.

Über ihm schwebte Bel-Major wie ein riesengroßer, rostrot gestreifter Ballon. Unwillkürlich blieb Riker stehen. Der Anblick war einfach zu beeindruckend. Weiße, orangerote und ockergelbe Wolkenbänder, Wirbel und girlandenartige Gebilde strudelten durch die Atmosphäre des Planeten. Er gab ein prachtvolles Wahrzeichen für die Vielfältigkeit und Herrlichkeit des Universums ab. Riker war viele Male am Jupiter vorübergeflogen; aber er konnte sich nicht daran erinnern, in solcher Nähe zu einem Gasriesen schon einmal auf einem bewohnbaren Planeten gewesen zu sein.

Ein entferntes, rhythmisches Geklapper drang an seine Ohren. »Beeilung!« schrie Zarn, bevor Riker das Geräusch erkannte. »Die Schwarmhüter kommen!«

Bei dem Gedanken an eine Konfrontation mit einer ganzen Phalanx aggressiver Jarada stand Rikers Entschluß schlagartig fest. Jetzt war eindeutig *nicht* der richtige Zeitpunkt, um sich von Zarn zu trennen.

Riker sprang in den Wagen. Hinter ihm schlug die Tür zu. Er schwang sich auf den Rücksitz. Dort langte er nach einigen Kissen, mit denen er in dem für Jarada konstruierten Sitz die Auskerbungen füllte. Während er sich mit der Polsterung und den Sicherheitsgurten abmühte, programmierte Zarn am Armaturenbrett das Fahrtziel ein.

Gerade hatte Riker die Gurte geschlossen, da sauste der Wagen mit erheblicher Beschleunigung auf die Fahrbahn. Gleichzeitig klappten Panzerplatten auf die Fenster und nahmen den Insassen völlig den Blick nach außen. Ohne Sicht blieb Riker zu vollkommener Ratlosigkeit und zum Nichtstun verurteilt, während das Fahrzeug durch die Nacht raste.

15

»Lassen Sie mich das Ganze doch noch einmal zusammenfassen.« Erbitterten Blicks maß Beverly Crusher die fünf Jarada, die ihr an dem schwarzen, blankpolierten Tisch gegenüberhockten. Vier arbeiteten, soweit Crusher sich entsann, als leitende Forscher des Instituts; als fünfter saß Vish dabei, der neben seiner Forschungstätigkeit auch als Verwaltungschef fungierte. Zu unterscheiden, welcher kleine lohgelbe Insektoide welcher war, erschwerte ihr allerdings momentan der Zorn über die hinterhältige Taktik der Wissenschaftler.

»Sie wollen, daß ich hier bei Ihnen in diesem Geheimlabor bleibe, ohne mein Schiff zu kontaktieren, ohne Bescheid zu geben, wo ich bin oder was aus mir geworden ist. Und während ich da bin, soll ich für Sie ein Problem lösen, das Ihre genialsten Denker bisher nicht knacken konnten. *Und* Sie verlangen, daß ich diese Aufgabe bewältige, ohne die Ausstattung, die Datensammlungen und Assistenten heranzuziehen, die mir normalerweise für derartig anspruchsvolle Herausforderungen zur Verfügung stehen. Habe ich etwas vergessen?«

Vish hatte offenbar einen Rest von Anstand; immerhin brachte ihn das Unbehagen zum Zappeln. Die grob verputzte Wand hinter den Jarada hatte eine bräunliche Ockerfärbung; die Farbe war um einige Schattierungen dunkler als die vor Crusher aufgereihten Insektoiden.

»Sie müssen bedenken, verehrungswürdige Beverly, das Problem ist uns dermaßen peinlich, daß wir es sogar uns selbst äußerst ungern eingestehen. Erführe Ihr Schwarm davon, würde dadurch bei uns die größte Unruhe hervorgerufen. Uns ist bekannt, daß Ihr Volk keine Kollektivmentalität hat. Also brauchen Sie keinen Rückhalt des Schwarmkollektivs, um Ihre Arbeit zu verrichten.«

Crusher stöhnte. Sie fragte sich, wie der Jarada zu dieser Schlußfolgerung gelangt sein mochte. Und wie, hätte sie gerne erfahren, funktionierte ihr Schwarmbewußtsein, das sich von der Zusammenarbeit mit einem Team menschlicher Wissenschaftler so unterschied?

Sie rückte auf ihrem unbequemen Sitz hin und her, um in den jaradischen Konturen des Stuhls eine Haltung zu finden, die ihr Körper als halbwegs bequem empfand. Das Pochen in den Schnittwunden des Arms erhöhte ihr Unwohlsein. Bei jeder Regung stach starker Schmerz durch den Arm.

Mit Ausnahme des Tricorders war jedes Instrument in Ihrer Arzttasche genauso funktionsuntüchtig wie ihr Insignienkommunikator geworden. Vish behauptete, die Ursache nicht zu kennen. Crusher war gezwungen gewesen, die Verletzungen mit primitivsten Mitteln zu versorgen. Sie hatte die Kratzer mit einer sonderbar riechenden Salbe betupft und mit Mull verbunden. Ob die Behandlung wirkte, stand noch offen; das Medikament war für die jaradische Physiologie entwickelt worden.

Ein neues Aufstöhnen des Mißmuts entfuhr ihr, während sie die Jarada betrachtete. »Erlauben Sie mir einmal, etwas klarzustellen. Ich habe keine Ahnung, wie das mit Ihrem Gruppenbewußtsein abläuft. Aber mein Volk besteht keineswegs aus völlig isolierten Einzelwesen, von denen jedes buchstäblich alles allein erledigen kann. Wir sind Spezialisten. Jedes Mitglied eines Teams trägt seine besonderen Fähigkeiten und Kenntnisse zu den Bemühungen der Gemeinschaft bei.«

»Das ist unerheblich.« Vish senkte die Klauen auf die Tischplatte. Seine Gebärde vermittelte den Eindruck der Endgültigkeit. Die übrigen Jarada am Tisch wippten zum Zeichen der Zustimmung mit dem Kopf. »Sie spüren keine mentale Verbindung zu den anderen Mitarbeitern Ihrer Gruppe. Wenn einer Ihrer Schwarmgenossen dem Wahnsinn verfällt, erleben sie keinen Verlust geistiger Rationalität. Deshalb können und werden Sie das Problem für uns lösen.«

»Sie zwingen mich wirklich, *noch eines* klarzustellen.« Crusher atmete tief ein, um ihre Wut zu zügeln. Sie mußte kühlen Kopf bewahren, um gegen die Jarada argumentieren zu können. Dabei hätte sie am liebsten ungehemmt Dampf abgelassen. Doch zu irgend etwas geführt hätte es wahrscheinlich ohnehin nicht. Unter Menschen, die erwarteten, daß ihr Temperament ihrer Haarfarbe entsprach, reservierte sie die Waffe ihrer Wutausbrüche für Momente, in denen die Logik versagte. Aber die Jarada schienen für ihre Erbitterung blind zu sein.

»Sie haben mir noch keinen einzigen *Grund* genannt, *warum* ich mir die Mühe machen sollte, an der Behebung Ihres Problems zu arbeiten. Sie haben mich verschleppt, Sie halten mich gefangen, lassen mich nicht einmal mein Schiff kontaktieren. Und da glauben Sie, ich sei bereit, Ihnen zu helfen? *Wieso* sollte ich überhaupt einen Finger für Sie rühren?«

Vish reckte sich zu voller Größe empor. »Weil Sie nicht wissen, wie Sie ohne unsere Unterstützung zu Ihren Schwarmgeschwistern zurückkehren können. Falls der Wahnsinn auch uns packt, sitzen Sie hier ohne jeden Ausweg fest. Wir fünf sind die ältesten und mental stabilsten Forscher unseres Instituts. Ich schwöre Ihnen, wir verhindern Ihre Rückkehr zu Ihrem Schwarm, solange Sie unser Problem nicht beseitigt haben.«

Crusher beschloß, dagegen zu protestieren, suchte in

der Runde am Tisch nach dem Individuum, das ihren Argumenten am zugänglichsten sein mochte – und hielt den Mund. Noch nie hatte sie fünf Lebewesen gesehen, die eine solche Einmütigkeit demonstriert hätten. Die dreieckigen Schädel mit den Insektenkiefern und den schimmernden Facettenaugen, in denen sich Beverlys Gesicht zahllose Male spiegelte, hätten in derselben Form gegossene Bildnisse sein können. Sie bemerkte keinen Unterschied.

Wenn sie versuchte, sie zu ihrer Freilassung zu überreden, wäre sie voraussichtlich in zehn Jahren noch hier. Offensichtlich kannten die Jarada keine Scheu, ihre Argumente zu ignorieren, bis sie alle den Verstand verloren.

Crusher fiel etwas ein: Bei manchen Völkern war es Brauch, ihre internen Angelegenheiten zu regeln, indem sie Geiseln nahmen und sie gegen vorteilhafte Abmachungen eintauschten. Auf der Erde hatten die alten Römer eine ähnliche Politik gegenüber ihren Nachbarn betrieben. Freiheit gegen Forschung – anscheinend lautete so das Geschäft, das den Jarada vorschwebte. Anhand ihres gegenwärtigen Kenntnisstands konnte Crusher allerdings nicht die dabei gültigen Regeln durchschauen.

Mit einem Aufseufzen der Erbitterung gab sie nach. »Ich muß Ihre gesamten Archivmaterialien haben. Sowohl aus der Zeit vor wie nach Ihrer Niederlassung auf Bel-Minor. Ich brauche Zugriff auf Ihre Computer und Ihre sämtlichen Datenbanken. Und die besten Analysegeräte, die hier verfügbar sind.«

Zu ihrem Verdruß willigte Vish sofort ein, als hätte er alles vorausgesehen. »Unser Großlaboratorium ist auf die Benutzung durch Sie vorbereitet worden. Dort finden Sie alles, was Sie wünschen...«

»Nicht so hastig.« Beverly winkte ab, um den nächsten Worten des Jarada zuvorzukommen. Sie ahnte, daß es sich um einen höflich formulierten Befehl handeln würde, unverzüglich an die Arbeit zu gehen. »Selbstverständlich müssen auch Mitarbeiter für die Tätigkeit an den Computern und übrigen Geräten da sein.«

Die großen Mittelfacetten in Vish' Augen verfärbten sich von Grün über Rot zu Bernsteingelb. »Ich glaube, das ist nicht ratsam.«

Verdutzt erkannte Crusher Verunsicherung im Verhalten des Jarada. Wenn die Vorstellung, ihr ein paar Techniker zu unterstellen, die für sie Apparaturen bedienten, soviel Sorge auslöste, mußte die Situation viel ernster sein, als man sie ihr geschildert hatte. Aber wie sollte sie sich ohne Hilfe mit allem zurechtfinden? Sie beherrschte die Jarada-Sprache nicht und konnte sie nicht lesen; folglich käme sie ohne Dolmetscher mit den Bedienungsanweisungen und Analyseergebnissen nicht klar.

»Bei meiner Arbeit ist unbedingt Assistenz erforderlich«, sagte sie in einem Ton, der keinen Widerspruch duldete. »Erstens kann ich das Problem um so schneller bewältigen, je mehr Hilfe ich habe. Zweitens kann ich Ihre Sprache weder sprechen noch lesen. Da Sie mir jeden Kontakt mit der *Enterprise* verweigern, bin ich auf Ihre Anlagen und Datenbanken angewiesen. Aber ohne Dolmetscher sind sie für mich nutzlos. Sie haben die Wahl: Entweder arbeite ich an Ihrem Problem, oder ich verbringe die nächsten sechs Monate mit dem Erlernen der jaradischen Sprache. Bis dahin bin ich darin vielleicht gut genug, um ganz allein wissenschaftliche Forschungstätigkeit leisten zu können.« Flüchtig bedauerte Crusher, daß der jaradische Translator nur das gesprochene Wort übertrug.

Aus Mißbehagen zitterten Vish' Fühler. »Wir dürfen unmöglich sechs Monate lang warten, ehrenwerte Dr. Crusher. Andererseits haben wir jedoch niemanden, dem wir soweit trauen, daß wir ihn als Helfer abstellen könnten. Was mit Mren geschah, war nur ein Vorgeschmack dessen, was sich ereignen wird, wenn Sie nicht schnell die Lösung finden.«

Crusher verschränkte die Arme vor der Brust und lehnte sich in den Sitz. Der Blick, den sie Vish zuwarf, hätte ihrem Sohn genug gesagt; den Jarada dagegen beeindruckte er nicht.

»Gerade wegen der Dringlichkeit der Situation hätte ich gedacht, es wäre in Ihrem Interesse, für mich die bestmöglichen Arbeitsbedingungen zu schaffen. Wenn Sie mir schon den Zugang zu meinem Labor an Bord der *Enterprise* verweigern, sollten Sie mir wenigstens ein Minimum an Hilfe zukommen lassen. Sonst kann ich keine Resultate vorweisen.«

Alle fünf Jarada wechselten Blicke. Ihre Augen durchschillerten das komplette Farbspektrum, während sie sich nacheinander auf verschiedene Anwesende richteten. Zu guter Letzt legte Vish die Greifarme in Schulterhöhe an.

»Wir werden Ihren Wunsch erfüllen, obwohl wir damit gegen besseres Wissen handeln. Sie müssen einsehen, daß wir unter diesem Umständen jede Verantwortung ablehnen, falls der Irrsinn alle Ihre Assistenten gleichzeitig befällt.«

»Wie hoch ist dafür die Wahrscheinlichkeit?« Crusher unterdrückte ein Schaudern. Vish' unheilvolle Warnung behagte ihr gar nicht. Wieviel Zeit blieb noch, bis sämtliche Jarada des Instituts dem Wahnsinn erlagen, der sie beschlich? Hatte sie überhaupt eine Chance, so lange zu überleben, bis die *Enterprise* sie lokalisierte und zurück an Bord beamte?

Vish schaukelte mit dem Kopf. Wie aus Kummer senkten seine Fühler sich tief herab. »Je mehr Individuen ausfallen, um so wahrscheinlicher ist es, daß auch der Rest wahnsinnig wird. Jedes Opfer vergrößert die mentale Bresche in unserem Kollektivbewußtsein und verringert die Widerstandskraft der

Überlebenden. Verehrte Dr. Crusher, Sie sind unsere letzte Hoffnung.«

Wie sagt man wohl ›Ist ja toll, vielen Dank‹ auf jaradisch? fragte sich Beverly. Obwohl sie durchschaute, wie Vish sie manipulierte, war es schwierig, sich dagegen zu wehren. Irgendwo auf diesem Planeten mußte sich ein außerordentlich taugliches Nachschlagewerk zum Thema Humanpsychologie befinden; und Vish hatte es zweifellos gründlich studiert.

»Wenn ich Ihre letzte Hoffnung bin«, antwortete Crusher mit einer Spur Bissigkeit in der Stimme, »dann müßten Sie mich allerwenigstens mit den erforderlichen Hilfsmitteln ausstatten. Und dazu zählen nun einmal auch Leute, die mit den Gerätschaften umgehen und die Resultate der Arbeit in eine mir verständliche Sprache übertragen können.«

Vish stieß sich vom Tisch ab und entfernte sich zum Ausgang; seine Klauenfüße schleiften über den Fliesenboden. »Wir werden tun, was Sie wünschen.«

Das Laboratorium war geräumig und bestens ausgerüstet. Alles war vorhanden, was sie brauchte, und außerdem einiges, das zu fordern sie vergessen hatte. Die Mitte des Saals füllten Labortische aus, an denen ein Dutzend Forscher Platz zum Arbeiten fand. Der Proteinanalysator, der Gen-Zähler und der medizinische Diagnosescanner glänzten so sauber, wie man es nur bei fabrikneuen Apparaten sah. Sie hatten bisher keine Bekanntschaft mit dem Zahn der Zeit oder den Klauenhänden der Jarada geschlossen. Eine Wand war ganzflächig von Computermonitoren und Kontrollpulten verdeckt.

Für Crushers Empfinden wirkte jede Komponente der Laboreinrichtung leicht mißgestaltet oder in den falschen Maßen fabriziert. Aber alles stand für sie bereit, alles wartete nur darauf, daß sie die Forschungen einleitete, deren Ergebnisse den Aufwand dieses Laboratoriums rechtfertigen sollten.

Es graute Beverly bei dem Gedanken, was geschehen wäre, hätte sie zu helfen abgelehnt. *Wahrscheinlich wäre ich trotzdem jetzt hier,* schlußfolgerte sie übellaunig. Hinsichtlich ihres letztendlichen Nachgebens hatten die Jarada sehr zuversichtlich gewirkt; und sie hatten den Eindruck erweckt, zur Anwendung aller Mittel willens zu sein, um zu erreichen, was sie wollten. Außer sich zu fügen, sah Beverly im Moment keine Optionen. Doch sie hatte vor, es den Jarada ebenso schwer zu machen, wie sie ihr Unannehmlichkeiten zumuteten.

»Ich möchte ein vollständiges Bioscanning jeder Person in diesem Institut«, ordnete sie an. »Diese Scannings sind anschließend mit jedem früher bei diesen Individuen vorgenommenen Bioscanning zu vergleichen.«

»Das kostet ungeheuer viel Zeit, ehrenwerte Beverly.« Betroffen wackelte Vish mit den Fühlern. »Es ist nicht einsichtig, wieso Sie ein neues Bioscanning brauchen sollten. Unmittelbar vor unserem Arbeitsantritt hier im Institut ist bei jedem von uns ein komplettes Bioscanning erfolgt. Anders als bei Ihrem Volk ändern unsere Biodaten sich nicht, außer ein Individuum steht kurz vor der Häutung.«

»Gestatten Sie mir, daß ich daran meine Zweifel hege.« Crusher schwang sich auf die Kante eines Labortischs und ließ die Beine baumeln. Die Arme auf der Brust verschränkt, musterte sie Vish festen Blicks.

»Sie haben von mir verlangt, diese Aufgabe zu erledigen. Ich bin einverstanden, wenn auch nicht freiwillig. Aber ich bestehe darauf, daß ich die Arbeit auf meine Weise ausführe, ohne daß Sie mir hineinreden. Wenn Sie auf mein Fachwissen und Können Wert legen, müssen Sie erlauben, daß ich die Forschungen so betreibe, wie meine menschliche Intuition es mir eingibt.«

»Ich versichere Ihnen, unsere Biodaten ändern sich nicht.« Tief vergrämt verlagerte Vish sein Körpergewicht vom einen auf das andere Laufbein. »Das ist seit Tausenden von Generationen eine bewiesene Tatsache. Der einzige Zeitpunkt, an dem die Biodaten eines Jarada sich verändern, ist bei der Vorbereitung auf die Häutung. Keines der Individuen, die mental gestört wurden, befand sich vor der Häutungsphase.«

Crusher trommelte mit der Ferse des Stiefels gegen ein Tischbein. »Mit anderen Worten, es ist kein Bioscanning durchgeführt worden, um zu überprüfen, ob beim Ausbruch des Wahnsinns meßbare Abweichungen in der Körperchemie auftreten?«

»Natürlich nicht.« Vish klappte seine Normalarme an die Schultern. »Weshalb sollten wir unsere Zeit mit einer nutzlosen Untersuchung vergeuden, die wir längst aus der ersten Biologieklasse kennen?«

Crusher maß Vish grimmigen Blicks. »In diesem Fall wünsche ich besonders die Bioscanning-Daten des Individuums, das mich angegriffen hat. Wenn Ihnen nicht paßt, in welche Richtung ich meine Forschung treibe, schicken Sie mich auf die *Enterprise* zurück und machen Sie Ihre Arbeit selbst.«

»Also gut.« Vish' Ton bezeugte solche Widerwilligkeit, daß Crusher fast in Gelächter verfiel. Ob sie auf der richtigen Spur war oder nicht: Ihr erster Gedanke betraf einen Ansatz, den die Jarada bislang außer acht gelassen hatten.

»Wenn Sie für eine Weile zuzuschauen geneigt sind, zeigen wir Ihnen, wie die Bioscanner funktionieren. Dann können Sie sie später selbst bedienen.«

Vish winkte einen anderen Forscher heran. Der Jarada stellte sich in den orangegoldenen Kegel des Scannerfelds. Vish' Befehle bewirkten, daß das Scanning ablief; an der Kontrollkonsole blinkten Leuchtflächen, Spalte um Spalte wanderten fremdartige jaradische Schriftzeichen über den Monitor.

Crusher aktivierte ihren Tricorder. Sie zeichnete die Bedienungsprozedur auf und nahm gleichzeitig bei dem Jarada eigene biochemische Messungen vor. Ohne Zugriff auf den Bordcomputer der *Enterprise* blieben die analytischen Funktionen des Instruments stark beschränkt. Aber sollten die jaradischen Assistenten ausfallen, wäre sie auf jedes noch so bescheidene Mittel angewiesen.

Ein leises Läuten zeigte das Ende des Scannings an. Der Jarada verließ das Feld, zirpte halblaut etwas in seiner Sprache. Nacheinander unterzogen sich auch die übrigen im Labor anwesenden Jarada der Prozedur. Währenddessen unterrichtete der zuerst gescannte Jarada die anderen Mitarbeiter des Instituts über Crushers Forderung.

Zu zweien und dreien fanden die Jarada sich ein und warteten auf ihr Scanning. Crusher hatte von ihnen das Empfinden sonderbarer Niedergedrücktheit, als ob die Gefahr des Wahnsinns auf jedem von ihnen so schwer lastete wie die Mauern des Instituts.

Eine halbe Stunde später überlegte Crusher, ob ihr Riecher sie getäuscht haben mochte. Bis jetzt waren sämtliche Scanningergebnisse erstaunlich einheitlich. Darin spiegelten sich die große physische Ähnlichkeit der Jarada sowie die genetische Konformität der Angehörigen einer bestimmten Kaste wider.

Doch ehe ihre Zweifel sich verfestigen konnten, fing ein kleiner, lohgelber Insektoide ziemlich weit vorn in der Warteschlange mit dem Kopf zu zucken an. »Sofort ins Scanningfeld mit ihm!« befahl Crusher. »Schnell!«

Nach kurzem Stutzen keilten die vier nächststehenden Jarada ihren unglücklichen Kollegen ein. Der kleine Jarada sträubte sich mit überraschender Wildheit, aber ohne jede Finesse. Obwohl er ununterbrochen um sich biß und kratzte, nötigte man ihn schließlich doch ins Bioscanningfeld.

Vish hieb auf eine Taste in knalligem Rosa. Blaue Stasisfeldlinien umwaberten den lohgelben Jarada, zwangen ihn zur Bewegungslosigkeit, während der Bioscanner seine Arbeit tat.

Mit wachsender Erregung betrachtete Crusher die Meßdaten ihres Tricorders. Selbst ohne Vergleichszahlen ersah sie deutliche Unterschiede. Die Werte mehrerer wichtiger Enzyme wichen weit von allen anderen bisher gewonnenen Daten ab.

Drei Messungen lagen um fünf Prozent unter den Werten der anderen Jarada. Ein Enzym ließ sich in achtfacher Menge der höchsten davor festgestellten Konzentration nachweisen.

Zwar verstand Crusher noch nicht die Funktion dieser Enzyme. Aber sie *wußte,* daß der Jarada-Wahnsinn irgendwie mit diesen Unregelmäßigkeiten zusammenhing. Die Frage allerdings lautete: Welches Enzym hatte dafür die Verantwortung? Oder trugen alle vier zum Entstehen des Problems bei?

»Das ist ausgeschlossen.« Vish' Stimme klang nach Beklommenheit. »Seit Jahrtausenden haben unsere besten Forscher immer wieder bekräftigt, daß wir uns durch eine stabile Physiologie auszeichnen.«

Crusher verkniff sich die Entgegnung, ihm doch gesagt zu haben, daß etwas nicht stimmte. Sie sah noch einmal die im Tricorder gespeicherten Daten durch, bevor sie antwortete.

»Es gibt in der Galaxis viele Rassen, bei denen eine ausgeprägte Wechselwirkung zwischen Geistesgestörtheit und Biochemie existiert. In den meisten Fällen verursacht die Beeinträchtigung der Biochemie eines Individuums die Verhaltensstörungen. Bei einigen wenigen Völkern ist es jedoch umgekehrt. Sobald wir hier bei Ihnen Ursache und Wirkung abgeklärt haben, können wir ernsthaft an die Problemlösung gehen.«

»Wir sind die Jarada.« In Vish' Erwiderung schwang der Brustton einer unerschütterlichen Überzeugung mit. »Wir sind nicht wie andere Wesen.«

Crusher machte die Augen zu und zählte bis zehn, ehe sie dem Insektoiden widersprach.

»Gewisse universelle Gesetzmäßigkeiten gelten für neunzig Prozent aller Lebensformen der Galaxis. Es wäre geradezu höchst ungewöhnlich, unterläge Ihre Physiologie *nicht* denselben allgemeinen Regeln wie die jeder anderen intelligenten Rasse. Ich gebe zu, daß sicherlich funktionale Unterschiede bestehen. Im Detail ist die jaradische Physiologie bestimmt einmalig und unterscheidet sie von allen sonstigen Völkern. Aber falls es sich tatsächlich so verhält, daß diese grundlegenden Gesetzmäßigkeiten auf Sie nicht anwendbar sind, Ihre Körper nicht aus Aminosäuren, Eiweiß, Wasser, Mineralien und organischen Molekülen zusammengesetzt sind, die dem entsprechen, was ich beim Biochemie-Studium gelernt habe, bin ich hier fehl am Platz.«

Sie holte tief Luft, um ihrem letzten Wort hinlängliche Betonung zu verleihen. Aber sie ahnte schon, was Vish antworten würde. »Wenn Ihre Physiologie wirklich so einzigartig ist, daß meine Kenntnisse bei Ihnen nutzlos sind, lassen Sie mich auf die *Enterprise* umkehren. Dann kann ich für Sie nichts tun.«

»Sie bleiben hier.« Wieder richtete Vish sich zu voller Höhe auf; diesmal jedoch gelang es ihm nicht mehr, soviel gebieterische Autorität auszustrahlen. »Was brauchen Sie von uns, um die Aufgabe zu erfüllen?«

»Erstens die Biodaten jedes vom Wahnsinn Betroffenen. Zweitens fehlen mir noch immer die Vergleichsdaten für die Gegenprüfung der neuen Scanningresultate. Drittens verlange ich reibungslose Mitarbeit und Unterstützung.«

Crusher strich sich mit der Hand durchs rote Haar, um ein paar Augenblicke Zeit zu gewinnen. Es mußte irgendeinen Ansatzpunkt geben, um diesen verstockten Jarada mehr Umgänglichkeit abzutrotzen. Doch wie sie das erreichen könnte, blieb ihr ein Rätsel.

Die rassische Intoleranz der Jarada machte es beinahe unmöglich, solche Angelegenheiten vernünftig mit ihnen zu diskutieren. Allmählich neigte Beverly zu der Auffassung, daß ein übergeschnappter Jarada vielleicht nur geringfügig verrückter war als ein vorgeblich geistig gesundes Exemplar.

»Ich kann nicht zielgerecht arbeiten, wenn ich mich dauernd mit Ihnen um das richtige Verfahren zanken muß. Wenn Sie von mir Hilfe wünschen, muß ich so vorgehen können, wie mein Urteil es als am zweckmäßigsten erachtet. Haben Sie mich verstanden?«

Vish legte die Klauenhände seiner Greifarme an die Schultern. »Wenn es das ist, was Sie fordern, soll es so geschehen. Außerdem spüre ich jetzt die Annäherung jemandes, der Ihnen besser Assistenz leisten kann, als die Mitarbeiter, die hier verfügbar sind. Er müßte noch in dieser Stunde eintreffen.«

»Wovon reden Sie?« Beverly schüttelte den Kopf. Der Themenwechsel kam ihr etwas zu plötzlich. »Kennen Sie jemanden, der gegen diese Form des Irrsinns immun ist?«

»Die Einzelheiten sind unwichtig.« Vish' Tonfall stellte klar, daß er sich nicht genauer äußern wollte. »Wir haben zuviel Arbeit. Ich werde veranlassen, daß unsere Wärter die Personen bringen, deren Bioscanning Sie verlangen.«

Einen nach dem anderen schleppten die Wärter geisteskranke Jarada ins Laboratorium und ins Scanningfeld. Die Mehrheit wurde in Ketten angebracht; doch sie schlugen derartig um sich, ihre Leiber zuckten dermaßen, daß Crusher sich mühelos ausmalen konnte, was geschähe, würden sie die Fesseln abschütteln. Ein paar lagen im Koma; sie waren so tief in ihre Wahnvorstellungen verstrickt, daß sie ihre Umgebung nicht mehr wahrnahmen.

Crusher besah sich jeden Satz Daten mit wachsender Aufregung. Die Daten bestätigten ihre ursprüngliche Vermutung. Die Biochemie der wahnsinnig gewordenen Jarada war schwer durcheinandergeraten. Es bestand ein eindeutiger Zusammenhang zwischen dem Umfang dieser Abweichungen und dem Ausmaß der Geistesstörung.

Es beanspruchte Beverly so stark, nach der zugrundeliegenden Erklärung dieses Sachverhalts zu forschen, daß sie den versprochenen Assistenten völlig vergaß. Plötzlich jedoch stieß jemand die Tür auf. »Ihr Assistent ist da.«

Sichtlich angeschlagen, übersät mit blauen Flecken und verklebt von Schlamm humpelte Will Riker ins Laboratorium.

16

Nach einer Stunde, die Keiko jedoch wie zwanzig Stunden vorkam, gaben die Jarada es endlich auf, den Baum zu belagern, und entfernten sich. Inzwischen war es vollends dunkel geworden. Keiko konnte nicht mehr erkennen, was die Insektoiden unten trieben.

Doch nach fünfzehn Minuten völliger Stille glaubte sie, eine Anzahl finsterer Schattengestalten ziellos durch den Wald wanken zu sehen. Vorerst ermunterte diese Beobachtung sie noch nicht zum Hinunterklettern. Aber ewig wollte sie natürlich auch nicht auf dem Baum bleiben.

»Reggie?« flüsterte sie in der Hoffnung, daß ihre Stimme nur bis zu dem Ast drang, auf dem er hockte. »Reggie, ist mit Ihnen alles in Ordnung?«

Für die Dauer mehrerer Herzschläge antwortete ihr nichts als Schweigen. Dann raunte aus der Dunkelheit Tanakas gedämpfte Stimme; vor Schmerzen klang sie rauh.

»Das Bein ist ziemlich übel verletzt ... Ich glaube, ich habe die Blutung stillen können. Aber weglaufen kann ich nicht mehr.«

Keiko stöhnte auf, als sie sich den Anblick des in irre Raserei verfallenen Jarada in Erinnerung rief. »Wir müssen zurück zu unserem Lagerplatz. Dort sind unsere ganzen Vorräte.«

Unter ihr raschelte das Laub. Der Baumstamm zitterte leicht, als Tanaka sich aufrichtete. Bedächtig kletterte er zu Keiko herauf. Er orientierte sich mehr mit dem Tastsinn als dem Augenlicht. Schließlich schwang er sich Keiko gegenüber in eine Astgabel auf der anderen Seite des Stamms.

»Wenn ich wüßte, daß die Jarada nicht wiederkommen, wäre ich hier recht gut in Sicherheit. Aber für Sie sind Bäume ungewohnt. Sie würden hinunterfallen, wenn Sie einschlafen.«

»Sie vielleicht nicht? Sind Sie noch bei Verstand?« Beim Gedanken an einen tiefen Sturz auf den Waldboden schüttelte sich Keiko vor Grauen. Es war schlimm genug, einfach bloß hier zu *sein;* an ein längeres *Bleiben* wollte sie nicht denken.

»Ich bin auf Dulsinaray aufgewachsen. Deshalb bin ich das Leben auf Bäumen gewohnt.« Im Dunkeln bewegte er sich; die düsteren Umrisse seines Oberkörpers beugten sich vor. Er untersuchte das verletzte Bein.

Keiko schloß die Lider und klammerte sich fester an den derben Baumstamm. Die unbekümmerte Art, wie Tanaka sich in dieser gefährlichen Höhe verhielt, schlug ihr auf den Magen. Sie atmete tief ein und ganz langsam aus, versuchte an nichts zu denken. Doch sie hatte damit keinen Erfolg; statt dessen ging ihr ständig der Name Dulsinaray durch den Kopf.

Irgendwann einmal war er in den Nachrichten erwähnt worden. Damals interessiert sie sich nicht weiter für den Vorfall; später jedoch hatte das Ereignis im Unterricht an der Starfleet-Akademie eine Rolle gespielt.

Mit einemmal fiel der Groschen. Vor rund fünfzehn Jahren hatte eine Bande Terroristen die Hauptstadt Dulsinarays besetzt und die Regierungsmitglieder als Geiseln genommen; um ihren Forderungen Nachdruck zu verleihen, waren von ihnen regelmäßig Bürger massakriert worden. An die meisten Einzelheiten konnte Keiko sich nicht mehr entsinnen; aber sie erinnerte sich noch an die abscheuliche Methode, mit der man die Massaker verübt hatte.

Dulsinarays Bevölkerung bestand aus Baumbewohnern, die in großen Baumhäusern hoch über der sumpfigen, durch Fleischfresser unsicher gemachten Oberfläche des Planeten lebten. Die Terroristen hatten die Bürger ermordet, indem sie die Baumhäuser in Brand steckten und auf jeden mit einem Stunner schossen, der in die Nachbarbäume zu fliehen versuchte. Entweder waren die Opfer verbrannt, oder sie stürzten ins Moor, wo hungrige Raubtiere sie verschlangen.

Falls Tanaka während der kurzen Schreckensherrschaft dieser Terroristenbande in Dulsinaray-Stadt gewesen war, erklärte das freilich seine Reaktion auf die Befürchtung, Geisel der Jarada zu sein.

»Auf Dulsinaray?« fragte Keiko nach einer Weile. »Stammen Sie aus der Hauptstadt?«

»Ja.« Tanaka sprach das Wörtchen so knapp und leise aus, daß Keiko es kaum hörte. »Ich habe meine gesamte Familie verloren«, fügte er dann hinzu, als wollte er seine Barschheit wiedergutmachen. »Können wir das Thema wechseln?«

»Klar«, stimmte Keiko überhastet zu. Das Bild von der Flammenhölle auf Dulsinaray verdeutlichte ihr zu sehr die eigene üble Situation. Es fehlt nur ein durchgedrehter Jarada, der mit einer vom Lagerfeuer mitgenommenen Fackel durch den Wald stolperte, um hier ein ähnliches Fiasko heraufzubeschwören. Auf dem Boden konnten sie vor den Insektoiden nicht Reißaus nehmen, und ein Feuer müßte den Wald in ein mörderisches Inferno verwandeln. »Wie könnten wir denn am günstigsten von hier fortgelangen?«

Mit merklichem Unbehagen rutschte Tanaka auf seinem Ast hin und her. Keiko erriet, daß er sich ähnliche Gedanken wie sie machte. Sie hörte ihn tief aufseufzen.

»Ich würde mich, wenn Sie mich fragen, durch die

Wipfel absetzen. Am frühen Nachmittag, während Sie schliefen, habe ich mir die Wachstumsstruktur der Bäume angesehen. Sie sind alle von ungefähr gleicher Höhe, und in der Oberhälfte ist das gesamte Astwerk eng verflochten. In so einem Wald von Baum zu Baum zu steigen, ist das reinste Kinderspiel.«

»Aber daß ich dazu fähig bin, bezweifeln Sie?« Bei dem Gedanken, im Dunkeln den Wald von Wipfel zu Wipfel zu durchqueren, krampfte sich Keikos Magen zusammen. Tanaka mochte es als Spaziergang betrachten, übers Geäst durch Baumwipfel zu turnen und sich an Zweigen entlangzuhangeln; für Keiko hingegen war schon die bloße Vorstellung entsetzlich. Noch mehr jedoch graute es ihr davor, an Ort und Stelle zu bleiben. »Was Sie können, kann ich auch.«

»Dann wollen wir abhauen.« Tanaka straffte sich; er gab einen Schmerzlaut von sich, als er sein Gewicht auf das verletzte Bein verlagerte. »Ich möchte weit weg sein, wenn diese tollwütig gewordenen Käfer wiederkommen.«

Keiko schluckte schwer. Mittels schierer Willenskraft bändigte sie das nervöse Rumoren ihres gereizten Magens. Schließlich hatte sie selbst Tanaka danach gefragt, wie er vorgehen würde.

Doch bei der Aussicht, sich nun mit ihm durch diese Urwaldwipfel schwingen zu sollen, begannen ihre Handteller zu schwitzen. Sie wischte sich erst die eine, dann die andere Hand an der Uniform ab. Schlüpfrige Hände wären ein zusätzlicher Risikofaktor. Widerwillig stemmte sie sich hoch. Sie achtete darauf, ständig eine Faust um einen Ast geklammert zu haben.

Was er kann, kann ich besser, ermahnte sie sich immer wieder, während sie Tanaka in die oberen Bereiche des Baumwipfels hinauffolgte. Es war nicht so, daß sie an ihrer Tüchtigkeit gezweifelt hätte; allerdings zählte die Fähigkeit des Bäumekletterns nicht unbedingt zum Berufsbild einer Botanikerin. Also stieg sie ihm langsam nach. Sie war darüber froh, daß er selbst aus Vorsicht nur maßvoll zügig nach oben kraxelte.

Nach Erreichen der Wipfelhöhe bewegten sie sich von einer Krone zur nächsten. Oben sorgte der Glanz des Gasriesen – reflektiertes Sonnenlicht – für etwas mehr Helligkeit. Trotzdem verließ Keiko sich bald mehr auf das Tastgefühl, wenn sie die Füße auf die fedrigen, grobborkigen Äste setzte, als auf ihre Augen. Schon nach fünf Minuten hatte sie wieder völlig verschwitzte Hände.

Indem Keiko unablässig ihre Nervosität niederrang, ließ sie nie einen Zweig los, ohne zuvor einen anderen Ast zu packen. Nachdem sie sich daran gewöhnt hatte, empfand sie es sogar als vorteilhaft, daß sie diese Kletterpartie bei Nacht wagen mußten. Dadurch konnte sie sich leichter einreden, sie sei dicht über dem Boden; daß ihr bei einem Sturz nichts Schlimmeres als ein aufgeschürftes Knie oder ein verrenkter Fußknöchel zustoßen könnte. Diese Illusion, wie falsch sie auch sein mochte, hatte auf sie eine irgendwie beruhigende Wirkung.

Drei Stunden sowie ein Dutzend Beinahe-Stürze später fühlte Keiko sich durch ihren Selbstbetrug nicht mehr so ermutigt. Sie war schmutzig geworden und schweißüberströmt. Ihre Arme schlotterten infolge der ständigen Anstrengung, die es kostete, ihren Körper aufrecht zu halten, weiterzuschwingen und die Balance zu bewahren. Am schlimmsten war, daß ihr Magen mit erschreckender Regelmäßigkeit zwischen Heißhunger und Übelkeit schwankte. Sie wollte nichts anderes mehr, als in ihr Zelt kriechen und schlafen, bis die *Enterprise* sie fand.

»Schauen Sie, dort ist die Straße.« Tanaka deutete auf eine schmalen, freien Ausschnitt zwischen den Bäumen.

Keiko wunderte sich, woher er wissen mochte, daß

dort die Straße verlief; und sie überlegte, weshalb es so lange gedauert hatte, sie wiederzufinden. Sie schüttelte sich aus Mißmut, weil sie den Verdacht hatte, die Antwort zu kennen. Vermutlich lag der Grund für das langsame Vorwärtskommen mehr in ihrer Unerfahrenheit als in Tanakas Beinverletzung oder der Dunkelheit.

Als sie die Baumreihe erreichten, die die Straße säumte, bat Tanaka sie, dort zurückzubleiben, während er den weiteren Weg erkundete. Eigentlich widerstrebte sein Vorschlag Keiko. Aber sie war infolge der ungewohnten Fortbewegungsweise dermaßen müde, daß sie sich kurzerhand so sicher wie möglich in eine Astgabel klemmte. Beide Arme fest um den Baumstamm geschlungen, ergab sie sich der Erschöpfung. Sie konnte sich nicht darauf besinnen, in ihrem Leben je schon so verschwitzt und dermaßen durstig gewesen zu sein; oder daß sie sich je zuvor derartig elend gefühlt hätte.

Eine Viertelstunde danach zog Tanaka sich auf den gegenüberliegenden Ast des Baums. Er hatte sich völlig lautlos genähert. Daher zuckte Keiko zusammen, als sie seine Hand auf ihrer Schulter spürte.

»Vorsicht«, sagte er im Flüsterton. Er hielt Keiko fest. »Ich wußte nicht, daß Sie so ermüdet sind.«

»Ich bin nicht müde«, widersprach Keiko. Ärgerlicherweise klang ihre Entgegnung wie das patzige Widerwort eines störrischen Kinds. »Nur bin ich so etwas nicht gewöhnt.«

»Hm-hm.« Tanakas Stimme blieb neutral; er ließ sich auf keinen Streit ein. »Wir müssen nun auf den Boden zurück. Es gibt keine andere Möglichkeit zur Überquerung der Straße.«

»Müssen wir denn hinüber?« Auf einmal wurde Keiko bewußt, daß sie vor einer Fortsetzung des Fußmarschs genausoviel Schaudern verspürte, wie ihr das Durchklettern der Baumwipfel Grauen bereitet hatte.

Weshalb konnten sie nicht bleiben, wo sie waren, bis

die *Enterprise* sie lokalisierte? Wie lange mochte es noch dauern, bis das Schiff sie angepeilt hatte? Bestimmt stand ihr Mann schon im Transporterraum und erwartete die per externer Sensorsondierung ermittelten Koordinaten für den Transfer.

»Leider ja. Mein Bein muß dringend behandelt werden, und unsere einzige Erste-Hilfe-Tasche ist in meinem Zelt.« Noch einen Moment länger hielt er Keiko an der Schulter. »Außerdem brauchen wir beide Schlaf. Anfänger sollten sich nicht übernehmen. Wer sich in Gefahr begibt, kommt darin um. Es lohnt sich, das zu beherzigen.«

Keiko rang sich ein mattes Lächeln ab, obwohl sie wußte, daß Tanaka ihr Gesicht im Dunkeln nicht sehen konnte. »Sie sprechen mir aus der Seele. Ist es denn unten ungefährlich?«

Tanaka seufzte. »Ich glaube, ja. Wenigstens habe ich in der näheren Umgebung niemanden angetroffen. Im Jarada-Lager waren keinerlei Aktivitäten zu beobachten. Wenn wir hier die Straße überqueren, einen weiten Halbkreis durch den Wald schlagen und von der anderen Seite zu unseren Zelten zurückkehren, kann kaum etwas schiefgehen. Gescheiteren Rat weiß ich im Moment nicht.«

»Dann machen wir es sofort so, ehe mir ein stichhaltiger Grund für die Ablehnung Ihrer Idee einfällt.« Keiko schöpfte tief Atem. Den Mut, dessen es zur Verwirklichung ihrer tapferen Entscheidung bedurfte, mußte sie erst noch sammeln.

Zumindest wäre es schon eine Verbesserung ihrer Lage, könnten sie es schaffen, zumindest ihre Wasserflaschen, die Erste-Hilfe-Tasche sowie die restlichen Verpflegungsrationen aus den Zelten zu holen. Danach mochte es am klügsten sein, wieder in die Baumwipfel zu steigen; aber dann wären sie immerhin darauf vorbereitet, eventuell eine längere Belagerung zu verkraften.

»Das ist genau die richtige Einstellung!« Tanakas heitere Begeisterung wirkte reichlich gezwungen. Keiko zog es jedoch vor, es dabei bewenden zu lassen. »Klettern Sie mir abwärts nach. Sie haben dafür den günstigsten Baum ausgesucht.«

Die Äste hatten geringe Abstände. Deshalb verursachte es Keiko keine Schwierigkeiten, sich zum jeweils nächsttieferen Ast hinabzulassen, ohne zu fallen. Nur der letzte, unterste Abschnitt des Baumstamms stellte ein gewisses Problem dar. Zwischen den unteren Ästen und dem Waldboden war der Stamm auf einer Länge, die Keikos Körpergröße entsprach, völlig frei von Astwerk.

Tanaka sprang als erster hinunter, indem er sich am tiefsten Ast hin- und herschwang und ihn dann losließ. Er ächzte, als beim Aufkommen sein Gewicht das verletzte Bein belastete. »Schlingen Sie die Beine um den Stamm und lassen Sie sich hinabrutschen«, sagte er gedämpft, bevor Keiko sich nach seinem Befinden erkundigen konnte. »Ich fange Sie auf.«

Für einen Moment klammerte Keiko sich an den letzten Ast. Schließlich ließ sie davon ab und schrammte am Baumstamm hinab auf Tanaka zu. Er fing sie in Hüfthöhe ab, so daß sie den Waldboden betreten konnte, ohne würdelos zusammenzusacken.

Wieder soliden Boden unter den Stiefeln zu spüren, nicht mehr bei jedem Windstoß und jeder Verschiebung des Körpergewichts ins Wanken oder Wackeln zu geraten, war eine helle Freude. Keiko lehnte sich an den Baum und genoß das Gefühl festen Untergrunds. Ringsum flüsterten leise Geräusche durch die Nacht.

Über Keikos Kopf hüpfte ein einem Eichhörnchen ähnliches Tier von diesem zum nächsten Baum. Der Jagdruf eines Nachtvogels hallte durch den Wald. Alles wirkte ruhig und friedlich; in diesem Urwald schien nichts die Stille zu stören. Man hörte in der näheren Umgebung nichts, was auf die Gegenwart eines Haufens irrsinnig gewordener Jarada hingedeutet hätte.

»Kommen Sie«, flüsterte Tanaka, zupfte an Keikos Ärmel. Er hielt auf die Straße zu. Wegen der Beinverletzung humpelte er stark. Dennoch schlüpfte er durchs Unterholz, als wäre er hier daheim. Er bewegte sich fast lautlos. Keiko mußte einige Mühe aufwenden, um ebenso leise zu sein.

An der Straße warteten sie eine Zeitlang ab und spähten nach Jarada. Wieder blieb alles ruhig. Keiko konnte nur hoffen, daß niemand im Hinterhalt lauerte. Angesichts des irrationalen Betragens, das sie bei den Jarada beobachtet hatten, empfand sie diese Möglichkeit als unwahrscheinlich. Aber weder sie noch Tanaka mochte jetzt noch ein unnötiges Risiko eingehen.

Endlich entschlossen sie sich weiterzueilen. Sie liefen über die Straße, so schnell Tanakas verletztes Bein es zuließ.

Auf der anderen Seite der Straße sank Tanaka im Schutz des Gestrüpps gegen einen Baum. Die Erleichterung raubte ihm die Kräfte. Keikos restliche Kraft dagegen wurde stärker als durch alles andere infolge der dauernden Anspannung verschlissen. Trotzdem marschierte Tanaka umgehend am Waldrand entlang voraus. Allerdings merkte man ihm an, daß jeder Schritt ihn weiter auslaugte; sein letzter Schwung und sein künstlich aufrechterhaltener Enthusiasmus schwanden zusehends.

Schließlich gelangten sie zu der Stelle, von wo aus sie ihr Zelt auf der kürzestmöglichen Strecke über die Lichtung erreichen konnten.

Aus den Schatten des Urwalds betrachtet, glich die Wiese einer immens weiten und daher bedrohlichen Fläche; bei einem etwaigen Angriff bot sie weder Schutz noch einen Fluchtweg. Eine mit hüfthohem Gras bewachsene Dreißig-Meter-Strecke trennte Keiko und Tanaka vom Ufer des Sees. Nichts rührte sich.

Keine großen Raubtiere oder kleinen Grünzeugfresser trieben sich zwischen den Gräsern umher; keine Vogel-Äquivalente durchschwirrten die Luft, nirgends regten sich potentielle Beutetiere.

Keiko schüttelte den Kopf. Wie trügerisch friedlich das sanfte Nicken der Grashalme wirkte. Am Nachthimmel stierte Bel-Majors rostrote Kugel wie ein blutunterlaufenes Auge auf die Landschaft herab. Keiko fröstelte; sie wurde den Eindruck nicht los, von einer zornigen Gottheit beobachtet zu werden.

»Wir müssen kriechen«, flüsterte Keiko; sie sprach aus, was sie vermutlich beide dachten, gegen das sie sich jedoch zunächst gesträubt hatten. Ihr war von Anfang an klar gewesen, daß sie auch das Überqueren der Lichtung noch riskieren mußten; aber sie hatte gehofft, ein Wunder würde den Lauf der Ereignisse ändern.

»Sie zuerst«, antwortete Tanaka. »Ich folge nach. Falls wir angegriffen werden, laufen Sie ins Wasser. Ich bezweifle, daß die Jarada schwimmen können.«

»Na gut.« Keiko duckte sich und machte einen Satz vom Waldrand in das hohe Gras. Flach wie ein Tiger drückte sie sich an die Erde. Sie wagte nicht zu atmen, bis Tanaka zu ihr stieß. Beide blieben sie zuerst einmal reglos liegen, lauschten auf Lärm, der ihre Entdeckung anzeigen müßte. Doch es herrschte fortwährend Schweigen. Es schien die zwei Menschen wie eine dicke, weiche Decke einzuhüllen. Endlich kroch Keiko behutsam voran.

Das Gras hatte spitze, rauhe Halme, deren scharfe Kanten Keiko an unbekleideten Körperteilen die Haut aufschnitten. Es beanspruchte äußerste Willensanstrengungen, unter diesen Umständen auf allen vieren zu bleiben und weiterzukriechen. Aber irgendwie brachte Keiko es fertig.

Hinter sich hörte sie, wie Tanaka vorwärtsrobbte, häufig anhielt; er verteilte die Pausen wohlüberlegt so, daß jeder Lauscher die Geräusche als völlig unregelmäßig wahrnehmen mußte. Sie klangen, als wären sie gänzlich natürlichen Ursprungs.

Keiko hatte vergessen, was für eine Unannehmlichkeit es bedeutete, auf der Erde umherzukriechen. Feuchter Lehm blieb an der Uniform kleben. Ihr war zumute, als stäche jedes Steinchen auf der Lichtung ihr in Knie und Ellbogen. Als sie endlich durch die letzten Grasbüschel silbrig den Sandstrand glänzen sah, fühlte sie sich heilfroh.

Vorsichtig lugte Keiko aus dem Gras in beide Richtungen des Strands. Das Ufer lag völlig verlassen. Sobald Tanaka sich neben Keiko ausgestreckt hatte, entfuhr ihm ein Stöhnen der Bestürzung.

Zuerst merkte Keiko nicht, was seine Aufmerksamkeit erregt hatte. Doch als sie erblickte, was er sah, mußte sie sich auf die Lippen beißen, damit sich ihr kein Schrei bitteren Entsetzens entrang.

Wo Tanaka sein Zelt aufgeschlagen gehabt hatte, lagen jetzt nur noch Fetzen der Zeltbahnen und zertrümmerte Bruchstücke demolierter Ausrüstung. Keiko wurde übel, wenn sie an die Strapazen dachte, denen sie sich unterworfen hatten, um zu ihrem Lager zurückzukehren.

Sobald der erste Schreck abgeklungen war, sah Keiko sich den Lagerplatz genauer an. Tanakas unübersehbares orangerotes Zelt hatten ihre verrückt gewordenen Gastgeber zerstört. Seinen Schlafsack und die sonstige Ausstattung hatten sie in den Sand getrampelt.

Keikos Zelt jedoch war verschont geblieben. Sie erkannte den tarnfarbenen Stoff nur an einem schwachen, schattenähnlichen Umriß. Gegen alle Wahrscheinlichkeit hatten die Jarada, die den Lagerplatz überfielen, das zweite Zelt übersehen. Oder etwa doch nicht?

Es schauderte Keiko. Sie überlegte, ob Jarada im Zelt

lauerten und auf ihre Rückkehr warteten. Sie zeigte Tanaka den kaum sichtbaren Schattenriß ihres Zelts. Dann beugte sie sich dicht zu ihm. »Ob das eine Falle ist?« wisperte sie ihm ins Ohr.

Er holte tief Atem, schnupperte in der Luft. Keiko tat das gleiche. Sie roch nur den Lehmboden, auf dem sie lag. Tanakas Schultern stießen gegen Keikos Schultern, als er die Achseln zuckte. Auch er konnte nicht feststellen, ob sich noch Jarada in der Nähe befanden.

»Ich krieche hin. Wenn jemand mich angreift, springen Sie ins Wasser.«

Tanaka wälzte sich über die aus gestapelten Steinen errichtete Einfriedung, die die Wiese vom Strand absonderte. Mit aller Vorsicht schlängelte er sich durch den Sand zu Keikos Zelt.

Bei dieser Gelegenheit konnte Keiko im rubinrötlichen Licht Bel-Majors zum erstenmal einen Blick auf Tanakas Beinverletzung werfen. Seine Wade war fast vom Knie bis zum Fußknöchel aufgeschlitzt. Die Wunde reichte tief in Fleisch und Muskeln, aber anscheinend waren keine wichtigen Blutgefäße zertrennt.

Mit einem Stoffstreifen seines zerfledderten Hosenbeins hatte Tanaka das Bein abgebunden und die Blutung gestillt. Der provisorische Preßverband hing noch lasch um die Wade; Tanaka hatte den Knoten längst gelockert. Daß die Wunde trotzdem nicht mehr blutete, war auf eine enorme Schwellung der Wade zurückzuführen; diese hatte inzwischen die doppelte Dicke.

Grauen packte Keiko. Sie fragte sich, wie lange sein Bein noch ohne ernste Folgen unbehandelt bleiben durfte. Sogar bei Einsatz der fortgeschrittenen medizinischen Technik der *Enterprise* drohte ihm infolge einer derartigen Verletzung die Gefahr, daß er das Bein verlor, wenn die angemessene Behandlung nicht bald vorgenommen wurde.

Tanaka gelangte zum Zelt und hob die Verschlußklappe des Einstiegs an. Niemand fiel über ihn her. Er schob sich hinein.

Keiko wartete ab und beobachtete. Außer Tanaka schien sich nichts im Zelt zu bewegen. Sie atmete tief durch und verließ die Deckung der Grasbüschel. Sie fühlte sich gräßlich entblößt, als stünde sie nackt vor der vollzähligen Crew der *Enterprise.* Trotzdem zwang sie sich, auf den Lagerplatz zu laufen.

Rasch durchsuchte sie die Überreste von Tanakas Zelt, bis sie seine unbeschädigte Feldflasche und die nahezu unzerstörbare Erste-Hilfe-Tasche fand. Beides lag halb im Sand begraben. Sie nahm beides an sich und eilte zu ihrem Zelt. Es blieb nur zu hoffen, daß keine feindseligen Insektoiden sie beobachteten.

Die Logik sagte ihr, daß sie in Sicherheit waren; die Jarada rechneten wohl kaum damit, sie hier anzutreffen, nachdem sie ihre Besitztümer ruiniert hatten. Doch Keiko wollte möglichst kein Risiko mehr eingehen.

Endlich kauerte sie im Zelt und war außer Sicht; sie hoffte, daß das genügte, um weiteren Überfällen vorzubeugen. Tanaka war auf Keikos Schlafsack zusammengesunken. Seine Atemzüge gingen flach und fiebrig. Keiko wollte, daß er ein wenig zur Seite rutschte, doch er reagierte gar nicht auf ihr Zureden. Nach einem zweiten erfolglosen Versuch kam ihr die Einsicht, daß er bewußtlos war und voraussichtlich für die nächste Zeit in diesem Zustand blieb.

In der gebenenen Situation erachtete Keiko es als unklug, es ihm allzu bequem zu machen; darum ließ sie ihm die Stiefel an den Füßen. Allerdings zerrte sie den Schlafsack unter ihm hervor, um ihn für sie beide als Decke zu benutzen.

Aber Keiko wußte, daß sie Tanakas Bein so gut wie momentan möglich verarzten mußte, bevor sie sich

Schlaf gönnen durfte. Sie warf den Schlafsack über sich und zückte die Stablampe, um die Wunde näher zu untersuchen.

Geronnenes Blut verkrustete die Verletzung und besudelte in langen, trockenen Streifen die ganze Wade. Die Wundränder sahen von verklumptem Eiter gelblich-weiß aus. Überwiegend wies die Wade jedoch eine dunkle, blaurote Färbung auf und fühlte sich heiß an.

Keiko war schockiert. Noch nie hatte sie erlebt, daß eine Verletzung sich innerhalb so kurzer Zeit dermaßen gräßlich entzündet hätte. Wahrscheinlich sonderten die Krallen der Jarada eine für Menschen giftige Substanz ab.

Sie säuberte die Wunde, so gut sie dazu imstande war, ohne den Schorf zu beschädigen. Anschließend träufelte sie eine antibiotische Emulsion hinein. Während sie danach das Bein noch einmal genauer betrachtete, sah sie ein, daß diese notdürftige Behandlung vollkommen ungenügend war; doch Erste-Hilfe-Taschen enthielten eben nur eine Grundaustattung für Notfälle. Damit sollten Leichtverletzte vorläufig behandelt werden, ehe man sie an Bord des Raumschiffs transferierte. Nichts in der Tasche war für so schwere Fleischwunden gedacht.

Tanaka schlotterte. Sein Körper glühte vor Fieber. Um alles getan zu haben, was im Augenblick möglich war, suchte Keiko den Injektor heraus und spritzte ihm eine doppelte Dosis eines Breitspektrum-Antibiotikums sowie ein antitoxisches Serum.

Dann erst streckte sie sich, da sie sonst nichts für Tanaka tun konnte, neben ihm auf der Bodenmatte aus. Sie breitete den Schlafsack über sie beide. *Miles wird uns finden,* versicherte sie sich wiederholte Male, versuchte auf diese Weise ihre Furcht in Schach zu halten.

Mittlerweile hatte sie den Entschluß gefaßt, wach und auf der Hut zu bleiben. Doch trotz all ihres guten Willens forderte die Erschöpfung ihren Tribut. Nach und nach döste Keiko hinüber in einen unruhigen Schlummer. Sie hatte Alpträume von anfangs freundlichen Insektoiden, die sich in Feinde verwandelten, kaum daß sie ihnen den Rücken zuwandte.

Einige Zeit später dämmerte sie langsam ins Wachsein zurück. Geweckt hatten sie die Stimmen mehrerer vor dem Zelt zirpender Jarada.

17

Der modrige, stickige Stollen schien kein Ende zu nehmen. Es gab weder Kreuzungen noch Gabelungen, die die Hoffnung auf ein Entrinnen genährt hätten. Unter Worfs Stiefeln quietschte der Schlick; er erinnerte den Klingonen ständig daran, wie weit unter der Planetenoberfläche er sich befinden mußte.

Nach zehn Minuten spaltete der Korridor sich. Worf nahm die rechte Abzweigung. Doch ehe er mehr als fünfzig Meter zurückgelegt hatte, versperrte Sturzmasse ihm den Weg.

Er machte kehrt und versuchte es mit der linken Abzweigung. Diesmal hatten die Erbauer des Stollensystems die Arbeiten kurz hinter der Gabelung beendet. Daraufhin blieben ihm noch zwei Möglichkeiten; keine davon behagte ihm. Er konnte in die Richtung umkehren, aus der er gekommen war, und hoffen, daß er einen anderen Fluchtweg fand, bevor die Verfolger ihn aufspürten. Oder er versuchte, sich durch den eingestürzten Abschnitt des Stollens zu buddeln, und hoffte, daß dahinter ein Ausgang lag.

Um sich zu entscheiden, brauchte Worf nicht lang. Er hatte unzweifelhaft die Pflicht, sich zum Captain durchzuschlagen und ihn vor den Vorgängen bei den Jarada zu warnen. Seine Aussichten, sich gegen alle Widrigkeiten behaupten zu können, falls er umkehrte, mußte man als gering einstufen. Selbstverständlich hatte ein Krieger den größten Ehrgeiz, im Kampf zu sterben. Aber sein Tod sollte einen Sinn haben. Sich freiwillig in eine selbstmörderische Lage zu bringen, solang es andere Möglichkeiten gab, widersprach dem Geist eines Kriegers. Mit einem Knurren der Erbitterung stapfte Worf zu der Einsturzstelle zurück.

Er betrachtete den Berg aus Lehmschlamm und Gestein, um sich von dem Durcheinander ein Bild zu verschaffen. Morsche Balken hingen von der Decke herab oder ragten in schiefem Winkel aus dem Erdreich. Worf drückte gegen einen zwanzig Zentimeter dicken Stützpfosten, wackelte daran; schließlich stellte er fest, daß der Balken früher seitlich in der Stollenwand gesessen hatte. Anscheinend hatten die Erbauer hier die Decke abzustützen versucht, jedoch mit wenig Erfolg.

Irgendwo innerhalb der Sturzmasse oder einer dahinter befindlichen Stelle hörte Worf Wasser sickern. Das stetige Triefen und Gluckern verstärkte seine Beunruhigung. Es gab zuviel Wasser im Umkreis dieser Stollen; so viel Wasser, daß er das Gefühl hatte, als ob über seinem Kopf ein ganzer See nur darauf wartete, ihn zu überschwemmen und zu ertränken.

Worf erkletterte die halbe Höhe des Haufens und tastete die Lücke unter der Stollendecke ab, um irgendwo einen hinlänglich großen Durchschlupf zu finden. Zunächst entdeckte er nur Lücken, die kaum für ein menschliches Kind ausgereicht hätten. Fast wollte er schon zu suchen aufhören, da weckte ein alter, fauliger Balken seine Beachtung. Halb im Matsch begraben, klemmte er zwischen zwei großen Felsbrocken. Aber Worf war der Ansicht, daß er sich, falls er ihn herausziehen konnte, vielleicht mit knapper Not durch das Loch zwängen könnte.

Er setzte die Stiefel tief in den schlüpfrigen Schlamm und stemmte sich gegen einen der Steinklötze. Zuerst mochte der Stein sich nicht rühren. Doch zu guter Letzt löste er sich mit einem ekelhaften Schmatzen aus dem Lehm und rollte die Schräge hinab.

Mit dem zweiten Felsklotz hatte Worf mehr Mühe.

Er stützte sich an der Stollenwand ab und schob mit aller Kraft; trotzdem wollte es ihm nicht gelingen, das Hindernis zu beseitigen. Endlich mußte er einsehen, daß keine Aussicht bestand, den Felsen wegzuräumen; also verlegte er seine Aufmerksamkeit wieder auf den Balken.

Im kalten, schmierigen Lehm legte Worf sich flach auf den Rücken und trat nach dem Stützpfosten. Sein Tritt zielte auf die freie Mitte des Balkens. Unter der Wucht des Tritts brach das vermoderte Holz mit lautem Knirschen. Drei weitere kräftige Tritte knickten die Bruchstelle immer stärker ein.

Der Klingone schwang sich zurück auf die Beine und schlang beide Arme um den Balken. Wiederholt warf er sich mit vollem Körpergewicht dagegen. Langsam gab das Holz am Knick nach, knisterte und krachte fortgesetzt. Worf ließ nicht locker, bis der Balken vollständig durchbrach.

Durch die Anstrengung aus dem Gleichgewicht gebracht, torkelte Worf rücklings den Schlammhügel hinunter; erst an dem hinabgerollten Gesteinsbrocken konnte er sich abfangen. Der Aufprall raubte ihm den Atem.

Indem er aus Verdruß in seinen Bart brummte, rappelte Worf sich auf und stieg wieder hinauf, um sich das Ergebnis seiner Bemühungen anzusehen. Bei jedem Schritt schlitterte er einen halben Schritt rückwärts. Die beiden Teile des Balkens wiesen eine unregelmäßige, splitterreiche Bruchstelle auf. Er schob die Hälften auseinander und schuf so ein Loch, das, wenn auch nur knapp, für einen Klingonen genügte. Er steckte den Kopf durch die Öffnung.

Auf der anderen Seite rauschte das Wasser lauter. In der Weite des Stollens hallte das Fließgeräusch. Aus dem Stollen hinter Worf drang nur wenig Helligkeit hinüber. Wegen dieser Düsternis konnte Worf nichts erkennen, nicht einmal, nachdem seine Augen sich den Verhältnissen angepaßt hatten. Er fühlte mit den Händen umher, bemerkte aber über seinem Kopf nichts als Leere. Über ihm erhob sich eine senkrechte Mauer mit unnatürlich glatter Oberfläche.

Worf zog den Kopf zurück, bis er wieder mit beiden Beinen einigermaßen fest im Lehm stand. Um weiterzugelangen, brauchte er irgendein Licht. Hätte er einen Phaser gehabt, wäre es ihm möglich gewesen, ein Stück modriges Holz zu trocknen und als Fackel zu benutzen. Doch mit Phaser wäre er gar nicht in diesen Schlamassel geraten. Schon im Betäubungsmodus hätte so eine Waffe ihm die übergeschnappten Jarada vom Leibe gehalten, und er wäre längst wieder zum Captain gestoßen.

Er schlenderte durch den Stollen zurück, besah sich jeden der vorhandenen Leuchtstreifen. Die meisten waren in so schlechtem Zustand, daß sich die Mühe, sie aus der Befestigung zu entfernen, nicht lohnte. Schließlich entdeckte er einen Leuchtstreifen, der noch gleichmäßige, wenn auch schwache Helligkeit abgab. Er war ziemlich solide an der Wand festgemacht. Ihn loszubrechen, kostete Worf mehrere Ansätze. Endlich kehrte er mit seiner Beute zur Einsturzstelle des Stollens um.

Im schwächlichen Lichtschein des Leuchtstreifens sah Worf den jenseitigen Hohlraum sich hoch nach oben erstrecken. Er schaute sich die Innenwandung des Schachts genau an und fand seine Vermutung bestätigt, daß die Erbauer hier eine geschlossene Rampe anzulegen beabsichtigt hatten. An den Seiten war die Wandung glatt, soweit Worfs Blick aufwärtsreichte. Gegenüber jedoch verhüllte angehäufter, mit Trümmern von Pfosten und Stegen durchsetzter Schlamm die Wand, bedeckte den Boden des Schachts und verstopfte noch einen Stollen. Wasser rann herab und sammelte sich in den tiefen Mulden am Rande des Schachtbodens.

Mitten im Schacht ragte eine ungefähr drei Zentimeter durchmessende, stellenweise rostige Stahlstange in die Höhe. Worf kletterte zu ihr hinauf und prüfte mit einem kraftvollen Stoß ihre Standfestigkeit. Wenn er eine Faust um die Stange klammerte, konnte er mit der anderen Hand gerade noch die Schachtwandung anfassen. Die Stange schwankte leicht; trotzdem wirkte sie stabil. Allem Anschein nach saß sie unvermindert fest in der Verankerung. Worf nahm an, daß sie auch am oberen Ende noch sicheren Halt hatte. Vermutlich hatte der Stolleneinsturz in diesem Bereich die Einstellung der Bauarbeiten erzwungen. Der Klingone hoffte, daß der Schacht, ehe er oben endete, in einen weiteren Stollen mündete.

Er schob sich den Leuchtstreifen unter die Schärpe. Dann stieg er die glitschige Schlammhalde empor. Anfangs gelangte er nur langsam voran. Nach jedem Schritt rutschte er fast soweit abwärts, wie er den Fuß für den nächsten Schritt heben konnte. Fünfzehn Minuten verstrichen, bis er unter ständigem Ab- und Wegrutschen den höchsten Punkt der schlüpfrigen Erdanhäufung erreichte. Von da aus sah er ringsum nichts als glatte, senkrechte Wände emporragen.

Während er vor sich hinschimpfte, hielt Worf den Leuchtstreifen hoch über seinen Kopf; er mußte wissen, was sich weiter oben im Schacht befand. Der Schlamm unter seinen Füßen stammte irgendwoher. Worf unterstellte, daß er aus einer Öffnung hineingefallen war, die ihm nun als Fluchtweg dienen konnte.

Für eine Weile hatte er den Eindruck, von einer falschen Annahme ausgegangen zu sein. Doch schließlich erspähte er an der Grenze seines Blickfelds an der Wandung einen Fleck, dessen Schwärze die benachbarten Schatten an Tiefe überbot.

In den ungewissen Lichtverhältnissen ließen Abstände sich schlecht schätzen. Worf war jedoch der Meinung, daß das Loch etwa sieben Meter über ihm sein mußte. Folglich lag es wahrscheinlich zwei Stockwerke über dem Stollen, aus dem er vorhin hatte in den Schacht kriechen können. Falls er recht hatte, mußte der Stollen darüber in den Schacht gestürzt sein. Das Unglück hatte sich wohl ereignet, als die Bautrupps die beiden Etagen zu verbinden versuchten. Nun brauchte er nur noch in den nächsthöheren Stollen vorzudringen.

Worf hielt sich an der Mittelstange des Schachts fest und bewegte den Leuchtstreifen umher, beleuchtete die Innenwandung. Sie zeichnete sich durch eine glatte, fast poliert wirkende Oberfläche aus. Ersichtliche Anzeichen irgendeines Verfalls zeigten sie nicht. Flüchtig wunderte sich Worf, warum die Jarada diese Art von Verputz nicht überall in diesen unteren Stollen verwendet hatten, um die Feuchtigkeit fernzuhalten. Weshalb hatten sie statt dessen kilometerlange Stollen gegraben, die schon nach kurzer Zeit unbenutzbar wurden?

Der Matsch unter seinen Füßen sank spürbar ab. Er mußte zwei Aufwärtsschritte tun, um an derselben Stelle zu bleiben. Dadurch kam ihm ein anderer Gedanke. Unter Umständen waren es Nässestaus hinter dem Putz gewesen, die die Einstürze verursacht hatten.

Aber derartige Spekulationen trugen nicht im geringsten zur Behebung seiner akuten Probleme bei. Der Schacht hatte einen zu großen Durchmesser, als daß er sich hätte zwischen den Wänden hochschieben können, und zum Emporklettern waren sie viel zu glatt. Also blieb nur die Mittelstange.

Worf rüttelte noch einmal an der Stahlstange, lauschte auf das Vibrieren des Stahls. Er fragte sich, wie zuverlässig die Befestigungen sein mochten. Angesichts der Verfassung, in der hier die Stollen und Schächte waren, widerstrebte es ihm, sein Leben von der Verläßlichkeit einiger alter Schrauben abhängig zu machen. Kletterte er aber nicht die Stange hinauf, mußte er nach unten in den Stollen zurückkriechen.

Damit stand sein Entschluß fest. Worf steckte den Leuchtstreifen wieder unter die Schärpe und zog sich Hand um Hand an der Stange hoch. Die klamme, teils mit Rost überzogene Außenfläche des Metalls schabte an seinen Handflächen. Manchmal behinderte sie seinen Aufstieg, manchmal erwies sie sich als hilfreich. Er versuchte, sich langsam und umsichtig zu bewegen, um eine zu starke Belastung des oberen Endes zu vermeiden. Dennoch spürte er, wie sich die Stange unter seinem von keinem Gegenpart ausgeglichenen Körpergewicht bog. Worf beschloß, doch lieber schneller zu klettern. Er wollte oben sein, bevor die Stange sich lockerte.

Drei Meter. Vier Meter. Schon hoffte Worf, es ohne größere Schwierigkeiten zu schaffen, da hörte er das unheilvolle Kreischen einer aus dem Fels gerissenen Schraube. Die Stange erzitterte, neigte sich in Richtung Wand. Worf klammerte die Faust ein weiteres Mal um die Stange. Nun verzichtete er auf alle Vorsicht. Es kam darauf an, zur Stollenmündung zu klettern, solang er dazu noch Zeit hatte.

Eine zweite Schraube löste sich mit schrillem Geräusch aus dem Fels. Ein Hagel aus Schlick und Kieseln prasselte auf Worf herunter. Mit einem energischen Ruck zog er sich weiter aufwärts. So schnell wie möglich versuchte er sich in den finsteren Schlund zu retten, den er von unten gesehen hatte. Er drehte den Kopf, verrenkte sich den Hals, um über die Schulter zu lugen. Was er sah, bestätigte seine Mutmaßung, daß sich unterhalb dieser Ebene ein Zusammenbruch des Stollensystems ereignet hatte.

Die Ränder der Stollenmündung wirkten weich und bröcklig. Worf bezweifelte, daß sie sein Gewicht tragen konnten. Die Stange schwankte hin und her. Worf brauchte die obere Verankerung nicht zu sehen, um sich darüber im klaren zu sein, daß nur noch eine Schraube sie hielt. Seine Hand griff nach oben. Er hoffte, daß er mit diesem letzten Klimmzug in die richtige Höhe gelangte. In diesem Augenblick sprang auch die letzte Schraube heraus.

Mit ohrenbetäubendem Dröhnen klirrte die Stahlstange gegen die Schachtwand. Verzweifelt klammerte Worf sich mit aller Kraft fest. Er hoffte, daß sein Körpergewicht das Wippen der Stange ein wenig abschwächte. Der Leuchtstreifen rutschte aus seiner Schärpe und fiel in den Schacht, wurde gleich von der Dunkelheit verschluckt. Worfs Fingerknöchel schrammten über den Fels, doch von einem schweren Anprall blieb er verschont.

Worf streckte die um die Stange geschlungenen Beine und stieß sich von der Wand ab, um sich möglichst weit in die Stollenöffnung zu katapultieren. Als er die Stange losließ, baute er allein auf sein Glück. Er klatschte in den Schlick und rollte sich sofort auf den Rücken, um eine maximale Auflagefläche zu haben. Trotzdem schlitterte er abwärts. Trotz aller Anstrengungen konnte er sich erst abfangen, als seine Stiefel schon in den Schacht baumelten.

Behutsam wälzte Worf sich auf den Bauch und robbte nach oben. Der Schlamm wölbte sich bis unter die Decke. Wieder war Worf der Weg versperrt. Ohne den Leuchtstreifen mußte er sich wieder mit ausschließlicher Hilfe der Arme vorantasten, mit den Fingern nach Breschen fühlen. Zuerst hatte er den Eindruck, als ließe das Glück ihn nun im Stich. Es schien, als wäre der Stollen von den Erdmassen vollkommen blockiert. Aber zuletzt entdeckte er doch eine Lücke. Leider war sie etwas zu schmal für seine Schultern.

Während er ungehalten halblaut vor sich hinschalt, schaufelte Worf die feuchte, lehmige Erde mit den Händen beiseite. Sie sickerte durch seine Finger, verkleisterte ihm dabei die Hände wie Klebstoff. Abstoßend kalt und sämig fühlte sie sich an. Trotzdem wühlte Worf sich allmählich hindurch. Nachdem er sich drei Meter weit bäuchlings wie eine Schlange vorwärtsgewunden hatte, wurde der Durchlaß breiter und trockener. Phosphoreszierende Kleckse, möglicherweise aus defekten Leuchtstreifen freigesetzte Bakterienanhäufungen, warfen fahles, fleckiges Licht in den Tunnel.

Worf raffte sich auf Hände und Knie hoch und kroch weiter. Er wollte dieser Enge schleunigst entgehen. Doch der Engpaß schien kein Ende zu nehmen, einfach keine Ende. Worf quälte sich durch einen schier endlosen Alptraum aus Kälte, Nässe und Matsch. Er hatte es so eilig, daß er das gedämpfte Gezirpe jaradischer Stimmen erst hörte, als er den beiden Schwarmhütern fast auf den Kopf plumpste.

Sobald er die Gefahr gewahrte, erstarrte Worf zur Bewegungslosigkeit. Er ärgerte sich über seine Achtlosigkeit. Die Erdmassen, die den Stollen füllten, endeten plötzlich an einer senkrechten hölzernen Verschalung. In kurzer Entfernung trennte eine ähnliche Holzabsperrung den Stollen von einem hell beleuchteten Korridor. Im Raum zwischen den beiden Barrieren wälzten sich zwei ineinander verklammerte Jarada auf dem Lehmboden.

Noch mehr Verrückte? Oder bloß sittenwidriges Verhalten, vielleicht Drogenmißbrauch oder verbotene Duelle? Worf entschied, daß er gar nicht Bescheid wissen mochte.

Er kroch rückwärts und drehte sich dann auf dem Bauch in Gegenrichtung. Danach sprang er mit den Füßen voran die Verschalung hinunter. Er packte die zwei Jarada im Genick und rammte ihnen mit aller Gewalt die Schädel zusammen. Beide sackten besinnungslos nieder. Worf ließ sie liegen, ging zu der anderen Barriere und spähte darüber hinweg. Dahinter erstreckte sich ein heller, *trockener* Korridor. Der Gang führte ein paar Meter weit nach rechts und zu einer auffällig gekennzeichneten Tür.

Noch während Worf sich einen Überblick verschaffte, öffnete sich die Tür, und heraus marschierte im Laufschritt ein Dutzend Schwarmhüter. Worf duckte sich hinter die Absperrung und wartete, bis das Geklapper ihrer Klauenfüße in der Ferne verklang.

Als er sicher war, daß sie den Korridor verlassen hatten, überkletterte er die Barriere und lief zu der Tür. Zu seiner Verblüffung reagierte sie auf dieselbe Zahlenkombination wie die anderen Türen: 1-1-3-2-1-2-3-3-1. Er betrat den Schacht und eilte aufwärts, zählte unterwegs die Ausgänge. Hatte er recht, dann mußte er vier Stockwerke höher auf die Ebene der planetaren Oberfläche gelangen.

Auf halbem Weg hörte Worf unter sich einen anderen Trupp Schwarmhüter in den Schacht kommen. Aber er hatte noch einmal Glück. Die Jarada marschierten abwärts. Während des Abstiegs entfernte sich das Geratter ihrer Klauenfüße.

Der Schacht mündete auf einen flachen Absatz, von dem Worf annahm, daß er sich im Erdgeschoß befand. Weil er befürchtete, es könnte sich um einen öffentlichen Zugang handeln, überlegte Worf, ob er ins erste Untergeschoß zurückkehren sollte. Doch tat er es, mußte er einen anderen Ausweg aus dem Gebäude suchen; und inzwischen hatte er für seinen Geschmack mehr als genug von den unterirdischen Stollenanlagen gesehen.

Er tippte ein letztes Mal den Code ein und wartete darauf, daß die Tür sich öffnete. Der Mechanismus funktionierte ungenügend. Ehe sie in der Mauer verschwand, machte die Tür einen wüsten Ruck. Worf trat in einen leeren Korridor und sah den vielleicht willkommensten Anblick seines Lebens: Vor einem breiten Torbogen verlief eine größere Straße. Mit drei langen Schritten stand Worf an dem Portal und stieß es auf.

Draußen war es dunkel. Die riesige, rostrote Kugel Bel-Majors warf auf alles ein düsteres, bernsteinbraunes Licht. Worf blickte sich nach allen Seiten um, versuchte sich zu orientieren. Durch einen freien Abschnitt im Gesträuch sah er an dem Gebäude, das er gerade verlassen hatte, einen breiten Fluß rasch vorüberfließen. Ein Gefühl der Entmutigung drohte sich in ihm auszubreiten, während er auf das Wasser zuging. Wenn sein Orientierungssinn ihn nicht völlig trog, mußte der Regierungskomplex – wo Captain Picard sich aufhielt – am anderen Ufer stehen.

Die Straße führte nach links und dann zu einer dichten Hecke hinab. Worf verließ sich bei der Annäherung ans diesseitige Flußufer ganz auf seinen Instinkt. Auf der anderen Seite der Hecke angelangt, sah er die spinnwebenartige Struktur einer Brücke den Fluß überspannen. Drüben am Ufer erkannte er die kugelförmige Architektur des Regierungskomplexes. Worf hielt auf die Brücke zu. Allerdings fragte er sich schon, ob von nun an alles wirklich so leicht ablaufen sollte.

Aus der Deckung des Buschwerks beobachtete er die Umgebung. Besonders achtete er auf getarnte Hindernisse. Niemand bewachte die breite Brücke. Sie lud regelrecht zur Überquerung ein. Auf keinem Flußufer regte sich etwas. Die über die Jarada vorhandenen Informationen machten keine Angaben über Schlafrhythmus oder Schlafgewohnheiten der Insektoiden. Doch Worf zog die Schlußfolgerung, daß sich ihm keine bessere Chance bieten würde.

Er näherte sich der Mitte der Brücke, blieb dabei im Schatten, soweit er dazu die Möglichkeit hatte. Plötzlich hörte er hinter sich das Brummen eines Fahrzeugs. Er verfiel in Laufschritt, wollte zu dem Mittelpfeiler der Brücke, bevor man ihn bemerkte.

Auf der Brückenfahrbahn fehlten mehrere Bodenplatten. Die offenen Senken hatten bröselige Ränder. In seiner Hast übersah Worf, daß er schnurstracks auf eine lockere Platte zulief. Sein Fuß trat auf die Kante, und die Platte kippte.

Der Klingone verlor den Boden unter den Füßen. Er griff nach dem Rand der Öffnung, aber einen Moment zu spät. Seine Finger glitten vom Rand der Metallfassung ab. Worf stürzte dem fünfzig Meter tiefer strömenden Fluß entgegen.

18

Das Interkom schreckte Picard aus unruhigem Schlummer. »Raus mit der Sprache«, sagte er zum Bordcomputer, während er die Füße vom Bett aufs Deck schwang und seine Uniform zurechtzupfte. Normalerweise schlief er nicht mehr in der Kleidung, aber aufgrund der Vorkommnisse der letzten Stunden war er in alte Gewohnheiten zurückgefallen.

In früheren Zeiten, während der Patrouillenflüge in der Neutralen Zone, hatte der gesamte Offizierskader der *Stargazer* allzu häufig schlafen müssen, wann und wo er dazu Gelegenheit fand. Damals hatte es zum Alltag gehört, daß ständig Alarm ausgelöst wurde. Dies war etwas, das er während seines jetzigen Kommandos an Bord der *Enterprise* ganz bestimmt nicht vermißte.

»Hier Selar«, drang es aus dem Lautsprecher. »Ich habe vorläufige Untersuchungsergebnisse der Jarada-Piloten vorliegen. Möchten Sie in die Krankenstation kommen?«

»So schnell wie möglich, Doktor.« Beim Aufstehen berührte Picard seinen Insignienkommunikator. »Mr. Data, treffen Sie sich in fünf Minuten mit mir und Dr. Selar in der Krankenstation.«

»Jawohl, Sir«, antwortete der Androide.

Im selben Moment, als Picard vor der Krankenstation eintraf, verließ Data dort den Turbolift. Gemeinsam durchschritten sie das Gewirr der Behandlungszimmer und Laboratorien bis zu der besonders gesicherten Abteilung, in der man die Jarada untergebracht hatte. Die hochgewachsene vulkanische Ärztin begrüßte die Ankömmlinge mit einem Nicken und aktivierte ihren Monitor.

»Was haben Sie festgestellt, Doktor?« Picards Blick überflog die Aufreihungen medizinischer Daten, doch blieben die Informationen für ihn undurchschaubar. Das wunderte ihn nicht; von Biochemie verstand er gerade genug, um über die Kompliziertheit dieses Fachgebiets Klarheit zu haben. Er schaute Data an und sah zu seiner Überraschung, daß ein Stirnrunzeln des Erstaunens die Miene des Androiden furchte. Selars Resultate mußten ungewöhnlich sein, wenn die Angaben Data eine solche Reaktion entlockten.

»Die ersten Ergebnisse der Untersuchung haben ergeben, daß beide Jarada-Piloten an einer durch biochemische Abweichungen verursachten Form der Geistesverwirrung leiden.« Selars Stimme klang ruhig und gleichmäßig, als ob sie lediglich über den Bestand an Medikamentenvorräten in den Medizinschränken Bericht erstattete. »Anscheinend treten bei ihnen ausgeprägte paranoide Wahnvorstellungen auf. Insbesondere die Einbildung, daß jeder, dem sie begegnen, die Absicht hätte, ihren Planeten zu vernichten. Werden sie nicht unter medikamentösem Einfluß und im Stasisfeld gehalten, greifen sie mit fürchterlicher Wildheit jedes Individuum in ihrer Reichweite an. Bedauerlicherweise beeinträchtigen die starken Beruhigungsmittel, die wir ihnen verabreichen müssen, ihre Biochemie zusätzlich. Außerdem verfälschen sie einige unserer medizinischen Tests.«

»Doktor, haben Sie eine Erklärung hinsichtlich des Entstehens der biochemischen Verschiebungen?« Während er die Frage stellte, hatte Picard die ungute Ahnung, die Antwort schon zu kennen. Die Föderation hatte so wenig Informationen über *normale* Jarada, daß es für Selar buchstäblich ausgeschlossen sein mußte, das Schicksal geistig verwirrter Jarada aufzuklären.

»Ihre sämtlichen biologischen Funktionen sind gescannt worden. Leider sind mir keine Daten der normalen jaradischen Physiologie zugänglich, so daß mir Vergleichswerte fehlen. Alle Messungen, die die Landegruppe vom Planeten heraufgefunkt hat, müssen von nun an als fragwürdig gelten, bis wir den Ursprung dieser biochemischen Abweichungen ermittelt haben.« Ein andeutungsweiser Ausdruck der Enttäuschung huschte über Selars Gesicht, ehe wieder ihre vulkanische Fassade des Gleichmuts in den Vordergrund rückte. »Ohne aufschlußreiche Informationen grundlegender Natur muß ich mich auf versuchsweise Nachforschungen beschränken, bis ich herausfinde, worin das Problem besteht.«

Data trat näher. Er sah die Daten eingehender durch, bevor er sich an Picard wandte. »Captain, darf ich einen Vorschlag unterbreiten? Mein Positronengehirn enthält die biochemischen Spezifikationen für eintausendsiebenhundertundzwanzig intelligente und halbintelligente Spezies. Mit Dr. Selars Unterstützung könnte ich die Struktur der verschiedenen jaradischen Enzyme mit den Enzymstrukturen anderer Sternenvölker vergleichen. Falls sich ähnliche Strukturen ersehen lassen, dürften sich dadurch die Nachforschungen erheblich verkürzen.«

Picard blickte Selar an, um zu erfahren, was sie von der Anregung hielt. Sie wölbte beide Brauen, um anzuzeigen, daß sie keine Einwände hatte. »Wenn Commander Data mir behilflich sein möchte, bin ich dafür dankbar.«

»Dann gehen Sie so vor. Kontaktieren Sie mich, sobald Sie etwas Neues berichten können.«

»Ja, Captain.«

Die vulkanische Ärztin und der Androide machten sich an die Arbeit. Selar projizierte die Beschreibung jedes Enzyms auf einen Monitor, und Data durchsuchte sein Gedächtnis nach ähnlichen Werten. Picard sah lange genug zu, um zu begreifen, daß ein langwieriges Verfahren bevorstand. Niemand beachtete ihn, als er das Labor verließ. Er hörte noch die Diskussion der beiden, bis hinter ihm die Tür zufiel.

Nachdem ihm mittlerweile jeder Gedanke an Schlaf gründlich ausgetrieben worden war, machte Picard sich auf den Weg zur Brücke. Er hätte sich einen Situationsbericht über die Suche nach den Vermißten ohne weiteres vom Bordcomputer geben lassen können; doch plötzlich drängte es ihn, sich persönlich über den Stand der Dinge zu informieren. Solche Anwandlungen waren die Art von Eingebung, die ein Kommandant auf eigene Gefahr ignorierte.

Als Picard aus dem Turbolift trat, hob Geordi den Blick von der technischen Station. Seine Miene offenbarte Überraschung. »Sie, Captain?«

Picard trat an Geordis Seite, um nachzusehen, womit der Chefingenieur sich beschäftigte. »Ich dachte, Sie hätten jetzt dienstfrei, Mr. LaForge.«

Geordi zuckte mit den Schultern, als empfände er Anlaß, sich zu entschuldigen. »Data hat mir seine letzte Simulation zu der Frage vorgelegt, wie die Jarada unsere Sensoren neutralisiert haben könnten. Die Sache ließ mir keine Ruhe. Ich konnte nicht schlafen, also dachte ich mir, ich sollte die Sensoren so adjustieren, daß sie die hypothetische Störung kompensieren. Das ist besser, als die halbe Nacht lang wach im Bett zu liegen und sich deswegen mit Sorgen herumzuplagen.«

Der Captain beugte sich vor, um die Anzeigen genauer zu betrachten. Geordi beschäftigte sich mit einem theoretischen Modell des Störsignals. Er versuchte Wellenfrequenz und Störeigenschaften der Strahlung zu erraten, die die Jarada *möglicherweise* verwendeten, um die Sensormessungen der *Enter-*

prise zu verfälschen. Ein halbes Dutzend Wellenformen mit verschiedenerlei Frequenzen flackerten über die Mattscheibe, addierten und subtrahierten eine von der anderen, um eine Mischkomposition zu bilden.

»*Hypothetische* Störung? Können unsere Sensoren denn nicht einmal klarstellen, ob überhaupt irgendwer in unser Scanning hineinpfuscht?«

Der Chefingenieur schüttelte den Kopf. »Nein, Sir. Das ist eins unserer Hauptprobleme. Die starke Hintergrundstrahlung im hiesigen Sonnensystem hat uns von Anfang an ziemliche Scherereien verursacht. Beim Umkreisen Bel-Majors durchqueren wir regelmäßig seine Strahlungsspur, und das kompliziert unsere Messungen zusätzlich. Zudem ist von Data zumindest theoretisch eindeutig nachgewiesen worden, daß die Jarada, als sie uns bei Torona IV scannten, einen Großteil der Spezifikationen unserer Bordsysteme gemolken haben dürften. *Falls* also die Jarada über diese Informationen verfügen und sie *wirklich* auf unser Scanning einwirken, haben sie die Störaktivität bestimmt mit den natürlichen Störquellen kongruiert, die sowieso schon Probleme hervorrufen. Tatsächlich hatten wir ähnliche Feststellungen schon gemacht, als wir Simulationen in bezug auf die Beibehaltung des Transferfokus durchführten. Ich glaube, man will uns vortäuschen, alle diese Komplikationen seien natürlichen Ursprungs. Daß sie unsere Instrumente stören, können wir mit Sicherheit aber erst wissen, wenn wir's schaffen, die eventuelle Störung zu überwinden.«

»Hatten Sie in dieser Richtung noch kein Glück?«

»Noch nicht.« Geordi veränderte eine Einstellung und tippte einige Zahlen in die Konsole. Einen Moment später erschienen in dem Muster auf dem Bildschirm zwei scharfe Ausschläge, wo sich vorher eine weite Kurve gewölbt hatte. »Bis jetzt habe ich allerdings nur rund ein Dutzend Kombinationen ausprobiert.«

»Dann machen Sie weiter, Mr. LaForge.« Picard drehte sich um, legte mit gleichmäßigen Schritten den Abstand zu seinem Kommandosessel zurück. Wenn er die kommenden Stunden damit zubringen mußte, über die nächsten Maßnahmen nachzudenken, konnte er sich ebensogut auf der Brücke den Kopf zermartern. Hier erfuhr er es sofort, falls sich irgend etwas ereignete.

Zwei Stunden später hatte der langweilige Anblick des Planeten, der unter der *Enterprise* rotierte, Picards Überwachheit gedämpft, die Dr. Selars Anruf bei ihm ausgelöst hatte. Allmählich neigte er zu der Auffassung, das warnende Vorgefühl, durch das er auf die Brücke getrieben worden war, könnte auf einem Irrtum beruht haben; doch auf einmal stieß Geordi einen Brummlaut aus.

Der Captain stand auf und schlenderte zur technischen Station. »Sind Sie auf was gestoßen, Commander?«

»Ich glaube, ja. Einen Moment, Sir.« Geordi führte eine Korrektur aus, überprüfte auf dem Bildschirm das Ergebnis; anschließend modifizierte er die Justierungen erneut. Auf dem Monitor blinkten der Hinweis DATENGLEICHHEIT und eine Koordinatenangabe. »Wir haben jemanden gefunden.« Geordis Stimme brachte Erregung zum Ausdruck.

»Lassen Sie die Person unverzüglich heraufbeamen«, befahl Picard. Schon leitete Geordi die Koordinaten und das Störprofil dem Transporterraum zu. Vielfältiges gedämpftes Ticken der Milieu-Statusanzeigen, Pieptöne diverser Monitoren sowie das unterschwellige Summen der Beleuchtung überbrückten das angespannte Schweigen der folgenden Sekunden. In der Stille schien das Geräusch der Klimaanlage anzuschwellen; schließlich hörte es sich an, als dringe ihr allgegenwärtiges Summen auf beklemmende Weise aus jeder Ecke der Kommandobrücke.

Man merkt nie, was für eine Geräuschkulisse es wirklich an Bord eines Raumschiffs gibt, dachte Picard, *bis es irgendwann einmal richtig ruhig ist.*

»Captain, wir haben Lieutenant Worf herauftransferiert«, drang O'Briens Stimme aus dem Interkom. Picard wölbte die Brauen. Schoben heute alle Extraschichten, weil sie nicht schlafen konnten? »Er benimmt sich wie ein Irrer. Soll er gleich Bericht erstatten oder erst eine trockene Uniform anziehen?«

Bevor Picard zu antworten vermochte, beendete Worfs dunkle Knurrstimme den Wortwechsel. »Ich werde dem Captain *sofort* melden, wie unwürdig diese Geschöpfe mich behandelt haben. Sie kennen keinerlei Ehrgefühl.«

»Schicken Sie Mr. Worf in mein Bereitschaftszimmer, sobald er Gelegenheit gehabt hat, sich um seine dringendsten Bedürfnisse zu kümmern.« Picard wandte sich in die Richtung des Bereitschaftszimmers. Er stand gerade erst vor der Tür, da öffnete sich schon der Turbolift.

Worf war naß bis auf die Haut. Die Uniform klebte ihm am Körper. Wasser troff ihm aus Haaren und Bart. Obwohl er aussah, als wäre er in der Kleidung geschwommen, verkrustete Lehm seine Fingerspitzen; auch an seiner Uniform hing nasser Schlamm. Gemurmel griff auf der Brücke um sich, als alle Anwesenden ihn gewahrten. Der Klingone stampfte den Aufgang zum Bereitschaftszimmer hinauf, ohne auf die Verblüffung zu achten, die sein Erscheinen hervorrief.

Picard ließ Worf ein. »Ich war durchaus zu warten bereit, bis Sie sich umgezogen haben«, sagte er, kaum daß die Tür sich hinter ihnen schloß. »Wenn Sie an Lungenentzündung sterben, sind Sie mir nicht von Nutzen.«

»Ich bitte den Captain um Vergebung, aber ich halte es für meine dringlichste Pflicht, über die Verräterei unserer Gastgeber Bericht zu erstatten. Sie müssen jedes Besatzungsmitglied zurückbeordern, das sich noch auf dem Planeten befindet, bevor es zu spät ist.«

Worf umklammerte die Rücklehne des Stuhls, den Picard ihm zuwies, blieb jedoch stehen. Wasser rann an ihm hinab auf den Fußboden. Nach einem Moment des Abwartens nahm der Captain Platz.

»Wir sind uns dieses Problems bewußt.« Picard musterte Worf. Der Klingone brauchte bald trockene Kleider. Doch der Captain ging davon aus, daß Worf für jedes Zureden taub sein würde, solang er nicht seine Erlebnisse erzählt hatte. Als Zwischenlösung orderte er für sie beide heißen Tee. So konnte der Sicherheitsoffizier der Unterkühlung infolge seines unplanmäßigen Schwimmausflugs zumindest ein wenig entgegenwirken.

»Na schön, dann lassen Sie Ihren Bericht mal hören, Mr. Worf. Aber danach besorgen Sie sich unverzüglich trockene Kleidung und eine warme Mahlzeit, ehe Sie irgend etwas anderes anfangen. Darauf bestehe ich als Ihr Vorgesetzter.«

»Zu Befehl, Captain.«

Worf schilderte seine Abenteuer in der lakonischen, markigen Weise, wie nur ein Klingone sie beherrschte. Seine knappe Darstellung der auf ihn erfolgten Attacken und seiner Flucht überließ vieles der Phantasie des Zuhörers. Picard bereitete es jedoch keine Mühe, sich auszumalen, wie unversehens eine ganze Insektoidengesellschaft so verrückt wie die Piloten wurde, die die *Enterprise* angegriffen hatten. Sie mußten die übrigen vermißten Landegruppenmitglieder schleunigst ausfindig machen und sie ohne Verzögerung an Bord zurückbeamen.

»Vielen Dank, Lieutenant.« Picard bemerkte, daß Worf den Tee nicht angerührt hatte. »Gehen Sie eine trockene Uniform anziehen. Ich gebe diese Informationen an Commander LaForge weiter. Vielleicht sind sie ihm beim Lokalisieren der Vermißten nützlich. Und veranlassen Sie, daß Ihr Insignienkommunikator überprüft wird. Die Bordsensoren konnten ihn nicht orten.«

»Jawohl, Captain.«

Picard dachte über Worfs Bericht nach, versuchte zu ergründen, was die Vorfälle bedeuten mochten und wie er Zelfreetrollan mit den erhaltenen Informationen konfrontieren sollte. Plötzlich summte der Türmelder und unterbrach seine Überlegungen. »Herein.«

Data trat ein. Er blieb neben dem Tisch stehen, statt sich zu setzen. »Captain, Dr. Selar und ich haben in der jaradischen Biochemie mehrere mögliche Anomalien festgestellt. Alle stehen mit einem Mangel an gewissen Spurenelementen in der Enzymstruktur in Zusammenhang. Dr. Selar bemüht sich gegenwärtig, die genauen Funktionen dieser Komponenten innerhalb des jaradischen Körpers zu ermitteln. Ich befasse mich zur Zeit mit zusätzlichen externen Sensorsondierungen dieses Sonnensystems. Es gilt festzustellen, ob diese oder jene der erwähnten Elemente lediglich in Mengen unterhalb der erwartbaren Norm vorhanden sind.«

»Darf ich erfahren, welche Elemente es betrifft?«

»Selbstverständlich, Captain.« Data verschränkte die Hände hinter dem Rücken und trat vom einen auf den anderen Fuß. Er erinnerte Picard an einen Instruktor, den er an der Akademie gekannt hatte. Er fragte sich, ob Data womöglich auch Rohnerts jämmerlich schlechte Lektionen über Militärtaktik des Flugzeitalters vor Anbruch der Raumfahrtepoche studiert haben mochte.

»Unsere wahrscheinlichsten Extrapolationen verweisen auf Jod, Barium oder eines der selteneren irdischen Elemente aus der Gruppe der Lanthaniden. Es dürfte schwierig sein herauszufinden, welches bestimmte Spurenelement tatsächlich die Ursache des Problems ist. Wir müssen berücksichtigen, daß diese Elemente ohnehin in jedem Planetensystem nur in außerordentlich geringen Mengen existieren. Ich habe jedoch ein paar Ideen, die dabei helfen könnten, die Möglichkeiten einzuengen. Dafür brauche ich nur noch die entsprechenden geochemischen Informationen über das Sonnensystem.«

»Gut. Weitermachen, Commander.« Picard stand auf und verließ zusammen mit Data das Bereitschaftszimmer. Er wollte sich die Resultate der Sensorsondierung mit eigenen Augen ansehen.

Inzwischen hatte Worf sich in trockener Uniform an der technischen Station zu Geordi gesellt. Die zwei Offiziere standen über den Bildschirm gebeugt und diskutierten die günstigste Methode zur Beschleunigung der Suche.

»Ich bin nach wie vor der Meinung, daß wir bessere Aussichten haben, wenn wir den Regierungskomplex zum Ausgangspunkt machen«, sagte Geordi. »Von dort aus peilen wir jedes größere Gebäude der Stadt an. Jeder hatte eine Einladung zu irgendwelchen wichtigen Würdenträgern. Wir finden sie am wahrscheinlichsten, wenn wir die Suche auf die bedeutendsten öffentlichen Einrichtungen konzentrieren.«

»Ich bin anderer Ansicht. Die Jarada haben unter ihrer Stadt ein Stollensystem angelegt, das in sämtliche Richtungen führt.« Worf nahm Haltung an, als er Picard nähertreten sah. »Falls Dr. Crusher oder Commander Riker bei ihren Gastgebern in Unannehmlichkeiten verwickelt worden sind, werden sie in die Stollen geflüchtet sein. So wie ich. Sie können überall sein, sich momentan in jede denkbare Richtung bewegen. Das hängt von der Natur der Schwierigkeiten ab, mit denen sie sich auseinandersetzen müssen.«

»Was ist mit Miß Ishikawa und Fähnrich Tanaka?«

Picards Frage galt Worf, obwohl er neben Geordi verharrte, um die Anzeigen zu betrachten.

»Wir vermuten, daß Miß Ishikawa und Fähnrich Tanaka sich in einiger Entfernung außerhalb der Stadtgrenze aufhalten. Um sie zu finden, müssen wir eine standardmäßige spiralförmige Sondierung mit der Stadt als Mittelpunkt vornehmen.« Worf zoomte die Projektion auf das Gebiet ein, das er meinte. Zwei ohne intakte Kommunikatoren auf einem fremden Planeten gestrandete Menschen aufzuspüren, war ohnehin eine mühselige Aufgabe; und die Ausdehnung des abzusuchenden Territoriums machte nicht gerade Mut. »Im Moment wären unsere Mittel sinnvoller eingesetzt, würden wir als erstes versuchen, Dr. Crusher und Commander Riker zu lokalisieren.«

»Genau das werden wir tun, Lieutenant.« Picard überließ die beiden Offiziere ihrer Tätigkeit, das Suchverfahren zu präzisieren, und kehrte in seinen Kommandosessel zurück.

Er hatte sich gerade gesetzt, da brach Datas Stimme das Schweigen.

»Captain, ich erhalte aus einem unbewohnten Gebiet ungefähr dreihundert Kilometer nordwestlich der Stadt anomale thermische Meßdaten.«

Picard richtete sich im Sessel auf. Was mochte der Androide entdeckt haben? »Visuelle Darstellung, Mr. Data.«

Das Scannerbild einer mit Seen und Grasniederungen durchsetzten Waldlandschaft aus Laubbäumen erschien auf dem großen Wandbildschirm. Etliche Identifizierungscodes markierten es. Data vollführte Schaltungen, projizierte seine aktuellen Daten auf die Sensordarstellung.

Ein mehrstimmiges Aufkeuchen der Bestürzung fuhr wie der erste Windhauch eines Sturms durch die Brücke. Der Wald stand in Flammen. Scharlachrote und gelbe Feuerzungen verschlangen alles, was sie zu fassen bekamen. »Ein Lauffeuer«, sagte jemand leise im Ton ehrfürchtigen Schreckens.

Erst einen Moment später fühlte Picard sich wieder zum Sprechen imstande. »Hält sich in dem Gebiet jemand auf, Mr. Data?«

Das Schweigen zog sich erneut hin, während der Androide den Sensoren eine Antwort zu entlocken versuchte. »Das läßt sich schwer sagen, Captain. Die thermische Signatur des Feuers von sämtlichen sonstigen Meßdaten zu trennen, ist schon für sich ein anspruchsvolle Leistung in kombinatorischer Mathematik. Ich erkenne sporadisch Messungen verschiedener größerer Lebensformen. Zu unterscheiden, ob es Jarada oder Exemplare heimischer Tierarten sind, ist jedoch unmöglich.«

Picard atmete tief durch, während er sich bemühte, einen Entschluß zu fällen. »Können Sie sie deutlich genug für die Anpeilung eines Transferfokus orten, Mr. Data?«

»Ich glaube ja, Captain«, antwortete Data.

Picard wandte sich an Worf. »Organisieren Sie eine Sicherheitsgruppe, die unsere ›Gäste‹ im Transporterraum empfängt. Die Handphaser sind auf starke Betäubungswirkung zu stellen.«

»Aye, Captain.« Der Klingone gab den Befehl weiter, dann betrat er den Turbolift. Sein Gesicht hatte einen wilden Ausdruck, als freue er sich darauf, nun möglicherweise die durchlittenen Strapazen einigen Jarada heimzahlen zu können.

»Wozu die Sicherheitswächter?« fragte Data begriffsstutzig. Im nächsten Augenblick fiel ihm auf, daß er offenbar die einzige Person auf der Kommandobrücke war, die der Logik von Picards Anweisung nicht folgen konnte.

»Weil jeder, der einen Wald in Brand setzt, wahrscheinlich genauso verrückt ist, wie es die Piloten sind, die unten in der Krankenstation liegen, Mr. Data«, erklärte Picard ihm in grimmigem Tonfall. »Übermitteln Sie dem Transporterraum alle Koordinaten und geben Sie durch, man soll mit dem Transferieren anfangen, sobald alles bereit ist.«

»Jawohl, Sir. Ich leite dem Transporterraum die ersten Koordinaten zu.«

Der Captain lehnte sich in den Kommandosessel. Auf dem Wandbildschirm beobachtete er, wie der Brand seine Umgebung verzehrte. Er hoffte, daß er das Richtige tat, wenn er die Jarada rettete, die sich im Bereich des Feuers aufhielten. Gegenwärtig brauchte er vor allem Antworten. Picard war zu jeder Art von Kuhhandel bereit, um sein Raumschiff und die Crew aus dieser wirren, potentiell hochgefährlichen Situation zu manövrieren.

19

Will!« japste Crusher, riß entgeistert die blauen Augen auf. »Wie kommen denn Sie hierher?«

»Das ist 'ne gute Frage. Ich wollte, ich wüßte darauf eine Antwort.« Riker humpelte zu einem Labortisch und schwang sich mit sichtlicher Mühe rittlings auf einen Sitz; er hob das Bein an und lehnte das geschwollene Knie an die Tischkante. »Im Augenblick wäre ich aber schon zufrieden, wüßte ich, wieso eigentlich.«

Crusher stand auf und justierte den Tricorder auf menschliche Physiologie. »Teilweise kann ich den Grund erraten. Seit ich hier bin, verlange ich einen Assistenten. Wie's aussieht, sollen Sie das sein.« Sie bewegte den Tricorder an seiner Gestalt entlang und runzelte über die Meßergebnisse die Stirn.

Einen Moment lang versuchte Riker, sich selbst mit Crushers Augen zu sehen; dabei begriff er, was für eine gräßliche Erscheinung er abgeben mußte. Eine Kruste aus Schlamm und Unrat verdreckte seine Uniform. Trotz der Widerstandsfähigkeit des Gewebes war der Stoff an einem Dutzend Stellen zerrissen. Über die Zahl seiner Schrammen und Prellungen hatte er längst keinen Überblick mehr. Mittlerweile bereiteten die durch Zarns Krallen verursachten Kratzer ihm spürbare Schmerzen.

Ein Grinsen verzog seine Mundwinkel, als er sich ausmalte, Crusher müßte jemanden in dieser Verfassung in ihr fein säuberliches, ordentliches Labor auf der *Enterprise* lassen. Vermutlich würde sie es nicht einmal Wesley erlauben.

»Worüber lachen Sie?« Die Sorge machte Beverlys Tonfall schärfer, als sie es beabsichtigte. »In diesem Zustand sollten Sie im Bett liegen. Wenigstens bis Ihr Knie abgeschwollen ist.« Sie wandte sich an Vish, der gerade die anderen Jarada fortschickte. »Kann Commander Riker sich irgendwo waschen? Können Sie ihm saubere Kleidungsstücke besorgen?«

Vish fuhr herum; nervös scharrten seine Klauenfüße über den Fliesenboden. »Natürlich, ehrenwerte Beverly. In dem Raum, wo Sie Ihren Arm behandelt haben, befindet sich ein Waschtrog. Erinnern Sie sich nicht an die Markierung des Wegs?«

Crusher seufzte. »Leider nicht. Würden Sie ihn uns bitte noch einmal zeigen?«

»Wie Sie wünschen.« Der Insektoide flitzte zwischen den beiden Menschen und der Tür zu einem Nebenausgang. Mühselig stemmte Riker sich hoch, stellte sich wieder auf die Beine. »Allerdings wäre die Zeit besser genutzt, würden Sie die Forschungen vorantreiben, für die wir Sie hergebracht haben, statt sich mit Nebensächlichkeiten zu beschäftigen. Die Frist läuft ab.«

Sie verließen das Laboratorium und betraten einen Korridor. Ungeduldig wieselte Vish voraus, kehrte gleich darauf jedoch um und redete erneut auf Crusher ein. Im Laufe der Fahrt zu dem Forschungsinstitut war Rikers ganzer Körper auf sehr unangenehme Weise steif geworden; obwohl Crusher langsam ging, konnte er ihr kaum folgen.

»Sie sollten die Zeit wirklich nicht damit vergeuden, Ihrem Untergebenen den Panzer zu polieren«, nörgelte Vish, während sie in einen Seitenkorridor abbogen. »Sie könnten sich doch mit den ästhetischen Aspekten seines Äußeren befassen, wenn Sie unser Problem gelöst haben.«

»Über Ästhetik mache ich mir keine Gedanken«, schnauzte Crusher ihn an. Das Geschnatter des Jarada nervte sie gehörig. »Ich habe Sorge, ob er in seinem gegenwärtigen Zustand die anstehenden Aufgaben verrichten kann.«

»In diesem Fall gliedern wir ihn aus und holen Ihnen jemanden, der den erforderlichen Funktionen gerecht wird.«

»O nein!« riefen Riker und Crusher wie aus einem Munde, so daß ihre Stimmen einen Mehrklang wie eine Jarada-Stimme erzeugten. Einen Moment später sprach Crusher allein weiter. »Ich bin damit einverstanden, daß Sie mir *außer ihm* noch mehr Mitarbeiter zuführen. Aber er muß bleiben.«

»Also gut.« Wäre Vish ein Mensch gewesen, hätte man ihm eindeutig nachsagen können, daß er schmollte. Riker war sich nicht sicher, in welchem Umfang er menschliche Eigenheiten auf den Jarada projizierte; doch auf alle Fälle hegte er den Verdacht, daß Vish' Betragen ihnen nichts Gutes verhieß. Er wäre lieber in Zarns Obhut geblieben. Aber Zarn war gleich nach der Ankunft im Forschungsinstitut verschwunden. Vish' Benehmen machte auf den Commander einen zu irrationalen Eindruck, als daß er bereit gewesen wäre, dem Jarada ehrenhafte Absichten zu unterstellen.

Sie bogen um eine letzte Ecke, und Vish öffnete eine schlichte Holztür. »Hier ist es, Dr. Crusher. Ich bringe Ihnen Putztücher, damit sie Ihrem Untergebenen den Panzer polieren können. Etwas zu seinem Bekleiden erhalten Sie ebenfalls. Aber ich bitte Sie, sich mit diesen belanglosen Aktivitäten zu beeilen.«

»Ich hab's kapiert.« Crusher ließ sich ihre Ungnädigkeit anmerken. »Ich werde die Zwischenzeit nutzen, um meinen Assistenten über die Anforderungen zu instruieren. Allerdings wäre alles leichter, würden Sie endlich mit dem Herumquengeln aufhören.«

»Wir verfahren so, wie Sie es wünschen.« Vish wetzte davon, um die versprochenen Tücher zu holen. Crusher hielt Riker die Tür auf.

Der Commander hinkte über die Schwelle. Er fühlte sich zu ausgelaugt, um am Geschehen Anteil zu nehmen. Die Räumlichkeit war klein; es gab darin einen niedrigen Tisch und an einer Wand mehrere Regale. Gläserne Behältnisse und verschlossene Krüge in unterschiedlichen Farben füllten die Regale fast völlig.

Crusher deutete auf den kleinen, wie ein Torbogen gebauten Durchgang in der Rückwand. »Der Waschtrog ist dort hinten. Es tut mir leid, daß Ihnen nicht mehr Privatsphäre gewährt wird. Aber offenbar haben die Jarada für derartige Konzeptionen kein Verständnis.«

Der Waschtrog sah genauso aus, wie seine Bezeichnung vermuten ließ; es handelte sich um eine tiefe, längliche Wanne, in die Wasser an einem Ende hinein- und zum anderen Ende hinausfloß. Riker hielt einen Finger ins Wasser. Zu seiner Überraschung war es nicht eiskalt, sondern lauwarm. Allzu lange wollte er nicht in der Wanne bleiben; doch zumindest hatte er jetzt eine Gelegenheit, sich einen Großteil des Drecks abzuwaschen, ohne sich zu verkühlen. Für einen Menschen war der Trog etwas zu klein; aber daran würde Riker sich nicht stören. Er zog sich aus und stieg in die Wanne. Als das Wasser die wunden Schrammen an seinen Beinen überspülte, zuckte er zusammen.

Er schaute sich nach Seife um, entdeckte jedoch nur einen Eimer voll Sand. Um einem Jarada den Panzer zu polieren, war der körnige Gries sicherlich bestens geeignet. Riker hingegen verspürte kein Verlangen nach weiteren Hautabschürfungen.

Der Commander seufzte auf und fing an, sich mit den Fingern den Schmutz aus den Zehen zu reiben. Nebenan hörte er Crusher mit jemandem reden. Er schenkte der Unterhaltung jedoch keine Beachtung, bis ihre Schritte sich näherte.

Ein Riesenballen weichen Stoffs segelte über Rikers Kopf hinweg und fiel vor ihm ins Wasser. »Da, das ist ein sogenanntes Putztuch«, sagte Crusher. »Außerdem habe ich hinter sie etwas gelegt, womit Sie sich abtrocknen können, und ein paar Laken, in die Sie sich anschließend vorläufig einwickeln müssen.« Ihre Schritte kehrten ins vordere Zimmer zurück. Riker hörte, wie sie auf dem Tisch an irgend etwas herumfummelte.

Er rollte das Tuch auseinander, tauchte es ins Wasser und wusch sich damit den übrigen Körper. »Was ist hier eigentlich los?« erkundigte er sich. Die Antwort auf diese Frage brauchte er genauso dringend wie alles andere.

»Da bin ich mir selbst nicht ganz sicher«, ertönte Dr. Crushers Stimme aus dem Nebenraum. »Vish hat mich darin eingeweiht, daß auf diesem Planeten eine Art von Wahnsinn grassiert, die dem hiesigen Jarada-Volk den Garaus zu machen droht. Deshalb bin ich hergebracht worden. Man erwartet von mir, daß ich Abhilfe finde. Aber ausschließlich auf der Grundlage der hier vorhandenen Daten und mit der im Institut verfügbaren Ausstattung, also ohne die *Enterprise* zu kontaktieren. Und was ist Ihnen zugestoßen?«

Riker erzählte ihr eine Kurzfassung seiner Abenteuer. Dabei legte er den Schwerpunkt auf das Verhalten der Jarada, die ihm begegnet waren; er hoffte, seine Beschreibung könnte ihr irgendeinen Fingerzeig geben. Als er die Schilderung beendete, war er sauber und trocken; wie ein Inder hatte er sich ein langes Tuch um den Leib gewickelt.

»Zeigen Sie erst mal Ihren Rücken her, bevor Sie irgendwas anderes anfangen«, sagte Crusher, als er Anstalten machte, sich ein zweites Tuch um die Schultern zu schlingen.

»Warum? Das sind doch bloß ein paar Schrammen, oder?« Trotzdem legte Riker sich das andere Tuch über den Arm und setzte sich im Vorderzimmer an den Tisch.

Crusher aktivierte den Tricorder und scannte die Kratzwunden auf Rikers Rücken. Überall wo Zarns Krallen die Haut verletzt hatten, waren bläulich-rote Schwellungen entstanden, als wäre Gift in die Wunden geflossen. Die tiefe Rißwunde in Beverlys Arm schmerzte noch und hatte den Verband mit Blut befleckt; doch im Gegensatz zu den Kratzern auf Rikers Rücken stellte sie an ihrem Arm, als sie den Verband zur Seite schob, keine Verfärbung fest. Entweder enthielt die Salbe, die Vish ihr gegeben hatte, ein Mittel gegen das Toxin der Jarada-Krallen, oder in Rikers Wunden war irgendein andersartiger Giftstoff gedrungen.

Da keine der Verletzungen an den Beinen des Commanders eine Tendenz zur Entzündung zeigte, neigte Beverly zur ersteren Hypothese. Sie rieb die Salbe, eine scharfe Kräutermixtur, erst in sämtliche Wunden auf Rikers Rücken, dann sicherheitshalber auch in sämtliche sonstigen Hautverletzungen, die sie bei ihm fand.

»Mit wieviel von dem Zeug wollen Sie mich denn noch beschmieren?« beschwerte sich Riker, während die Ärztin ihm das geschwollene Knie einrieb. »Das stinkt ja scheußlich.«

Crusher richtete sich auf und wischte sich die Finger an einem Stück Stoff ab. Sie hielt den Tricorder über die Salbe und nahm eine zweifache Analyse vor, ehe sie den Topf schloß und ins Regal zurückstellte. »Kann sein, daß es stinkig ist, aber Sie haben mehrere üble Entzündungen auf dem Rücken. Eine ähnliche Verletzung an meinem Arm hat sich nicht entzündet, wahrscheinlich dank dieser Salbe. Ich will kein Risiko eingehen. Bis wir wieder auf dem Schiff sind, haben wir nichts Besseres als die Salbe.«

»Wenn Sie es sagen, Doktor ...« Riker wand sich das zweite Tuch um den Oberkörper und verknotete es wie eine Toga in der Achselhöhle. »Was kommt als nächstes dran?«

»Man hat mir eine Reihe von Experimenten vorgeführt, die ich gerne noch einmal nachprüfen möchte. Es geht dabei um Spurenelemente, die die Farbgebung einer Blüte bestimmen. Aber danach ...« Ratlos schüttelte Crusher den Kopf. Sie warf sich das Haar wie einen roten Vorhang aus dem Gesicht. Indem sie die Strähnen nach hinten strich, zuckte sie mit den Schultern. »Ich habe Tricorder-Messungen von anscheinend normalen und ebenso völlig geistesverwirrten Jarada. Und ich habe aufgezeichnet, was bei jedem Individuum von den Bioscannern der Jarada gemessen worden ist. Aber falls Vish denkt, ich könnte mit den jaradischen Computern umgehen, muß er sich das noch einmal überlegen.«

»Ich persönlich hatte den Eindruck, daß Vish selbst nicht recht bei Trost ist.« Riker verzog die Miene, als er sich an das irrwitzige Getrippel der Ungeduld entsann, das er auf dem Weg zum Waschraum bei dem Insektoiden beobachtet hatte.

Crusher massierte sich im Nacken einen starr gewordenen Muskel. Versonnen furchte sie die Stirn. »Sie haben recht. Seit wir hier eingetroffen sind, benimmt Vish sich immer anomaler. Ich befürchte, der Wahnsinn beeinträchtigt inzwischen allmählich auch seine geistige Stabilität.«

»Dann schlage ich vor, wir checken diese Pflanzentests, die Sie erwähnt haben. Anschließend verbarrikadieren wir uns im Labor. Damit hätten wir die komplette Ausstattung zu unserer alleinigen Verfügung. Vielleicht durchschauen wir den Krempel nicht ausreichend, um wissenschaftliche Arbeit zu leisten. Aber ich würde wetten, wir stöbern irgend etwas auf, mit dem wir die Aufmerksamkeit der *Enterprise* auf uns lenken können.«

»Solange Sie das Basteln erledigen, habe ich nichts

dagegen. Ich kann jedes Gerät bedienen, zu dem eine halbwegs lesbare Gebrauchsanleitung gehört. Aber ich muß gestehen, daß ich ansonsten nicht mal dazu fähig bin, das Signal eines Türmelders umzuprogrammieren.«

Crusher schob ihren Tricorder ins Gürtelhalfter und steckte den Kopf in den Korridor, schaute sich nach Jarada um. Sobald sie sich davon überzeugt hatte, daß der Korridor leer war, trat sie hinaus. Mit einem Wink gab sie Riker zu verstehen, daß er ihr folgen sollte.

Er schnappte sich das Bündel, das seine nasse Uniform enthielt, und hinkte der Ärztin nach. Der rauhe Fliesenboden unter seinen Füßen war kalt. Es fröstelte Riker. Er wünschte, seine Socken und Stiefel wären nicht zu durchnäßt, um sie anzuziehen. Wegen der nackten Füße fühlte er sich noch unwohler in seiner Haut als aufgrund seiner übrigen ungewohnten Aufmachung. Unterwegs setzten er und Crusher die Unterhaltung fort.

»Was Elektronikkenntnisse betrifft, muß ich zugeben, daß ich bei der Lehrgangsprüfung zweimal durchgefallen bin. Meine Experimente waren so merkwürdig verdrahtet, daß nichts so funktioniert hat, wie es sollte.«

»Und da verlangen Sie, daß ich Ihnen Vertrauen entgegenbringe?« Das humorige Funkeln in Beverlys Augen widersprach der Skepsis in ihrer Stimme.

»Na sicher.« Kurz schwieg Riker, während Beverly ihm einen Blick gespielter Empörung schenkte. »Wenn Sie's genau wissen wollen, ich hoffe, daß meine alte Begabung, Kabelsalat hinzukriegen, noch da ist. Dann brauchen wir bloß zu versuchen, die medizinischen Scanner der Jarada auf Humanoide umzustellen, und schon haben wir eine funktionierende Funkboje zur Hand.«

Crusher prustete vor Heiterkeit. Normalerweise sah sie Rikers Pointen voraus, bevor er sie aussprach. Irgendwie munterte es sie auf, daß sein ausgeprägter Hang zum Absurden sich durch nichts ausmerzen ließ.

Nach der Rückkehr ins Med-Laboratorium blieb die Ärztin für einen Moment still stehen und durchforschte ihr Gedächtnis. Aus dem Labor, in dem sie von dem Jarada angegriffen worden war, hatte man sie unverzüglich in den Waschraum geführt. Sie war zu schockiert gewesen, um sich den Weg zu merken. Deshalb mußte sie nun erst einmal gründlich überlegen. Sie versuchte, sich durch Kinästhesie – anhand des Muskelgedächtnis – statt mittels visueller Eindrücke an die verschiedenen Gabelungen und Abzweigungen der Korridore zu erinnern.

Man hätte meinen können, das ganze Institut wäre geräumt worden; sie begegneten auf dem Weg zum Botanik-Laboratorium niemandem. Sobald sie in den richtigen Korridor gelangt waren, probierte Crusher es an drei Türen, ehe sie den gesuchten Eingang fand.

In dem Labor war alles unverändert. Zerbrochene Glasbehältnisse und zertretene Pflanzen verwiesen noch auf die Stelle, wo der junge Forscher die Ärztin angefallen hatte. Sie senkte den Blick auf Rikers bloße Füße und empfahl ihm, an der Tür zu warten. Dann zückte sie den Tricorder und ging an den Pflanzensammlungen entlang, verzeichnete die Charakteristika sämtlicher Gewächse.

»Was suchen Sie?« fragte Riker. Von seinem Standort aus sah er Reihen gläserner Behälter, in denen kleine Sträucher mit verschiedenfarbigen Blüten gediehen. Doch warum ausgerechnet diese Pflanzen so wichtig sein sollten, konnte er nicht erkennen.

»Es sind alles Pflanzen derselben Sorte. Sie sind genetisch gleichartig. Die Farbunterschiede der Blüten entstehen durch Abwandlungen des genetischen Codes für die Pigmentierung.«

»Sie wollen sagen, diese Büsche haben für unterschiedliche Farben *keine* verschiedenen Gene?« Riker schüttelte den Kopf. Heimlich fragte er sich, ob der Wahnsinn auch Crusher gepackt haben mochte. Irgendwie wurde er den Eindruck nicht los, zwischen ihrem gegenwärtigen Schicksal und diesen Pflanzen bestünde kein so recht nachvollziehbarer Zusammenhang.

»Anscheinend nicht.« Crusher richtete den Tricorder auf die nächste Reihe von Terrarien, kehrte dabei zurück in Rikers Richtung. »Vish zufolge gibt es eine Verbindung zwischen den Spurenelementen im Erdreich und der Blütenfärbung. Stutzig hat mich die von ihm erwähnte Tatsache gemacht, daß die Jarada hier nicht die Farbe zu züchten imstande sind, die auf ihrer Ursprungswelt am häufigsten vorkommt.«

»Ach ...« Plötzlich ging Riker ein Licht auf. »Sie denken, der Jarada-Wahnsinn könnte von einem Spurenelementemangel abhängen?«

»Ich bin mir ganz sicher. Bei den verrückt gewordenen Jarada, die ich untersuchen konnte, habe ich Werte festgestellt, die wesentlich von den Normaldaten ihrer Rasse abweichen. Leider bin ich, wenn wir es mit einer biochemischen Anomalie zu tun haben, auf *Vermutungen* angewiesen, was das Defizit anbelangt. Mir steht kein kompletter Datensatz eines normalen Jarada zur Verfügung, die ich mit meinen Messungen vergleichen könnte. Ich wünschte, wir wüßten mehr über die Jarada.«

Riker schnaubte. »Nach dem, was ich durchgemacht habe, weiß ich jetzt mehr über sie, als mir lieb ist. Sie sind nicht unbedingt das gemütlichste Völkchen, dem ich bisher begegnet bin.«

»So, das hätten wir.« Crusher klappte den Tricorder zu und steckte ihn wieder ins Gürtelhalfter. Bei den zersplitterten Terrarien blieb sie stehen. Aus dem Gewirr zermalmter Pflänzchen brach sie etwas Grün ab. »Tun Sie diese Ableger zu Ihrer Uniform. Dann sind sie bestimmt noch frisch, wenn wir zurück an Bord sind, und ich kann die Zellstruktur analysieren.«

»Von mir aus.« Riker stopfte die Stengel in sein feuchtes Bündel. »Sind Sie hier fertig?«

Crusher nickte. »Kehren wir ins andere Labor zurück, ehe jemand die Idee hat, sich wieder für uns zu interessieren. Nun können wir versuchen, dem Schiff ein Signal zuzufunken.«

Auch auf dem Rückweg begegneten die beiden niemandem. Riker lief es vor Unbehagen kalt über den Rücken. Wie viele Jarada das Institut beschäftigte, wußte er nicht; aber hätten Menschen es gebaut, wären Hunderte von Personen darin tätig gewesen.

Die Leere konfrontierte ihn mit der Frage, wo die vielen Jarada sein mochten. War das Institut überhaupt je personell voll besetzt gewesen? Oder war den Forschern nach Antritt der Arbeit etwas zugestoßen? Ob es sich so oder so verhielt, beides mußte als neuer Beweis dafür gelten, wie sehr die Verhältnisse bei den Jarada dieses Planeten schon heruntergekommen waren.

Im Labor machte Riker sich sofort daran, sich die Ausstattung anzusehen. Es bedeutete eine freudige Überraschung, als er herausfand, daß das Untersuchungsfeld des Bioscanners einen verstellbaren Fokus hatte. Folglich ließ es sich für das zweckentfremden, was ihm vorschwebte. Es dauerte zwei Stunden, die Sicherungsregulatoren zu entfernen und die übrigen Komponenten umzufunktionieren. Zum Schluß jedoch verfügte er über ein Gerät, das ein ausreichend starkes Signal erzeugte, um von den Sensoren der *Enterprise* empfangen zu werden.

Indem er sich und Crusher kräftig den Daumen drückte und hoffte, daß das Raumschiff sie lokalisierte, bevor die Jarada merkten, was er angestellt hatte, aktivierte Riker seine improvisierte Funkboje.

20

Keiko biß sich auf die Lippen, um beim Klang der Jarada-Stimmen, die vor dem Zelt raunten, schnalzten und zirpten, nicht aufzuschreien. Nach allem, was sie in den vergangenen Stunden erlebt hatte, war sie sich nicht mehr sicher, wie sie sich nun ihnen gegenüber verhalten sollte.

Offenbar hatten die Studenten, mit denen Tanaka und sie aufs Land hinausgefahren waren, samt und sonders den Verstand verloren; sie waren völlig ausgerastet. Das Betragen, das beim Lehrpersonal zu beobachten gewesen war, lieferte ebenfalls wenig Anlaß für Vertrauen. Anstatt restriktive Maßnahmen zu ergreifen, hatten die Lehrer die Studenten, sobald sie durchdrehten, einfach umgebracht. Anscheinend stand es um sie nicht besser als um ihre Schüler.

Aber gab es Grund zu der Annahme, daß es sich lediglich um eine vorübergehende geistige Verwirrung handelte? Oder verlief ihr Auftreten vielleicht zyklisch? Durfte man mit der Möglichkeit rechnen, daß eine andere Gruppe Jarada aufgekreuzt war, um sie zu retten? Wie stark diese Tatsache Keiko auch zuwider sein mochte: Die einzige Aussicht für Tanaka und sie, in die Stadt zurückkehren zu können, boten momentan die Jarada. Nur sie konnten ein Transportmittel zur Verfügung stellen.

Doch die eigentliche Frage lautete: Sollte sie das Risiko eingehen, den Jarada noch einmal zu trauen, oder lieber warten, bis die *Enterprise* ihre Suche soweit ausdehnte, daß sie die zwei vereinzelten Menschen inmitten der Wildnis aufspürte? Sie hätte die Alternativen gerne mit Tanaka diskutiert. Aber er war noch bewußtlos. Außerdem könnte jeder Laut im Innern des Zelts die Aufmerksamkeit der Insektoiden erregen.

Die Anspannung krampfte Keiko den Magen zusammen. Ihr ganzer Bauch ballte sich zu einem straffen Knoten der Furcht. Kalter Schweiß rann ihr den Rücken hinab. Es wäre anders gewesen, hätte sie irgend etwas zu ihrer Selbstverteidigung in Händen gehabt. Angesichts der Übermacht der Jarada wäre ihr ein Phaser recht gewesen. Dann hätte sie Tanaka schützen, etwaige Angreifer betäuben können, ehe sie nahe genug kamen, um noch mehr Unheil anzurichten. Dachte sie an die greulichen Krallen der Jarada, hätte sie sich sogar mit einem kräftigen Knüppel oder einem langen Ast zufriedengegeben, um jedem zudringlichen Insektoiden aus genügendem Abstand auf die Pfoten zu klopfen. Das Warten, das geduckte Dahocken im Zelt in dem Bewußtsein, *kein* Mittel zur Gegenwehr zu haben, war es, was sie zermürbte.

Sie unterdrückte ein Schaudern, als sie sich ausmalte, was passieren würde, falls diese Jarada da draußen ebenso übergeschnappt waren wie ihre Artgenossen, die Tanaka und sie durch den Wald gehetzt hatten. Nein, es war absolut nicht ratsam, sie auf sie beide aufmerksam zu machen, bevor man nicht sicher wußte, daß sie friedlich blieben. Und solange die Jarada sich in ihrer Sprache verständigten, blieb unklar, welche Absichten sie verfolgten.

Keiko langte nach dem jaradischen Translator. Aber auf dem Schalter verharrte ihre Hand. Die Insektoiden könnten die Töne des Geräts hören. Zudem war Keiko nicht klar, ob das Gerät verläßlich arbeitete.

Tränen der Verzweiflung quollen Keiko in die Augen, als sie an die beschädigten Insignienkommunikatoren dachte. Mit einem funktionstüchtigen Kommunikator hätte sie Zugriff auf den Universaltranslator des Raumschiffs gehabt; dann hätte sie rasch und *unzweifelhaft* herausgefunden, ob diese Jarada Freunde waren oder gleichfalls Irre. Ganz davon zu schweigen, daß sie, hätten sie einen intakten Kommunikator, *gar nicht* in diese Bredouille *geraten* wären. Beim ersten Anzeichen von Schwierigkeiten wären sie von Miles in die *Enterprise* zurückgebeamt worden. Tanaka hätte sich nicht das Bein verletzt. Sie läge jetzt nicht hier im Dunkeln, während mehrere eventuell wahnsinnige Jarada vor dem Zelt herumlungerten.

Um ihre Panik in Schach zu halten, dachte sie an Miles. Sie faßte den Vorsatz, sich nach der Rückkehr aufs Schiff bei ihm zu entschuldigen. Er hatte, was diesen Auftrag betraf, *recht* gehabt. Allerdings konnte sie die seinen Auffassungen zugrundeliegende Logik noch immer nicht nachvollziehen.

Nach einer Zeitspanne, die Keiko wie eine Ewigkeit empfand, entfernten sich die Stimmen. Die Jarada liefen zum Strand hinab. Keiko wußte nicht, ob sie den Spuren folgten, die sie und Tanaka hinterlassen hatten, während sie nach Aufschlagen des Lagers am See entlanggewandert waren. War das tatsächlich vor nur ein paar Stunden gewesen? Möglicherweise hatten die Insektoiden sich aber rein zufällig in diese Richtung gewandt. Auf jeden Fall waren Tanaka und sie nun wieder bis auf weiteres in Sicherheit.

Die Kräfte schwanden Keiko. Ihre ganze Anspannung wich, und sie sank ermattet gegen Tanakas Gestalt. Keiko schlotterte; die Luft fühlte sich auf ihrer schweißfeuchten Haut unerträglich kühl an. Sie versuchte, sich mit dem Schlafsack zuzudecken. Aber der klemmte unter Tanakas vom Fieber heißen Körper. Keiko konnte den Schlafsack nicht herüberziehen, ohne Tanaka zu bewegen. Ebensowenig war es ihr möglich, die Innentemperatur des Zelts auf die behaglichere Wärme zu erhöhen, nach der ihr erschöpfter Organismus lechzte. Das Bedienungsgerät für die Zeltmodifikationen lag irgendwo draußen im Sand. Genausogut hätte es auf der *Enterprise* sein können.

Nach kurzem Bemühen gab Keiko das Ringen um den Schlafsack auf und schmiegte sich statt dessen so nah an Tanaka, wie sie nur konnte. *Wenn Miles davon erfährt, nimmt sein Gezeter kein Ende,* dachte sie. Trotzdem blieb ihr keine Wahl. Bewahrte sie einen Anstandsabstand zu Tanaka, kühlte sie mit Gewißheit vollends aus; dann könnte ihr Zähneklappern durchaus umherstreifende Jarada anlocken. Und es verhielt sich ja nicht so, daß sie bei Tanaka einen *echten* Annäherungsversuch gemacht hätte. Überdies bezweifelte Keiko, daß Tanaka in seiner jetzigen Verfassung überhaupt wußte, wo er war oder in wessen Gesellschaft er sich befand.

Als wären ihre Gedanken in Tanakas Delirium vorgedrungen, regte er sich und murmelte irgend etwas. Keiko legte ihm einen Finger auf die Lippen und hoffte, daß diese aussagekräftige Berührung ihn beruhigte. Sie hatte jedoch die gegenteilige Wirkung. Er fing zu zucken an, stieß Keiko einen Ellbogen in die Rippen. Sie stöhnte auf und wälzte sich beiseite. Schlagartig befiel sie erneut Übelkeit. Keiko kämpfte dagegen an. Sich im Zelt zu erbrechen, wäre äußerst *häßlich,* und hinauszukriechen wagte sie nicht.

Noch immer bestand die Gefahr, mit jeder Kleinigkeit die Aufmerksamkeit irgendeines verrückten Jarada zu erregen, der noch in der Nähe lauern mochte. Das galt um so mehr, als die Jarada eine Rasse waren, die sich außerordentlich stark anhand des Geruchssinns orientierte. Erbrochenes wäre für sie das gleiche, als würde vom Himmel herab ein Leuchtpfeil auf das Zelt zeigen. Keiko preßte sich die Hand auf den Mund und schluckte rasch hintereinander einige Male.

Endlich ließ die Übelkeit nach. Keiko kroch an Tanakas Seite zurück und besah sich seinen Zustand. Er atmete schnell und flach. Seine Haut erweckte den Eindruck, als ob er innerlich glühte. Keiko untersuchte sein Bein, obwohl der Anblick der Wunde und der ekelhafte Gestank der Infektion ihr von neuem den Magen umzudrehen drohte. Sie biß die Zähne zusammen.

Die Entzündung hatte sich erheblich verschlimmert. Schwellung und Rötung reichten mittlerweile bis weit übers Knie hinauf; die gelblich-weiße Vereiterung rings um die Wunde hatte inzwischen eine Breite von über einem Zentimeter.

Obwohl sich jetzt abzeichnete, daß es keinen Sinn hatte, injizierte Keiko ihm die restlichen Antibiotika und strich die noch übrige Salbe in die Verletzung. Anschließend legte sie den Verband wieder an. Überraschenderweise blieb er, während er sich kurz vorher so ruhelos hin und her gewälzt hatte, bei dieser Behandlung still. Bei Bewußtsein war er anscheinend jedoch nicht.

Als sie fertig war, hockte Keiko sich auf die Fersen und begann zu zittern. Sie brauchte keine medizinische Ausbildung, um zu wissen, daß Tanaka bald an Blutvergiftung sterben würde, falls die *Enterprise* sie beide nicht vorher barg.

Kurz darauf fing er nochmals an, um sich zu schlagen, brabbelte im Delirium unverständliches Zeug. *Was soll werden, wenn er laut genug wird, um Jarada anzulocken?* überlegte Keiko. Bei dieser Vorstellung wurde ihr gehörig mulmig zumute. Sie säßen beide hier in der Falle. Tanaka war außerstande zu fliehen. Und ohne seine Hilfe konnte Keiko sich nicht in die Baumwipfel flüchten.

Sie schob sich zu ihm unter den Schlafsack. Einen Arm um Tanaka geschlungen, streichelte sie seinen Rücken und flüsterte zur Besänftigung zusammenhanglose Floskeln. Es grenzte an ein Wunder, aber ihre Bemühungen beschwichtigten den Fiebernden. Er beruhigte sich und sank wieder in tieferen Schlummer.

Keiko lag im Finstern da; inzwischen war alles Verlangen nach Schlaf von ihr gewichen. Um sich der drohenden Panik zu erwehren, listete sie in Gedanken den kargen Bestand an Ausrüstungsgegenständen auf, der ihr geblieben war; sie grübelte darüber nach, welche Teile sich benutzen lassen könnten, um ein ausreichend starkes, von der *Enterprise* empfangbares Signal zu senden. Sie versuchte, sich an das zu erinnern, was sie bei Tanaka an elektronischen Instrumenten gesehen hatte. Allerdings befürchtete sie, daß die Jarada auch seine sämtlichen Besitztümer in den Sand getrampelt hatten, als sie sein Zelt demolierten.

Trotzdem. Sollte etwas dabei sein, das sie gebrauchen könnte, ihr etwas einfallen, das ihr von Nutzen sein mochte, würde sie das Risiko eingehen, bei der Suche von Jarada ertappt zu werden.

Noch zweimal hörte sie, während sie im Finstern ausharrte, die Laute von Jarada-Stimmen. Einmal stampfte eine Gruppe – möglicherweise die Insektoiden, die sie vor einer Weile geweckt hatten – am Strand entlang zum jaradischen Lagerplatz. Später erscholl lautes Geschrei, und viele Klauenfüße trampelten über festen Untergrund; eine ganze Horde Insektoider rannte über die Lichtung. Keiko brauchte sie nicht zu sehen, um sich darüber im klaren zu sein, daß diese Jarada jedenfalls nicht mehr alle Tassen im Schrank hatten.

Fünfzehn Minuten danach bemerkte Keiko mit einemmal, daß eine Seite des Zelts heller leuchtete als die anderen Seiten. Sie runzelte die Stirn. Energisch schüttelte sie den Kopf, um der Sinnestäuschung Herr zu werden. Statt dessen jedoch nahm das Leuchten zu. Keiko blickte auf ihr Chronometer, obwohl sie wußte, daß bis zum Sonnenaufgang noch viele Stunden blieben. Auf einen Mondaufgang konnte die Erhellung genausowenig zurückzuführen sein; Bel-Minors unbedeutend kleine Monde spendeten kaum Licht. Gegenwärtig gab der rötliche Glanz des Gasriesen Bel-Major die einzige Lichtquelle ab; sie erklärte aber nicht diese plötzliche Helligkeit.

Unversehens rüttelte ein Windstoß, der starken Geruch nach Rauch heranblies, die Zeltwände. Unwillkürlich erlitt Keiko einen Hustenanfall. Die Möglichkeit eines Feuers in Betracht zu ziehen, hatte sie insgeheim abgelehnt, als *könnten* die Bäume nicht brennen, wenn sie diese Vorstellung zurückwies. Sobald sie wieder Atem bekam, befand sie, daß sie sich nun ebensogut im Freien umschauen konnte. Falls sich in der Umgebung Jarada herumtrieben, war das Gehuste ihnen bestimmt nicht entgangen.

Kaum stand Keiko draußen, sah sie das ganze Ausmaß der Katastrophe. Im Norden, wo die Landstraße von der Autobahn ins hiesige Gebiet führte, war der Wald schon niedergebrannt. Nur verkohlte, schwelende Stämme ragten noch himmelwärts. Es gruselte Keiko, als sie begriff, was aus Tanaka und ihr geworden wäre, hätten sie sich länger im Wald aufgehalten. Zum Glück hatte der Wind, solang er über den See strich, eine Ausbreitung des Feuers nach Norden begünstigt. Deshalb waren, während Keiko und Tanaka schliefen, die Lagerplätze verschont geblieben.

Aber jetzt hatte der Wind die Richtung gewechselt. Die Feuersbrunst fraß sich auf den See zu. Ein Großteil des Walds rund um die Lichtung war noch unversehrt. Eine Flammenzunge jedoch raste dem Brand wie eine Speerspitze voran. Am Rande der Wiese schossen auf einmal Stichflammen aus einem Baum. Funken und glosende Rinde flogen nach allen Seiten. Im Gras loderten kleinere Feuer auf, Lohe tanzte zwischen den Halmen.

Keiko schätzte die Entfernung vom Waldrand bis zum Zelt. Der Abstand war zu gering. Daran hätte sich auch nichts geändert, wäre sie gewarnt worden und hätte Zeit gehabt, das Zelt naßzumachen. Ob die Breite des Sandstrands genügte, um die Glut von ihnen fernzuhalten, wenn sie sich ans Ufer zurückzogen, erachtete Keiko ebenso als zweifelhaft. Immerhin ging es um ihr beider Leben.

Sie starrte auf den See hinaus, kaute in angestrengter Nachdenklichkeit auf der Unterlippe. Das Wasser bot die einzige Zuflucht vor dem Feuer. Allerdings wußte sie nicht, wie lange sie sich und Tanaka an der Oberfläche halten konnte. Aber auch diesmal hatte sie keine andere Wahl.

Tanaka war schwerer, als sie es geglaubt hätte. Der bewußtlose Körper schien unverhältnismäßig viel zu wiegen. Nur mit größter Mühe gelang es Keiko, ihn aus dem Zelt zu zerren. Anschließend holte sie die Feldflaschen heraus, damit sie weiterhin sauberes Trinkwasser hatten.

Unterdessen war mit Ausnahme der Bäume am unmittelbaren Rande der Lichtung der gesamte Wald rings um die Wiese in Flammen aufgegangen. Das Prasseln und Knattern des Feuers ertönte jetzt mit nahezu ohrenbetäubender Lautstärke.

Indem Keiko Kräfte aufbot, von deren Vorhandensein sie gar nichts geahnt hatte, packte sie zu und schleifte Tanaka zum Ufer. Am Strand erleichterte der Sand ihr die Aufgabe, weil Tanakas Stiefelabsätze darin gut rutschten, statt ständig hängenzubleiben. Keiko taumelte ins Wasser. Sie schauderte, als die Kälte ihre Uniform durchdrang. Tanaka sträubte sich und zappelte, spritzte sie beide gründlich naß. Er schaffte es aber nicht, sich Keikos Griff um seine Schultern zu entwinden. Sobald der See ihr bis zur Taille reichte, ließ sie sich auf die Knie sinken und tauchte bis ans Kinn unter. Tanakas Beine lagen bereits unter Wasser.

Auf der Lichtung waberte ein Kranz aus Flammen. Sie glichen gelben und orangeroten Dämonen, kleinen Kobolden, die umhertanzten und -hüpften, um Keiko zu verspotten. Hinter den Grasbränden verkohlten die Bäume in einer lückenlosen Flammenhölle. Keiko spürte, wie die Hitze ihr selbst über die Wiese hinweg die Gesichtshaut versengte.

Ein lauter Knall dröhnte über die Lichtung. Funkenkaskaden sprühten empor, sausten nach allen Seiten. Langsam neigte ein hoher Baum sich dem See entgegen. Der Wipfel schien direkt auf Keiko und Tanaka zuzustürzen. Aus dem gesamten Astwerk schlugen lichterloh Flammen.

Keiko schätzte Höhe und Sturzrichtung des Baums und raffte sich sofort auf. Sie schöpfte tief Atem und sprang seitwärts ins Wasser, schwamm vom Ufer fort. Tanaka, der schlaff im Wasser hing, verlangsamte ihr Vorankommen, doch wenigstens behinderte er sie nicht. Vielleicht hatte das kalte Wasser ihn soweit aus der Besinnungslosigkeit geschreckt, daß er sich ihren Maßnahmen überließ.

Aus halbwegs sicherem Abstand riskierte Keiko einen Blick zurück ans Ufer. Genau in diesem Moment krachte ein dicker, brennender Ast mitten aufs Zelt. Trotz seiner Feuerfestigkeit konnte das Zelt den Kontakt mit dem entflammten Holz nicht verkraften und schmolz. Die darin zurückgebliebenen Ausrüstungsgegenstände verglühten im Flammengezüngel.

Der umgekippte Baum krachte auf den Untergrund, federte nach dem Aufprall noch einmal ein wenig zurück und zerbarst dann in mehrere lodernde Teile. Ein großes Bruchstück Holz flog in hohem Bogen aufs Wasser hinaus und auf Keiko zu. Verzweifelt paddelte sie mit den Beinen, versuchte Tanaka aus dem Gefahrenbereich zu ziehen. Aber sie sah, daß es ihr an Kraft fehlte, um sie beide schnell genug fortzubewegen.

Sie schnappte nach Luft und tauchte, riß Tanaka mit sich unter die Wasseroberfläche. Während das lohende

Trümmerstück herabtrudelte, dehnte der rote Schein seiner Glut sich auf dem Wasserspiegel immer weiter aus. Die Fluten brodelten und zischten, als es mit voller Wucht in den See klatschte. Ein rotglühender Holzsplitter verbrannte Keiko den Arm. Tanaka zuckte zusammen, als auch ihn ein Splitter traf.

Doch da, in genau dem Augenblick, als Keiko endgültig alle Hoffnung aufgeben wollte, spürte sie, wie das vertraute Kribbeln des Transferfokus sie umfing. Sie wurde mitten aus dem Wasser gebeamt.

21

Worf hätte nicht sagen können, was ihm mehr Vergnügen bereitete: geistig klare Jarada in die Krankenstation zu scheuchen, damit Dr. Selar sie untersuchen konnte, oder irrsinnige Jarada mit dem Phaser zu betäuben. Die Wahnsinnigen begannen noch auf der Transporterplattform zu toben und attackierten alles, was sich rührte. Auf alle Fälle genoß er es, wieder vollständig Herr der Lage zu sein.

O'Brien richtete den Transferfokus der Reihe nach auf die Insektoiden im Umkreis des Waldbrands und beamte sie einzeln oder zu weit an Bord. Bisher hatten sie beinahe dreißig Jarada in unterschiedlicher Verfassung gerettet. Worf empfand Bewunderung für Datas Geschicklichkeit, die diese Rettungsaktion ermöglichte. Die Lebensform-Meßdaten der Insektoiden von den thermalen Hintergrundmessungen und sonstigen, niedrigeren Lebewesen des Walds zu unterscheiden, war eindeutig eine schwierige Aufgabe. Der Sicherheitsoffizier hatte erwartet, daß trotz aller getroffenen Vorkehrungen mindestens ein größeres Raubtier an Bord transferiert würde; aber bis jetzt waren auf der Transporterplattform ausschließlich Jarada materialisiert.

»Warum lassen wir sie nicht einfach braten?« murrte O'Brien während einer kurzen Pause. »Sie haben unsere Kameraden angegriffen. Ich bin der Meinung, wir sind denen nichts schuldig.«

Worf stieß ein Brummen aus. »Ich glaube, der Captain wünscht sie zu verhören. Ein kluger Kommandant nutzt alle zugänglichen Informationsquellen.«

»Diese Mistkäfer wissen doch gar nichts.« O'Brien schnitt eine noch finsterere Miene. »Weshalb verschwenden wir unsere Zeit damit, sie zu retten, wenn sie uns sowieso bei jeder Gelegenheit in den Rücken fallen und auf uns losgehen?«

»Weil der Captain es befohlen hat.« Worfs Ton verbot jede eventuell denkbare Diskussion über die Zweckmäßigkeit von Picards Befehl.

»Sie erhalten nun die Koordinaten für die beiden letzten Exemplare«, drang Datas Stimme aus dem Interkom. »Anscheinend befinden sie sich in Fortbewegung.«

O'Brien adjustierte die Kontrollen, paßte die Einstellungen Datas Sensormessungen an. Abschließend korrigierte er geringfügig einen Wert. Dann schaltete er die Energie ein.

Auf der Transporterplattform materialisierten zwei klatschnasse Menschen und etliche Liter Wasser. Keiko umschlang Tanaka, als hinge von der Kraft der Umklammerung ihr oder sein Leben ab. Worf wußte nicht viel über zwischenmenschliche Beziehungen; aber er wußte sofort, daß dieser Anblick bei O'Brien in seiner gegenwärtigen Laune nur das ärgste Mißverständnis auslösen konnte.

»Keiko! Zum Teufel, was machst du da?!« Das Gesicht rot wie eine Tomate, starrte O'Brien sie an, als traue er seinen Augen nicht.

Für einen Moment erwiderte Keiko seinen Blick. Zuerst widerspiegelte ihre Miene nur Verwirrung. Dann jedoch tendierte ihr Gesichtsausdruck sichtlich immer stärker zur Wut. Da entfuhr Tanaka ein Röcheln. Keiko entzog ihrem Mann ihre Aufmerksamkeit. Sie streckte Tanaka aus, wälzte ihn auf den Bauch und drehte seinen Kopf zur Seite. Als sie ihm die Hände in den Rücken rammte, spritzte Wasser aus seinem Mund.

Worf tippte auf seinen Insignienkommunikator. »Medizinischer Notfall! Sofort eine Medo-Gruppe in den Transporterraum!« Er schaute O'Brien an, doch der Transporterchef rang noch mit seinem Zorn. Also griff Worf selbst ein und half Keiko.

Als sie Tanaka ein zweites Mal in den Rücken drosch, sprudelte noch mehr Wasser aus seinen Lungen. Sie setzte zu einem dritten Mal an, als er unvermutet zu husten anfing. Er prustete weitere Flüssigkeit hervor. Er lag auf der Transporterplattform und keuchte vor sich hin. Worf furchte die Stirn. Es wunderte ihn, daß ein Mensch sich so zügig erholen konnte, nachdem er so viel Wasser geschluckt hatte.

Keiko wollte sich aufrichten, erlitt aber bei der plötzlichen Haltungsänderung einen Schwindelanfall. Bevor Worf sie stützen konnte, sank sie zusammen. Sie würgte. Mit sachlicher Gelassenheit beobachtete Worf, daß sie nichts erbrach. Daraus schlußfolgerte er, daß sie seit längerem nichts gegessen hatte.

Die medizinische Einsatzgruppe stürmte zur Tür herein und stürzte sich auf die Patienten. Vernünftigerweise trat Worf einen taktischen Rückzug an. Zwischen Arzt und Patient zu stehen, war nie klug. Dr. Selar schwenkte ihren Tricorder über Tanaka und Keiko. Anschließend gab sie Weisung, beide in die Krankenstation zu schaffen.

Während man Tanaka auf die Bahre hob, konnte Worf einen Blick auf die Wunde in seinem Bein werfen. Der Klingone unterdrückte ein Knurren. Er fragte sich, was die Verletzung verursacht haben mochte, und wieso er nicht gewußt hatte, daß drunten auf dem Planeten solche Risiken existierten. Der Sicherheitsoffizier hatte die *Pflicht* zu verhindern, daß gefährliche Fremdwesen Besatzungsmitglieder angriffen.

Keiko brachte noch genügend Kraft auf, um gegen Selars Anweisung zu opponieren. Aber die Bordärztin blieb hartnäckig. Trotzdem weigerte sich Keiko, sich auf die Bahre zu legen. Statt dessen humpelte sie auf wackeligen Beinen hinaus.

Wortlos stierte O'Brien ihr nach. Jetzt war er noch wütender, weil Keiko ihn nach seinem ersten, groben Ausruf unbeachtet gelassen hatte. *Menschen!* dachte Worf voller Mißbilligung. Man hätte wirklich meinen können, daß sie keinen Aufwand scheuten, um sich gegenseitig Scherereien zu bereiten. Um zu vermeiden, daß er in diesen Ehekrach verwickelt wurde, machte er sich auf den Weg zur Brücke. Er beabsichtigte, die Neuigkeit dem Captain zu melden.

»Miß Ishikawa und Fähnrich Tanaka?« wiederholte Picard, um sich zu vergewissern, daß er Worfs Meldung richtig verstanden hatte.

»Jawohl, Sir«, bestätigte der Klingone und straffte seine Schultern. Hinter ihm sah man auf dem großen Wandbildschirm noch immer den Wald brennen. »Sie sind zur ärztlichen Untersuchung in die Krankenstation befördert worden. Fähnrich Tanaka hat eine schwere Beinverletzung. Dagegen ist Miß Ishikawa anscheinend unversehrt geblieben.«

»Danke, Worf. Bitte kümmern Sie sich weiter um unsere ... Gäste.« *Während ich entscheiden muß, wie wir uns aus diesem Debakel herauswinden,* fügte Picard in Gedanken hinzu. Es hatte den Anschein, als lägen inzwischen alle Antworten zum Greifen nahe; doch fehlten dem Puzzle noch die wichtigsten Teile, so daß er nach wie vor kein Gesamtbild sah.

»Captain, es geht gerade ein weiterer Funkspruch von Kommissarin T'Zen ein.« Datas Stimme klang tonlos und absolut gelangweilt. »Es verhält sich wie mit allen ihren vorherigen Nachrichten. Sie wünscht zu erfahren, ob Sie schon den Vertragstext übermittelt haben.«

Picard verkniff sich ein Grinsen. Er konnte sich gut vorstellen, daß die öde Wiederholung der Nachricht

T'Zens dem Androiden nun endlich einsichtig machte, warum Menschen Stumpfsinn so verabscheuten. War es wirklich erst zwölf Stunden her, seit er dem Föderationsrat den Vertragstext übermittelt hatte? Wenn er an all das dachte, was seitdem passiert war, verspürte Picard Lust, eine Quarantäne über das Beltaxiya-System zu verhängen und abzufliegen. Wären nicht Riker und Crusher noch irgendwo auf der Planetenoberfläche verschollen gewesen und hätten sie nicht gerade neunundzwanzig Jarada vor der Feuersbrunst gerettet, die Versuchung hätte ihn noch weit stärker gekitzelt.

Aber Picard wollte wissen, *warum* alles dermaßen schiefgegangen war, bevor er das System verließ. Seine anfängliche Ahnung, daß nämlich die *Enterprise* – und die Föderation verschaukelt werden sollten, hatte ihn eindeutig nicht getrogen. Schon um des eigenen Seelenfriedens willen mußte er die Lösung des Rätsels aufdecken. Indem er den Kopf schüttelte, gab er sich einen Ruck und befaßte sich mit der Meldung des Androiden.

»Mr. Data, teilen Sie der Kommissarin nochmals mit, daß Sie den Vertragstext längst vorliegen haben müßte und wir weder für die Korrektheit der Übersetzung noch die Ehrlichkeit der Jarada einstehen können.«

Datas Hände flitzten über seine Konsole, während er den Funkspruch absandte. »Captain, glauben Sie, daß diese abermalige Durchgabe unserer Antwort Kommissarin T'Zens künftiges Verhalten irgendwie beeinflußt?«

Picard schwang sich aus dem Kommandosessel; er konnte dem Drang herumzulaufen nicht mehr widerstehen. »Voraussichtlich nicht, Mr. Data. Anscheinend mißt die Kommissarin unseren Ansichten bemerkenswert wenig Bedeutung bei.«

Er drehte eine Runde durch die Brücke, dann verharrte er neben dem Androiden, um sich die Sensormessungen anzuschauen. Data war im Interpretieren der Daten viel befähigter als er; trotzdem sah Picard manchmal gerne mit eigenen Augen, wie die Informationen eingingen.

Einige Augenblicke später setzte der Captain seine Wanderung fort. Kurz darauf hielt er zwischen den vorderen Station zum zweitenmal an. »Öffnen Sie einen Kanal zum Planeten. Ich will wissen, ob Zelfreetrollan *jetzt* dazu bereit ist, mit mir zu reden.«

Der Wandbildschirm erlosch; man wartete auf die Antwort der Jarada. Wie Picard es vermutet hatte, blieb die Mattscheibe dunkel. »Kein Kontakt auf irgendeiner Frequenz«, sagte Data schließlich. »Ich habe den Ruf auf sämtlichen Frequenzen fünfmal wiederholt.«

»Dann zeichnen Sie eine Mitteilung mit dem Inhalt auf, daß sich an Bord der *Enterprise* einunddreißig Jarada befinden und wir mit dem Ältestenrat über ihr ... weiteres Schicksal verhandeln möchten. Senden Sie den Text bis auf Widerruf in fünfminütigen Abständen.«

»Aye, Captain.«

Während er überlegte, was er als nächstes unternehmen könnte, schlenderte Picard zurück zu seinem Kommandosessel. Aufgrund der Miene, die Worf bei seiner Rückkehr vom Planeten zur Schau getragen hatte, konnte er sich leicht denken, was der Sicherheitsoffizier an seiner Stelle getan hätte. Worf ließe sich am liebsten mit einer bewaffneten Sicherheitsgruppe in die Ratskammern beamen, um Zelfreetrollan mit vorgehaltenem Phaser zu ›überreden‹, Auskünfte zu geben. Das Problematische an Worfs Methoden war allerdings, daß sie etwas zu plump ausfielen, um bei jemandem zu wirken, der nicht alles auf die etwas einseitige klingonische Weise betrachtete.

Datas Stimme unterbrach Picards Gedanken. »Captain, ich orte eine anomale energetische Emission von einem Punkt in den Bergen einhundertfünfzig Kilometer südlich der Stadt.« Die Finger des Androiden huschten über die Konsole, adjustierten Schaltungen. »Und ich scanne ...« Er schwieg kurz, um die Messungen zu überprüfen. »... zwei Menschen in unmittelbarer Umgebung der Emissionsquelle.«

Auf der Brücke wurde ein allgemeines Aufseufzen der Erleichterung und des Triumphs hörbar. Data hatte Riker und Crusher gefunden!

»Leiten Sie die Koordinaten dem Transporterraum zu, Mr. Data. Richten Sie Mr. O'Brien aus, er soll sie sofort heraufbeamen.«

»Ich verstehe sein idiotisches Benehmen nicht!« Vor Entrüstung klang Keikos Stimme schrill. Sie bewegte die Schultern, als wollte sie sich auf der Diagnoseliege bequemer zurechtrücken. Im nächsten Moment drehte sie den Kopf Troi zu. Den Mund hatte sie trotzig zusammengepreßt. »Und genausowenig verstehe ich, wieso ich hier rumhängen soll.«

»Ihr Mann hat sich große Sorgen um Sie gemacht«, antwortete Troi in freundlichem Ton. »Männer reagieren häufig mit Verärgerung, um zu kaschieren, wie froh sie sind.«

»Eine verdammt blödsinnige Reaktion! Warum hat er dann nicht einfach gesagt, daß er sich freut, mich wiederzusehen?« Wieder wand Keiko sich unruhig auf der Liege. Diesmal spürte Troi, daß ihr Unbehagen einen hauptsächlich emotionalen Ursprung hatte. »Und warum behält die Ärztin mich hier? Ich bin doch gesund.«

Troi überlegte, was sie Keiko sagen sollte. Nach kurzem Durchdenken der Situation gelangte sie zu der Schlußfolgerung, daß die Wahrheit Keiko momentan alles andere als willkommen wäre. Damit stand Troi vor der Alternative, es mit einer plausiblen Halbwahrheit zu versuchen.

»Die Verbrennung an Ihrem Arm ist nichts, was man

vernachlässigen dürfte. Außerdem hat Dr. Selar vor, Sie mit aller Gründlichkeit zu untersuchen, damit vom Planeten keine unbekannten Krankheiten eingeschleppt werden. Wir wissen über dies Sonnensystem so wenig, daß jede klitzekleine Informationen von Wert sein kann.«

»Falls es auf dem Planeten irgendwas Schädliches gibt, hat der Transporter es ausgefiltert.« Keiko verfiel in den Tonfall jemandes, der Kinder nicht ausstehen konnte, aber sich genötigt sah, einem vierjährigen Balg gut zuzureden. »Ich fühle mich wohl. Ich brauche hier nicht herumzuliegen.«

Troi blickte auf die hinter Keiko aufgereihten Monitoren und las von ihnen die Bestätigung für das ab, was sie schon gespürt hatte. Nein, Dr. Selar hatte bestimmt nicht vor, diese Patienten zu entlassen, bevor jemand mit ihr ein langes Gespräch geführt hatte, und zwar vorzugsweise eine menschliche Ärztin. Indem Troi ihr gelungenstes professionelles Lächeln aufsetzte, tätschelte sie Keikos Schulter.

»Sehen Sie den Aufenthalt in der Krankenstation als zusätzlichen Urlaub an, den Sie genießen können, während Ihr Mann sich abregt und seine Verbiesterung überwindet.« *Und du das gleiche leistest*, ergänzte Troi die Empfehlung in Gedanken. »Zudem glaube ich, die Ärztin möchte, daß Sie hier bleiben, solange Fähnrich Tanaka in so schlechter Verfassung ist.«

»Ich will aber nicht!« Trotz ihrer aufsässigen Erwiderung wurde Keiko plötzlich bleich im Gesicht. Sie preßte sich eine Hand auf den Mund. Schnell und kräftig schluckte sie mehrmals hintereinander.

Lärm am Eingang hinderte Troi an einer Entgegnung. Doch sie brach die Unterhaltung nicht ungern ab.

Crusher begleitete Will Riker, der merklich hinkte, in die Krankenstation. Als sie die beiden erblickte, entrang sich Troi ein Laut des Erschreckens. Ein dicker

Verband umhüllte Crushers linken Arm vom Handgelenk bis zum Ellbogen. Das war so eindeutig ein auf einem primitiven Planeten provisorisch angelegter Notverband, wie man ihn sonst nur auf Abbildungen in Lehrtexten sah. Riker hatte zwei vergilbte weiße Laken um sich gewickelt. Sie bedeckten zwar seine Blöße, verbargen aber nicht die zahlreichen Schrammen und Kratzer, die fast jeder Zentimeter seines Körpers aufwies.

»Ich dulde jetzt keinen Widerspruch mehr von Ihnen, Will.« An der Schulter schubste Crusher ihn mit sanfter Gewalt zu einer freien Liege. »Sie kommen auf die Krankenliste, bis Ihr Knie abgeschwollen ist.«

»Und was ist mit Ihnen, Beverly? Lassen Sie sich ablösen, bis Ihr Arm verheilt ist?« Er verstummte, jedoch nicht so lange, daß Crusher ihn hätte unterbrechen können. »Der Captain braucht mich auf der Brücke, um das ganze Durcheinander aufzuklären.«

»Da irren Sie sich! Wenn der Captain von Ihnen Informationen haben muß, steht es ihm frei, Sie danach zu fragen. Aber Sie werden jetzt hier eingeliefert. Bei einer so schweren Prellung, wie Sie sie am Knie haben, ist die Gefahr ernster Komplikationen zu groß. Besonders wenn sie zu spät behandelt wird.«

»Komplikationen?« Um sein geschwollenes Knie zu entlasten, hockte Riker sich auf die Kante der Diagnoseliege. Anzeichen der Bereitschaft zum Ausstrecken zeigte er jedoch keine. »Es dürften wohl kaum ernstere Komplikationen sein, denke ich mir, als Sie bei Ihnen eintreten können, falls Ihr Arm wieder zu bluten anfängt.«

»Sie praktizieren neuerdings wohl ohne amtliche Zulassung Medizin, oder was ist hier los, Commander?« Unversehens packten hinterrücks Fäuste Riker. Dr. Selar drückte ihn aufs Polster nieder. Crusher schwenkte die Einheit über Rikers Oberkörper in Position und arretierte das Gerät. Selar holte eine kleinere therapeutische Apparatur zur Behandlung seines Knies.

»Um auf Ihre Frage eine klare Antwort zu geben: Ja, Ihre Prellungen sind gefährlicher als meine Verletzung. Es könnten sich Blutgerinnsel bilden und in den Kreislauf gelangen. Je schneller wir Sie behandeln, um so besser ist es für Sie.«

Riker verdrehte die Augen. Er war noch immer der Meinung, daß sie übertrieb. »Und was wird aus Ihrem Arm?«

Seine Hartnäckigkeit bewog Crusher zu einem Schnauben. »Ich lasse ihn *gerne* von Dr. Selar behandeln, sobald ich mit Ihnen fertig bin.« Sie überprüfte auf den Monitoren die diagnostischen Daten und nahm dann eine minimale Korrektur vor. »So. Nun müßte es klappen.«

Selar hatte Crusher beobachtet. Der Vulkanierin war aufgefallen, welche Mühe es Beverly bereitete, den verletzten Arm zu benutzen. »Dr. Crusher, darf ich fragen, was mit Ihrem Arm passiert ist?«

Unwillkürlich hob Crusher den Arm an die Brust. »Ein Jarada ist tollwütig geworden und hat ihn mir zerfleischt.«

»Gestatten Sie, daß ich die Wunde untersuche?« Selar entfernte den Verband und bewegte einen diagnostischen Scanner über die lange, saubere Wunde in Crushers Arm. Die Verletzung zeigte unter der dicken Salbenschicht keinerlei Symptome einer Schwellung oder Infektion. »Das ist ja sonderbar.«

»Ich sehe nichts Besorgniserregendes.« Beverly antwortete in mürrischem Tonfall. Der Klang ihrer Stimme verdeutlichte, wie erschöpft sie war.

»Nein, aber Fähnrich Tanaka hat eine ähnliche Verletzung erlitten.« Selar führte Crusher an Tanakas Krankenbett. Dort sorgte eine biomedizinische Ganzkörpereinheit für die allmähliche Stabilisierung seines Zustands. »Wir vermuten, daß eine Vergiftung vorliegt. Bisher konnten wir das mutmaßliche Toxin aber nicht feststellen.«

Crusher reichte Selar ihren Tricorder. »Ich habe zwei separate Analysen der Salbe vorgenommen, die mir von den Jarada zur Behandlung meines Arms gegeben wurde. Sie müßten die wirksamen Bestandteile isolieren können. Verabreichen Sie sie ihm in konzentrierter Form.«

»Wird gemacht, Doktor.« Selar griff sich Crushers Tricorder und sah die erwähnten Informationen durch. Gleich darauf ging sie an den Computer und orderte beim Labor ein entsprechendes Medikament.

Crushers Insignienkommunikator piepste und erinnerte sie daran, daß sie auch außerhalb der Krankenstation Pflichten zu erfüllen hatte. Sie tippte auf das Gerät und nahm den Anruf entgegen.

»Doktor«, erkundigte sich Picard, »wann sind Commander Riker und Sie soweit, daß Sie mir über die Ereignisse auf dem Planeten Bericht erstatten?«

»Ich kann Ihnen in ungefähr zehn Minuten berichten, Captain.« *Vorausgesetzt allerdings,* dachte sie, *ich bleibe noch so lange wach.* »Commander Riker dagegen bedarf der stationären Behandlung in der Krankenstation. Um sich seinen Bericht anzuhören, müssen Sie herkommen.«

»Dann bin ich in zehn Minuten bei Ihnen, Doktor. Picard Ende.«

Crusher hob die Schultern und blickte Selar an. »Das klingt, als wäre es besser, Sie verarzten meinen Arm möglichst schnell. Ich habe den Eindruck, es kommt jede Menge Arbeit auf uns zu.«

Selar schaute sich im Zimmer um und nickte bedeutungsvoll in Richtung der gesicherten Abteilung. Dort lagen die wahnsinnigen Jarada unter Monitorüberwachung in Stasisfeldern. »Ich wußte gar nicht, daß wir noch mehr Arbeit brauchen, um alle Hände voll zu tun zu haben.«

Crusher sah ebenfalls hinüber und bemerkte zum erstenmal, wie viele Jarada sie in der Krankenstation hatten. Auf einmal grinste sie erleichtert. »Wie ich Sie kenne, haben Sie natürlich Tests durchgeführt.« Als Selar nickte, wurde Beverlys Grinsen breiter. »Anhand dieser Scannermessungen und der von mir auf dem Planeten gesammelten Daten müßten wir eigentlich ziemlich bald für die ganze Misere eine Lösung finden.«

»Ich wünsche mir aufrichtig, daß Sie recht behalten.« Selars Ton blieb neutral. Aber Crusher sah für einen Moment das Funkeln der Hoffnung in ihren Augen, bevor die Vulkanierin sich abwandte. Sie holte den anabolischen Protoplaser, um Beverlys Arm zu behandeln.

Verlegen zögerte O'Brien unmittelbar hinter der Schwelle zur Krankenstation. Er versuchte genug Mut zu sammeln, um seiner Frau unter die Augen zu treten. Er wußte, daß er sie nicht hätte anschnauzen sollen. Doch nach den langen Stunden der Sorge hatte es seine zerrütteten Nerven überfordert, sie derartig an Tanaka geklammert zu sehen. Keiko wand sich voller Mißbehagen im Krankenbett, als ob unsichtbare Fesseln sie niederhielten. Endlich sah O'Brien ein, daß er es zu lang aufgeschoben hatte, sich bei ihr zu entschuldigen. Er trat zu ihrem Bett.

»Es tut mir leid, mein Liebling«, sagte er, sobald sie ihn sah. »Ich hätte dich nicht anschreien dürfen.«

»Hättest du richtig hingeguckt, wäre dir klar geworden, daß wir mitten in fürchterlichen Schwierigkeiten gewesen waren.« Man hörte ihrer Stimme an, daß sie schmollte, aber offenbar nicht in dem Maße, wie O'Brien es befürchtet hatte.

Erneut rutschte Keiko im Bett hin und her, versuchte für ihre Schultern eine bequeme Lage zu finden. Ganz gleich, welche Fortschritte man im Design der Krankenhausbetten erzielte, bislang hatte nie irgendwer ein Klinikbett entworfen, das einem unzufriedenen Patienten behagt hätte.

O'Brien faßte Keikos Hand. »Ich weiß. Ich bin so außer mir vor Sorge gewesen, daß ich nicht mehr klar war im Kopf. Verzeihst du mir?«

Zuerst blieb Keikos Miene dermaßen ernst, daß O'Brien schon befürchtete, sie würde ihn zurückweisen. Aufmerksam musterte sie ihn. Dann verzog sich ihr schönes Gesicht auf einmal zu einem strahlenden Lächeln.

»Natürlich, Miles. Wir können uns später ausführlicher darüber unterhalten.« Ihr Lächeln wich einer Grimasse tiefer Verbitterung. »Du müßtest nur die Ärztin dazu bringen, daß sie mich entläßt. Ständig versuche ich hier allen zu verdeutlichen, daß mir überhaupt nichts fehlt, aber umsonst.«

O'Brien schaute rundum, ob sich in Sichtweite eine Ärztin fände. Doch sonderbarerweise war ausgerechnet jetzt niemand vom Personal in der Nähe. Der Transporterchef drückte Keikos Finger. »Ich werde mir alle Mühe geben, aber ich habe so ein Gefühl, als sollte dies keine leichte Aufgabe sein. Weshalb mußt du denn noch bleiben?«

Keiko schüttelte den Kopf. »Dr. Sela hat irgendwas über Routineuntersuchungen gesagt, aber damit sind sie längst fertig. Ich will hier raus!«

O'Brien beugte sich vor und küßte sie. »Ich werde sehen, was ich ausrichten kann.« Ihm lag so sehr wie ihr selbst daran, daß man sie schleunigst aus der Krankenstation entließ. Solange die Ärzte sie an derartig viele Monitoren angeschlossen hielten, konnte er sie nicht bei einem romantischen Abendessen und leiser Musik angemessen für seine Barschheit entschädigen.

22

Es war erstaunlich, wie man nach einem guten Nachtschlaf alles klarer sah, überlegte Picard. Sein Blick schweifte über die Gruppe von Personen, die in seinem Bereitschaftszimmer am Tisch saß.

Riker war da; man hatte ihn inzwischen wieder diensttauglich geschrieben, obwohl seine steifen Bewegungen verrieten, daß seine Genesung noch ein Weilchen dauern sollte. Am anderen Ende des Tischs betrachtete Worf sein glänzendes Spiegelbild auf der Tischplatte mit tiefsinnigerer Aufmerksamkeit als sonst. Picard brauchte niemanden um Rat zu fragen, um zu durchschauen, was seinen Sicherheitsoffizier wurmte; der Klingone hätte sich gern ein zweites Mal, diesmal unter gleichen Bedingungen, mit den Jarada gemessen. Sogar in Trois Gesicht sah man einen ungewöhnlichen Ausdruck des Grimms; man hätte glauben können, sie machte sich Vorwürfe, weil sie den bei den Jarada grassierenden Wahnsinn nicht erkannt hatte, bevor dadurch so viele Menschen in Gefahr gebracht wurden.

Picard lenkte seine Beachtung auf die beiden übrigen im Bereitschaftszimmer anwesenden Offiziere. Von Data wußte er, daß er die Resultate seiner geochemischen Erforschung des Beltaxiya-Systems in voller Länge vor jedem ausbreiten würde, der die Bereitschaft zum Zuhören hätte. Crushers Augen wiesen zwar vom Schlafmangel dunkle Ringe auf, doch sie schien beinahe ebenso eifrig darauf aus zu sein wie Data, ihre Untersuchungsergebnisse bekanntzugeben.

Diesen zwei Berichten hoffte Picard alle Informationen entnehmen zu können, die es ihm ermöglichten, die nächsten Schritte zu planen. Im Geiste warf er eine Münze, um zu entscheiden, wer als erster an die Reihe kommen sollte.

»Dr. Crusher, würden Sie uns bitte Ihren medizinischen Bericht vortragen?«

»Die von Dr. Selar durchgeführten Tests haben einen Zusammenhang zwischen der bei etlichen Jarada beobachteten mentalen Instabilität und einer Enzymfehlfunktion aufgedeckt. Dadurch wurde nachgewiesen, daß die biochemischen Abweichungen tatsächlich mit Schwankungen in der Versorgung mit Spurenelementen zusammenhingen, also mit der Ernährung der auf Bel-Minor ansässigen Jarada. Beim Vergleich ihrer Testbefunde mit den von mir auf dem Planeten bei verschiedenen Jarada vorgenommenen Scannermessungen konnten wir das Problem erkennen. Eigentlich sind es mehrere Probleme.« Crusher seufzte voller Frustration auf, indem sie sich eine Haarsträhne aus der Stirn strich. »Die biochemischen Gegebenheiten sind äußerst kompliziert. Wir verstehen sie erst in Ansätzen.«

»Könnten Sie sie für uns kurz zusammenfassen, Doktor?«

»Die extreme Aggressivität wird durch eine *Über*produktion der Hormone verursacht, die im Körper der Jarada die gleiche Funktion wie das Adrenalin in unserem Organismus ausüben. Dieser hormonelle Überschuß wiederum entsteht durch den Mangel an einem Enzym, das ein Jod-Atom enthält. Sinkt der Jodspiegel unter einen gewissen kritischen Wert, erzeugt der jaradische Stoffwechsel das Adrenalin-Pendant ständig. Er hört mit der Produktion nicht mehr auf.« Beverly Crusher verzog das Gesicht, als sie sich ausmalte, wie es um einen Menschen in ähnlichem Zustand stehen müßte.

»Gleichzeitig werden schwere Wahnvorstellungen durch die Fehlfunktion einer anderen Gruppe von Enzymen hervorgerufen. Ihren eigentlichen Aufgabenbereich haben wir noch nicht genau eingrenzen können. Wir wissen aber schon, daß ein Mangel an drei auf der Erde seltenen Spurenelementen im Eiweiß sekundäre und tertiäre Störungen der Faltblattstruktur auslösen. Gegenwärtig verabreicht Dr. Selar mehreren unserer Gästen die fehlenden Spurenelemente und wartete auf die Resultate. Ihre vorläufigen Feststellungen sind durchaus ermutigender Natur.«

»Mr. Data, wie passen Ihre Forschungsergebnisse zu Dr. Crushers Informationen?«

»Es ist eine starke Korrelation vorhanden, Captain. Meine Nachforschungen verweisen darauf, daß bei der Entstehung des Beltaxiya-Systems eine Anzahl schwererer Elemente vorwiegend in der Urform Bel-Majors abgelagert worden sind. Auf Bel-Minor existiert vor allem ein starkes Defizit an allen seltenen Spurenelementen sowie den schwereren der gasförmigen Elemente, zum Beispiel Jod. Dabei handelt es sich um eben die Elemente, von denen Dr. Crusher berichtet, daß die Jarada daran Mangel leiden. Zwecks endgültiger Klärung bedarf es selbstverständlich noch weiterführender Forschungen, um den exakten Verlauf der geochemischen Aufteilung bei der Bildung des hiesigen Planetensystems zu bestimmen.«

»Vielen Dank, Mr. Data. Bitte legen Sie fest, welche zusätzlichen Informationen Sie über das Planetensystem sammeln müssen. Voraussetzung ist freilich, daß seine Bewohner ihre Einwilligung erteilen.«

Picard bezweifelte, daß die Jarada die Bereitschaft hegten, die *Enterprise* noch länger in ihrem System zu dulden. Aber falls er sich täuschte, konnte Data ohne Verzögerung an die Arbeit gehen.

Versonnen trommelte Riker mit den Fingern auf der spiegelblanken Tischplatte. »Was besagen diese Mangelerscheinungen und ihre Folgen denn nun für unseren Auftrag, Doktor? Werden die Jarada, die Sie jetzt in Behandlung haben, je wieder ganz gesund sein?«

Crusher zuckte mit den Schultern. »Um darauf zu antworten, ist es noch zu früh. Aber unsere Simulationen weisen auf eine vollkommene Umkehrbarkeit der negativen Wirkungen hin. Tatsächlich ist Dr. Selar auf hochinteressante Anzeichen dafür gestoßen, daß der hormonelle Ausnahmezustand für einen ernsthaft bedrohten Schwarm ein wesentlicher Überlebensfaktor sein könnte. Zu Berserkern gewordene Schwarmhüter – Tollwütige der Art, wie wir sie erlebt haben – sind schwerer zu bezwingen als normale Individuen.«

»Rituelles Fasten oder spezielle Ernährungsweise sind in vielen Gesellschaftsformen Teil der Kriegertraditionen.« Troi runzelte die Stirn, während sie in ihrem Gedächtnis die bei den Jarada gewonnenen Eindrücke nach zusätzlichen Indizien durchsuchte. »Die Schnitzereien und Mosaike, die wir im Regierungskomplex gesehen haben, lassen auf eine ausgeprägt kriegerische Tradition dieser Kultur schließen.«

»Genauso wie das Betragen ihrer Schwarmhüter«, sagte Worf. »Allerdings betrifft die Problematik, die wir momentan diskutieren, nicht ausschließlich ihre Krieger.«

Riker nickte. »Wir sprechen darüber, daß eine gesamte Gesellschaft durch äußere Einwirkung verformt wird.«

»Die Frage lautet: Stellen wir den Jarada die medizinischen Befunde zur Verfügung?« Der Reihe nach musterte Picard seine Offiziere und Experten. Er wollte sehen, ob jemand abschließende Empfehlungen vorzutragen hätte, ehe er seinen Entschluß fällte. Nur Dr. Crusher hatte den bisherigen Ausführungen noch etwas hinzuzusetzen.

»Bis heute hat das Problem ihre besten Denker überfordert, Captain. Jede Hoffnung, die wir ihnen bieten können, dürfte für sie besser als die jetzige Situation sein.«

Riker rutschte in sichtlichem Unbehagen auf seinem Sitz hin und her; ihn drückte ein empfindlicher Muskel. »Bis sie auf unseren Anruf antworten, hat Dr. Crusher vielleicht endgültige Untersuchungsergebnisse vorzulegen. Solange sie sich nicht melden, haben wir nur die Möglichkeit, unsere Mitteilung um die neuen Erkenntnisse zu ergänzen und abzuwarten.«

Picard nickte. »Mr. Data, wir werden so verfahren, wie der Commander es vorschlägt.«

Als Beverly Crusher in die Krankenstation zurückkehrte, saß O'Brien in ihrem Büro. »Doktor, stimmt eigentlich mit Keiko irgend etwas nicht? Jetzt will Dr. Selar mich nicht einmal zu ihr lassen.«

»Keiko!« Crusher schlug sich mit der Hand auf die Stirn. Selar hatte darauf bestanden, Keiko noch für eine Nacht in der Krankenstation zu behalten. Doch alle Testresultate hatten im Bereich des Normalen gelegen. »In der ganzen Aufregung habe ich sie völlig vergessen.«

Angespannte Beunruhigung ließ tiefe Falten in O'Briens Stirn entstehen. »Ich hatte gar nicht vor, sie anzubrüllen, kaum daß sie an Bord materialisiert war, aber... Sie ist doch gesund, oder, Doktor?«

»Natürlich, Miles.« Es kostete Crusher Mühe, sich ein Grinsen zu verkneifen. »Aber Sie müssen schon für einige Zeit ein bißchen mehr Verständnis für sie erübrigen. Sie braucht nun Ihren Rückhalt.«

»Was?« O'Brien blinzelte. Seine Miene widerspiegelte vollständige Konfusion. »Ich kapiere nicht, worum's geht.«

»Eigentlich sollte ich es als erstem nicht Ihnen verraten, aber... Also, Sie werden Vater.« Doch sobald Crusher sah, wie sich auf O'Briens Gesicht ein fröhliches, stolzes Lächeln ausbreitete, war Beverly froh über ihre Entscheidung, es ihm gesagt zu haben.

Sie hatte den Verdacht, daß der andere Elternteil weniger erfreut sein würde. Doch diese Befürchtung rechtfertigte es nicht, das Gespräch mit Keiko noch länger hinauszuschieben.

»*Was* bin ich?« keuchte Keiko, als Crusher ihr die Neuigkeit eröffnet hatte. Keikos Erschrecken bewog Crusher insgeheim zu der Frage, wie die junge Frau es geschafft haben mochte, die Symptome so lange zu übersehen.

Crusher lehnte sich ans Bett und betrachtete Keiko mit belustigter Miene. Doch ihre Erheiterung war nur gespielt. Sie wußte *genau,* was Keiko in diesem Augenblick empfand.

Sie entsann sich noch sehr lebhaft an das scheußliche Gefühl der Entmutigung, das sie verspürt hatte, als ihre Ärztin ihr in der zweiten Hälfte des letzten Semesters an der Universität die gleiche Eröffnung machte. Auf lange Sicht hatte die Schwangerschaft lediglich bedeutet, daß Wesley ein Jahr früher zur Welt kam, als sie und Jack es geplant hatten. Kurzfristig gesehen war das Zusammenfallen von täglicher Morgenübelkeit und Medizinstudium allerdings eine aufreibende Kombination von Lebensumständen gewesen. Eines jedoch hatte die damalige Erfahrung sie gelehrt: Mitleid war das allerletzte, was Keiko jetzt brauchte.

»Weshalb lachen Sie?« fragte Keiko. Sie verlagerte ihren Zorn von ihrem Mann auf die Ärztin. »Finden Sie das etwa auch noch komisch?!«

»Ich habe an mich selbst gedacht.« Crushers Mundwinkel hoben sich zu einem Feixen der Selbstironie. »Sie reagieren genau wie ich, als ich erfahren habe, daß ich mit Wesley schwanger war.«

»Sie wollten Wesley gar nicht haben?« Keikos Wut

verflog, während Sie über diese interessante Enthüllung nachsann. »Ich habe Sie immer für eine perfekte Mutter gehalten.«

»Tja, nun...« Vorsätzlich senkte Crusher den Blick zu Boden, als erwäge sie ein schwerwiegendes Bekenntnis. Sobald sie den Zeitpunkt für richtig hielt, schaute sie hoch und zuckte in scheinbarer Verlegenheit die Achseln. »Jack hatte einmal unerwartet Urlaub, und da... Naja, an sich war es alles zu unserem Besten. Ich habe Ihnen einen Informationstext bereitgestellt, dem Sie entnehmen können, was im Laufe der Schwangerschaft in Ihrem Körper vor sich geht. Und Sie dürfen mich aufsuchen und mit mir reden, wann Sie wollen. Ich höre Ihnen gerne zu.«

Keiko holte tief Luft. »Heißt das, ich werde nun entlassen?« fragte sie in ruhigem Ton.

»Ja.« Crusher trat beiseite, weil Keiko sofort die Beine über die Bettkante schwang. Sie rauschte unverzüglich zur Krankenstation hinaus. Nur einmal blieb sie kurz stehen, um O'Brien, der noch in Crushers Büro wartete, einen bitterbösen Blick zuzuwerfen.

In niedergeschlagener Stimmung kam O'Brien zu der Bordärztin geschlurft. »Haßt sie mich jetzt etwa? Wenn zwei Menschen sich wirklich lieben, sollten sie sich dann nicht über ein Kind freuen? Oder was meinen Sie?«

Beverly seufzte. »Welche Antwort möchten Sie denn auf diese Frage hören?«

»Welche Antwort?« O'Brien schüttelte den Kopf. Er sah ratloser als je zuvor aus. »Was soll das heißen?«

»Was Sie am liebsten von mir hören würden, ist doch: ›Ja, das Kind wird sie glücklich machen, weil sie Sie liebt.‹ Und wahrscheinlich wird es ja auch so kommen.« Zurückhaltend schmunzelte Crusher den Transporterchef an. »Aber es gibt noch eine zweite, weniger bequeme Antwort. Bei jeder Frau verläuft eine Schwangerschaft etwas anders. Manche werden so irrational wie unsere jaradischen Gäste, und zwar aus den gleichen Ursachen. Wenn der Körper einer Frau sich den Veränderungen unterzieht, die mit einer Schwangerschaft einhergehen, wird von den Hormonen auch das Gemüt beeinflußt. Ob man's will oder nicht.«

»Aber wie lange wird sie mich dafür hassen, Doktor? Ich beispielsweise habe sechs jüngere Geschwister, Brüder und Schwestern, und immer wenn ein neues Kind unterwegs war, ist meine Mutter ganz helle Freude gewesen.«

Crusher schüttelte den Kopf. »Erinnern Sie sich daran, daß ich Ihnen erzählt habe, jede Frau ist verschieden?« Als er widerwillig nickte, drückte Beverly zur Aufmunterung seine Schulter. »Ihre Aufgabe ist es, Keiko so gut wie möglich zur Seite zu stehen. Währenddessen habe ich eine völlig andersartige Gruppe biologischer Parameter zu normalisieren.« Crusher lenkte ihren Blick vielsagend in Richtung der gesicherten Abteilung.

»Dr. Crusher, darf ich Sie fragen... Ich meine, ich habe zwangsläufig mitgekriegt, was Sie Keiko erzählt haben...« O'Brien trat vom einen Fuß auf den anderen. »Wie lange hat's bei Ihnen gedauert, bis Sie auf Ihren Mann nicht mehr sauer gewesen sind?«

Beverly maß ihn aufmerksamen Blicks, versuchte einzuschätzen, wieviel Zuspruch er brauchte. Es gab Gelegenheiten, bei denen wäre Trois empathische Fähigkeit ihr nützlich gewesen. »Ach, ungefähr bis zu der Zeit, als Schluß war mit meiner Morgenübelkeit.« *Er muß ja nicht wissen, daß ich zu den Unglücklichen gehört habe, bei denen die Morgenübelkeit acht Monate anhielt.*

»Danke, Doktor.« O'Briens Miene der Erleichterung zeigte Crusher, daß sie sich für das richtige Vorgehen entschieden hatte. Ließe sich das Problem des Jarada-Wahnsinns bloß auch so schnell beheben!

Beverly verweilte kurz an Fähnrich Tanakas Bett, um sich sein Bein anzuschauen. Es befand sich – endlich! – auf dem Wege der Heilung. Danach machte sie sich daran, die regelmäßig erforderliche Behandlung der Jarada fortzusetzen.

Erneut saßen Picard und sein Offiziersstab im Bereitschaftszimmer versammelt, um über das Jarada-Problem zu beraten. Diesmal war auch ein Außenstehender zugegen, ein aus einem der Raumjäger geretteter jaradischer Pilot. Der rostbraune Insektoide stand, die Laufbeine in Ruhehaltung unter dem Leib zusammengeklappt, in einer Ecke des Zimmers. Er beobachtete seine Gastgeber mit großem Interesse. Seine Kopf bewegte sich hin und her, jedesmal betrachtete er die Person, die gerade sprach.

»Ist auf unsere Nachricht noch immer keine Antwort eingegangen, Mr. Data?« erkundigte sich der Captain, nur um sich dessen zu vergewissern, was er schon wußte.

»Nein, Sir. Es gibt keinerlei Anzeichen dafür, daß jemand unseren Funkspruch überhaupt empfängt.«

»Dr. Crusher, was haben Sie zu berichten?«

Bevor sie Auskunft erteilte, schaute Crusher den Gast an. »Der erste Jarada, dem Injektionen der fehlenden Spurenelemente injiziert wurden, ist vollständig gesundet. Auf dieser Grundlage führen wir die Therapie sämtlicher an Bord befindlicher Jarada durch. Wir schätzen, daß selbst die schlimmsten Fälle spätestens morgen mittag genesen sein werden.«

Picard nickte. »Nachdem wir jetzt die Lösung des medizinischen Problems entdeckt haben, was sollen wir als nächstes unternehmen?«

Noch einmal blickte Crusher hinüber zu dem Gast. Der rostbraune Jarada wippte mit dem Kopf in ihre Richtung. »Ich habe die diesbezüglichen Lagerbestände des Schiffs kontrolliert«, sagte Beverly. »Wir könnten ohne weiteres jedem Jarada auf dem Planeten einen Dreimonatsvorrat der nötigen Spurenelemente überlassen. Dadurch hätten sie Zeit gewonnen, um eine eigene Versorgungsquelle zu erschließen, selbst wenn sie auf Bel-Major danach schürfen müssen. Was das Kontaktieren des Ältestenrats angeht, hat sich inzwischen Zelk'helvk'veltran dazu ein paar Gedanken gemacht.«

Picard deutete eine Verbeugung vor dem Jarada an. »Es soll uns eine Ehre sein, Zelk'helvk'veltran, wenn Sie uns Ihre Überlegungen mitteilen.«

Der Jarada trat vor, bis seine Greifarme auf der Tischkante ruhten. »Aller Wahrscheinlichkeit nach ist die Funkanlage abgeschaltet oder durch labil gewordene Individuen zerstört worden. Meine Einschätzung lautet, daß die Mehrzahl der Mitglieder des Ältestenrats, falls Sie sie ausfindig machen können, noch die Befähigung hat, auf geistig rationaler Ebene mit Ihnen zu verhandeln. Sie werden jedoch nicht leicht aufzufinden sein. Es ist davon auszugehen, daß Sie sich in Sicherheit gebracht haben, um nicht von labilen Angehörigen unseres Volkes beeinträchtigt zu werden.«

»Wäre es Ihnen möglich, uns zu Zelfreetrollan zu führen?« fragte Picard. Er beugte sich an seinem Platz vor und musterte den Jarada mit seinem Kommando-Blick.

Der Insektoide beugte die Arme an die Schulter. »Ich glaube, ich kann es. Aber ich kann nicht garantieren, daß er an dem Ort ist, wo ich ihn vermute.«

Ja oder nein? Das war anscheinend eine Frage, die man dem Gast nicht stellen konnte. Einen nach dem anderen blickte Picard seine Offiziere an, wartete bei jedem bis zu dem knappen Nicken, mit dem sie anzeigten, sie erachteten das Risiko als tragbar.

»Mr. Worf, versammeln Sie in zwanzig Minuten eine Sicherheitsgruppe im Transporterraum. Sie werden

Dr. Crusher, Counselor Troi und mich nach unten begleiten. Jeder unserer Gäste, den die Bordärztin als gesund genug für die Heimkehr einstuft, darf gleich mitkommen.«

Ruckartig richtete Riker sich auf; unwillkürlich zuckte er zusammen, als die plötzliche Bewegung in einem Muskel stechenden Schmerz verursachte. »Darf ich den Captain daran erinnern, daß es seine Pflicht ist, in Fällen potentieller Gefahr an Bord des Raumschiffs zu bleiben?«

»Ihr Einwand ist abgelehnt, Commander.« Einen Moment später hob Picard die Mundwinkel zu einem Lächeln. »Erstens sind Sie noch nicht wieder dazu imstande, sich im Notfall schnell fortzubewegen. Und zweitens, was noch erheblicher ist, habe nur ich die Vollmacht zur Abwicklung der diplomatischen Mission. Und wir stehen nun, wenn ich mich nicht sehr täusche, vor der abschließenden Verhandlungsrunde.«

»Na gut, Captain.« Riker wirkte unzufrieden, doch Picard hatte tatsächlich unschlagbare Argumente vorgetragen.

»Dann beamen wir in zwanzig Minuten hinunter. Die Sitzung ist geschlossen.«

Die Landegruppe materialisierte in einem leeren Korridor mitten im Regierungskomplex. Zelk'helvk'veltran deutete auf eine Tür fast am anderen Ende des Korridors. »In der Kammer dort ist die Funkanlage«, sagte der Jarada.

Mit schußbereitem Phaser, flankiert von zweien seiner Sicherheitswächter, ging Worf voraus. Vorsichtig drückte er gegen die Tür. Zuerst gab sie nicht nach. Dann verstärkte er den Druck, und die Tür schwang auf. In geduckter Haltung, um ein kleineres Ziel zu bieten, sprang einer der Sicherheitswächter hinein. Einen Augenblick später kam er heraus und winkte Picard zu. »Schauen Sie sich das mal an, Captain.«

Die gesamte Funkanlage lag in Trümmern. Sämtliche Konsolen waren dermaßen gründlich zerschlagen worden, daß Picard keine Vorrichtung von der anderen unterscheiden konnte. Alles war mit Glasscherben, Drähten und Überresten von Chip-Karten übersät. Von den Jarada, die die Räumlichkeit verwüstete hatten, fehlte jede Spur.

Troi trat zu Picard. »Das erklärt, weshalb sie unseren Funkspruch nicht beantwortet haben«, sagte sie, während ihr Blick über das Chaos schweifte. »Sie konnten ihn gar nicht empfangen.«

»Ausgeschlossen.« Picard wandte sich an Zelk'helvk'veltran. »Sie sagten, Sie könnten uns zu Zelfreetrollan bringen.«

Der Kopf des Jarada wippte. »Höchstwahrscheinlich weiß ich, wo sein Versteck ist. Es ist jedoch möglich, daß wir ihn dort nicht antreffen.«

»Zeigen Sie uns den Weg.«

Zelk'helkv'veltrans Klauenfüße klackten über die Mosaike des Fliesenbodens, während er den Korridor entlangeilte. Die Sicherheitswächter der *Enterprise* folgten ihm; sie hielten die Handphaser bereit, um jeden Jarada zu betäuben, der lästig werden mochte. Anfangs schien es, als zögen sie nur ziellos kreuz und quer durch die Korridore. Picard konnte nicht erkennen, wohin sie gingen. Nach fünf Minuten erreichten sie eine Abwärtsrampe und stiegen nach unten. Von da an nahm Zelk'helvk'veltran an jeder Gabelung die abwärtige Abzweigung.

Zweimal begegneten sie Jarada-Horden, wahnsinnig gewordenen Individuen, die mit markerschütternden Schreien angriffen. Es bereitete Worf äußertes Vergnügen, sie mit dem Handphaser reihenweise zu fällen. Haufen betäubter Insektoiden verstopften die Gänge. Picard schmunzelte vor sich hin, während er beobachtete, mit welcher Begeisterung der Klingone die Sicherheit seines Captains garantierte.

Immer wieder verzweigten sich die Korridore, führten erst in diese, dann in die entgegengesetzte Richtung. Aber immer stiegen sie weiter in die Tiefe. Picard brauchte ein Weilchen, bis er sich zusammengereimt hatte, was das bedeutete, und er begriff, daß sie zu einer Örtlichkeit tief unter dem Zentrum des Regierungskomplexes unterwegs waren.

Im untersten Tiefgeschoß blieb Zelk'helvk'veltran vor einem unmarkierten Abschnitt der Wand stehen. Der Jarada klopfte mit den Klauenfingern einen komplizierten Rhythmus auf den rauhen Putz. Nichts geschah. Zelk'helvk'veltran wiederholte die Sequenz. Plötzlich erlosch im Korridor die gesamte Beleuchtung. Picard hörte, wie sich hinter ihnen mit einem Knirschen Sicherheitspforten schlossen. Ein beklemmend süßer Geruch erfüllte die Luft. Dann verlor der Captain die Besinnung.

Picard stöhnte und versuchte die Augen zu öffnen. Die Helligkeit stach ihm wie zwei Dolche in den Kopf. Er schlug die Hände vor die Augen, bedeckte sie gegen das aufdringliche Licht. Flüchtig versengte Hitze seine Handrücken, ließ jedoch gleich nach, ohne daß er dafür eine Erklärung gewußt hätte. Vielleicht wollte man ihn doch nicht zu Tode rösten.

»Verzeihen Sie die Art und Weise, wie Sie hergebracht worden sind, ehrenwerter Captain Picard.« Zelfreetrollans Stimme klang, als meinte er die Bitte um Entschuldigung ernst. »Sie kennen die Natur der Heimsuchung, unter der unser Volk leidet, und wir mußten sichergehen, daß niemand den Eingang zu dieser Örtlichkeit erfährt.«

»Ein einfaches ›Bitte nicht weitersagen‹ hätte genügt.« Picard senkte die Hände von den Augen. Erleichtert stellte er fest, daß man das Licht auf eine erträgliche Stärke heruntergeschaltet hatte. Er und Zelfreetrollan hielten sich allein in einer Kammer auf, bei der es sich anscheinend um so etwas wie ein Wohnzimmer handelte. Ein halbes Dutzend für Jarada geformter Stühle und ein paar niedrige Tischchen gaben das einzige Mobiliar ab. Auf einem Tisch standen eine Karaffe und mehrere Gläser.

»Es mag sein, daß diese Bitte sich bei Ihrem Volk bewährt hätte. Aber bei den Mitgliedern meines Schwarms, die Sie begleitet haben, wäre sie ungenügend gewesen.« Einen Moment lang schwieg Zelfreetrollan. Er beobachtete, wie Picard seine Umgebung betrachtete. »Bitte machen Sie sich um Ihre Gefährten keine Sorgen. Sie erhalten gegenwärtig in einer Nachbarkammer Erfrischungen, während wir unsere Angelegenheiten zu Ende führen.«

»Also kann ich wohl unterstellen, daß Sie einige neue Vorschläge haben, die Sie mit mir diskutieren möchten.« Picard schüttelte den Kopf, um die Benommenheit zu überwinden. Irgendwie empfand er seine Antwort als verfehlt, obwohl es für Zelfreetrollans Verhalten keine andere vernünftige Erklärung geben konnte. Der Jarada mußte schlichtweg den Wunsch verspüren, über irgend etwas zu sprechen; andernfalls hätte er die Menschen nicht in sein geheimes Versteck eingelassen.

»Ja. Mir ist mitgeteilt worden, daß Ihre Bordärztin das Problem gelöst hat, an dem unsere tüchtigsten Wissenschaftler und Forscher gescheitert sind.« Zelfreetrollan griff nach der Karaffe und schenkte zwei Gläser voll Fruchtsaft.

Picard nahm ein Glas entgegen. »Eigentlich beruht der Erfolg auf Teamarbeit. In dieser Hinsicht unterscheidet unser Volk sich wenig von Ihrem. Kaum jemand arbeitet allein.«

Mit einer Klauenhand machte Zelfreetrollan eine Gebärde, die Picards Worte als unerheblich abtat. »Das ist unwichtig. Ursprünglich hatte ich die Absicht, Ihre Schwarmgeschwister gegen die benötigte wissenschaftliche Kenntnis einzutauschen, wie es bei solchen Vorgängen üblich ist. Nun muß ich wohl Ihren Stellvertreter davon überzeugen, daß er uns diese Informationen im Austausch gegen Ihr Leben zu überlassen hat.«

Erpressung? Picard hob die Hand an die Brust, bemerkte die leere Stelle auf seiner Uniform, wo vorher der Insignienkommunikator gehangen hatte. Aufgrund des Ausfalls der Funkanlage brauchte Zelfreetrollan die Kommunikatoren, um die *Enterprise* zu kontaktieren und seine Forderung zu übermitteln. Wahrscheinlich bewahrte man die Geräte irgendwo in der Nähe auf, bewachte sie gut, um jeden Versuch der Gefangenen, sie zurückzugewinnen, zu verhüten.

Auf einmal hatte Picard einen Geistesblitz. Aus irgendeinem Grund fühlten die Jarada sich dazu außerstande, das dringend nötige medizinische Wissen und die von Crusher vorbereitete Lieferung an Spurenelementen als Geschenk anzunehmen. Sie mußten sie gegen irgend etwas eintauschen. Geiselnahme diente bei den Jarada, vermutete Picard, als standardmäßiges Ritual für solche Zwecke.

Picard entsann sich der Schnitzereien am Portal zum Audienzsaal und zog die Schlußfolgerung, zur richtigen Erkenntnis gelangt zu sein. Wenn es die Ehre der Jarada rettete, Informationen und Lieferung nur als Gegenleistung für seine und die Freilassung seiner Begleiter anzunehmen – nun, dann wurde das ohne Zweifel eine der sonderbarsten Transaktionen seiner gesamten Karriere. Er schöpfte tief Atem und gab Zelfreetrollan Antwort.

»Erster des Rates, als Kommandant der *Enterprise* werde ich Commander Riker befehlen, Ihnen die gewünschten Informationen zu geben.« Er schwieg und versuchte einzuschätzen, welche Wirkung seine Zusage auf den Jarada ausübte. Aber auch Zelfreetrollan bewahrte Schweigen. Picard wagte einen Vorstoß, um wenigstens noch seinen letzten, kleinen Vorteil auszuspielen. »Darüber hinaus sind wir dazu bereit, Ihnen einen Dreimonatsvorrat der mangelnden Spurenelemente und unsere geochemischen Forschungsdaten Ihres Planetensystems zur Verfügung zu stellen. Dafür müssen Sie uns unsere Kommunikatoren und Waffen aushändigen. Durch diese wissenschaftlichen Meßdaten können Sie sich in Zukunft selbst verschaffen, was Sie brauchen.«

Zelfreetrollan musterte ihn so lange, daß Picard bald vor Nervosität der Schweiß den Rücken hinabrann. Sollte seine Mutmaßung sich als falsch erweisen, konnten sie alle einpacken. Doch schließlich machte der Jarada mit dem Kopf eine dem Nicken ähnliche Bewegung.

»Aber Sie müssen in eine letzte Bedingung einwilligen. Sie ist von allen Bedingungen am wichtigsten.«

Picard ballte auf den Oberschenkeln die Hände zu Fäusten. Er bot alle Mühe auf, um sich die Sorge, er könnte vor einem Debakel stehen, nicht anmerken zu lassen. »Und welche Bedingung ist das, Erster des Rates?«

Der Jarada schlürfte Fruchtsaft, während er Picard von unten bis oben maß, als hätte er einen besonders abstoßenden Krankheitserreger unter dem Mikroskop liegen. »Nach ausreichender Abwägung hat mein Volk beschlossen, zu Ihrem Volk keine weiterführenden Kontakte zu knüpfen und nicht in die Föderation einzutreten. Sie müssen uns versprechen, daß Sie unseren Planeten verlassen und Ihre Föderation uns nicht mehr stören wird.«

»Gut, wenn Sie es so wünschen …« Laut seufzte Picard. »Meine Vorgesetzten dürften von mir verlangen, daß ich Ihnen empfehle, Ihre Entscheidung noch einmal zu durchdenken. Aber ich glaube, wir wissen beide, wie sinnlos das wäre.«

»So ist es in der Tat.« Zelfreetrollan summte einen

leisen Laut. Der Jarada stand auf und streckte Picard eine Klauenhand entgegen. Er öffnete die Faust und hielt Picard den Insignienkommunikator hin. »Ich habe Sie zu achten gelernt, Captain Picard. Mein Volk hat jedoch kein Interesse am Umgang mit Fremden. Wenn Sie die Überstellung der von Ihnen zugesicherten Informationen und Mineralien veranlassen, erlaube ich Ihnen die Rückkehr auf Ihr Raumschiff.«

»Von mir aus können wir sofort alles abwickeln.« Picard aktivierte seinen Kommunikator und erteilte Riker die erforderlichen Befehle.

»So. Das ist die Abschlußuntersuchung.« Riker drehte den Monitor, so daß Zarn die Dateibezeichnung sehen konnte. »Jetzt ist alles geliefert, was der Captain versprochen hat.«

Der Jarada wackelte mit dem Kopf. »Ja. Alle Bedingungen der Vereinbarung sind erfüllt.«

Mit behutsamen Regungen, um nicht seine schmerzenden Muskeln zu belasten, lehnte Riker sich in den Sessel. »Mußte es so kommen?« fragte er. »Ihr und unser Volk könnten sehr viel voneinander lernen.«

Zarn stieß ein hohes Pfeifen aus, offenbar eine Art von Aufseufzen. »Auch ich glaube, daß die Pflege des Kontakts vorteilhaft wäre. Die Mehrheit unseres Volkes ist aber gegenteiliger Meinung. Ich habe die Pflicht, dem Willen des Schwarms zu dienen, bis sich andere Gedanken durchsetzen. So ist es bei uns immer gewesen.«

»Lassen Sie es mich wissen, sobald man's sich anders überlegt hat. Ich würde gerne noch einmal zusammen mit Ihren Musikern dies oder jenes spielen, wenn ich darauf besser vorbereitet bin.«

Heiter klackte der Jarada die Klauen zusammen. »Ich habe den Eindruck, das wüßten auch sie zu schätzen. Ich bin froh, daß es uns gelungen ist, in all dem Wirrwarr Ihr Instrument zu retten.«

Riker erhob sich und langte nach dem Posaunenkasten. »Danke, mein Freund. Ich bin Ihnen für diese Gefälligkeit wirklich von Herzen dankbar.« Er verneigte sich, um die Förmlichkeit seiner Worte mit dieser Geste zu unterstreichen.

»Leben Sie wohl, mein Freund.« Zarn verabschiedete Riker mit einer tiefen Verbeugung. Der Jarada blieb in der niedergeduckten Haltung, bis der Erste Offizier der *Enterprise* im Transporterfokus entmaterialisierte.

Sechs Stunden später verließ die *Enterprise* das Beltaxiya-System, nachdem sie die letzten genesenen Jarada nach Bel-Minor transportiert hatte. Picard entspannte sich in seinem Kommandosessel; es befriedigte ihn, endlich wieder da zu sein, wo er hingehörte.

»Sind Sie der Ansicht, daß wir das Richtige getan haben?« fragte Riker, der zusah, wie auf dem Wandbildschirm die Wiedergabe des Systems zusammenschrumpfte.

Picard zuckte die Achseln. »Es war das, was sie wollten. Die Föderation verfolgt nicht die Politik, Sternenvölker zur Mitgliedschaft zu zwingen, die ihr nicht beitreten möchten.«

»Trotzdem kann ich mir denken, daß Kommissarin T'Zen allerhand dazu zu sagen haben dürfte, sobald ihr unser endgültiger Bericht vorliegt. Da kann man bloß froh sein, daß wir so weit weg hier draußen im All sind, was?«

Ein Aufstöhnen entfuhr Picard. »Sie hat *bestimmt* jede Menge zu sagen.« Im nächsten Moment breitete sich auf seinem Gesicht ein hinterlistiges Schmunzeln aus. »Gerade deshalb habe ich empfohlen, sie sollte beim kommenden Mal die Verhandlungen mit den Jarada persönlich führen. Ich bin sicher, daß sie ihnen genauso sympathisch ist wie uns.«

Verhalten lachte Riker. »Das hört sich ja nach einem rundum gelungenen Streich an.«

»Wir erreichen nun den für die Aktivierung des Warptriebwerks vorgeschriebenen Sicherheitsabstand«, ertönte Changs Stimme aus dem Interkom.

»Warpfaktor zwei«, befahl Picard voller Erleichterung. »Triebwerk aktivieren. Auf zu unserem nächsten Abenteuer!«

STAR TREK™

in der Reihe
HEYNE SCIENCE FICTION & FANTASY

STAR TREK: CLASSIC SERIE

Vonda N. McIntyre, Star Trek II: Der Zorn des Khan · 06/3971
Vonda N. McIntyre, Der Entropie-Effekt · 06/3988
Robert E. Vardeman, Das Klingonen-Gambit · 06/4035
Lee Correy, Hort des Lebens · 06/4083
Vonda N. McIntyre, Star Trek III: Auf der Suche nach Mr. Spock · 06/4181
S. M. Murdock, Das Netz der Romulaner · 06/4209
Sonni Cooper, Schwarzes Feuer · 06/4270
Robert E. Vardeman, Meuterei auf der Enterprise · 06/4285
Howard Weinstein, Die Macht der Krone · 06/4342
Sondra Marshak & Myrna Culbreath, Das Prometheus-Projekt · 06/4379
Sondra Marshak & Myrna Culbreath, Tödliches Dreieck · 06/4411
A. C. Crispin, Sohn der Vergangenheit · 06/4431
Diane Duane, Der verwundete Himmel · 06/4458
David Dvorkin, Die Trellisane-Konfrontation · 06/4474
Vonda N. McIntyre, Star Trek IV: Zurück in die Gegenwart · 06/4486
Greg Bear, Corona · 06/4499
John M. Ford, Der letzte Schachzug · 06/4528
Diane Duane, Der Feind – mein Verbündeter · 06/4535
Melinda Snodgrass, Die Tränen der Sänger · 06/4551
Jean Lorrah, Mord an der Vulkan Akademie · 06/4568
Janet Kagan, Uhuras Lied · 06/4605
Laurence Yep, Herr der Schatten · 06/4627
Barbara Hambly, Ishmael · 06/4662
J. M. Dillard, Star Trek V: Am Rande des Universums · 06/4682
Della van Hise, Zeit zu töten · 06/4698
Margaret Wander Bonanno, Geiseln für den Frieden · 06/4724
Majliss Larson, Das Faustpfand der Klingonen · 06/4741
J. M. Dillard, Bewußtseinsschatten · 06/4762
Brad Ferguson, Krise auf Centaurus · 06/4776
Diane Carey, Das Schlachtschiff · 06/4804
J. M. Dillard, Dämonen · 06/4819
Diane Duane, Spocks Welt · 06/4830
Diane Carey, Der Verräter · 06/4848
Gene DeWeese, Zwischen den Fronten · 06/4862
J. M. Dillard, Die verlorenen Jahre · 06/4869

STAR TREK™

Howard Weinstein, Akkalla · 06/4879
Carmen Carter, McCoys Träume · 06/4898
Diane Duane & Peter Norwood, Die Romulaner · 06/4907
John M. Ford, Was kostet dieser Planet? · 06/4922
J. M. Dillard, Blutdurst · 06/4929
Gene Roddenberry, Star Trek (I): Der Film · 06/4942
J. M. Dillard, Star Trek VI: Das unentdeckte Land · 06/4943
David Dvorkin, Die Zeitfalle · 06/4996
Barbara Paul, Das Drei-Minuten-Universum · 06/5005
Judith & Garfield Reeves-Stevens, Das Zentralgehirn · 06/5015
Gene DeWeese, Nexus · 06/5019
D. C. Fontana, Vulkans Ruhm · 06/5043
Judith & Garfield Reeves-Stevens, Die erste Direktive · 06/5051
Michael Jan Friedman, Das Doppelgänger-Komplott · 06/5067
Judy Klass, Der Boacozwischenfall · 06/5086
Julia Ecklar, Kobayashi Maru · 06/5103
Peter Norwood, Angriff auf Dekkanar · 06/5147
Carolyn Clowes, Das Pandora-Prinzip · 06/5167
Diana Duane, Die Befehle des Doktors · 06/5247
V. E. Mitchell, Der unsichtbare Gegner · 06/5248
Dana Kramer-Rolls, Der Prüfstein ihrer Vergangenheit · 06/5273
Michael Jan Friedman, Schatten auf der Sonne · 06/5179
Barbara Hambly, Der Kampf ums nackte Überleben · 06/5334
Brad Ferguson, Eine Flagge voller Sterne · 06/5349
Gene DeWeese, Die Kolonie der Abtrünnigen · 06/5375
Michael Jan Friedman, Späte Rache · 06/5412
Peter David, Der Riß im Kontinuum · 06/5464
Michael Jan Friedman, Gesichter aus Feuer · 06/5465
Peter David/Michael Jan Friedman/Robert Greenberger, Die Enterbten · 06/5466
L. A. Graf, Die Eisfalle · 06/5467

STAR TREK: THE NEXT GENERATION
David Gerrold, Mission Farpoint · 06/4589
Gene DeWeese, Die Friedenswächter · 06/4646
Carmen Carter, Die Kinder von Hamlin · 06/4685
Jean Lorrah, Überlebende · 06/4705
Peter David, Planet der Waffen · 06/4733
Diane Carey, Gespensterschiff · 06/4757
Howard Weinstein, Macht Hunger · 06/4771

STAR TREK™

John Vornholt, Masken · 06/4787
David & Daniel Dvorkin, Die Ehre des Captain · 06/4793
Michael Jan Friedman, Ein Ruf in die Dunkelheit · 06/4814
Peter David, Eine Hölle namens Paradies · 06/4837
Jean Lorrah, Metamorphose · 06/4856
Keith Sharee, Gullivers Flüchtlinge · 06/4889
Carmen Carter u. a., Planet des Untergangs · 06/4899
A. C. Crispin, Die Augen der Betrachter · 06/4914
Howard Weinstein, Im Exil · 06/4937
Michael Jan Friedman, Das verschwundene Juwel · 06/4958
John Vornholt, Kontamination · 06/4986
Mel Gilden, Baldwins Entdeckungen · 06/5024
Peter David, Vendetta · 06/5057
Peter David, Eine Lektion in Liebe · 06/5077
Howard Weinstein, Die Macht der Former · 06/5096
Michael Jan Friedman, Wieder vereint · 06/5142
T. L. Mancour, Spartacus · 06/5158
Bill McCay/Eloise Flood, Ketten der Gewalt · 06/5242
V. E. Mitchell, Die Jarada · 06/5279
John Vornholt, Kriegstrommeln · 06/5312
Laurell K. Hamilton, Nacht über Oriana · 06/5342
David Bischoff, Die Epidemie · 06/5356
Diane Carey, Abstieg · 06/5416
Michael Jan Friedman, Relikte · 06/5419
Michael Jan Friedman, Die Verurteilung · 06/5444
Simon Hawke, Die Beute der Romulaner · 06/5413
Rebecca Neason, Der Kronprinz · 06/5414 (in Vorb.)

STAR TREK: DIE ANFÄNGE
Vonda N. McIntyre, Die erste Mission · 06/4619
Margaret Wander Bonanno, Fremde vom Himmel · 06/4669
Diane Carey, Die letzte Grenze · 06/4714

STAR TREK: DEEP SPACE NINE
J. M. Dillard, Botschafter · 06/5115
Peter David, Die Belagerung · 06/5129
K. W. Jeter, Die Station der Cardassianer · 06/5130
Sandy Schofield, Das große Spiel · 06/5187
Lois Tilton, Verrat · 06/5323
Diane Carey, Die Suche · 06/5432

STAR TREK™

Esther Friesner, Kriegskind · 06/5430
Melissa Scott, Der Pirat · 06/5434 (in Vorb.)
Nathan Archer, Walhalla · 06/5512 (in Vorb.)

STAR TREK: STARFLEET KADETTEN
John Vornholt, Generationen · 06/6501
Peter David, Worfs erstes Abenteuer · 06/6502
Peter David, Mission auf Dantar · 06/6503
Peter David, Überleben · 06/6504
Brad Strickland, Das Sternengespenst · 06/6505
Brad Strickland, In den Wüsten von Bajor · 06/6506
John Peel, Freiheitskämpfer · 06/6507
Mel Gilden & Ted Pedersen, Das Schoßtierchen · 06/6508
John Vornholt, Erobert die Flagge! · 06/6509
V. E. Mitchell, Die Atlantis Station · 06/6510
Michael Jan Friedman, Die verschwundene Besatzung · 06/6511
Michael Jan Friedman, Das Echsenvolk · 06/6512

STAR TREK: VOYAGER
L. A. Graf, Der Beschützer · 06/5401
Peter David, Die Flucht · 06/5402
Nathan Archer, Ragnarök · 06/5403
Susan Wright, Verletzungen · 06/5404 (in Vorb.)
John Betancourt, Der Arbuk-Zwischenfall · 06/5405 (in Vorb.)

DAS STAR TREK-UNIVERSUM, 2 Bde.,
überarbeitete und aktualisierte Neuausgabe!
von *Ralph Sander* · 06/5150

DAS STAR TREK-UNIVERSUM, Ergänzungsband
von *Ralph Sander* · 06/5151

William Shatner/Chris Kreski, Star Trek Erinnerungen · 06/5188
William Shatner/Chris Kreski, Star Trek Erinnerungen: Die Filme · 06/5450

Phil Farrand, Cap'n Beckmessers Führer durch
STAR TREK – DIE NÄCHSTE GENERATION · 06/5199
Phil Farrand, Cap'n Beckmessers Führer durch
STAR TREK – DIE CLASSIC SERIE · 06/5451

Diese Liste ist eine Bibliographie erschienener Titel
KEIN VERZEICHNIS LIEFERBARER BÜCHER!